Papa pour Noël

★

Un bébé pour les fêtes

★

Le refuge du bonheur

PATRICIA THAYER

Papa pour Noël

Traduction française de
CAROLE MASSEAUT

HARLEQUIN

Titre original :
DADDY BY CHRISTMAS

Ce roman a déjà été publié en 2016

Réalisation graphique couverture : L. SLAWIG (HarperCollins France)

HARPERCOLLINS FRANCE
83-85, boulevard Vincent-Auriol, 75646 PARIS CEDEX 13
Service Lectrices — Tél. : 01 45 82 47 47 - www.harlequin.fr
ISBN 978-2-2804-7395-8

Composé et édité par HarperCollins France.
Imprimé en septembre 2022 par CPI Black Print (Barcelone)
en utilisant 100% d'électricité renouvelable.
Dépôt légal : octobre 2022.

FSC www.fsc.org MIXTE Papier issu de sources responsables FSC® C159065

Pour limiter l'empreinte environnementale de ses livres, HarperCollins France s'engage à n'utiliser que du papier fabriqué à partir de bois provenant de forêts gérées durablement et de manière responsable.

1

Mia Saunders parcourut du regard la salle commune bondée du complexe résidentiel Mountain View Apartments. Même si les locataires n'étaient pas sûrs d'être encore là à la fin du mois de novembre, celle-ci était déjà décorée pour Thanksgiving.

Autour de l'une des nombreuses tables servant à jouer aux cartes étaient assis Emma et Charlie Lowery. Cela faisait vingt ans qu'ils habitaient ici, de même que les Nordberg et Ralph Parkinson, un veuf vétéran de la Seconde Guerre mondiale. Tous vivaient là pour la même raison : les loyers abordables permettaient à ces seniors touchant des revenus réguliers de garder une certaine indépendance.

Agée de vingt-neuf ans, Mia était une exception : les locataires de moins de trente ans étaient peu nombreux à habiter cette résidence vieillissante.

— Il faut que vous nous aidiez, Mia !

Elle tourna la tête vers la frêle femme aux cheveux gris qui se tenait à côté d'elle. Grâce aux aides sociales et à sa petite retraite, Nola Madison vivait ici depuis la mort de son mari, dix ans auparavant, évitant ainsi d'être un fardeau pour ses enfants.

— Je vais essayer, Nola, mais je ne vous garantis pas le résultat.

— Vous êtes avocate, répondit la vieille femme, ses doux yeux noisette agrandis par ses lunettes à double foyer.

— Pas encore, je viens juste de commencer mes études de droit.

Qu'elle avait d'ailleurs dû interrompre le semestre dernier, sans la moindre idée du moment où elle pourrait les reprendre.

— Mais lorsque le propriétaire viendra vous lui parlerez en notre nom.

— S'il vient.

Déjà, ils lui avaient transmis une demi-douzaine de demandes afin de le rencontrer pour discuter avec lui de l'état de délabrement du complexe vieux de cinquante ans, dans lequel aucun entretien n'avait été assuré depuis des années, mais toutes leurs démarches étaient restées vaines.

— J'ai l'impression qu'il nous évite.

— Eh bien moi, je sais pourquoi. Pas plus que l'ancien propriétaire, il n'est prêt à s'occuper de son immeuble.

Joe Carson venait d'intervenir et tous s'empressèrent d'émettre leurs commentaires. Mia leva une main pour ramener le silence.

— Du calme, cela ne nous conduit nulle part. N'oublions pas que M. Jarrett McKane n'a pris possession de cette résidence que depuis quelques mois.

— McKane..., répéta Nola. Je me demande s'il est de la famille de Kira McKane, ce professeur qui enseigne au lycée et dont ma petite-fille Hannah n'arrête pas de parler.

Joe s'avança d'un pas.

— Je me moque de ses liens de parenté. Il faut qu'il écoute ce que nous avons à lui dire.

— Et s'il nous expulsait ? demanda, d'une voix étranglée, sa femme Sylvia.

Des murmures s'élevèrent dans la pièce.

Mia promena son regard sur les locataires qu'elle avait

appris à connaître depuis qu'elle était arrivée à Winchester Ridge avec son frère, le révérend Bradley Saunders. Il y a environ trois ans, celui-ci avait été nommé pasteur à la First Community Church, à moins de un kilomètre de là. Bradley et sa femme Karen avaient décidé de s'installer définitivement dans cette petite commune paisible du Colorado et elle avait trouvé un deux-pièces dans la résidence.

Durant toute sa vie, le frère de Mia l'avait épaulée. Il avait toujours eu foi en sa petite sœur, même quand elle-même n'y croyait plus. Au fil des ans, il l'avait aidée à surmonter les moments sombres et lui avait montré à quel point il l'aimait, combien elle comptait pour lui. Lorsque ses parents l'avaient reniée, seul Bradley l'avait soutenue, l'avait aidée à se ressaisir et à rentrer à l'université.

Et elle n'avait rien fait pour lui… Un sentiment de tristesse l'envahit brusquement : maintenant, plus jamais elle n'en aurait l'occasion.

A ce moment, Sam Parker entra en trombe dans la salle.

— Un rutilant 4x4 noir vient juste de se garer devant l'entrée, cria-t-il à la cantonade.

Tous ceux qui étaient debout se précipitèrent pour trouver un siège, comme s'ils avaient peur d'être pris en faute. Mia, elle-même, se sentit nerveuse tandis qu'elle tirait une chaise et s'asseyait en bout de table, avant de regarder vers la porte qui s'ouvrit.

Rien ne l'avait préparée à un homme tel que celui-ci.

Jarrett McKane pénétra dans la pièce comme si elle lui appartenait, ce qui était d'ailleurs le cas. Mesurant près de un mètre quatre-vingt-cinq, il portait une veste en mouton retourné qui soulignait encore la largeur de ses épaules ; la froideur qui émanait de son regard d'ébène le rendait encore plus intimidant.

Pour les autres peut-être, mais pas pour elle.

Elle était la fille de Preston Saunders. Personne ne pouvait plus l'impressionner que le P.-D.G. de l'une des sociétés figurant au Fortune 500.

Reprenant sa respiration, elle afficha son plus large sourire.

— Monsieur McKane. C'est très gentil à vous d'être venu.

Tournant vers elle un regard brillant d'une lueur de surprise et d'intérêt, il lui rendit son sourire, découvrant ainsi une rangée de dents parfaitement blanches. Allons bon, il était en train d'essayer de la charmer !

— Mademoiselle Saunders ?

— C'est bien moi.

— C'est un plaisir de vous rencontrer, dit-il, s'avançant vers elle en enlevant ses gants en cuir. Je dois avouer que j'ai beaucoup apprécié vos lettres très… colorées.

Prenant sur elle, elle s'efforça de ne trahir aucune réaction quand la main de Jarrett enveloppa la sienne. *Reste concentrée*, s'ordonna-t-elle, avant de se dégager doucement.

— Eh bien, elles semblent avoir été efficaces puisque vous êtes ici. Je vous en prie, asseyez-vous afin que nous puissions commencer la discussion.

Jarrett McKane prit place en face d'elle. Cette femme dominait la situation et il n'aimait guère cela, mais cela n'allait pas durer longtemps. Il examina la ravissante jeune femme brune. Elle avait attaché son abondante chevelure en queue-de-cheval, dont s'étaient échappées quelques boucles qui venaient encadrer son visage, et le fixait de ses grands yeux bleu nuit. L'intérêt avec lequel elle l'observa lorsqu'il retira sa veste le rassura. Les choses n'allaient peut-être pas être si compliquées que cela.

— Comme je l'ai précisé dans mes courriers, commença-t-elle en portant le regard sur le document qui se trouvait devant elle, un certain nombre d'appartements nécessitent une intervention immédiate. Nous avons des problèmes dans les salles de bains et certains chauffages ne fonctionnent plus du tout.

Levant les yeux, elle fit glisser la feuille jusqu'à lui.

— Cet immeuble devient insalubre, ajouta-t-elle, et nous vous demandons d'engager les travaux le plus vite possible.

Il jeta un coup d'œil sur le document mais savait déjà que tout cela risquait de lui coûter une fortune.

— L'ancien propriétaire aurait dû s'occuper de tous ces problèmes.

— C'est maintenant votre responsabilité puisque cette résidence vous appartient désormais.

Il lui lança un regard noir qu'elle ignora.

— Je suis sûre que vous n'avez pas payé très cher pour ce bien. En homme d'affaires avisé, vous deviez bien vous douter de son état général. Puisque vous en êtes l'actuel propriétaire, nous vous demandons donc de vous occuper de ces travaux.

Il promena son regard sur l'assemblée. Il ne s'était pas attendu à cela en entrant dans une résidence de personnes âgées.

— Je ne peux rien faire.

— Vous ne pouvez pas ou vous ne *voulez* pas ?

— Je ne vois pas ce que cela change.

— Cela change beaucoup de choses pour nous.

— Eh bien, pour commencer, je n'ai pas perçu un seul loyer depuis que j'ai racheté cette résidence.

— Et vous n'en percevrez pas tant que vous ne nous aurez pas montré votre bonne volonté. Il y a ici des résidents qui n'ont ni chauffage, ni eau chaude, alors que nous sommes en hiver.

— La seule réponse que je puisse faire est : trouvez-vous vite un autre logement, répliqua-t-il, en se mettant debout. Dans quelques mois, je fais raser l'immeuble.

Des murmures inquiets s'élevèrent dans l'assemblée mais Mia Saunders continua à l'observer, l'air tranquille et déterminée.

— Je ne crois pas, monsieur McKane, prononça-t-elle d'un ton calme.

Son assurance le surprit. Il n'avait pas l'habitude d'être contredit, encore moins par une femme, à l'exception de Kira, sa belle-sœur, qui ne cessait de le taquiner.

Mlle Saunders brandit un autre document.

— Dans nos baux, il est notifié que nous devons recevoir un préavis de six mois avant d'être expulsés. Votre avocat aurait dû vous en informer lors de l'achat de l'immeuble. A moins, bien sûr, que vous n'ayez pas fait appel à un service juridique, ce qui ne changerait d'ailleurs rien à nos droits.

Maudite jeune femme. Il n'avait rien à répondre à cela.

— Je n'ai pas le temps d'attendre. Les travaux de démolition doivent commencer le 1er janvier prochain et je suis sûr que la mairie ne fera rien pour s'y opposer. Nous projetons de construire sur ce site une usine de fabrication de puces pour ordinateurs et l'on estime à plusieurs centaines le nombre d'emplois que cela créera dans cette ville. Je suis prêt à vous aider à trouver un autre logement mais il m'est impossible d'attendre six mois.

Sur ce, il tourna les talons et se dirigea vers la porte.

— Vous risquez fort de ne pas avoir le choix, claironna dans son dos la voix de Mia.

Se figeant, il se retourna. Il devait avouer qu'il prenait un certain plaisir à cet échange, à la flamme qui brillait dans les yeux de la jeune femme, à la façon dont elle relevait crânement le menton. Comment diable pourrait-il s'y prendre pour la faire céder ? Peut-être un dîner romantique l'aiderait-il à plaider sa cause...

— Je ne pense pas que vous puissiez gagner ce combat, mademoiselle Saunders mais je serais ravi d'en discuter avec vous à un autre moment.

Ce ne fut que lorsqu'elle se leva de sa chaise qu'il remarqua son ventre arrondi. Elle était enceinte !

Mia Saunders sembla s'amuser de sa surprise.

— Vous pouvez y compter : au tribunal, quand nous nous reverrons.

Trente minutes plus tard, alors qu'il roulait sur l'autoroute au volant de son Range Rover, Jarrett songeait toujours à la séduisante Mia. Il secoua la tête. Qu'est-ce qui lui prenait de penser à une femme enceinte portant l'enfant d'un autre ?

Il tourna pour emprunter la route qui menait au ranch McKane. Des années auparavant, il avait vendu ses parts du domaine familial et cela ne faisait pas si longtemps qu'il y revenait. Pendant tout ce temps, il ne s'était pas entendu avec son demi-frère Trace, mais les choses avaient changé depuis. Sans doute Kira, sa belle-sœur, y était-elle pour quelque chose.

Tout en garant sa voiture derrière la maison, il songea à l'époque où Trace et elle avaient été sur le point de se séparer, après cinq ans de mariage. Les difficultés de sa belle-sœur pour avoir un enfant avaient mis à mal leur couple jusqu'au jour où, miraculeusement, elle était tombée enceinte. Depuis, il était devenu l'oncle d'une petite Jenna qui, âgée d'à peine quatre ans, faisait déjà de lui absolument ce qu'elle voulait.

Il emprunta le vieil escalier dont la construction datait de plus de un siècle, frappa à la porte et entra, sans même attendre de réponse.

— Il y a quelqu'un ?

Sans hésiter, il avança jusqu'à la cuisine. Aujourd'hui il savait qu'il serait bien accueilli mais cela n'avait pas toujours été le cas. Il y avait eu une époque de sa vie au cours de laquelle il ne voulait plus entendre parler ni du ranch, ni de ce demi-frère qui était le centre de toutes les attentions. C'est pourquoi, dès la mort de leur père, Jarrett avait préféré accepter sa part en dollars.

Il leur avait fallu des années pour surmonter leurs différends mais ils y étaient parvenus, grâce à Kira et à une petite fée prénommée Jenna et, aujourd'hui, à trente-sept ans, il appréciait la relation qu'ils entretenaient, Trace et lui.

Sa belle-sœur se tenait devant la cuisinière. Elle sourit en le voyant et s'approcha pour lui déposer un baiser sur la joue.

— Bonjour, Jarrett. Cela me fait plaisir de te voir.

— Bonjour, Kira, dit-il en lui rendant son baiser.

Au début, il avait eu du mal à s'habituer aux démonstrations d'affection de sa belle-sœur, mais elle lui avait rétorqué qu'ils faisaient maintenant partie de la même famille et que c'était ainsi que les familles se comportaient.

— Oncle Jay ! Oncle Jay ! s'écria Jenna, en sautant dans ses bras.

— Comment va ma petite princesse ?

— Pas très bien. Maman m'a punie.

— Raconte donc à Jarrett pourquoi je t'ai punie, intervint sa mère en rejetant, d'un geste tendre, les longs cheveux blonds de sa fille en arrière.

— J'ai pris son maquillage, avoua Jenna. Je voulais me faire aussi belle qu'elle. Tu es fâché, toi aussi ?

— Absolument pas, mais tu es très jolie et tu n'as pas besoin de maquillage. Et puis, tu n'aimes pas qu'on fouille dans tes affaires, c'est pareil pour ta maman.

— D'accord. Je peux aller jouer, maintenant ?

demanda-t-elle, en se tournant vers sa mère. Je te promets d'être sage.

Kira accepta et tous deux la regardèrent se précipiter dans le jardin.

— Je te remercie de m'avoir soutenue, dit-elle, se tournant vers lui.

— Je ne comprends pas que tu puisses la punir. Cela me fendrait le cœur si j'avais à le faire.

— Cela fait partie du rôle de parent.

— C'est un rôle que je me refuse à assumer.

— C'est parce que tu n'as pas encore trouvé la bonne personne, répliqua-t-elle en souriant.

— Je rencontre beaucoup de femmes, et cela me satisfait pleinement. Je trouve quelque chose de rassurant dans la multitude.

— C'est bien ce que je dis, tu n'as pas trouvé la femme qu'il te faut.

— Alors que moi, j'ai trouvé la mienne !

Tous deux se tournèrent vers le seuil de la porte sur lequel se tenait Trace. Vivement, celui-ci se dirigea vers Kira pour l'embrasser. Jarrett détesta le sentiment d'envie qui le submergea et son esprit qui, à sa grande surprise, s'évadait pour se mettre encore à rêver de Mia Saunders.

— Salut, frérot, dit-il avec un sourire, lorsque Trace se tourna vers lui. Comment se porte le bétail ?

— Tu le saurais si tu venais plus souvent.

— Tu serais capable de me mettre au travail si je venais plus souvent, et tu sais ce que je pense des corvées dans un ranch.

— Je vois que tu comptes toujours plus sur ton physique et ton esprit que sur tes mains, répliqua Trace en souriant. Tu restes dîner ?

— Avec plaisir.

Ce qui s'était passé durant leur enfance n'avait plus

vraiment d'importance. Il lui avait fallu des années, mais Jarrett avait finalement compris que son frère n'était pas en compétition avec lui et, lorsqu'ils avaient été amenés à travailler ensemble, au moment où l'on avait découvert du pétrole sur les terres McKane, ils avaient réalisé à quel point ils étaient proches.

Kira sortit voir ce que faisait Jenna tandis que Trace remplissait deux tasses de café. Il en tendit une à Jarrett et tous deux s'assirent autour de la grande table de cuisine.

— Alors, j'ai entendu dire que tu avais acheté l'immeuble sur Maple.

Jarrett fronça les sourcils. Il avait essayé de garder cette transaction discrète.

— Qui t'a dit ça ?

— C'est une petite ville. Tout se sait.

— Nous l'avons entendu à l'église, dimanche dernier, intervint alors Kira, qui venait de revenir. Le frère de l'une de tes locataires était notre pasteur, le révérend Bradley Saunders. Sa mort a été une telle tragédie…

— Tu sais bien que je ne vais pas à l'église. Que s'est-il passé ?

— Il y a quelques mois, Bradley et Karen, sa femme, se rendaient à Mexico pour un voyage évangéliste lorsque leur avion s'est écrasé. Pauvre Mia, elle se retrouve maintenant seule.

— Et son mari ?

— Mia n'est pas mariée.

Ces paroles éveillèrent son intérêt.

— L'homme dont elle porte l'enfant doit sûrement la soutenir.

Kira échangea un regard avec son mari.

— Il n'y a pas d'homme pour la soutenir, Jarrett. Ce n'est pas son bébé.

2

Ebahi, il dévisagea sa belle-sœur.

— Mia est une mère de substitution, expliqua-t-elle, ou du moins elle l'était.

— Qu'est-ce que tu veux dire ?

— Tout le monde n'est pas au courant, mais Mia porte le bébé de son frère et de sa femme.

A cet instant, Jenna fit irruption dans la cuisine.

— Bonjour, papa, lança-t-elle avec un large sourire, en se précipitant dans ses bras.

Jarrett profita de ce moment de complicité entre père et fille pour tenter de mettre de l'ordre dans ses idées. Lorsque Kira demanda à la fillette d'aller se laver les mains, il attendit qu'elle soit sortie et se tourna vers sa belle-sœur.

— Mia Saunders avait-elle l'intention de donner *son* bébé au révérend et à sa femme ?

— Non, il s'agit de leur bébé. Je suppose que tu as entendu parler de ces femmes qui portent l'embryon d'un autre couple lorsque la mère biologique ne peut le faire. Eh bien, c'est ce qui s'est passé pour Mia. Maintenant, avec la mort de Bradley et Karen, tout a changé. Non seulement elle donnera naissance à un neveu ou une nièce dans environ six semaines mais elle va, en plus, devoir l'élever seule.

Jarrett avait toujours soigneusement évité les engagements sentimentaux : ses liaisons ne duraient jamais plus de quelques mois, lui évitant ainsi de mettre en danger ses sentiments et sa vulnérabilité. Depuis bien longtemps, il avait décidé que la vie de famille n'était pas pour lui, en fait, depuis que sa mère était morte alors qu'il n'était qu'un enfant. La femme que son père avait ensuite épousée l'avait rejeté.

Pourtant, Mia Saunder remettait soudain en question ses convictions. Mais pourquoi donc songer aussi souvent à elle ?

Sa mémoire lui restitua la scène dans la salle commune, cette toute jeune femme au milieu des personnes âgées, la façon dont ses yeux incroyablement bleus avaient osé le défier. Même si elle avait tenté de paraître calme, il n'en a pas moins deviné sa tension.

— Elle n'a pas d'autre famille ?

Kira secoua la tête.

— D'après ce que je sais, elle n'avait que son frère et, comme il était pasteur, son compte en banque ne devait pas être des plus fournis. Auparavant, Mia suivait des cours de droit mais elle a dû arrêter et, maintenant, elle travaille chez elle et conçoit des sites Web. L'Eglise l'aide autant qu'elle le peut.

Et il avait été sur le point de l'expulser !

— Quand doit-elle accoucher ?

— Tu ne le croiras pas, mais c'est prévu pour le jour de Noël, répondit-elle avec un sourire. C'est un signe du destin, je suis sûre qu'un miracle l'attend.

Jarrett se prit à espérer que ce miracle arriverait avant le nouvel an.

— Ils préparent les meilleurs steaks de la région, déclara-t-il à Neil Fulton le lendemain midi, alors que tous deux s'asseyaient autour de la table du restaurant. Ils utilisent de la viande locale, une partie provient d'ailleurs de chez mon frère.

L'homme d'affaires quinquagénaire lui lança un coup d'œil surpris.

— Cela vous appartient aussi ?

— Non, j'ai quitté le ranch depuis des années.

Tout en lui s'était révolté devant ce travail pénible, fait de longues heures de labeur et de privations, accompli avec pour seuls résultats la prochaine sécheresse, la chute des prix du bétail, la faillite toujours menaçante. C'était un métier où il n'y avait aucun moyen de dépasser le seuil de pauvreté, alors qu'il aimait les raffinements de la vie et avait trouvé le moyen d'en profiter.

— Mais je sais comment travaille mon frère. Vous allez adorer la viande.

— Peut-être une autre fois. Je déjeune toujours légèrement.

— Si vous habitiez ici, vous pourriez manger ce que vous voulez. Les nombreuses randonnées et pistes de ski qu'offre cet endroit vous permettraient de garder la forme.

Jarrett était prêt à tout pour conclure cette vente. Il ne fallait absolument pas qu'elle lui échappe s'il voulait sauver l'économie de la ville…

— Je dois avouer que vous-même n'avez guère changé depuis que vous avez arrêté le foot, répliqua Neil, avec un sourire. Comment faites-vous ?

— J'ai ma propre salle de gym, répondit Jarrett, toujours surpris que les gens se souviennent de ses années de collège.

Fulton hocha la tête avant de se concentrer sur son menu.

— Je tiens aussi à vous montrer quelques-unes des propriétés de la région. Certaines possèdent des haras, je suis certain que votre femme apprécierait de faire du cheval.

— Ma femme est quelqu'un de très difficile à satisfaire.

— Alors, je m'occuperai moi-même de lui trouver la demeure de ses rêves, affirma Jarrett, persuadé qu'il serait capable de maîtriser la situation.

Neil éclata de rire.

— Vous risquez de regretter votre proposition !

Il était sur le point de répondre lorsqu'un homme s'approcha de leur table.

— Excusez-moi. Etes-vous M. Jarrett McKane ?

— Oui.

L'homme sortit alors une enveloppe cachetée de sa poche et la lui tendit.

— C'est pour vous.

Puis il tourna les talons et s'éloigna. Le suivant du regard, Jarrett le vit s'asseoir à une table, à côté d'une jeune femme brune qu'il reconnut immédiatement : Mia Saunders. De loin, celle-ci lui fit un signe de la main auquel il répondit par un signe de tête.

— Il y a un problème ? demanda Neil.

— Non. Juste un léger désagrément avec un client mais il sera réglé très rapidement.

Le lendemain matin, Mia se rendit en voiture chez le médecin à Grand Junction, à une soixantaine de kilomètres de là. Elle faisait régulièrement ce trajet, maintenant qu'elle était dans son dernier trimestre de grossesse, mais cela ne la dérangeait pas. Elle aimait beaucoup le Dr Lauren Drake. Agée d'une quarantaine d'années, cette spécialiste de la fertilité l'avait énormément soutenue, depuis la fécondation jusqu'à l'accident tragique, et elles avaient fini par devenir amies.

— Comment allez-vous ? demanda Lauren, lorsqu'elle passa la porte de son cabinet.

— Tout se passe bien, répondit Mia. Le bébé n'arrête pas de bouger !

— Ce n'est pas pour lui que je m'inquiète, c'est pour vous. Il y a eu tellement de changements dans votre vie : vous ne savez pas où vous vivrez dans quelques semaines et vous allez devenir la mère d'un enfant dont vous deviez n'être que la tante. A moins que vous n'ayez changé d'avis...

Mia secoua la tête. Bien avant qu'elle ne porte le bébé de son frère et de sa femme, il avait été prévu qu'elle s'occuperait de leur enfant s'il devait leur arriver quelque chose, mais personne n'avait cru que cela pourrait se présenter un jour. Comme son frère lui manquait ! Il avait toujours été un roc pour elle et aujourd'hui elle avait l'impression qu'elle allait s'effondrer. Quel genre de mère serait-elle ?

— C'est une grande responsabilité, Mia, continua Lauren. Même lorsqu'il y a un père.

— Et une mère célibataire, sans argent ni revenus réguliers, n'est définitivement pas la meilleure des candidates, ajouta la jeune femme.

— Ne dites pas cela, peut-être aurez-vous droit à des aides.

Elle secoua la tête.

— J'ai des économies et Bradley et Karen ont laissé un peu d'argent sur une assurance. J'ai seulement besoin d'un travail.

— Je préférerais que vous restiez un peu au calme, pour l'instant.

Mia sentit un brusque sentiment de panique monter en elle.

— Quelque chose ne va pas ?

— C'est votre tension qui est un peu élevée. Rien de bien grave mais il faut la surveiller. Avez-vous songé à un prénom ?

— Non, pas encore.

Cependant, elle avait récupéré, dans les affaires de sa belle-sœur, un livre sur les bébés qui pourrait peut-être l'aider ainsi qu'une lettre, qu'elle ne devait ouvrir que le jour de la naissance.

— Eh bien, commencez à y penser et cessez de porter les problèmes du monde sur vos épaules. Pensez à vous. Vous n'en aurez plus guère l'occasion quand le bébé sera là.

Mia secoua la tête, elle ne pouvait pas abandonner ses colocataires. Pas maintenant, pas après tout ce qu'ils avaient fait pour elle.

— Nous essayons juste de rester chez nous un peu plus longtemps, expliqua-t-elle. Nous devons rencontrer le juge la semaine prochaine et comptons énormément sur sa compassion.

Pour l'instant, sa seule préoccupation était d'avoir un toit. Elle ne pouvait se permettre d'être sans domicile fixe, pas avec un enfant.

Une semaine plus tard, Jarrett pénétrait dans la salle du tribunal où se trouvaient déjà présents quelques-uns des locataires de l'immeuble. Et Mia Saunders…

Vêtue d'un tailleur sombre très strict, les cheveux attachés en arrière et sans maquillage, elle parvenait cependant à être resplendissante.

Mais rien en elle ne pouvait l'intéresser. Leurs intérêts étaient complètement divergents et il espérait bien que le conflit serait réglé aujourd'hui, afin de ne plus avoir à la rencontrer. C'est d'ailleurs la raison pour laquelle il avait pris un avocat : Matthew Holliston n'était pas seulement son représentant légal mais aussi un ami de longue date, en qui il avait entière confiance. Lorsqu'il avait appris que c'était la juge Barbara Gillard qui allait mener les débats, il n'avait pas regretté d'avoir fait appel à lui. Non seulement elle était connue pour être sévère mais, en outre, il avait eu une aventure avec sa sœur quelques années auparavant et l'histoire s'était mal terminée. Matt lui avait suggéré de faire une offre généreuse aux occupants de son immeuble et ils étaient convenus d'une proposition qui, ils l'espéraient, allait satisfaire à la fois la juge et les locataires.

— Les locataires du Mountain View contre Jarrett McKane Propriétés, annonça l'huissier.

— Nous sommes là, indiqua Matt, en se dirigeant avec Jarrett vers le devant de la salle.

— Nous sommes là, nous aussi, Votre Honneur, renchérit Mia Saunders, en s'avançant à son tour, accompagnée de Joe et de Nola.

Tout le monde attendit en silence tandis que la juge parcourait du regard le dossier ouvert devant elle, dans lequel se trouvaient des photographies des lieux.

— Comment osez-vous faire vivre vos locataires dans un endroit pareil ? demanda-t-elle, se tournant vers Jarrett.

— Votre Honneur, comme vous avez pu le lire dans la déposition, mon client a acheté la propriété il n'y a que trois mois, intervint Matt.

— Je suppose que votre client a visité l'immeuble avant l'achat, rétorqua la juge. Il en connaissait donc l'état. De plus, Mlle Saunders l'a alerté un certain nombre de fois, il aurait dû commencer à faire les travaux nécessaires.

— Votre Honneur, cela aurait été une perte de temps et d'argent. L'immeuble doit être détruit pour laisser la place à une usine de composants informatiques, ce qui créera un certain nombre d'emplois dans la région.

— Votre Honneur, intervint Mia Saunders. Il est spécifié dans notre bail qu'en cas de vente de l'immeuble les locataires disposent de six mois pour se reloger. Un changement de propriétaire ne suffit pas à remettre en question ces contrats.

— Madame la juge, ce délai de six mois ne vous semble-t-il pas un peu excessif ? Aujourd'hui, le préavis standard est de trente jours.

— Cet accord date de 1968 et personne n'a songé à le changer depuis. En revanche, ces appartements me semblent dans un état de délabrement avancé.

A ce moment, Nola s'avança.

— Votre Honneur, je m'appelle Nola Madison et habite dans cet immeuble. Puis-je intervenir ?

— Je vous en prie, madame Madison.

— Nous sommes nombreux à vivre depuis longtemps à Mountain View, commença la frêle vieille dame. C'est devenu notre foyer et, comme nous, il prend de l'âge. Avec un minimum de réparations, nous pourrions y passer un hiver confortable. S'il vous plaît, ne nous forcez pas à partir dès maintenant.

— Mais vous devrez pourtant le faire dans six mois…

— C'est Thanksgiving la semaine prochaine, continua Nola et cela fait des années que nous le passons ensemble, tout comme le jour de Noël. Si cela doit être notre dernière année dans ces lieux, j'aimerais vraiment pouvoir être avec mes amis, ma seule famille. De plus, nous avons besoin d'un peu de temps pour trouver un nouvel appartement abordable et mettre de côté l'argent nécessaire à la caution. Ce serait vraiment plus facile pour nous si nous pouvions rester jusqu'en mars.

La juge cligna plusieurs fois des yeux, ce qui rendit Jarrett nerveux.

— Monsieur McKane, dit-elle, en se tournant vers lui, vous connaissiez les termes des baux en achetant l'immeuble, ainsi que son état de décrépitude.

— J'avais prévu de reloger les locataires, expliqua-t-il.

— Je crois que si vous l'aviez vraiment voulu vous auriez répondu aux demandes de Mlle Saunders, il y a déjà trois mois. Aujourd'hui, vous n'hésitez pas à les expulser dans le seul but de faire du profit : eh bien, il n'y a pas que le profit dans la vie, monsieur McKane ! Je vous demande donc de faire les travaux nécessaires le plus tôt possible. Y a-t-il un appartement vide dans le bâtiment ? demanda-t-elle en se tournant vers Mia.

— Oui, Votre Honneur : l'appartement 203 B.

— Parfait. Jarrett McKane, je vous ordonne de vous y installer jusqu'à ce que les travaux soient terminés. J'interdis les expulsions avant mars et je veux vous revoir après les vacances afin de faire le point. La séance est levée, déclara-t-elle, en laissant tomber le lourd marteau.

— Madame la juge, ceci est tout à fait irrégulier, protesta Matt.

Mais elle était déjà partie…

Jarrett songea à tout ce qu'il était sur le point de perdre. Non, cela ne pouvait pas se passer ainsi, il allait régler cela et trouver un moyen de parvenir à ses fins, comme il l'avait toujours fait.

— Tu dois dormir ici chaque soir, l'avertit Matt lorsqu'il gara sa voiture devant le Mountain View, y manger et même y travailler. Tu ne peux rentrer chez toi que pour y prendre des vêtements et, si tu ne respectes pas le jugement, tu risques de te retrouver en prison.

— Matt, il faut absolument que tu me sortes de là. Si Fulton apprend ce qui se passe, jamais il ne conclura la vente.

— Ta seule solution est de convaincre les locataires de partir très vite.

Jarrett se mordit la lèvre : il savait combien étaient rares les logements à louer à Winchester Ridge.

Il observa la façade jaune à la peinture écaillée et aux gouttières décrochées, qui semblait encore plus désolée avec les arbres dénudés. Cependant, l'herbe était coupée et les haies taillées.

A cet instant, la vieille Mme Madison sortit de l'immeuble et s'approcha de la voiture. Il appuya sur un bouton pour faire descendre la vitre de la Mercedes.

— Bonjour, monsieur McKane, dit-elle lorsqu'elle fut à sa hauteur.

— Vous venez vous assurer que je viens bien m'installer dans ma nouvelle demeure ? demanda-t-il, d'un ton brutal, avant de descendre de la voiture.

— Effectivement, nous vous attendions, répondit-elle avec un sourire, mais seulement pour vous avertir de l'état dans lequel vous allez trouver votre appartement. L'ancien propriétaire y a vécu longtemps, sans en prendre grand soin. Nous l'avons nettoyé du mieux que nous pouvions mais j'ai bien peur que ce ne soit celui qui nécessite le plus de travaux.

Elle lui tendit alors une clé qu'il prit, regrettant d'avoir été aussi désagréable.

— Vous ne devriez pas être dehors, dans le froid, madame Madison.

— Appelez-moi Nola. Venez, rentrons à l'intérieur, même s'il n'y fait pas beaucoup plus chaud.

Après avoir pris son sac et demandé à Matt de lui faire envoyer une voiture, il la suivit dans l'immeuble. Ils traversèrent le hall dénudé et il se dirigea vers l'ascenseur : hors service.

— Depuis quand est-il en panne ? demanda-t-il.

— Cela va faire un an.

Il se souvint alors avoir remarqué deux personnes en chaise roulante, le jour de la réunion dans la salle commune.

— Comment font les personnes handicapées ?

— Oh, nous avons trouvé deux locataires qui ont accepté d'échanger leurs appartements du rez-de-chaussée contre ceux de Maggie et Harold.

— Qui sont ces locataires ?

— Mia est l'une de celle qui a accepté de s'installer à l'étage.

— Pourquoi le propriétaire n'a-t-il donc rien fait ? Il était obligé de maintenir son immeuble en état.

— Devant sa menace de doubler les loyers si nous continuions à nous plaindre, nous avons préféré nous débrouiller. C'était, à l'époque, le frère de Mia qui s'occupait des menus travaux mais il ne pouvait pas tout faire.

Tout en discutant, ils étaient arrivés devant la porte du nouvel appartement de Jarrett et il marqua une pause, redoutant ce qu'il allait trouver derrière.

A cet instant, une porte de l'autre côté du couloir s'ouvrit et Mia apparut.

— Vous emménagez, monsieur McKane ? demanda-t-elle, en souriant.

— Il semblerait, oui, répondit-il, en soutenant son regard. Nous allons donc être voisins.

— Je dois me rendre chez le médecin, intervint alors Nola. Mia, vous voulez bien faire visiter les lieux à M. McKane ?

Elle fronça les sourcils mais finit par acquiescer d'un signe de tête. Une fois la vieille dame partie, elle ouvrit la porte, alluma les lumières et s'effaça pour le laisser passer. Dès son entrée, il ne put s'empêcher de laisser s'échapper un juron.

Les murs avaient besoin d'être repeints mais pas avant que les nombreux trous aient été rebouchés. Quant à la moquette, tout comme le peu de meubles qui restaient, elle devait dater de la construction de l'immeuble.

Lorsqu'il poussa la porte de la salle de bains, il jura de plus belle.

— Nola et Sylvia ont fait tout leur possible, l'informa Mia, qui l'avait rejoint. Elles vous ont préparé des biscuits et ont même mis des serviettes propres et des draps dans votre lit.

— Pourquoi ont-elles fait cela ? demanda-t-il, méfiant. Pour essayer de m'attendrir ?

— Ce ne sont que des serviettes, des draps et quelques cookies, répondit-elle avec un sourire froid. Mais oui, peut-être ont-elles pensé que cela valait le coup d'essayer. Je vous souhaite un bon séjour.

Sur ce, elle tourna les talons et s'apprêtait à sortir lorsqu'il l'appela.

— Et vous, qu'avez-vous préparé pour m'amadouer, mademoiselle Saunders ? demanda-t-il, d'une voix suave.

— Il y a une assiette de gâteaux secs aux raisins dans la cuisine, répondit-elle sèchement.

— J'ai hâte de voir jusqu'où vous êtes prête à aller pour tenter de me persuader.

— Je crains fort que les gâteaux faits maison soient le maximum de ce que je suis prête à faire.

3

Mia entra chez elle et claqua la porte.

Elle ne voulait de Jarrett McKane ni dans sa vie, ni dans son espace et, brusquement, elle le retrouvait partout.

Par expérience, elle connaissait très bien les hommes tels que lui, qui n'aimaient rien tant que contrôler. Son propre père était de cette race et il lui avait fallu des années pour se libérer de son autorité et, finalement, de lui.

Traversant le salon dont le mobilier, sobre mais chaleureux, était pratiquement entièrement d'occasion, elle couva du regard son ordinateur, qui était le seul objet de valeur qu'elle possédait et le seul moyen qu'elle avait de gagner sa vie. Malgré une enfance privilégiée, elle n'avait jamais été attachée aux biens matériels. Sans doute était-ce la raison pour laquelle il lui avait été si facile de s'en aller, ou plutôt de s'enfuir.

Depuis sa naissance, elle avait été source de déception pour Preston et Abigail Saunders, ses parents. D'enfant trop ronde elle était passée à l'adolescente rebelle, sans jamais correspondre aux critères de la bonne société bostonienne. C'est pourquoi, dès qu'elle avait eu l'âge légal, elle avait préféré disparaître de leur vie.

Même Bradley avait fini par s'opposer aux espoirs que son père avait fondés sur lui. Devenu pasteur, il avait été renié, lui aussi.

Instinctivement, elle caressa son ventre : elle avait

perdu son frère mais portait en elle une partie de lui. Déterminée à aimer et protéger ce petit être, elle fit alors le vœu de ne jamais laisser ses parents s'en approcher puis se laissa tomber dans un fauteuil. Elle, Margaret Irish Ashley, était sur le point d'avoir un enfant. Elle ferma les yeux. Celle qui s'attendait à n'être qu'une tante attendrie allait devoir remplir le double rôle de la mère et du père de ce nouveau-né. L'angoisse la tenaillait : en était-elle vraiment capable ?

Quelques heures et quelques coups de téléphone plus tard, Jarrett réussit finalement à contacter une entreprise pour démarrer les travaux. Le chauffagiste devait arriver d'un moment à l'autre et il décida de l'attendre en bas. Il était en train de fermer sa porte quand celle de Mia s'ouvrit et la jeune femme sortit, un sac-poubelle à la main. A l'instant où elle s'aperçut de sa présence, il la vit se contracter.

— Bonjour, Mia, dit-il, en souriant.

— Monsieur McKane.

— Peut-être pourrions-nous nous appeler par nos prénoms, maintenant que nous sommes voisins.

— Vous êtes le propriétaire qui se prépare à nous expulser. Pourquoi devrais-je être amicale avec vous ?

— Cela n'a pas l'air de déranger les autres locataires, répliqua-t-il, lui prenant le sac des mains tandis que tous deux empruntaient les escaliers pour rejoindre le hall. Je ne suis pas votre ennemi et j'essaie de vous trouver à tous un nouvel endroit pour vivre.

— Nous n'aurons pas les moyens de payer les tarifs pratiqués actuellement.

Etait-ce sa faute à lui ?

— Vous savez, si je décidais de garder l'immeuble et de faire effectuer tous les travaux nécessaires, je serais, moi aussi, obligé d'augmenter les loyers et de les ajuster au marché.

— Peut-être mais, pour l'instant, vous ne le pouvez pas : certains appartements n'ont ni eau chaude, ni chauffage.

— Je m'en occupe.

— Si je vous disais le nombre de fois où l'ancien propriétaire nous a répondu la même chose !

— L'ancien propriétaire n'avait pas eu d'injonction du tribunal. D'ailleurs, c'est pour cela que je descends : je dois rencontrer le chauffagiste.

— Vous voulez dire que nous avons une chance d'avoir du chauffage bientôt ?

— Je lui ai promis de le payer plus cher s'il commençait immédiatement.

Elle ne répondit rien et ils continuèrent à descendre en silence.

— Puis-je vous demander quelque chose ? dit-il, au bout d'un moment.

Elle lui lança un regard en biais, l'air fermé.

— Mon Dieu, vous ne faites donc confiance à personne ? Je voudrais juste que vous essayiez de réunir tout le monde, afin que nous puissions lister les réparations les plus urgentes et commencer par elles.

— Eh bien, venez dans la salle commune, elle est dotée d'un chauffage qui fonctionne et c'est là que se retrouvent la plupart des locataires.

Au bas de la cage d'escalier, Jarrett alla jeter le sac-poubelle dans le local voué à cet usage avant de rejoindre la jeune femme dans le hall.

— J'ai entendu dire que la naissance du bébé était prévue pour Noël ?

Elle le regarda froidement.

— Qui vous a dit cela ?

— Kira McKane, ma belle-sœur. Elle va à la même église que vous.

— Et que pense-t-elle du fait que vous nous expulsiez ?

— Je n'ai encore mis personne à la porte et je ne pourrai pas le faire avant le printemps.

Pas avec la juge Barbara Gillard aux aguets ! Bien sûr, il pouvait encore proposer à Fulton de n'encaisser l'argent qu'après le début des travaux mais, d'abord, il devait convaincre tous les résidents de partir quelques mois plus tôt que prévu. Il avait tout investi dans ce projet, allant jusqu'à acheter le terrain alentour et ne pouvait se permettre de tout perdre.

Laissant Jarrett attendre le chauffagiste à l'entrée de l'immeuble, Mia frappa à la porte de Joe et Sylvia afin de leur demander de rassembler les locataires. Ensuite, elle passa prendre Nola et toutes deux se dirigèrent vers la grande salle.

— Il faut que vous ayez du chauffage, Mia, à cause du bébé.

— Ce n'est pas un problème pour l'instant, répondit la jeune femme alors qu'elles pénétraient dans la pièce. En revanche, j'aurais bien besoin d'un nouveau robinet : le mien s'est cassé la semaine dernière.

— Vous auriez dû le dire à Joe.

— Je n'allais pas me plaindre alors qu'il y a des appartements en moins bon état que le mien.

— Vous et le bébé êtes une priorité, rétorqua Nola, en lui lançant un regard plein de tendresse.

Elle sourit, ils l'avaient tous tellement protégée depuis le tragique accident !

A ce moment, Jarrett entra, accompagné d'un homme portant l'inscription « Chauffage Nichols » brodée sur la poche de sa chemise.

— Je vois que vous êtes presque tous là, commença-t-il. Je vous présente Harry Nichols qui vient s'occuper du chauffage.

A peine eut-il prononcé ces mots que les locataires entouraient le chauffagiste et l'entraînaient hors de la pièce, se hâtant de lui faire découvrir l'état de l'immeuble.

— Cela a eu l'air de leur faire plaisir, déclara Jarrett quand tout le monde fut parti, tout en s'approchant de la table à laquelle était assise Mia.

Elle observa son nouveau propriétaire, si sûr de lui.

— C'est normal. Cela fait longtemps qu'ils n'ont pas eu de chauffage digne de ce nom. Vous n'allez sans doute pas tarder à être remercié par des centaines de biscuits.

Prenant un siège, il s'assit à ses côtés.

— Je n'avais aucune idée de l'étendue des travaux. Je pensais que ce n'était que superficiel alors que tout cela va me coûter une fortune.

— Je ne pense vraiment pas que vous vous retrouverez pour autant sur la paille, d'autant plus que vous possédez d'autres biens en ville.

— Je ne savais pas que gagner correctement sa vie était un délit, répliqua-t-il, en levant un sourcil.

— Ce n'en est pas un, sauf lorsque les biens ne sont pas entretenus, comme c'est le cas ici.

Il lui lança un regard perçant.

— Comme vous le savez, je ne suis pas responsable de l'état de délabrement de cette résidence. Mes autres biens immobiliers sont des immeubles à usage commercial, que j'ai fait rénover au prix d'une petite fortune.

Dans ce cas, pourquoi ne pas faire la même chose ici ?

— Avez-vous jamais songé à investir de l'argent dans cet endroit ? Vous l'avez dit vous-même, cette ville n'offre pas beaucoup d'appartements à louer. Avec un minimum de travaux, vous pourriez vendre ce bâtiment à la mairie.

Il l'observa un instant.

— Il semblerait que vous ayez étudié la question. Cependant, je crains qu'il n'y ait pas grand monde prêt à investir dans de lourds travaux sans être sûr de récupérer ses fonds : le marché immobilier est très instable en ce moment.

Allons bon, le voilà qui se mettait à parler comme son père !

— Tout ne doit-il être qu'une question d'argent ?

— Oui, sinon je serais ruiné.

— Pas au point où vous risqueriez de vous retrouver à la rue. Par contre, la plupart de vos locataires n'ont pas les moyens de déménager et payer un loyer deux fois plus cher.

— Que comptez-vous faire lorsque le bail aura expiré ?

Elle cligna des yeux, tentant de dissimuler la colère qui venait brusquement de l'envahir. Cependant, il parut la percevoir.

— Vous savez, je suis loin d'être ravi d'avoir à expulser ces résidents mais je n'ai pas le choix : l'affaire est en cours depuis des mois et ouvrir une usine entraînera la création de nombreux emplois. Cependant, je ne suis pas cruel, je ne mettrai pas à la rue des personnes âgées et une femme enceinte. Je vous promets que je vous trouverai à tous un nouvel endroit où vivre.

— Je vous en prie, ne vous inquiétez pas pour moi, je n'ai nul besoin de votre charité.

— Parfait. Nous verrons où vous conduira votre entêtement.

Relevant le menton d'un air de défi, afin de mieux cacher ses peurs, elle sentit son ventre se contracter brusquement et, instinctivement, y porta les mains.

— Est-ce que ça va ? demanda-t-il.

Elle acquiesça d'un signe de tête, mais la douleur

devenait de plus en plus intense et se déplaçait maintenant dans son dos. Tentant de se lever, elle ne put y parvenir.

— Mia, qu'est-ce qui ne va pas ? insista Jarrett.

— Rien, répondit-elle, en secouant la tête.

— C'est faux, répliqua-t-il d'une voix plus douce, en s'agenouillant à côté d'elle. Laissez-moi vous aider.

Elle se préparait à refuser quand une douleur plus aiguë que les autres sembla lui déchirer le ventre.

— Oh, non, gémit-elle, en se tournant vers lui, je crois que le bébé est en train d'arriver.

Un quart d'heure plus tard, Jarrett s'arrêtait dans un crissement de freins sur le parking de l'hôpital, avant de se précipiter pour aider Mia à descendre. Elle s'appliquait à respirer lentement, ce qui lui sembla plutôt mauvais signe.

— Tenez bon, on y est presque.

— Il est trop tôt pour que le travail ne commence, dit-elle en lui lançant un regard apeuré. Je ne peux pas perdre ce bébé, Jarrett.

— Et vous ne le perdrez pas, promit-il.

Passant ses bras autour de ses épaules et sous ses jambes, il la souleva.

— Je suis trop lourde, protesta-t-elle.

— Vous plaisantez ? répondit-il en souriant, avant de traverser le parking le plus rapidement possible. J'ai porté des charges autrement plus lourdes lorsque je travaillais au ranch mais il est vrai que c'était il y a très longtemps.

Dès leur arrivée devant les portes automatiques, une infirmière les accueillit avant de les conduire immédiatement à la salle d'examen où l'on prit la tension de Mia, tout en l'interrogeant sur la fréquence des contractions et la date prévue d'accouchement. Durant tout ce temps, la jeune femme ne l'avait pas quitté des yeux.

— Excusez-moi, intervint une infirmière en se tournant vers lui. Etes-vous le père ?

Secouant la tête, il hésita cependant avant de nier.

— Alors, je vous demanderai de sortir, le temps de l'examen.

— J'attendrai dehors, Mia. Vous n'avez qu'à m'appeler si vous avez besoin de moi.

Jarrett ouvrit le rideau et s'assit sur l'une des chaises alignées contre le mur ; il n'était pas question qu'il aille plus loin.

Durant les heures qui suivirent, un certain nombre de médecins et d'infirmières entrèrent et sortirent du box, sans que personne ne l'informe de ce qui se passait.

Ensuite, Mia passa devant lui, emmenée sur un brancard dans une autre salle où, lui annonça une infirmière, on pourrait lui poser un monitoring. Se souvenant de son regard angoissé, il décida de ne pas la laisser seule. Il la suivit donc et attendit sur une chaise, devant la pièce.

Quelques minutes plus tard, Nola arriva : Mia l'avait appelée depuis la voiture afin que les résidents de Mountain View ne s'inquiètent pas de son absence.

Se levant, il alla à la rencontre de la vieille dame.

— Monsieur McKane, dit-elle, en prenant ses mains dans les siennes. Comment va-t-elle ?

— Je n'en sais pas plus que lorsqu'elle vous a appelée. Je ne fais pas partie de la famille, alors on ne me donne aucune nouvelle.

— Je sais, c'est pour cela que je leur ai dit que j'étais sa grand-mère.

Jarrett ne put s'empêcher de lui lancer un regard amusé.

— Comment êtes-vous venue jusqu'ici ? s'enquit-il, lorsqu'ils s'assirent sur les chaises du couloir.

— Un des paroissiens de l'église m'a amenée. Joe ne prend pas la voiture lorsqu'il fait nuit et Ralph n'a plus son permis. Habituellement, c'est Mia qui nous conduit quand nous en avons besoin. Oh, monsieur McKane, pourvu que tout aille bien pour le bébé. Elle le désire tellement !

— Nola, cet hôpital est réputé et le médecin qui la suit est sur place, alors, essayez de ne pas vous inquiéter et, je vous en prie, appelez-moi Jarrett.

Tandis qu'elle le gratifiait d'un sourire, il réalisa qu'il venait de briser l'une de ses règles : ne jamais devenir proche des personnes avec qui on était en affaires.

A ce moment, une femme blonde portant une blouse blanche traversa le hall et se dirigea vers eux.

— Etes-vous là pour Mia Saunders ? demanda-t-elle.

Tous deux sautèrent sur leurs jambes.

— Oui, répondit-il. Je suis Jarrett McKane, c'est moi qui l'ai amenée ici et voici Nola Madison, sa… grand-mère.

— Ravie de vous rencontrer, répondit le médecin en souriant. Je m'appelle Lauren Drake et je suis Mia depuis le début de sa grossesse. Elle va bien. Nous avons réussi à arrêter les contractions mais je préfère la garder ici cette nuit, par précaution.

— Comment va le bébé ? demanda Nola.

— Elle en est à sa trente-quatrième semaine de grossesse, donc, même s'il naissait maintenant, il s'en sortirait parfaitement bien. Mais, bien sûr, plus longtemps elle le portera, mieux ce sera.

— Nous ferons tout pour que cela se passe ainsi.

— Eh bien, je suis soulagée de votre réaction : lorsqu'elle rentrera chez elle, je veux qu'elle reste allongée le plus possible. Elle doit se reposer et éviter toute forme de stress.

— Est-ce le stress qui a provoqué ses contractions ? demanda Jarrett, conscient de ne pas l'avoir épargnée.

— Il faut admettre qu'elle vient de vivre des mois particulièrement difficiles : la perte de son frère a représenté un traumatisme. J'ajoute qu'il serait nécessaire qu'il y ait toujours quelqu'un auprès d'elle, ou du moins pas très loin.

— Nous serons là aussi longtemps qu'elle en aura besoin, affirma Nola avec force. N'est-ce pas, Jarrett ?

De son côté, il n'était pas certain que Mia souhaite particulièrement l'avoir auprès d'elle.

— Bien sûr, répondit-il cependant. J'habite le palier en face et je pourrai m'occuper d'elle.

Les médicaments avaient quelque peu assommé Mia, elle détestait se sentir dans cet état. Pourtant, si cela devait permettre de sauver le bébé, elle était prête à tout accepter.

Angoissée, elle ferma les yeux, se demandant ce qui allait se passer dans les semaines à venir. Elle avait du travail à rendre et désespérément besoin de cet argent.

Stop ! Se faire du souci n'était pas bon pour le bébé. Elle se caressa le ventre, songeuse à la pensée qu'il avait été sur le point d'arriver. Elle n'était pas prête : elle n'avait ni berceau, ni couches et à peine quelques vêtements. Comment allait-elle pouvoir tout préparer et, *en plus*, être une bonne mère ? Elle, cette fille qui n'avait jamais été bonne à rien comme le lui avait si souvent répété son père ! Elle sentit une larme rouler sur sa joue.

A cet instant, la porte s'ouvrit et Nola et Jarrett apparurent sur le seuil. S'essuyant les yeux d'un geste furtif, elle leur sourit.

— Ma chérie ! s'exclama la vieille femme, en se précipitant vers elle. Comment allez-vous ?

— Je vais mieux, maintenant.

— Nous étions tellement inquiets.

— Il ne fallait pas.

— Bien sûr que si ! Vous êtes notre petite Mia et nous allons prendre grand soin de vous. N'est-ce pas, Jarrett ?

— Il semblerait, oui, répondit celui-ci, visiblement gêné.

— Mais je ne veux être une charge pour personne.

— Vous ne l'êtes pas, Mia, assura Nola. Vous avez

besoin que l'on s'occupe de vous et Jarrett et moi nous sommes portés volontaires, c'est aussi simple que cela. Maintenant, je dois vous laisser, il faut que j'aille rassurer les autres résidents.

Jarrett n'eut pas le temps de lui proposer d'utiliser son téléphone portable, la vieille dame avait déjà quitté la pièce.

— Comment allez-vous *vraiment ?* demanda-t-il alors, se tournant vers elle.

— Inquiète, mais je vais bien.

— Il faut vous détendre, c'est ce qu'a préconisé le médecin.

— Lui avez-vous dit que vous habitiez en face de chez moi ?

— Oui, répondit-il, un léger sourire aux lèvres. Lui avez-vous dit que c'était grâce à vous et à vos amis ?

Leurs yeux se rencontrèrent et le cœur de Mia se mit à battre plus vite, ce qui fit s'emballer le monitoring.

— Eh bien, il semble que nous soyons liés l'un à l'autre pour un certain temps.

4

Le lendemain, elle rentra chez elle de la même manière qu'elle en était partie : dans la voiture de Jarrett. Il s'arrêta devant l'entrée, juste derrière la fourgonnette des ouvriers.

— Apparemment, nous allons bientôt avoir du chauffage, constata-t-elle.

— Il était temps, répondit-il, en éteignant le moteur. Ils annoncent une tempête de neige pour ce soir.

Puis il descendit de son Range Rover et fit le tour de la voiture. L'air glacé fouetta le visage de Mia lorsqu'il ouvrit sa portière. Frissonnante, elle entreprit de descendre mais il l'arrêta d'un geste.

— Souvenez-vous de ce qu'a dit le médecin : aucun effort.

S'approchant, il la souleva dans ses bras.

— Vous n'allez quand même pas me porter jusqu'en haut ?

— Bien sûr que non. Une fois entrés à l'intérieur, je passerai le relais à Joe.

— Très drôle, répliqua-t-elle, en faisant la moue.

Impossible d'admettre qu'elle prenait du plaisir à être choyée par cet homme viril, dont la seule présence exacerbait sa féminité. Son odeur, son large torse, ses bras puissants… Elle se mordit la lèvre : les hormones, ce n'était qu'un problème hormonal.

Il lui fallait penser à lui comme à celui qui allait les expulser dans quelques semaines, rien d'autre.

Ils arrivaient sur le perron lorsque Sylvia leur ouvrit la porte.

— Bienvenue à la maison, Mia.

Les quelques locataires qui se trouvaient dans le hall l'accueillirent à leur tour.

Elle les remercia puis Jarrett emprunta la cage d'escalier et monta jusqu'à son appartement. Nola s'y trouvait déjà.

— Installez-la dans la chambre, ordonna-t-elle, se poussant pour les laisser passer.

— Mais je peux rester sur le canapé, protesta Mia.

— Le docteur a dit que vous deviez garder le lit, intervint Jarrett, avançant sans l'écouter.

Stupéfaite, elle écarquilla les yeux lorsqu'ils entrèrent dans la chambre : ce n'était pas celle qu'elle avait quittée la veille : les murs défraîchis avaient été repeints en jaune pâle, les meubles avaient changé de place et son lit était maintenant paré d'une couette aux couleurs pastel. Tournant le visage, elle découvrit le berceau blanc acheté par Bradley et Karen. Il avait été assemblé et décoré d'un mobile de bois peint. Les larmes lui montèrent aux yeux.

— Est-ce que cela vous plaît ? demanda Nola, en tirant la couette afin que Jarrett puisse la déposer sur le lit.

— C'est magnifique, mais comment avez-vous fait ? Je ne suis partie qu'une nuit.

— C'était nécessaire, répondit Nola en l'aidant à enlever ses chaussures. La frayeur que nous avons eue hier nous a fait prendre conscience que vous vous étiez tellement occupée de nous et si peu de vous. Tout ceci devrait vous permettre de vous faire un peu moins de souci. Mais je dois encore vous montrer quelque chose.

Tandis que Mia s'allongeait, Nola se dirigea vers une petite commode blanche.

— Joe a trouvé cela pour vous, il l'a repeinte, Jarrett nous a aidés à la monter et Sylvia et moi l'avons remplie de petits vêtements tout propres. J'espère qu'ils vous conviendront.

— Je suis sûre qu'ils sont parfaits. Je ne sais pas quoi dire... je...

— Ne dites rien, prenez seulement soin de vous. Nous vous aimons, Mia. Vous êtes un peu notre famille.

Mia était intensément émue. Depuis des années, à part Bradley, elle se méfiait de tous : chaque fois qu'elle s'était ouverte aux autres, ils l'avaient blessée, à commencer par ses parents. Elle regarda Jarrett, qui se tenait dans l'embrasure de la porte et, malgré tout ce qui venait de se passer, décida qu'elle devait absolument garder ses distances avec lui.

— Remerciez tout le monde pour moi, Nola.

— Je vais le faire. Maintenant reposez-vous, Sylvia viendra vous préparer à manger.

Puis la vieille femme tourna les talons et se dirigea vers la porte, bientôt suivie par Jarrett.

— Monsieur McKane, puis-je vous parler un instant ?

— Allons bon, voilà que je redeviens monsieur McKane, remarqua-t-il, revenant vers le lit, les sourcils froncés.

— Je tiens à vous remercier de tout ce que vous avez fait, mais il serait préférable, étant donné la situation, que notre relation ne devienne pas trop... familière.

L'observant un instant, il haussa les épaules.

— La situation, aujourd'hui, est que vous avez réussi : vous resterez jusqu'au printemps. Mais ne vous inquiétez pas, je ne vous ennuierai plus.

Lorsqu'elle entendit la porte se refermer derrière lui, elle se sentit brusquement très seule, mais c'était aussi bien ainsi. La seule personne dont elle devait se préoccuper maintenant était son bébé.

La sonnerie de son téléphone portable réveilla Jarrett. Dehors, il faisait encore nuit.

— Allô ? dit-il, d'une voix ensommeillée.

— Je suis désolée de vous appeler à cette heure-ci.

Il reconnut immédiatement la voix de Mia.

— Il y a un problème ? C'est le bébé ?

— Non, le bébé va bien. J'ai juste besoin d'un service, mais...

— J'arrive tout de suite, la coupa-t-il, en raccrochant.

Il enfila un jean, un sweat-shirt et, l'instant d'après, il entrait chez elle grâce au passe qu'il détenait en tant que propriétaire de l'immeuble.

Mia était assise sur son lit, vêtue d'un long T-shirt à manches longues et d'un bas de pyjama, et semblait très alerte pour cette heure tardive. Elle avait l'air gênée.

— Je suis désolée de vous avoir réveillé.

— Puisque c'est fait, de quoi avez-vous besoin ?

— Pouvez-vous tirer la table et regarder si la prise est bien branchée ? Je ne peux pas la bouger dans mon état.

— Vous travaillez sur votre ordinateur à cette heure ?

— J'ai trop dormi aujourd'hui et je n'ai plus sommeil. J'ai donc décidé d'en profiter pour travailler.

Jarrett fit ce qu'elle demandait et vit que la prise était effectivement à terre. Il la rebrancha, remit la table en place puis se tourna vers la jeune femme.

— Vous savez que vous devriez vous reposer.

— Je m'ennuie. Et puis, il faut que je gagne de l'argent.

— Sur quoi travaillez-vous ?

— La création d'un site Web pour une compagnie de Denver.

— Pensez-vous retourner à l'université ?

— Pas pour l'instant mais j'espère que je pourrai le faire un jour, même si ce ne sera pas particulièrement facile avec le bébé, répondit-elle, apparemment peu surprise qu'il en sache autant sur elle.

— Je suis sûr que tout le monde ici sera prêt à vous aider.

— Nous n'habiterons bientôt plus ici, répondit-elle, d'une voix calme.

Elle le regarda un instant sans mot dire, avant d'ajouter :

— Allez-vous vraiment tout faire pour nous trouver un nouvel endroit où vivre ?

— Je ne peux pas vous promettre de reloger tout le monde mais je ferai mon possible.

Etait-il devenu fou ? Comment allait-il pouvoir trouver autant d'appartements avec un loyer abordable ?

— Je me damnerais pour une tasse de café, dit-il alors, en s'éloignant du lit.

— Je n'ai que du décaféiné, en ce moment. Moi, c'est pour un beignet que je me damnerais.

— Je suppose que c'est ce qu'on appelle une envie de femme enceinte, non ? Eh bien, je crois que je ferais mieux d'y aller.

Quelques instants plus tard, après avoir récupéré ses clés de voiture et son blouson dans son appartement, Jarrett se dirigeait d'un pas rapide vers son Range Rover. Le sol était couvert d'une fine couche de neige et il se prit à regretter le confort de son garage. S'installant au volant, il fit démarrer le moteur, mit le chauffage en route et partit à la recherche d'une viennoiserie pour une femme enceinte affamée.

Dans chaque ville, il existait une épicerie ouverte vingt-quatre heures sur vingt-quatre et Winchester Ridge ne faisait pas exception à la règle. Il acheta une demi-douzaine de beignets, ainsi que deux cafés au lait et deux jus d'orange.

Le jour commençait à poindre lorsqu'il se gara de

nouveau devant la résidence. Avec amusement, il réalisa que, pour la première fois de sa vie, il allait partager un petit déjeuner avec une femme sur le point de devenir mère.

— C'est moi, mademoiselle Saunders, dit-il en entrant avec son passe, après avoir frappé à la porte pour la prévenir de son arrivée.

La jeune femme était dans sa chambre et travaillait toujours sur son ordinateur.

— Je pensais que vous étiez rentré vous coucher, dit-elle en le voyant.

— Pas après que vous m'avez parlé de beignet, répondit-il en levant la boîte : ils sont tout frais.

Mia se sentit gênée. La veille, Nola lui avait raconté la façon dont il avait attendu à l'hôpital, ainsi que les coups de fil qu'il avait passés pour rassurer les locataires. Elle lui avait également appris que c'était lui qui avait acheté la peinture pour sa chambre.

— Je ne sais comment vous remercier, pour tout. Je n'aurais jamais pu me rendre à l'hôpital si vous n'aviez pas été là.

— Cela ne me pose aucun problème de vous aider. Tout ce que je vous demande, c'est que vous arrêtiez de me traiter comme un ennemi. Je ne peux rien changer au passé.

— Je sais. Je suis désolée, Jarrett.

— M'auriez-vous enfin appelé par mon prénom ? demanda-t-il en souriant.

Elle laissa s'échapper un soupir : il n'allait rien faire pour lui faciliter les choses.

— Voulez-vous être mon ami ?

Il ne répondit rien, mais posa la boîte sur la table de chevet et l'ouvrit. Le parfum des beignets emplit la pièce.

— Ils ont l'air délicieux, dit-elle en se caressant le ventre, le bébé lui donnait des coups de pied.

— Est-ce que ça va ?

— Oui, il est juste réveillé et il a faim.

— Il bouge comme cela tout le temps ?

— C'est parce qu'il est plus gros que je le sens plus intensément.

— Tenez, dit-il, en lui tendant son jus d'orange, avant de s'asseoir au bord du lit. Voilà de quoi vous donner des forces.

— Merci, répondit-elle, en prenant un beignet dans la boîte. Vous n'en voulez pas ?

— Si, mais honneur aux dames.

Elle commença à manger avec un réel plaisir tout en l'observant à la dérobée : il restait séduisant, même avec ses cheveux ébouriffés et ses vêtements froissés. Certains hommes étaient toujours beaux, quoi qu'ils fassent, et il en faisait partie.

— Je vais vous laisser vous reposer, maintenant, dit-il en se levant, lorsqu'ils eurent fini leur petit déjeuner. Si vous avez besoin de quoi que ce soit avant que je ne parte…

— Je peux attendre Nola, répondit-elle d'une voix hésitante.

Manifestement, elle n'osait pas lui demander un autre service.

— Vous l'attendez pour faire quoi ? insista-t-il.

— Il faut que je prenne une douche mais les médecins veulent que, dans ce cas, quelqu'un reste près de moi.

— C'est-à-dire ?

— Dans le même appartement, au cas où il arriverait quelque chose.

Il resta sans bouger pendant ce qui sembla durer une éternité.

— Eh bien, allons-y. A quoi servent les amis sinon ?

Jarrett attendit d'entendre l'eau de la douche couler

pour sortir son portable et vérifier ses messages. Il fallait qu'il passe au bureau aujourd'hui. Entre les travaux et l'hôpital, cela faisait deux jours qu'il n'y avait pas mis les pieds.

A sa grande surprise, il vit le nom de Carrie Johnston s'afficher. C'était le deuxième message que la jolie blonde de Glenwood Springs, rencontrée l'été précédent lors d'un colloque sur l'immobilier à Denver, lui laissait. Elle semblait vraiment souhaiter le voir.

Il aurait dû se sentir excité par cette invitation, ils avaient partagé ensemble un moment agréable, mais il ne l'était pas le moins du monde. Que se passait-il ? Peut-être n'avait-il plus l'âge pour ce genre d'aventure ?

A cet instant, Mia sortit de la salle de bains. Elle avait passé un pantalon noir et un sweat-shirt rose, ses cheveux bruns tombaient en boucles sur ses épaules et elle le fixait de ses grands yeux couleur de ciel d'été. Sa beauté lui coupa le souffle.

— Puisque vous avez terminé, je vais y aller. Si vous avez besoin de quoi que ce soit, n'hésitez pas à m'appeler à ce numéro, dit-il en lui tendant sa carte professionnelle. J'insiste.

En quittant l'appartement, il s'avoua qu'il avait une folle envie d'être celui qu'elle appellerait le premier.

Le lendemain après-midi, la jeune femme n'en pouvait plus : elle avait regardé toutes les séries à la télévision, avait fini son travail et s'était même laissée aller à verser quelques larmes devant un vieux film en noir et blanc. Maintenant, elle s'ennuyait ferme.

— Vous savez que c'est Thanksgiving, la semaine prochaine, lui rappela alors Nola, la tirant de ses rêveries.

Nous avons un problème : le four de la salle commune ne marche plus.

— Vous pouvez vous servir du mien, bien qu'il soit un peu petit. Il faut cuire au moins trois ou quatre dindes, non ?

La vieille femme hocha la tête.

— Vous vous souvenez de l'année dernière ? Nous étions au moins cinquante.

Mia se rappelait cette soirée : elle avait encore une famille à l'époque. Bradley et Karen avaient pris la décision de faire appel à une mère de substitution, et c'est ce jour-là qu'elle leur avait appris qu'elle était d'accord pour jouer ce rôle. Ils étaient si heureux à l'époque. Des larmes lui montèrent aux yeux, elle les essuya prestement d'un geste de la main mais Nola les avait remarquées.

— Je suis désolée, dit-elle en s'asseyant à côté d'elle. Je sais à quel point Bradley et Karen vous manquent mais ils vous ont laissé un enfant et c'est le plus beau des cadeaux.

— Je sais, seulement, j'ai tellement peur de ne pas être capable de l'élever.

— Je suis certaine que vous serez une très bonne mère, et puis nous serons là, ne vous inquiétez pas. En attendant, il faut trouver une solution à notre problème de four.

— J'en ai peut-être une, prononça alors une voix familière.

Tournant le visage, elles découvrirent Jarrett, debout dans l'embrasure de la porte.

— Sans le vouloir, je vous ai entendues parler, reprit-il, et j'ai chez moi deux grands fours qui pourraient faire l'affaire. Pourquoi ne viendriez-vous pas à la maison faire cuire vos dindes ?

— Oh merci, mon Dieu ! s'exclama la vieille femme.

C'est une bénédiction. Mais nous n'accepterons qu'à une condition : vous venez fêter Thanksgiving avec nous.

L'air surpris, il se ressaisit très vite.

— J'en serai ravi, affirma-t-il, plantant son regard dans celui de Mia.

5

Mais pourquoi donc leur avait-il proposé de préparer le repas de Thanksgiving chez lui ? se demanda Jarrett, observant la demi-douzaine de femmes en train de s'affairer autour des fourneaux. Il avait beau s'être promis de ne pas descendre, il n'avait pu s'en empêcher, attiré par le fumet de la viande qui dorait.

— Vous avez une cuisine merveilleuse, déclara Nola en venant à sa rencontre. Tout ce dont rêve une femme… Quel dommage que vous n'ayez personne avec qui la partager.

— Je suis content qu'elle vous plaise, répondit-il, ignorant sa dernière remarque.

— Ne vous inquiétez pas, nous nettoierons tout avant de partir.

Il était sur le point de répondre qu'il avait des employés de maison pour cela lorsque la sonnerie du téléphone retentit. Il décrocha le combiné qui se trouvait dans la cuisine : c'était son frère.

— Je t'appelais juste pour savoir si tu avais changé d'avis à propos du dîner de ce soir, dit celui-ci.

— Je te remercie, frérot, mais ne t'inquiète pas, je ne serai pas seul. J'ai été invité par mes locataires.

Il y eut un silence à l'autre bout du fil.

— Tu devrais te méfier, reprit Trace. On ne sait jamais ce qu'ils peuvent glisser dans ton assiette.

Jarrett allait lui répliquer vertement lorsque le carillon de la porte retentit.

— Il faut que je te laisse, Trace. Merci encore pour votre invitation et à bientôt.

Il reposa le combiné avant d'aller ouvrir la porte derrière laquelle se trouvait Mia, accompagnée de quelques-uns des locataires.

— Pourquoi n'êtes-vous pas au lit ? demanda-t-il, en fronçant les sourcils.

— J'ai le droit de me lever un peu, répliqua-t-elle d'un ton buté, pas beaucoup, mais un peu.

— Mais pourquoi êtes-vous venue ici ? insista-t-il, tout en lui prenant le bras pour l'amener jusqu'au canapé. Nous allions apporter le repas à la résidence.

— Je le sais mais nous avons eu un problème : la salle commune est inondée.

Il laissa s'échapper un juron.

— J'ai fermé l'arrivée d'eau, expliqua Joe en s'avançant, mais il y en avait déjà cinq centimètres sur le sol.

A ce moment, Nola pénétra dans le salon.

— Que faites-vous là ? demanda-t-elle d'un ton inquiet, en découvrant Mia. C'est le bébé ?

— Non, la rassura la jeune femme. C'est la salle commune qui est sous l'eau.

Se tournant vers Jarrett, elle ajouta :

— Nous n'avons plus d'endroit où dîner.

Avec tous ces regards posés sur lui, il n'avait guère le choix.

— Eh bien, puisque vous êtes tous ici, pourquoi ne pas faire cela chez moi ?

Un murmure de soulagement parcourut l'assemblée et tous se dispersèrent, sauf Mia qui le fixait de ses grands yeux bleus. Sortant alors son téléphone portable, il composa le numéro de son frère. Peut-être faisait-il une erreur, mais il était prêt à prendre le risque.

— Allô, Trace ? Pourquoi ne viendriez-vous pas tous les trois ici ? Il semblerait qu'en fait Thanksgiving se déroulera chez moi, ce soir.

Mia, toujours assise sur le canapé, promenait son regard sur le salon. Bien sûr, ce n'était pas le style qu'elle préférait mais elle devait néanmoins lui reconnaître une certaine élégance, avec ses fauteuils en cuir et ses tables basses de verre et acier chromé. Une large baie vitrée s'ouvrait sur la terrasse et le jardin ; un comptoir en marbre, sur lequel étaient posées une cafetière ultramoderne et des tasses à expresso colorées, coupait la pièce en deux. De l'autre côté se trouvait la salle à manger où la longue table avait déjà été dressée pour le dîner. Songeuse, la jeune femme se caressa le ventre : ceux qui y prendraient place tout à l'heure étaient maintenant devenus sa seule famille.

— Vous allez bien ?

Elle tourna la tête. Jarrett venait d'entrer et s'approchait d'elle.

— Tout va bien, vraiment. Merci de nous recevoir.

— Avais-je vraiment le choix ? répondit-il en haussant les épaules. Et puis, cela me donne l'occasion d'avoir un repas fait maison.

— Je suis sûre que beaucoup de femmes seraient prêtes à cuisiner pour vous.

— Peut-être, mais je suis très difficile dans le choix de mes amies… et de mes cuisinières, ajouta-t-il, avec un sourire malicieux. Mais, si je me fie à vos biscuits, j'ai l'impression que vous vous débrouillez plutôt bien.

Mon Dieu, qu'il était beau.

— Pouvez-vous m'indiquer la salle de bains ? demanda-t-elle brusquement, afin de dissimuler son trouble.

Ils étaient en train de traverser le hall lorsque l'on

sonna à la porte. Il alla ouvrir. Sur le perron se tenaient un couple et une petite fille qu'elle se rappela avoir déjà vus à l'église.

— Joyeux Thanksgiving, oncle Jay ! s'écria Jenna, se précipitant dans les bras de son oncle qui la souleva.

— Joyeux Thanksgiving à toi aussi, Jenna. Kira, Trace, je suis ravi que vous soyez là.

— Nous aussi, répondit sa belle-sœur. Cela fait si longtemps que nous n'étions pas venus.

— Bonjour, dit alors la fillette, toujours dans les bras de Jarrett, en tournant son visage vers Mia. Je m'appelle Jenna. Et toi ?

— Bonjour. Je m'appelle Mia.

— Tu vas avoir un bébé ?

— Jenna ! intervint sa mère, avant de gratifier la jeune femme d'un large sourire. Bonjour, Mia. Cela me fait plaisir de vous voir.

— A moi aussi, ajouta Trace.

— Merci. J'espère que cela ne vous dérange pas que nous ayons ainsi envahi la maison de Jarrett.

La pétillante jeune femme blonde jeta un regard amusé vers son mari. Leur amour irradiait, tout comme celui de Bradley et Karen. Mia eut un pincement au cœur.

— Je pense au contraire que c'est une merveilleuse idée, répondit Kira en souriant. Je me demande juste comment vous avez fait.

— Grâce à un juge et à quelques locataires. Maintenant, si vous voulez bien m'excuser, il faut que je me rende à la salle de bains.

Jarrett la regarda s'éloigner. Il avait envie de l'accompagner, tout en sachant que c'était parfaitement ridicule : elle était tout à fait capable de trouver la salle de bains toute seule.

— Jarrett ? Tu veux bien aider Trace à vider le coffre

des plats que j'ai amenés pour le dîner ? demanda alors sa belle-sœur, l'interrompant dans ses pensées. De mon côté, je vais aller en cuisine avec Jenna, voir si on a besoin d'aide.

— Demande Nola, elle te dira quoi faire.

— Je connais Nola Madison. Je la vois chaque semaine à l'église.

— Alors, je suppose que tu dois aussi connaître plusieurs de mes invités.

— Probablement, oui.

Lorsque la mère et sa fille eurent disparu, Trace se tourna vers lui.

— Parle-moi de Mia Saunders, dit-il.

— Que veux-tu savoir ? Il y a eu une alerte pour le bébé et je l'ai emmenée à l'hôpital. Il n'y a rien d'autre à ajouter, mis à part le fait qu'elle doive rester allongée le plus longtemps possible. Et que si elle n'arrive pas bientôt je vais devoir aller la chercher, conclut-il en lançant un regard vers le couloir qu'elle avait emprunté un peu plus tôt.

— Depuis quand es-tu devenu son protecteur ? demanda son frère, levant un sourcil.

— Elle n'a plus personne depuis la mort de Bradley.

— C'est vrai mais je ne t'aurais jamais cru capable de t'intéresser à autre chose qu'à ces sacrés dollars. Ta vision du monde changerait-elle avec l'âge ?

— Dis donc, je ne suis pas si vieux que cela et ne t'imagine surtout pas que j'ai changé d'avis sur la paternité.

— Il ne faut jamais dire « jamais », frérot. D'ailleurs, je trouve que tu t'en sors plutôt bien avec Jenna.

Jarrett sentit son sang se glacer, il ne voulait pas être père, sans doute parce que son propre père n'en avait jamais été un pour lui.

— Dès que les travaux seront terminés, je vends la résidence et je n'aurai plus rien à voir avec tout cela.

Mia entra dans la salle à manger et constata que tous avaient déjà pris place autour de la table. La seule chaise vide se trouvait à côté de Jarrett, qui la regardait en souriant. Elle s'assit au moment où Nola et Margaret revenaient de la cuisine, chargées chacune d'une énorme dinde. Les volailles furent déposées sur la table à côté des plats de pommes de terre, de petits pois, de la farce et de la sauce. Des murmures de satisfaction s'élevèrent alors de l'assemblée.

— Avant que nous ne commencions, je propose que nous remercions le Seigneur pour cette merveilleuse journée, déclara Nola, après s'être assise. Jarrett ?

Celui-ci se tourna vers son frère qui acquiesça d'un hochement de tête.

— Seigneur, commença Trace, nous Vous remercions pour tout ce que Vous nous avez donné au cours de cette année passée. Certains moments furent difficiles mais, parfois, le pire amène le meilleur. Aujourd'hui, nous voilà tous réunis comme une grande famille autour de cette table. Nous Vous demandons de bénir également les absents et le bébé à venir de Mia. Amen.

— Amen, répétèrent les convives.

Mia garda la tête baissée et les yeux fermés un moment, submergée par le souvenir de son frère et de sa belle-sœur. Ils lui manquaient tellement. Lorsqu'elle releva le visage, elle découvrit que Jarrett l'observait.

— Est-ce que ça va ? demanda-t-il d'une voix chaude, qui la fit frissonner.

— Très bien, répondit-elle. Je suis juste un peu fatiguée.

— Jarrett ? Trace ? appela à cet instant Nola. Voulez-vous nous faire l'honneur de découper les dindes ?

— Bien sûr, répondirent-ils en chœur.

Se levant, les deux frères se dirigèrent vers le bout de la table et s'exécutèrent. Les assiettes commencèrent à circuler et Mia tendit la sienne puis fit passer celle de Jarrett.

— Tu es la petite amie d'oncle Jay ? claironna Jenna, assise de l'autre côté de la place maintenant vide.

— Non, répondit Mia en souriant. Nous sommes juste voisins.

— Ah. Et tu vas bientôt avoir ton bébé ?

— Oui, dans quelques semaines.

— Moi, j'ai un grand frère, continua la fillette. Il s'appelle Jack et, comme il n'habite plus avec nous, papa et maman essaient d'avoir un autre bébé, pour que j'aie un petit frère ou une petite sœur.

— Jenna McKane, l'interrompit alors sa mère, en lui lançant un regard sévère. Tu parles beaucoup trop, je préférerais que tu manges.

Se tournant vers Mia, elle ajouta :

— Je suis désolée. On oublie à quel point les enfants entendent tout.

La jeune femme lui sourit, tout en récupérant l'assiette qu'on lui tendait.

— Ne vous excusez pas. Elle est adorable.

— C'est notre bébé miracle, continua Kira d'un ton attendri. Vous verrez, vous allez adorer être mère et, si vous avez besoin de quoi que ce soit, n'hésitez surtout pas à me le demander.

— Merci, répondit Mia, profondément touchée. Tout le monde a été très gentil avec moi. La seule chose qu'il me faut maintenant est de trouver un endroit où vivre avant le printemps.

Avant que Kira n'ait pu répondre, Jarrett regagnait sa place, mettant fin à leur conversation.

Le repas se déroula gaiement et ce ne fut que vingt minutes plus tard, une fois que tout le monde eut fini son plat et que Jarrett eut été de nouveau sollicité par Nola pour aller découper le gâteau en cuisine, que les deux femmes purent reprendre leur discussion.

— C'est un charmeur mais un homme bien, déclara Kira en le regardant s'éloigner.

Mia ne sut que répondre. Etait-elle en train de lui vanter les mérites de son beau-frère ?

— Je sais que vous devez quitter votre appartement, continua la jeune femme, en se tournant vers elle et je peux peut-être vous aider. Nous avons, au ranch, une dépendance que nous avons aménagée. Ce n'est pas très grand mais il y a deux chambres.

— Oh, Kira ! s'exclama Mia, sans oser y croire. Mais vous n'en avez même pas parlé avec votre mari.

— Parlé de quoi ? demanda alors Trace, se tournant vers sa femme.

— Du fait que Mia pourrait venir vivre dans la dépendance.

— Je n'y vois aucun inconvénient et vous n'aurez pas à payer de loyer. Nous avons une dette envers votre frère qui nous a aidés quand nous traversions des moments difficiles. Nous lui devons bien cela.

— Que se passe-t-il ? demanda Jarrett, qui venait de reprendre sa place.

— Mia vient vivre dans la dépendance du ranch, répondit Trace, un sourire aux lèvres.

— Il n'en est pas question !

Soudain, le silence se fit autour de la table.

— Mia, reprit-il d'un ton plus calme, vous ne pouvez pas vous installer là-bas, pas en plein hiver.

— Je ne veux pas en parler maintenant, répliqua-t-elle, en lançant un regard nerveux autour d'elle. A présent, si vous voulez bien m'excuser.

Il fallait qu'elle sorte de cette pièce.

Elle était arrivée à la hauteur de la salle de bains quand Jarrett la rattrapa et la saisit par le bras.

— Que faites-vous ? demanda-t-elle, d'une voix vibrante de colère.

— Je vous emmène dans un endroit plus discret.

Malgré ses protestations, il l'entraîna le long du couloir, s'arrêta devant la porte de sa chambre et la fit entrer, fermant derrière eux.

— Ecoutez-moi, Mia. Si vous allez vivre maintenant au ranch et qu'il vous arrive quoi que ce soit, avec la neige qui commence à tomber, jamais vous ne pourrez arriver à temps à l'hôpital.

— Je suis assez grande pour m'occuper de moi. De plus je vous rappelle, monsieur McKane, que vous êtes mon propriétaire, pas mon chaperon.

Pour toute réponse, il approcha son visage et posa ses lèvres sur les siennes. Elles étaient douces et chaudes et elle ne put s'empêcher de répondre à son baiser, qui se fit plus intense. Ce fut l'instant que choisit le bébé pour donner un violent coup de pied, qu'il dut sentir. Mettant brusquement fin à leur étreinte, il la souleva dans ses bras et commença à traverser la pièce.

— Que faites-vous ? demanda-t-elle, encore étourdie par ce qui venait de se passer.

— Je vous emmène là où vous devriez être depuis longtemps. Au lit.

6

Furieuse, Mia regarda Jarrett quitter la pièce, la laissant seule sur le lit. Sur *son* lit. Le pire était qu'elle ne pouvait rien dire.

Elle promena son regard autour de la chambre : le plancher et les meubles étaient de bois foncé, tout comme l'immense lit à la tête sculptée. Les murs étaient peints de couleur taupe et deux larges fauteuils en cuir caramel étaient disposés devant la baie vitrée donnant sur une terrasse.

C'était, de toute évidence, une chambre d'homme, dans laquelle elle n'aurait jamais dû se trouver.

Tout comme il était évident qu'elle n'aurait jamais dû répondre au baiser de Jarrett McKane. Qu'est-ce qui lui avait pris ? Fermant les yeux, elle songea à la douceur de sa bouche sur la sienne, à ses bras puissants qui l'enlaçaient et s'en voulut de se sentir à ce point troublée.

En même temps, c'était normal : depuis combien de temps n'avait-elle pas eu une aventure ? Elle n'arrivait même pas à s'en souvenir. Elle n'avait jamais vraiment eu de temps pour ce genre de choses et ce n'était pas parce qu'il était arrivé comme un ouragan dans sa vie, avec son charme indéniable et son attitude protectrice, qu'elle en aurait plus maintenant.

Elle s'apprêtait à se lever lorsqu'elle sentit monter une contraction.

— Oh, non, gémit-elle, en portant la main à son ventre.

Haletante, elle se laissa aller contre l'oreiller. Pourquoi diable était-elle venue ici ?

Respirant lentement, elle sentit que la douleur commençait à s'estomper lorsqu'un coup léger fut frappé à la porte. Sans attendre de réponse, Jarrett entra, portant à la main une assiette dans laquelle se trouvait une part de gâteau.

— Est-ce que ça va ? demanda-t-il, l'air inquiet, en s'approchant du lit.

— Ça va, mentit-elle. Je me repose, c'est tout.

— Vous n'avez pas l'air d'aller si bien que cela, insista-t-il, en posant l'assiette sur la table de chevet. Vous avez des contractions ?

— Juste une petite.

Sans un mot, il prit son portefeuille dans sa poche arrière, en sortit une carte de visite, se saisit de son portable et commença à composer un numéro sur le clavier.

— Que faites-vous ? demanda-t-elle.

— J'appelle votre médecin.

— Vous ne la trouverez pas. C'est Thanksgiving.

— Alors, nous nous rendrons aux urgences. Je ne vois pas d'autre solution.

Le Dr Drake était de garde et il ne lui fallut pas plus d'une minute pour rappeler. Elle parla un moment avec Mia et celle-ci, l'air sombre, tendit le téléphone à Jarrett.

— Je lui ai demandé de ne quitter le lit que pour se rendre à la salle de bains et je souhaiterais la voir dès demain matin. Pourriez-vous l'accompagner ?

— Nous serons là dès la première heure, affirma-t-il, avant de raccrocher et de se tourner vers la jeune femme. Je crains que vous ne soyez obligée de rester là cette nuit.

— Je ne peux pas, protesta-t-elle, avec véhémence. Je ne vais pas rester dans votre chambre alors que vous serez à Mountain View.

— Alors, je suppose que nous allons devoir trouver un arrangement, répondit-il, avec un large sourire.

A cet instant, un nouveau coup fut frappé à la porte et Kira entra.

— Ça va ? demanda-t-elle.

— Oui, ça va. Mia a eu quelques contractions et son médecin veut la voir demain matin. En attendant, elle doit rester au lit.

— Et j'étais en train d'expliquer à Jarrett que je serais beaucoup mieux chez moi, ajouta la jeune femme, en se redressant.

— Je sais que ce n'est pas facile mais vous devez vous reposer, c'est important.

A cet instant, Nola et Sylvia apparurent à leur tour sur le seuil de la porte, l'air anxieux.

— Ne vous inquiétez pas, les rassura Mia. Je vais bien, je vais simplement devoir rester ici cette nuit.

— Nous ne sommes pas inquiètes puisque Jarrett est là pour veiller sur vous, répondit Nola, en s'approchant du lit. Mais je crois que vous devriez manger un peu.

Elle prit l'assiette avec la part de gâteau et entreprit de lui donner à manger à la cuillère.

Ce fut le moment qu'il choisit pour sortir de la chambre.

Etait-il à l'origine de ses problèmes ? Mais qu'est-ce qui lui avait pris de l'embrasser ? Qu'était donc devenue sa belle devise : « toujours garder ses distances » ? En soupirant, il se passa une main sur le visage et, lorsqu'il leva les yeux, aperçut son frère qui venait à sa rencontre.

— Mia va bien. Elle a eu des contractions et se repose, dit-il, avant que celui-ci ne lui demande quoi que ce soit.

— Tant mieux, répondit Trace, l'air soulagé. Mais on dirait que tu as hérité de beaucoup plus que d'un immeuble. As-tu besoin d'aide ?

— Je te remercie, ça va aller.

— J'avoue que je n'aurais jamais cru te voir un jour recevoir sous ton toit un groupe de seniors et mettre une femme enceinte dans ton lit, continua Trace, en souriant. Fais attention, frérot, tu t'adoucis avec le temps, à moins que Mia Saunders n'ait sur toi un effet très particulier, ce qui serait nouveau chez toi.

Jarrett n'eut pas le temps de répondre : ils étaient arrivés à la porte de la salle à manger et les regards se tournèrent vers lui, en attente de nouvelles. Il devait absolument les convaincre que tout se passait bien mais, pour cela, il devait d'abord s'en persuader lui-même.

La pièce était plongée dans l'obscurité, mais Mia savait qu'elle n'était pas seule. Elle pouvait sentir l'odeur d'une cigarette, ce n'était pas bon pour le bébé, elle devait partir d'ici. Elle essaya de se lever mais une main l'obligea à se rasseoir.

— *Reste là ! ordonna une voix qu'elle ne connaissait que trop bien.*

Se tournant, elle découvrit dans la pénombre le visage de son père.

— *Non ! Laisse-moi ! hurla-t-elle, en tentant de se dégager. Je ne veux pas de toi.*

— *Moi non plus, je ne veux pas de toi, répliqua-t-il d'une voix menaçante. Mais le bébé que tu portes est mon petit-enfant et si tu t'imagines que je te laisserai l'élever tu te trompes. C'est un Saunders.*

— *Non ! C'est mon bébé ! C'est mon bébé !*

— Mia ! Mia ! Réveillez-vous.

De nouveau, on la touchait mais, cette fois, le contact était doux, agréable. Ouvrant les yeux, elle découvrit Jarrett, penché sur elle.

Avec un cri, elle se jeta dans ses bras et le serra fort

contre elle. Puis, gênée, elle desserra son étreinte et baissa les yeux.

— Je suis désolée, murmura-t-elle.

— Ce n'est rien. Ce n'est qu'un cauchemar.

— Oui, acquiesça-t-elle, toujours sans le regarder. Un de ces mauvais rêves dans lequel on est poursuivi par les fantômes du passé.

— Un ancien fiancé ?

— Je n'ai pas envie d'en parler.

Il hocha la tête.

— Voulez-vous que je vous amène quelque chose ?

— Non, merci.

— Voulez-vous que je parte ?

Elle se décida à lever le visage vers lui.

— Cela vous ennuierait de rester ? demanda-t-elle, d'une voix sourde. Juste un petit peu.

Une lueur de surprise passa furtivement dans les yeux de Jarrett puis il sourit.

— Aucun problème, répondit-il, en se calant contre la tête de lit. Est-ce que ça vous convient comme cela ?

— Oui, dit-elle, tout en se laissant aller sur l'oreiller, à côté de lui. J'ai juste peur de replonger dans mon cauchemar.

Il prit alors sa main dans la sienne.

— Ne vous inquiétez pas, Mia. Tant que je serai là, personne ne vous fera de mal, ni à vous ni à votre bébé.

Le soleil était haut dans le ciel lorsqu'elle ouvrit les yeux. Lentement les souvenirs de la veille affluèrent à son esprit : le cauchemar, son père. Puis elle prit conscience d'un bras autour d'elle et du bruit d'une respiration régulière dans son dos. Elle tourna la tête. Jarrett McKane dormait à côté d'elle.

Mon Dieu, pourquoi était-il encore là ?

Mais elle n'eut pas le loisir de se poser longtemps la

question. Il fallait absolument qu'elle se rende dans la salle de bains.

Se dégageant de son étreinte le plus doucement possible, elle descendit du lit. Lorsqu'elle revint quelques minutes plus tard, il était éveillé et s'était redressé. Son torse était nu, bronzé et superbement musclé.

— Bonjour, dit-il, en se passant la main dans les cheveux. Il semblerait que partager les premières heures du matin soit devenu pour nous une habitude.

— Ne vous inquiétez pas, je serai bientôt partie.

— Je ne m'en plaignais pas, je ne faisais que constater. Mais ne devriez-vous pas être couchée ? demanda-t-il, en se levant.

Sans protester, elle retourna s'allonger.

— Parfait. Je vais chercher le petit déjeuner. Des œufs vous conviendront-ils ou préférez-vous que je parte en quête de beignets ?

Deux heures plus tard, Mia se trouvait dans le cabinet du Dr Drake tandis que Jarrett attendait au-dehors.

— Vous vous en sortez bien, conclut le médecin en enlevant ses gants, après l'avoir examinée. Vous n'êtes pas encore dilatée et n'avez plus de contractions mais je préfère faire une échographie de contrôle.

Appuyant sur l'Interphone, elle demanda qu'on lui amène l'échographe.

— Vous êtes inquiète ?

— Je prends mes précautions : vous êtes enceinte de trente-sept semaines, Mia, je veux juste vérifier le poids du bébé.

Un coup fut frappé à la porte et un technicien entra, apportant la machine. Jarrett en profita pour passer la tête.

— Est-ce que tout va bien ? s'enquit-il.

— Acceptez-vous qu'il assiste à la suite de la consultation ? demanda le Dr Drake, en se tournant vers la jeune femme.

— Oui, répondit-elle, le regard rivé sur celui de Jarrett. Entrez.

L'air surpris, il s'approcha d'elle pendant qu'elle s'allongeait sur la table, réalisant qu'elle était sur le point de lui exposer son ventre nu.

Le Dr Drake lui indiqua d'un signe du menton l'endroit où il pouvait se tenir, appliqua le gel sur la tête de la sonde puis commença à promener celle-ci sur l'estomac de Mia. L'image sur l'écran fut d'abord granuleuse mais, rapidement, on vit apparaître une tête et un petit corps. Jarrett semblait subjugué.

— Seigneur, murmura-t-il. C'est un bébé.

— A quoi vous attendiez-vous ? demanda le médecin, d'un ton malicieux, avant de se tourner vers Mia. Le bébé a un poids très raisonnable, il n'y a aucun souci. De plus, comme vous pouvez le voir, il est parfaitement positionné. Mais voyons cela de plus près…

Ce disant, elle fit un zoom à l'aide du clavier et le visage du bébé envahit l'écran.

— Oh, mon Dieu ! s'exclama Mia, s'agrippant au bras de Jarrett, il a les mêmes traits que Bradley lorsqu'il était petit.

— C'est tout à fait normal, la rassura le médecin, en lui tapotant la main. Voulez-vous connaître le sexe ?

Mia regarda Jarrett, qui avait l'air aussi ému qu'elle, puis fit un signe de tête affirmatif et le médecin déplaça sa sonde. Il n'y avait aucun doute possible.

— Bonjour, Bradley, salua Jarrett, avant de se tourner vers Mia. Car je suppose que vous allez l'appeler comme votre frère : Bradley Junior.

La jeune femme était restée muette durant tout le trajet

du retour. Jarrett gara la voiture devant l'immeuble et se tourna vers elle.

— Est-ce que ça va ? demanda-t-il.

Elle semblait perdue.

— Voir le bébé a rendu tout cela tellement réel, dit-elle d'une voix étranglée. Un garçon. Comment vais-je pouvoir élever un garçon ? Il a besoin d'un père. Bradley devrait être là…

Il vit des larmes rouler sur ses joues.

— Il n'a pas de père mais il vous a, vous, et c'est ce qui peut lui arriver de mieux.

Tout en parlant, il lui avait pris la main. Elle était glacée malgré le chauffage.

— Vous ne me connaissez pas : j'ai fait beaucoup d'erreurs dans ma vie, de mauvais choix.

— Peut-être mais, si vous n'étiez pas quelqu'un de très bien, votre frère ne vous aurait jamais choisie pour porter son enfant.

— Il m'a choisie pour porter son enfant, pas pour l'élever. Oh, mon Dieu, que se passera-t-il si je me trompe encore ?

— Tout le monde se trompe, Mia, affirma-t-il, en fronçant les sourcils. Ce n'est pas pour cela qu'il faut abandonner. De plus, vous avez des amis.

Les larmes continuaient de couler sur les joues de la jeune femme.

— J'ai horreur de cela, dit-elle en les essuyant d'un geste rageur. Je ne pleure jamais.

— Je suppose que c'est normal.

Il n'aimait pas la manière dont il s'impliquait de plus en plus dans la vie de la jeune femme, sans parler de celle des autres locataires.

Dès qu'il pourrait vendre l'immeuble et qu'ils seraient tous relogés, il en aurait fini avec tout cela et pourrait enfin reprendre le cours de son existence. Cependant, serait-ce aussi simple ? Il songea à Mia sur la table d'examen, au bébé qu'il avait vu... Il fallait absolument que les travaux se finissent le plus rapidement possible afin qu'il puisse s'en aller tout aussi vite.

— Nous ferions mieux de rentrer à l'appartement. Il y fera plus chaud et vous pourrez vous reposer.

— C'est ce que je passe mon temps à faire, répondit-elle d'un ton maussade.

— D'après ce que m'a dit Kira, vous en aurez beaucoup moins le loisir lorsque le bébé sera né.

Il s'apprêtait à descendre de la voiture lorsqu'elle l'arrêta d'un geste.

— Merci, dit-elle doucement. Merci d'avoir été là aujourd'hui.

Il vit ses magnifiques yeux bleus s'emplir de nouveau de larmes et son cœur se serra.

Seigneur. Les ennuis arrivaient à grands pas !

7

Une semaine plus tard, les travaux avaient déjà bien avancé. L'un des ascenseurs fonctionnait et le tuyau défaillant de la salle commune avait été changé. Jarrett avait même accepté de participer à la décoration de la résidence, Joe ayant réussi à le convaincre que ce serait le premier Noël du bébé de Mia et qu'il fallait fêter cela.

Bien qu'il ait décidé de garder ses distances avec la jeune femme, il en avait eu des nouvelles grâce à Nola et pouvait également constater qu'elle recevait de nombreuses visites. Cet après-midi-là, Kira et Jenna frappèrent à sa porte. Elles sortaient de chez la jeune femme et, après lui avoir fait la liste de tous les cadeaux qu'avait reçus Mia pour le bébé, sa nièce lui fit part de ce qu'elle pensait de son nouvel appartement.

— Je préfère ton autre maison, conclut-elle.

— J'y retournerai très bientôt.

— Mais tu dois t'occuper de Mia et de son bébé. Promets-moi que tu le feras.

Il fut surpris de sa demande.

— D'accord. Je te promets que, tant que je serai vivant, il ne leur arrivera rien, répondit-il pourtant.

Cette réponse parut satisfaire la fillette.

— Alors, tu viendras la voir au ranch, continua-t-elle, avec un sourire. Parce qu'elle va venir y vivre. J'ai hâte de tenir le bébé dans mes bras.

— C'est définitif ? demanda-t-il, en se tournant vers sa belle-sœur.

— Presque. Je crois avoir réussi à la convaincre que c'était mieux pour elle et le bébé.

— Elle va être dans notre famille, oncle Jay, ce sera comme notre bébé. Peut-être même qu'elle sera prête à le partager avec toi.

— D'où sort-elle des idées pareilles ? demanda Jarrett, inquiet de ce qu'avait pu s'imaginer sa belle-sœur sur leur relation.

— Cela me semble plutôt une bonne idée, répondit celle-ci avec un sourire.

Le jour suivant, il se rendit à son bureau et chargea deux de ses employés de chercher des appartements aux loyers abordables pour ses locataires. Il voulait en finir le plus rapidement possible. Pourtant, si Mia allait vivre au ranch de son frère, il n'aurait d'autre choix que la voir, mais était-ce vraiment un problème ? Au moins, là-bas, elle serait avec Trace et Kira et il pourrait enfin retourner à ses affaires. Il songea alors à l'échographie : il n'aurait pas dû être là ce jour-là, tout comme il n'aurait pas dû l'embrasser le jour de Thanksgiving. Il devait absolument garder ses distances.

De toute façon, il avait bien d'autres choses à penser, comme ce projet d'usine qu'il devait absolument mener à bien s'il ne voulait pas passer le reste de ses jours au Mountain View Apartments.

Quelques jours plus tard, il fut réveillé au milieu de la nuit par la sonnerie de son téléphone.

— Jarrett, dit une voix familière. Pouvez-vous venir ?

Enfilant prestement un T-shirt et un jean, il traversa le couloir et s'apprêtait à frapper à la porte lorsque Mia lui ouvrit. Il avait beau être 3 heures du matin, elle était habillée et parfaitement coiffée.

— Il faut que vous m'emmeniez à l'hôpital, dit-elle sans détour. J'ai perdu les eaux.

— Le travail a commencé ? demanda-t-il, fronçant les sourcils, le rythme de son cœur brusquement accéléré.

— Oui. Les contractions sont encore espacées mais le Dr Drake m'a conseillé de venir dès maintenant. Nola ne peut pas m'emmener, elle est auprès de sa petite-fille malade. C'est pour cela que je vous ai appelé.

— Vous avez bien fait, répondit-il, avant de s'éclipser pour aller chercher ses clés de voiture.

Lorsqu'il revint, elle l'attendait, un bagage à la main.

— Ça va ?

— Ça va, j'ai juste un peu peur.

Ils prirent l'ascenseur pour rejoindre le rez-de-chaussée. Lorsque les portes s'ouvrirent, il soutint la jeune femme par le bras pour l'aider à marcher.

— Qui dois-je appeler lorsque nous serons à l'hôpital ?

— Il était prévu que ce soit Nola qui soit à mes côtés.

— Y a-t-il quelqu'un pour la remplacer ?

Elle s'arrêta et le regarda, l'air implorant.

— Vous ?

— Vous plaisantez ! Je ne sais même pas ce qu'il faut faire.

— Moi non plus, répondit-elle avec un sourire qui se transforma brusquement en grimace.

La douleur pouvait se lire sur son visage, le travail avait manifestement commencé.

Trente minutes plus tard, il arrêtait sa voiture devant la porte des urgences. Un employé vint chercher la jeune femme en chaise roulante, établit son dossier puis l'emmena en salle de travail où des infirmières la prirent en charge. Quelques instants plus tard, elle était allongée sur le lit, un monitoring posé sur le ventre.

Ce fut à ce moment qu'arriva le Dr Drake.

— Le 15 décembre me semble être une bonne date pour une naissance, dit-elle, en souriant. Comment allez-vous ?

A peine eut-elle posé cette question que Mia sentit monter une contraction.

— Respirez, lui conseilla Lauren, en s'approchant du lit. Doucement, voilà, c'est presque fini. Ne vous inquiétez pas, l'anesthésiste sera bientôt là. Y a-t-il quelqu'un pour rester à vos côtés ?

— Moi.

Toutes deux tournèrent la tête pour découvrir Jarrett, debout sur le pas de la porte.

— J'ai appelé Kira et elle a immédiatement proposé de venir, dit-il en entrant dans la salle. Elle est en route. Je propose donc de rester près de Mia jusqu'à ce qu'elle arrive.

La jeune femme sentit les larmes lui monter aux yeux. Elle n'allait pas être seule.

— Merci, murmura-t-elle.

— Faites votre travail, coach, dit alors Lauren, en s'adressant à Jarrett.

Celui-ci prit la main de la jeune femme et, après lui avoir expliqué ce qu'il devait faire, le médecin quitta la pièce.

Une heure plus tard, les contractions étaient devenues de plus en plus fortes et de plus en plus fréquentes, mais les gestes doux et les paroles apaisantes de Jarrett lui permettaient de supporter la douleur. Elle respirait comme elle l'avait appris tandis qu'il lui essuyait le front.

— Vous m'impressionnez, dit-il, après une série de contractions particulièrement éprouvante. Vous ne vous êtes pas plainte une seule fois. Je suis certain que vous allez être une mère formidable.

— Vous vous en êtes plutôt bien sorti, vous aussi. Vous êtes un coach suppléant très efficace.

A cet instant, la porte s'ouvrit et l'anesthésiste entra

pour poser la péridurale. Rapidement, Mia se détendit. Elle ne ressentait plus la douleur, juste une pression quand montaient les contractions.

— Ça va mieux ? demanda Jarrett, debout près du lit.

— Ce médicament est miraculeux, répondit-elle en souriant.

Les choses s'accélérèrent au cours de l'heure suivante.

Les contractions étaient maintenant de plus en plus rapprochées et la pression se faisait de plus en plus forte.

Lorsque le Dr Drake arriva, elle jeta un coup d'œil sur l'écran du monitoring avant de demander à Jarrett de sortir.

— Vous n'êtes plus très loin, Mia, dit-elle. Tenez-vous prête.

— Déjà ?

Elle n'était là que depuis quelques heures.

— Cela arrive parfois, répondit Lauren en souriant, mais il est quand même rare que le travail dure si peu de temps pour un premier bébé.

A ce moment, Jarrett ouvrit la porte.

— L'infirmière vient de m'informer que vous étiez sur le point d'accoucher. Si vous voulez que je parte, je ne le prendrai pas mal, mais si vous préférez que je reste je le ferai. C'est à vous de décider.

Avant qu'elle ne puisse répondre, elle sentit une nouvelle contraction monter. Il s'approcha d'elle et elle lui saisit la main.

Tout alla ensuite très vite. Lauren demanda à Jarrett de se tenir derrière Mia. Il lui essuyait le front et, lorsqu'elle se sentait trop épuisée, l'encourageait à pousser.

Quelques instants plus tard, le bébé faisait son entrée dans le monde.

— Voilà votre fils, déclara le Dr Drake, en lui présentant le nourrisson qui criait à pleins poumons.

— Eh bien, j'ai l'impression qu'il n'aura aucun mal à se faire entendre, dit Jarrett d'une voix étranglée.

Les yeux de Mia étaient remplis de larmes.

— Il est beau, n'est-ce pas ?

Une infirmière le prit alors pour le peser et le nettoyer.

— Il pèse trois kilos cinq et mesure cinquante-trois centimètres, annonça-t-elle, gaiement.

— Merci, Jarrett, dit la jeune femme en se tournant vers lui, un sourire fatigué aux lèvres.

— Je n'ai pas fait grand-chose, répondit-il, lui enlevant une mèche collée sur sa joue.

— Mais c'était tout ce qu'il me fallait. S'il vous plaît, pourriez-vous appeler Nola et lui dire que tout va bien ?

Il sembla comprendre qu'elle avait besoin d'être seule et sortit, la laissant seule avec le bébé. *Son* bébé. Bien qu'épuisée, elle ne s'était jamais sentie aussi heureuse.

Deux jours plus tard, elle était prête à rentrer chez elle. Le bébé allait bien et ils pouvaient quitter l'hôpital. La seule formalité qui restait à accomplir était de mettre un nom sur le certificat de naissance de son enfant. Durant la nuit, elle avait sorti de son sac la lettre que son frère et sa belle-sœur lui avaient laissée, les larmes ruisselant sur ses joues : jamais ils ne connaîtraient leur fils. Enfin, elle avait ouvert l'enveloppe.

« Chère Mia,

« Les mots ne sont pas assez forts pour exprimer la joie que nous avons ressentie quand nous avons appris que tu étais enceinte.

« Jamais nous n'oublierons la générosité de ton acte et nous t'en serons éternellement reconnaissants.

« Comme toutes les mères, Karen a choisi les prénoms : Bradley Preston pour un garçon et Sarah Margaret pour une fille. Afin que tu fasses toujours partie de notre famille, nous souhaiterions que tu deviennes la marraine de notre enfant et, s'il devait nous arriver malheur, nous t'en confions l'éducation. Après tout, tu l'as porté pendant neuf mois et tu es la personne la plus qualifiée pour le faire.

« Notre seul souhait est que tu trouves le bonheur que tu mérites.

« Avec tout notre amour,

Bradley et Karen. »

Mia avait passé le reste de la nuit à sangloter et, lorsqu'on lui avait amené le bébé pour qu'elle le nourrisse, elle avait su à quel point elle l'aimait : Bradley Junior était son trésor, son fils.

Deux heures plus tard, Jarrett garait sa voiture devant l'entrée du Mountain View. Mia jeta un coup d'œil sur la banquette arrière : elle avait du mal à réaliser qu'elle était mère. Jarrett descendit, fit le tour de la voiture, détacha la ceinture de sécurité qui maintenait la nacelle du bébé et le sortit, après l'avoir entouré d'une couverture pour le protéger du froid.

Ensuite il vint rejoindre Mia qui les attendait, lui offrit son bras et tous trois pénétrèrent dans le hall où ils furent accueillis par Nola et quelques-uns des résidents.

— Bienvenue, Mia !

— Merci. C'est bon de rentrer chez soi.

Le hall avait été décoré pour Noël : un grand sapin trônait dans un coin et des guirlandes entouraient la rambarde en fer forgé de l'escalier. Ils se dirigèrent vers l'un des canapés qui se trouvaient dans l'entrée et Jarrett y déposa la nacelle. Lorsqu'elle retira la couverture, tous s'extasièrent.

— Il est parfait ! déclara Nola. Et si beau. Comme votre frère. Comment s'appelle-t-il ?

— Bradley Preston Saunders, Junior, répondit Mia, d'une voix émue, c'est le nom qu'avaient choisi Karen et Bradley.

— Je crois que Mia et son bébé ont besoin de se reposer, intervint alors Jarrett.

A un autre moment, la jeune femme aurait détesté qu'il prenne une décision à sa place mais elle était épuisée.

— Vous viendrez me voir plus tard, dit-elle, tandis qu'il prenait la nacelle et se dirigeait vers l'ascenseur.

Arrivée devant son appartement, elle en ouvrit la porte et s'effaça pour le laisser entrer. Avant qu'elle n'ait eu le temps de lui demander de poser le bébé sur le canapé, il était déjà entré dans la chambre, *sa* chambre. Elle le suivit, se disant qu'il était temps de mettre un terme à cette… intimité. Maintenant, elle devait s'occuper d'elle et de son bébé et ne surtout pas être distraite. Or, Jarrett McKane avait tout pour la perturber.

— Je peux me débrouiller seule, vous savez.

— Je voulais juste vous éviter de porter un poids, dit-il en posant la nacelle sur le lit. Vous sortez tout juste de l'hôpital.

— Le bébé n'est pas bien lourd, répliqua-t-elle en défaisant les bretelles qui le maintenaient, avant de prendre son petit contre elle.

Elle pouvait sentir son souffle chaud sur la peau de son cou. Si seulement Jarrett pouvait s'en aller. Elle avait besoin d'être seule avec son fils.

— Je suis sûre que vous avez plein de choses à faire, reprit-elle. Et je dois nourrir Bradley.

— Bien sûr, répondit-il vivement. De toute façon, j'ai une réunion, mais si vous avez besoin de quoi que ce soit…

— … Je sais où vous trouver, acheva-t-elle, en imaginant à quel point il serait facile de se laisser aller à dépendre de lui, mais aussi de s'y attacher de plus en plus. Jarrett, je ne pourrai jamais assez vous remercier pour tout ce que vous avez fait.

— A quoi serviraient les propriétaires s'ils ne peuvent, de temps en temps, faire fonction d'assistant durant un accouchement ? répondit-il, en souriant.

Sur ce, il quitta la pièce et sortit.

Elle entendit le bruit de la porte qui se refermait.

Elle allongea alors Bradley sur la table à langer. Le bébé cligna des yeux puis la regarda et son cœur se serra.

— Bienvenue chez toi, petit bonhomme, murmura-t-elle doucement. On dirait qu'il n'y a plus que toi et moi maintenant.

8

Quelques jours plus tard, Jarrett passa la soirée à jouer au poker avec Joe et quelques autres locataires dans la salle commune. Il était minuit passé lorsqu'il sortit de l'ascenseur pour rentrer chez lui et il avait déjà introduit sa clé dans la serrure lorsqu'il entendit des pleurs d'enfant provenant de chez Mia. Indécis, il ne savait que faire mais, quelques minutes plus tard, les cris ne s'étaient toujours pas arrêtés et il se décida à frapper à la porte de la jeune femme.

Celle-ci lui ouvrit. Elle avait les traits tirés et ne semblait pas avoir beaucoup dormi.

— Tout va bien ? demanda-t-il.

— Tenez, fut simplement sa réponse et elle lui tendit le bébé hurlant, enroulé dans une couverture. J'ai tout essayé, je n'arrive pas à le calmer.

Légèrement décontenancé, Jarrett prit Bradley dans ses bras pendant qu'elle faisait demi-tour et regagnait le salon. Fermant la porte derrière lui, il la suivit. Dans ses bras, le bébé, rouge de colère, battait l'air de ses petits poings serrés.

— Lui avez-vous donné à manger ?

— Bien sûr que je l'ai nourri ! Je l'ai nourri, je l'ai changé, je lui ai donné un bain, je lui ai fait faire son rot… rien n'y fait. Je suis vraiment nulle !

Elle était au bord des larmes.

Lui-même ne savait pas vraiment ce qu'il convenait de faire. Posant le bébé sur son épaule, il commença à lui tapoter le dos et les cris redoublèrent.

— Peut-être a-t-il encore faim ? demanda-t-elle, d'une voix anxieuse. Peut-être n'ai-je pas assez de lait ?

— Ou peut-être a-t-il simplement une bulle d'air, coincée quelque part…

Il se dirigea vers le canapé, s'y assit, allongea le bébé sur ses jambes et lui caressa le dos, se souvenant avoir vu Kira faire cela avec Jenna. Au bout de quelques minutes, Bradley laissa s'échapper un rot sonore et, doucement, ses cris s'affaiblirent avant de s'arrêter complètement. Une minute plus tard, il dormait.

— Tout va bien, maintenant, dit-il, en souriant à la jeune femme.

Elle ne semblait guère convaincue.

Prenant délicatement le bébé dans ses bras, il se leva, rejoignit la chambre et le déposa dans son berceau sur le dos puis il s'écarta pour laisser Mia ajuster la couverture autour du petit garçon, qui ne s'était pas réveillé.

— Merci pour ce que vous avez fait, dit-elle, des larmes dans la voix. Je n'aurais jamais pu imaginer qu'il avait juste besoin de faire un deuxième rot.

Il lui prit alors la main et l'entraîna vers le lit sur lequel il la fit s'asseoir avant de prendre place à côté d'elle.

— Eh bien, maintenant vous le savez, dit-il d'une voix douce, tout en rejetant en arrière une mèche de cheveux échappée de la queue-de-cheval de la jeune femme.

Son cœur se mit à battre plus vite et un irrépressible désir monta en lui. Il devait s'en aller, il le savait mais en était incapable.

— Vous devriez appeler Kira, elle saura vous guider.

— Peut-être. Vous avez de la chance d'avoir une famille.

— Trace et Kira n'ont pas toujours pensé cela, répondit-il, en détournant le regard et c'était principalement ma faute.

— Vous avez l'air pourtant très proches, aujourd'hui.

— Parfois, on réussit à réparer ses erreurs. Je dois avouer que Kira nous a beaucoup aidés à nous retrouver, Trace et moi.

Elle l'observa un instant en silence.

— Etes-vous demi-frères ? finit-elle par demander.

— Nous n'avons pas la même mère, reconnut-il. J'ai perdu la mienne à l'âge de six ans puis mon père a rencontré Alice, l'a épousée et ils ont eu un bébé, Trace.

— Etait-elle gentille avec vous ?

— Alice ? Elle n'avait pas beaucoup de temps à m'accorder. Quant à mon père, il ne s'occupait que de son ranch et m'emmenait systématiquement avec lui. Je détestais cela, c'est pourquoi je suis entré à l'université dès que j'en ai eu l'occasion.

— Je suis sûre qu'ils étaient fiers de vous, assura-t-elle, avec un sourire, avant que ses yeux ne se voilent brusquement. Bradley aussi était mon meilleur ami et moi, je n'ai fait que le décevoir.

— J'ai du mal à vous croire.

— J'étais têtue, j'en voulais à la terre entière et j'étais surtout très idiote. Une fille trop grosse qui ne faisait rien de ce qu'on attendait d'elle… J'ai réussi à lasser tout le monde, alors je me suis tournée vers une bande qui, elle, m'a acceptée.

Devant son silence soudain, il se demanda ce qui l'avait blessée au point qu'elle ne puisse en parler.

— Parfois, nous ne voyons pas ce qui est juste devant nos yeux, dit-il, d'une voix rassurante. J'ai mis trente ans à comprendre que Trace n'était pas responsable de l'attitude de mon père et que je n'avais aucune raison de lui en vouloir, et encore, je ne suis pas sûr d'y être totalement parvenu.

— Je suppose que la petite Jenna a hâté la réconciliation.

— Oui, je dois l'avouer. Mais dites-moi, quand avez-vous dormi pour la dernière fois ?

— Je dors quand Bradley dort, répondit-elle, haussant les épaules.

— Ce n'est pas suffisant, Mia. Cela fait déjà une semaine que vous avez quitté l'hôpital et vous ne vous êtes absolument pas reposée.

Cela faisait déjà une semaine qu'il ne l'avait pas vue ? Il était resté tard au bureau, s'était occupé des travaux, avait tout fait pour rester le plus loin possible de la jeune femme. Mais, ce soir, il se rendait compte à quel point elle lui avait manqué. Lentement, il approcha son visage du sien.

— Jarrett...

— J'aime la façon dont vous prononcez mon nom, murmura-t-il, avant de l'attirer à lui et de l'embrasser.

Elle soupira et passa ses bras autour de son cou.

Son baiser se fit plus profond, plus sensuel, trahissant la faim qu'il avait d'elle.

Brusquement, il détacha ses lèvres des siennes et se redressa. Il était encore trop tôt pour Mia.

Mais il était trop tard pour lui...

Mia s'étira paresseusement, sous la lumière du jour qui entrait dans sa chambre. Dormi ! Elle avait enfin dormi ! Souriant au souvenir du baiser que lui avait donné Jarrett la veille, elle se leva et s'approcha du berceau : il était vide... Son cœur fit un bond dans sa poitrine. A ce moment une voix familière lui parvint, provenant de la cuisine : Nola.

— Bonjour, la salua celle-ci en la voyant entrer précipitamment.

Elle était en train de donner un bain à Bradley dans la petite baignoire en plastique et celui-ci semblait ravi.

— Bonjour, Nola. Que faites-vous ici ? Pourquoi ne m'avez-vous pas réveillée pour que je lui donne à manger ?

— Il a dormi jusqu'à 5 heures ce matin, puis Jarrett m'a appelée pour me demander comment faire avec la bouteille de votre lait qui se trouvait dans le réfrigérateur. Je le lui ai expliqué et il a donné un biberon à Bradley. Il y a une heure, il est parti car il devait préparer une réunion. J'espère d'ailleurs qu'il sera revenu à temps pour notre petite fête de ce soir. A ce moment, je suis venue prendre le relais et j'ai décidé de vous laisser dormir.

— Mais pourquoi vous a-t-il appelée ? Il aurait dû me réveiller.

— Parce que nous nous inquiétons tous pour vous, Mia, répondit Nola en sortant le bébé du bain et en le lui tendant, afin qu'elle l'enroule dans une serviette. Les jeunes mères sont fragiles et peuvent parfois s'effondrer, surtout si elles sont seules.

— Je vais bien, assura la jeune femme, en serrant son fils contre elle avant de se diriger vers la chambre pour l'habiller, suivie de Nola.

Elle passa une brassière colorée à Bradley et était sur le point de le reprendre dans ses bras quand sa voisine la devança.

— Vous devriez d'abord manger, ordonna-t-elle d'un ton ferme. Je pense que vous avez juste le temps de prendre un petit déjeuner et une douche avant que ce petit garçon ne réclame de nouveau toute votre attention.

— Merci, Nola, répondit Mia en souriant. Je ne sais pas ce que je ferais sans vous.

— Ne me remerciez pas. Nous serions à la rue si vous n'aviez pas été là.

— Nous y serons bientôt, de toute façon.

— Rien n'est joué, objecta la vieille dame en rajustant ses lunettes sur son nez. J'ai confiance en notre charmant propriétaire. De plus, j'ai fort bien remarqué la manière dont il vous regarde et je dois avouer que, ce matin, je l'ai trouvé très à l'aise avec Bradley.

Subitement, le visage de Jarrett apparut devant les yeux de Mia, mais elle repoussa cette vision, se refusant à penser à lui. Il n'avait rien de l'homme qu'il lui fallait. Il ne pensait qu'à l'argent et il le ferait toujours passer avant sa famille.

— Il compte les jours qui restent avant notre départ, répliqua-t-elle, d'un ton amer.

— C'est tout à fait évident, c'est d'ailleurs pour cela que nous avons passé Thanksgiving chez lui, qu'il a aidé Joe à repeindre votre appartement et est resté près de vous lorsque vous avez accouché.

Mia sentit le rouge lui monter aux joues. Elle ne pouvait qu'admettre qu'il avait toujours été là lorsqu'elle avait eu besoin d'aide. Quant au baiser de la nuit précédente, elle aurait voulu qu'il ne s'arrête jamais et c'était bien là le problème... Elle n'était plus seule, maintenant, et l'homme avec qui elle aurait une relation devrait aussi accepter son fils, ils étaient indissociables.

De plus, pourrait-elle lui révéler tous les secrets de son passé ainsi que les mensonges qu'elle avait proférés afin de se protéger ? Que se passerait-il s'il découvrait qui elle était réellement ?

Peu avant midi, Jarrett entra dans le restaurant où il devait rencontrer Fulton. Il avait peu dormi et espérait être néanmoins convaincant mais, pour cela, il valait nettement mieux qu'il cesse de penser à Mia, au baiser qu'ils avaient échangé et à sa nuit sur le canapé, une première pour lui. D'ailleurs, avec Mia, il expérimentait beaucoup de « premières », par exemple, jouer les gardes d'enfant pour son fils.

Il avait passé la dernière semaine à mettre au point un projet pour l'usine Fulton qui, s'il était accepté par le conseil d'administration, serait bénéfique pour tout le monde et le sauverait, lui. Il savait que ce genre d'opportunité ne se présentait pas tous les jours. Si le projet était refusé, il perdrait beaucoup plus qu'une simple vente.

L'hôtesse du restaurant le conduisit jusqu'à la table près de la fenêtre à laquelle se trouvait déjà Neil, l'air sombre.

— Bonjour, Neil. Merci d'avoir accepté de me voir si rapidement.

— J'espère que vous avez de bonnes nouvelles, répondit celui-ci, en serrant la main qu'il lui tendait. J'aimerais que tout soit réglé avant que je ne reprenne l'avion, ce soir.

Jarrett s'obligea à respirer doucement afin de ne rien laisser paraître de sa nervosité.

Tous deux passèrent commande à la serveuse puis Neil reprit la parole :

— Alors, dites-moi ce qu'il y a de si important…

— Je voudrais vous montrer quelque chose, répondit-il, en sortant de sa mallette les nouveaux plans qu'il avait dessinés pour la future usine. Comme vous le savez, il y a, sur le site, deux immeubles d'habitations, dont l'un est occupé. Or, les locataires actuels ne quitteront pas les lieux avant mars.

— Je croyais que tout était réglé, rétorqua Fulton en fronçant les sourcils, visiblement irrité. Vous m'aviez assuré que les bâtiments seraient démolis avant fin janvier et que nous pourrions commencer les travaux dès le début du printemps.

— Je sais, mais un juge en a décidé autrement. Par

contre, j'ai une idée qui pourrait être encore plus intéressante, annonça-t-il en étalant les croquis sur la table. Le terrain est tellement grand que nous pourrions construire l'usine et son parking à l'arrière de la propriété, derrière les deux bâtiments.

— Quel intérêt y aurait-il à faire cela ?

— D'abord, cela mettrait l'usine un peu à l'écart de la ville et la rendrait plus facilement accessible aux heures de pointe.

— Mais cela reviendra plus cher d'y faire venir les engins de construction.

— De plus, continua Jarrett sans se laisser déstabiliser, vous pourriez utiliser l'un des bâtiments pour y installer vos bureaux, ce qui vous ferait économiser le coût de la construction.

— Vous voulez que j'occupe ces bâtiments délabrés ?

— Juste l'*un* d'entre eux. Même s'ils ont été négligés pendant des années, ce sont des bâtiments robustes, dont la rénovation vous reviendra de toute façon moins cher que la construction de nouveaux bureaux. Suffisamment grands, ils pourront accueillir tout le service administratif de l'usine et, si leur côté un peu vieillot ne vous convient pas, vous pourrez toujours en modifier l'aspect. Enfin, l'immeuble auquel je songe est déjà libre et les travaux pourraient commencer juste après les vacances.

Sans un mot, Fulton observa les plans un long moment, avant de relever les yeux.

— Il n'y a vraiment aucun moyen de faire partir les locataires ?

— Non, répondit Jarrett, en secouant la tête. Je ne le peux pas et ne le veux pas. Ce sont, pour la plupart, des personnes âgées, dont deux sont handicapées, et qui n'ont pour tout revenu que leur seule retraite. Je leur ai promis qu'ils pouvaient rester jusqu'au printemps et, pour être honnête, je souhaiterais qu'ils puissent rester définitivement.

— Vous savez que d'autres terrains que le vôtre pourraient nous intéresser ?

— Je le sais mais celui-ci est le mieux placé.

— Ces locataires ont donc tellement d'importance pour vous ?

Jarrett se laissa aller contre le dossier de son siège. Il n'y avait jamais réfléchi jusque-là mais les résidents l'avaient accueilli avec plus de chaleur que ne l'avait jamais fait son père et, à vrai dire, ils prenaient de l'importance dans sa vie. Trop sans doute… Il songea à Mia et Bradley.

— Je fais seulement en sorte de ne pas aboutir en prison, répondit-il, avec un haussement d'épaules.

Lorsque, épuisé, il se gara devant Mountain View, ce soir-là, il n'avait réussi à arracher à Fulton que la promesse de soumettre le projet au conseil d'administration.

Sortant de sa voiture, il remonta l'allée menant à la porte principale. Si Fulton acceptait, cela signifiait qu'il n'aurait personne à expulser. Bien sûr, il faudrait faire des travaux pour tout remettre en état, beaucoup de travaux. Il faudrait aussi penser à revoir la décoration… Il secoua la tête : il ne devait pas s'emballer, rien n'était joué.

Les souvenirs de la nuit précédente lui revinrent à la mémoire. Depuis que Mia Saunders avait fait irruption dans son existence, ses projets en avaient été bouleversés. Après avoir passé la majeure partie de sa vie à obtenir ce qu'il voulait, il avait suffi d'une rencontre avec une jeune femme brune aux yeux bleus et une poignée de retraités pour que tout soit remis en question.

Ouvrant la porte de l'immeuble, il pénétra dans le hall et s'arrêta net : l'endroit était bondé et une douzaine de locataires, regroupés autour d'un piano, chantaient un cantique de Noël.

Jarrett ne bougea pas, observant ceux qu'il avait appris à connaître au cours des dernières semaines, les regardant partager la joie du moment. Il se sentit d'autant plus ému qu'il ne se souvenait pas de la dernière fois où Noël avait été symbole de joie pour lui, sans doute lorsqu'il n'était encore qu'un petit garçon.

Enfin, il repéra Mia, de l'autre côté du hall, et se sentit submergé par un sentiment maintenant familier de plaisir. Elle était ravissante, vêtue d'un sweat-shirt bleu qui faisait ressortir l'éclat de ses yeux et d'un pantalon noir. Sa longue chevelure brune était attachée avec un ruban rouge. En souriant, elle lui fit signe de la main.

Peut-être ce Noël serait-il plus agréable que les autres après tout…

9

Mia l'aperçut dès qu'il pénétra dans l'immeuble; il était difficile de ne pas le remarquer : vêtu d'un costume sombre, d'une chemise blanche, d'une cravate rayée et d'un par-dessus gris, il semblait tout droit sorti d'un bureau de Wall Street.

— Quel homme séduisant, lui glissa Nola qui, debout à côté d'elle, portait Bradley dans ses bras. Vous devriez aller lui parler avant que quelqu'un ne le fasse avant vous.

D'un geste du menton, elle invita la jeune femme à rejoindre leur propriétaire.

Ils ne s'étaient pas beaucoup vus, récemment, et elle ne pouvait lui en vouloir de garder ses distances. Probablement en avait-il assez de s'occuper d'elle. Après tout, qu'avait-il à faire d'une femme avec un enfant ? Mais il l'avait aidée, avait été là lorsqu'elle en avait eu le plus besoin et, de cela, elle lui serait toujours reconnaissante.

Le cœur battant, elle se faufila derrière lui.

— Nous attendons de vous que vous nous chantiez un cantique, annonça-t-elle d'une voix qu'elle espéra joyeuse.

Jarrett se tourna pour lui faire face et, durant deux secondes, ne parvint pas à cacher la tristesse de son regard.

— Vous risquez de tous le regretter. Ma voix est si fausse que je n'ose même pas chanter seul, sous la douche.

— J'ai du mal à croire qu'il y ait quelque chose que vous ne sachiez pas faire.

Superbe effort ! Elle était en train de se comporter en adolescente énamourée, ce qui n'était guère surprenant : elle n'avait jamais été douée pour le jeu de la séduction.

— Vous seriez surprise du nombre de choses que j'ai lamentablement ratées, répondit-il, plongeant ses yeux sombres dans les siens. A part cela, avez-vous réussi à vous reposer ?

— Oui, merci, et merci aussi de ne pas me rappeler mon moment de faiblesse.

— Quel moment de faiblesse ? Vous étiez fatiguée et inquiète pour votre bébé, ce qui est tout à fait normal. J'espère juste que vous avez pu dormir un peu.

Il ne la quittait pas des yeux et elle se sentit troublée. Songeait-il, lui aussi, au baiser qu'ils avaient partagé ?

— J'ai beaucoup dormi, répondit-elle, avec un sourire, et je dois avouer que, comme voisin, vous êtes parfait.

A ces mots, elle le vit se raidir.

— C'est tout moi, répliqua-t-il assez sèchement : le propriétaire multifonction.

Elle posa une main sur son bras.

— Jarrett, je voulais seulement dire que vous avez fait bien plus que m'aider. Je vous ai énormément demandé. Bradley et moi ne faisions pas partie du contrat lorsqu'on vous a ordonné de venir vivre ici.

— M'en suis-je plaint ?

— Non, mais vous le devriez. J'ai l'impression d'avoir profité de…

— Vous n'avez profité de rien, Mia, l'interrompit-il, en rapprochant son visage du sien.

Elle ne chercha pas à reculer. Elle brûlait d'envie qu'il l'embrasse de nouveau, imaginait déjà la douceur de ses lèvres sur les siennes lorsqu'une voix enfantine retentit.

— Oncle Jay ! Oncle Jay ! criait Jenna, en courant vers lui. Tu es là !

— Je suis là, répondit-il en relevant le visage et en souriant, tandis que la fillette se jetait dans ses bras. Et toi, que fais-tu ici ?

— C'est une fête pour Noël, alors on nous a demandé de venir pour chanter un chant de Noël. Mais tu sais quoi ? Dans deux jours, c'est vraiment Noël et papa et maman ont invité tout le monde à la maison. Je pourrai même prendre le bébé de Mia dans mes bras.

Levant les yeux, il vit Trace et Kira s'approcher.

— Alors, les festivités se dérouleront chez vous cette année ? demanda Jarrett, en reposant sa nièce à terre pour pouvoir serrer la main de Trace et embrasser son épouse.

— Comme chaque année, répondit celle-ci. Sauf que, cette fois, mon frère et sa femme ne seront pas là, c'est pourquoi nous avons eu envie d'inviter les résidents. Je sais que cela va demander beaucoup de cuisine, mais Nola a promis de venir m'aider. En fait, ce ne sera pas très différent de d'habitude.

— Sauf que maintenant il y a bébé Bradley, intervint Jenna. Oncle Jay, tu sais qu'il boit le lait de Mia ?

— Oui, je sais, répondit-il, plongeant son regard dans celui de la jeune femme.

— Regarde ! s'exclama alors la fillette, en désignant du doigt la boule verte accrochée au-dessus de leur tête. Du gui.

En souriant, il se pencha en avant et posa un baiser sonore sur sa joue.

— Maintenant, tu dois embrasser Mia.

— D'accord.

Il s'approcha d'elle et l'embrassa chastement. Lorsqu'il releva le visage, leurs yeux se rencontrèrent.

— Non, pas comme ça, insista Jenna. Comme papa et maman, avec les bras autour du cou et les bouches qui se touchent.

Jarrett jeta un œil vers son frère qui haussa les épaules avec un sourire impuissant. Se tournant alors vers Mia, il ne lui laissa pas le temps de protester et la prit dans ses bras. Lorsqu'il posa sa bouche sur la sienne, il n'exista plus qu'eux au monde. Finalement, leurs lèvres se séparèrent et il se tourna vers sa nièce :

— C'est mieux, comme cela ? demanda-t-il.

La petite fille hocha la tête.

Jarrett regarda la femme qui était toujours entre ses bras.

— Brusquement, je crois que je rentre dans l'ambiance de Noël, murmura-t-il doucement.

Mia regardait l'horloge de sa cuisine, se demandant si elle se rendrait à l'office ce soir. Pour la première fois depuis dix ans, elle n'entendrait pas le révérend Bradley Saunders prononcer le sermon de Noël.

Elle n'avait que dix-neuf ans et était en pleine phase d'autodestruction lorsque son frère l'avait remise sur le droit chemin. Dès lors, elle s'était toujours assise au premier rang à l'église, heureuse d'avoir une famille qui l'aimait et des perspectives d'avenir.

Le cœur plein d'une infinie tendresse, elle regarda Bradley qui dormait dans sa nacelle. Il était adorable dans son petit ensemble vert foncé et elle sourit. Lui aussi aurait une famille aimante, elle en faisait le serment. Certes, ce ne serait pas une famille traditionnelle, avec un père et une mère, mais une chose était sûre : elle l'aimait de tout son cœur et ferait tout pour le protéger.

— Il faut partir sinon nous allons être en retard, chuchota-t-elle en posant un baiser sur le nez du bébé.

Puis elle passa son manteau, enroula Bradley dans une couverture, souleva la nacelle et sortit.

Au passage, elle ne put s'empêcher de jeter un œil en

direction de l'appartement de Jarrett. Elle ne cessait de penser à lui depuis quelques jours, depuis son arrivée, en réalité.

Au début, elle l'avait comparé à son père, mais jamais Preston Saunders n'aurait ouvert sa porte à des inconnus le soir de Thanksgiving. Il ne serait pas non plus resté près d'elle pendant l'accouchement.

Elle se toucha les lèvres, songeant aux baisers qu'ils avaient échangés. Même si l'un d'entre eux était dû à la tradition du gui, cela n'avait pas eu l'air de lui déplaire. Cependant, cela faisait trente-six heures qu'elle ne l'avait pas vu.

Brusquement, les portes de l'ascenseur s'ouvrirent et Jarrett en sortit.

— Bonsoir, Mia, la salua-t-il, avec un large sourire.

Il était vêtu d'un jean, d'un sweat et avait les bras chargés de cadeaux.

— Bonsoir, Jarrett, répondit-elle du ton le plus naturel possible. Joyeux Noël.

— Où allez-vous, tous les deux ?

— A l'église.

— Donnez-moi une seconde, je vous emmène.

— Non, Jarrett, je peux conduire. Ce n'est pas très loin.

— Peut-être, mais il y a beaucoup de neige sur les routes et vous avez le plus précieux des chargements.

— Si vous voulez, mais alors vous restez jusqu'à la fin du prêche.

Elle voulait voir jusqu'où il était prêt à aller.

— Cela fait très longtemps que je n'ai pas mis les pieds dans une église.

— Ne vous inquiétez pas, vous ne courez aucun risque. Allez, venez.

Elle le vit hésiter un instant.

— D'accord, finit-il par dire. Je pose les cadeaux et j'arrive.

Jamais elle n'aurait cru qu'il accepterait mais, soudain, elle était heureuse de ne pas se rendre seule à l'église et, surtout, d'y aller avec cet homme.

Deux heures plus tard, Jarrett se tenait au fond de l'église, observant tous les paroissiens qui s'extasiaient autour de Bradley. Même si elle avait l'air heureuse, il savait combien il avait été difficile pour Mia de remettre les pieds dans ce lieu où pesait l'absence de son frère.

Il se remémora son enfance et sa belle-mère, qui les emmenait chaque dimanche à la messe. La vie n'avait pas été tendre pour lui : il n'avait que six ans quand sa mère était morte et, quelques mois plus tard, son père se remariait. L'année suivante, Trace était venu au monde et avait accaparé toute l'attention de ce père dont il avait tant besoin. Au lieu de le soutenir, ce dernier ne cessait de lui demander de l'aider, de participer toujours plus aux travaux du ranch. Brusquement, il n'avait plus le droit d'être un enfant.

Au diable, ces tristes pensées ! Demain, c'était le jour de Noël et il allait le passer parmi les siens.

Cependant, la famille n'était pas son unique préoccupation. La réponse de Fulton ne lui était toujours pas parvenue et, si son offre n'était pas acceptée, personne ne passerait un joyeux Noël, et il pourrait même devenir résident permanent au Mountain View Apartments.

En contemplant Mia, il se dit qu'en fait cela ne le dérangerait pas vraiment de rester son voisin. Il avait beau tenter de se persuader qu'il se sentait simplement protecteur envers cette jeune mère, il avait fini par s'avouer qu'il était terriblement attiré par elle.

Ce fut le moment qu'elle choisit pour le rejoindre.

— Je suis désolée de vous avoir fait attendre mais tout

le monde voulait voir Bradley. Pourrions-nous rentrer, maintenant ? Il faut que je lui donne le sein.

— Pas de problème, répondit-il en lui prenant la nacelle des mains.

Lorsqu'ils sortirent, le vent s'était levé, il commençait à neiger et il attira Mia contre lui pour la protéger du froid cinglant. Quand ils furent arrivés à la voiture, il l'aida à y monter, installa Bradley sur le siège arrière puis se glissa derrière le volant.

— C'est ce que je redoutais, dit-il, en faisant tourner la clé de contact.

— Excusez-moi. Je ne pensais pas que le temps se dégraderait ainsi. Ils avaient annoncé du beau temps pour demain.

Elle frissonnait. Il poussa le chauffage au maximum, attrapa une couverture sur la banquette arrière et lui en couvrit les jambes.

— Heureusement, ce n'est pas un gros orage mais je me sentirai mieux quand nous serons arrivés à la maison.

Lentement, il sortit du parking. A l'arrière, Bradley commençait à s'agiter.

Décidant de prendre un raccourci, il quitta l'artère principale et s'engagea sur une route secondaire. Elle était déserte et couverte de neige.

— C'était une mauvaise idée, avoua-t-il. Je vais faire demi-tour.

Bradley s'était maintenant mis à pleurer.

Repérant un endroit pour s'arrêter, il ralentit, commença à tourner et poussa un juron lorsque l'arrière du véhicule se mit à déraper. Il serra le frein à main, braqua le volant mais ne put reprendre le contrôle de la voiture et, lorsqu'elle s'arrêta enfin, ils avaient quitté la chaussée et mordu sur le bas-côté.

Les cris du bébé redoublèrent. Il passa alors la marche

arrière mais le 4x4 ne bougea pas. Il essaya de nouveau et la voiture glissa un peu plus sur le bas-côté. Bien que furieux, il fit appel à toute sa maîtrise pour rester calme.

— Je vais voir si je peux nous sortir de là, dit-il, descendant du véhicule.

— Faites attention, lui cria Mia.

Prenant une pelle dans le coffre, il commença à creuser mais il ne lui fallut pas longtemps pour s'apercevoir que c'était inutile. Il remonta alors dans la voiture, enleva ses gants, sortit son téléphone et appela une dépanneuse. Puis il raccrocha et se tourna vers Mia.

— Mauvaise nouvelle, dit-il. Elle nous a mis en haut de la liste à cause du bébé mais il peut y en avoir pour une heure.

— Tant que nous avons chaud, ce n'est pas dramatique. Mais il faut que je donne à manger à Bradley. Je vais aller derrière.

— Non. Restez devant, il y fait plus chaud.

Se retournant, il décrocha Bradley de ses ceintures de sécurité, le souleva et le tendit à sa mère.

— Vous voulez bien éteindre le plafonnier, s'il vous plaît ? demanda-t-elle.

— Bien sûr.

Il comprenait fort bien qu'elle ait besoin d'un peu d'intimité.

Tournant la tête, il s'obligea à se concentrer sur la neige qui tombait, écoutant la voix mélodieuse de Mia qui parlait doucement à son bébé. Se laissant aller contre son siège, il ferma les yeux et se força à ignorer l'irrésistible désir qui le tenaillait de les prendre tous deux dans ses bras pour mieux les protéger. Lorsqu'il se redressa, elle posait Bradley sur son épaule et lui tapotait le dos afin qu'il fasse son rot.

— La vie est simple pour lui. Manger et être câliné par sa mère.

— Parfois, cela m'effraie de savoir à quel point il est dépendant de moi, dit-elle, présentant son autre sein à son fils, qui venait de faire son rot.

Cette fois, il ne détourna pas le regard. Jamais il n'avait vu plus beau spectacle.

— Vous vous en sortez très bien, murmura-t-il en se penchant vers eux.

Du bout des doigts, il caressa le haut du crâne de Bradley puis doucement il effleura la poitrine de la jeune femme. Leurs yeux se rencontrèrent.

— Oh, Jarrett.

Il s'approcha un peu plus d'elle et sentait le souffle de Mia sur sa joue lorsque, soudain, une lumière vive éclaira l'habitacle du véhicule. Sans la quitter des yeux, il ôta sa main.

— Je crois que les secours arrivent, déclara-t-il, pas certain d'en être vraiment heureux.

10

Il était plus de 19 heures lorsqu'ils rejoignirent enfin Mountain View.

— Je suis désolé, dit Jarrett devant la porte de l'appartement de la jeune femme. Je n'aurais jamais dû prendre cette route secondaire.

— Vous ne pouviez pas deviner qu'elle serait à ce point enneigée.

— Peut-être. Je vais vous laisser vous reposer, maintenant.

— Pourquoi ne viendriez-vous pas prendre un café ? proposa-t-elle alors vivement. J'ai quelque chose pour vous.

Mon Dieu, pourvu qu'elle n'ait pas eu l'air trop empressée…

Surpris, il accepta.

— Je passe d'abord chez moi et j'arrive.

— Parfait.

Un sourire aux lèvres, elle fit tourner la clé dans sa serrure. Dès son arrivée dans l'appartement, elle changea Bradley, lui passa un pyjama et le coucha dans son berceau. Elle venait d'allumer les lumières clignotantes de son sapin miniature lorsqu'elle entendit un léger coup frappé à la porte.

D'un geste prompt, elle coiffa ses cheveux en arrière et alla ouvrir. Jarrett se tenait devant elle, des paquets plein les bras.

— Oh, mon Dieu ! s'exclama-t-elle. Vous n'auriez jamais dû !

Elle s'effaça pour le laisser entrer.

— Je suis allée faire du shopping avec Jenna hier et elle a réussi à me convaincre que Bradley avait absolument besoin de tout cela, expliqua-t-il en posant les cadeaux sur la table.

Avec un sourire, elle les ouvrit.

— Mais il ne sait même pas encore s'asseoir, dit-elle en découvrant l'énorme ours en peluche.

— Vous pouvez toujours le lui garder pour son anniversaire.

Rassemblant tout son courage, elle prit alors le paquet qui se trouvait sous son sapin et lui tendit.

— C'est pour vous.

— Mia, je ne voulais rien, protesta-t-il, l'air pourtant ému.

Après avoir enlevé le papier cadeau, il en sortit l'écharpe noire et grise qu'elle avait tricotée puis leva les yeux vers elle.

— C'est vous qui l'avez faite ?

— Nola m'a appris à tricoter, lors de mon repos forcé. Je ne suis que débutante et j'espère que…

Elle n'eut pas le temps d'en dire plus : il s'était approché d'elle et avait posé sa bouche sur la sienne.

— Je n'ai jamais rien reçu d'aussi joli, murmura-t-il.

Puis il se redressa, passa l'écharpe autour de son cou puis lui tendit à son tour un petit sac, avec le nom d'un bijoutier de renom inscrit dessus.

— Oh, Jarrett ! Vous n'auriez pas dû.

Légèrement tremblante, elle sortit une boîte, l'ouvrit et découvrit une chaîne en or blanc avec un pendentif sur lequel étaient gravés le nom et la date de naissance de Bradley. Les larmes lui montèrent aux yeux.

— C'est magnifique. Vous ne pouviez pas me faire plus plaisir.

— J'en suis ravi.

— Vous voulez bien me l'accrocher ? demanda-t-elle, en relevant ses cheveux et lui présentant sa nuque.

Elle sentit d'abord ses doigts sur sa peau lorsqu'il actionna le fermoir, puis ses lèvres prirent la suite. Frissonnante, elle resta immobile tandis que les mains de Jarrett descendaient sur ses hanches et qu'il l'attirait contre lui.

— Ce n'est pas une bonne idée, murmura-t-il à son oreille. Vous venez juste d'avoir un bébé, je ne devrais pas…

— Jarrett, dit-elle, se retournant pour lui faire face, je ne comprends pas pourquoi… Vous m'avez vue dans les pires moments, vous devez en avoir assez de toujours voler à mon secours.

— Peut-être que j'aime cela, répliqua-t-il en se penchant de nouveau vers elle pour prendre sa bouche.

Elle aurait voulu que ce baiser ne s'arrête jamais.

Lorsqu'il se redressa, il posa son front contre le sien.

— Vous allez m'attirer des ennuis, mademoiselle Saunders.

Les douze coups de minuit retentirent avant qu'elle n'ait pu répondre.

— Joyeux Noël, Mia.

Malgré l'air vif, la journée s'annonçait radieuse : un Noël typique du Colorado, songea la jeune femme, tout en jouant avec son pendentif.

Elle jeta un coup d'œil vers Jarrett. Ce matin, il était arrivé chez elle avec une boîte de beignets et ils avaient pris le petit déjeuner ensemble. Elle ne pouvait rêver meilleur début de journée. Ensuite, il avait insisté pour les emmener, Bradley et elle, au ranch de son frère et maintenant elle se trouvait à côté de lui dans son 4x4.

— Nous y sommes, dit-il en quittant la route principale avant de passer sous une arche indiquant « Ranch McKane ».

Au loin se profilait une imposante demeure à deux étages. Jarrett la contourna pour aller se garer à l'arrière.

— Nous sommes plutôt informels, expliqua-t-il, en se tournant vers la jeune femme, après avoir coupé le contact. Je crois que la porte d'entrée n'a pas été ouverte depuis des années. Nous prenons toujours celle de service.

— Cela ressemble un peu à chez moi, répondit-elle, tout en se disant qu'en revanche, chez ses parents, la porte de service était exclusivement réservée aux livreurs. Je suis sûre que cela a été très agréable pour vous de grandir ici.

— Vous savez, un ranch demande beaucoup de travail alors que très vite je n'ai eu qu'une envie : étudier. Maintenant, cet endroit appartient entièrement à Trace, j'ai été ravi de lui vendre ma part après la mort de notre père.

— Et vous pouvez toujours revenir quand vous voulez, ajouta-t-elle, avec un sourire.

Il l'observa longuement sans parler.

— Pendant longtemps, je n'ai pas été le bienvenu, relata-t-il, d'un ton grave. Puis, il y a quelques années, un gisement de pétrole a été découvert sur nos terres et Trace et moi avons été amenés à devenir partenaires. Lorsque Jenna est née, je suis venu de plus en plus souvent et Trace et moi avons fini par avoir ensemble une franche explication.

La jeune femme le regarda, surprise de sa sincérité.

— Je suis contente que vous ayez réussi à dépasser vos différends.

A cet instant, Trace apparut sur le perron de la porte

et vint à leur rencontre. Mia descendit de la voiture et il salua d'abord son frère avant de la rejoindre.

— Bienvenue, Mia, joyeux Noël.

— C'est gentil de nous inviter. Votre maison est magnifique.

— Je suis assez d'accord avec vous. Mais il nous reste pas mal de temps avant le dîner, pourquoi ne nous laisseriez-vous pas Bradley pendant que Jarrett vous fait faire le tour du propriétaire ? La dépendance est juste là, ajouta-t-il, en montrant du doigt une petite maison blanche, située à une cinquantaine de mètres. Si vous souhaitez la visiter…

— Oh oui, j'adorerais !

Pendant que Jarrett commençait à dégager le bébé du siège arrière, elle lui tendit un magnifique poinsettia.

— C'est de la part de Bradley, dit-elle, avant qu'il n'ait le temps d'invoquer la clause de *non-cadeaux* qui avait été établie.

Ensuite, elle prit le panier contenant la tourte et la salade et, suivie des deux frères, se dirigea vers la cuisine.

La pièce, emplie de meubles de bois et de granit, regorgeait de nourriture et d'arômes. Nola et Sylvia étaient déjà là et aidaient Kira aux préparations.

Cette dernière eut un large sourire en les voyant arriver.

— J'adorerais prendre ce petit être dans mes bras, dit-elle après avoir embrassé son beau-frère, le regard baissé sur la nacelle qu'il tenait.

— Je vous en prie, l'autorisa Mia.

L'instant d'après, Bradley était dans les bras de Kira.

— Allez-y, maintenant. Nous nous débrouillerons très bien sans vous.

— Il semble bien que l'on nous chasse, observa Jarrett, l'air amusé. Eh bien, nous n'avons plus qu'à obéir !

Ils étaient sortis et se dirigeaient vers la dépendance

quand la jeune femme remarqua les chevaux se trouvant dans l'enclos.

— Quelles superbes bêtes ! s'exclama-t-elle.

Jarrett changea alors de direction.

— Trace a commencé à en faire l'élevage, expliqua-t-il, en s'accoudant aux barrières. Celui-ci s'appelle Thunder Road.

Lorsqu'il le siffla, l'animal s'approcha et vint se frotter contre sa main.

— Il a l'air de vous aimer, constata Mia.

— C'est parce qu'il me connaît, je viens souvent le voir.

Ainsi, il aimait les animaux. Il y avait tant de choses qu'elle ne savait pas de lui.

— Je n'arrive toujours pas à comprendre comment vous avez pu quitter cet endroit, dit-elle, promenant son regard autour d'elle. Tout y est si calme, si paisible.

— Quand j'étais petit, je m'y ennuyais à mourir, répondit-il, en haussant les épaules. Après la mort de ma mère, l'année de mes six ans, mon père et moi ne nous sommes plus jamais très bien entendus.

— Au moins, vous aviez un petit frère avec qui jouer.

— Disons que j'ai surtout tout fait pour lui prouver à quel point je le détestais.

Jarrett introduisit la clé dans la serrure de la dépendance, Mia juste à côté de lui. Mon Dieu, comme il s'en voulait de s'être livré ainsi. Jamais il n'avait parlé de son enfance à quiconque. Que lui prenait-il ?

Il ouvrit la porte et ils pénétrèrent dans le salon, meublé d'un canapé et de deux fauteuils assortis. Une partie du plancher de bois ciré était recouverte d'un épais tapis.

D'un geste, il l'invita à le suivre jusqu'à la cuisine, étroite mais parfaitement aménagée. Les placards de bois verni étaient flambant neufs et les appareils ménagers rutilaient. Il n'y avait aucun doute, Kira était passée par là.

— C'est parfait, il y a même une table et des chaises, s'extasia Mia.

Traversant la cuisine, elle se rendit dans la petite véranda qui donnait sur les pâturages avoisinants.

— C'est un endroit idéal pour travailler, continua-t-elle. Empli de lumière et suffisamment grand pour y mettre un bureau et un ordinateur.

Elle revint vers lui, un large sourire aux lèvres, avant de passer la tête par la porte de la salle de bains, équipée d'une machine à laver et d'un sèche-linge, puis alla seule visiter les deux chambres. Lorsqu'elle le rejoignit, son visage irradiait.

Ravi de la voir heureuse, il la contempla : elle était magnifique, ses cheveux bruns tombant en cascade sur ses épaules. Depuis l'accouchement, elle avait maigri et ses jambes semblaient interminables, mais ce qui le fascinait, c'étaient ses yeux, d'un bleu si profond que chaque fois qu'il croisait son regard le désir lui nouait l'estomac.

— Elle est trois fois plus grande que mon appartement ! s'écria-t-elle, coupant court à ses pensées.

— Mais à plus de quarante kilomètres de la ville et les routes sont périlleuses en hiver.

— C'est vrai, mais c'est une maison que je peux m'offrir. Evidemment, j'ai l'intention de payer un loyer à Trace et Kira, quoi qu'ils en disent.

Superbe et têtue… Il ne douta pas un instant qu'elle ne ferait que ce qu'elle avait décidé.

— D'accord, mais laissez-moi d'abord vous emmener chez un concessionnaire. Votre voiture est en très mauvais état.

— Vous savez, je n'ai pas les moyens d'en acheter une neuve.

— Pas forcément neuve mais plus récente que la vôtre

et avec des pneus dignes de ce nom. Je peux vous en obtenir une à très bon prix.

— Vous êtes un filou, Jarrett McKane, dit-elle, un sourire aux lèvres. Vous voulez vous faire passer pour un homme d'affaires impitoyable mais, en fait, vous faites partie des gentils.

— Si vous croyez que je me suis adouci parce que je vous cherche à tous des appartements, vous vous trompez. Je ne fais cela que parce que le juge me l'a ordonné.

Mais son regard lui prouva qu'elle n'en croyait pas un mot.

— D'accord, concéda-t-il. Au moins, si vous vivez ici, je pourrai venir vous voir, vous et Bradley, chaque fois que je rendrai visite à mon frère.

— Vous n'êtes pas responsable de nous, Jarrett, répliqua-t-elle, d'une voix douce. De plus, vous serez probablement trop occupé par votre projet d'usine pour avoir du temps à nous accorder.

— Rien n'est fait. Je suis toujours en pourparlers avec Fulton Industries.

— A cause des locataires ?

— Cela ne facilite pas les choses, avoua-t-il, en préférant lui taire son projet de conserver la résidence. Mais basta ! Au pire, la vente tombe à l'eau et je devrai vivre pour toujours à l'appartement 203.

— Avec Bradley et moi pour voisins.

— Je croyais que vous vouliez venir habiter ici ?

— Pas si la résidence n'est pas détruite, à moins que vous n'augmentiez les loyers, bien sûr.

— Je suis certain que nous pourrons parvenir à un accord, répondit-il, un sourire aux lèvres.

Une heure plus tard, Bradley dormait dans sa nacelle posée dans un coin de la salle à manger et les convives s'étaient installés autour des deux longues tables aux couleurs de fête. Une odeur exquise de gâteau s'échappait de la cuisine et les nombreux plats avaient été posés sur des dessertes adjacentes.

Mia chercha une place où s'asseoir et, d'un signe, Jarrett lui désigna celle qu'il avait gardée près de lui. Elle venait de le rejoindre lorsque surgit Jenna, qui s'installa sur un tabouret, juste à côté de son oncle.

— C'est le meilleur Noël que j'aie jamais passé, dit-elle l'air radieux, et tu sais quoi ? Je suis vraiment contente que tu aies amené Mia et Bradley et que tu ne sois plus fâché contre papa.

Le regard qu'échangèrent les deux frères n'échappa pas à Mia.

— Je propose que nous priions avant de commencer le repas, suggéra alors Nola.

Tous inclinèrent la tête et Trace commença à prononcer la bénédiction. Mia sentit Jarrett lui prendre la main et se réjouit d'avoir quelqu'un avec qui partager cette journée.

— Mangeons, maintenant, déclara-t-il, quand son frère eut terminé.

— Mia, avez-vous aimé la petite maison ?

Elle leva les yeux vers Kira, assise de l'autre côté de la table.

— Je l'ai adorée.

— Est-ce que cela veut dire que vous envisagez d'y emménager ?

— Si vous êtes toujours d'accord pour nous accueillir, ce sera avec grand plaisir.

— Parfait, répondit son hôtesse, un large sourire aux lèvres. Vous verrez, nous avons de charmants voisins. A combien de kilomètres se trouve ta maison, Jarrett ? Trois ? Quatre ?

— Quelque chose comme cela.

— Vous voyez, il y aura toujours un McKane quand vous en aurez besoin.

— En parlant des McKane, dit alors Trace en se levant, je voudrais profiter de ce moment si spécial pour vous annoncer une grande nouvelle. Kira et moi attendons un enfant pour le printemps.

Il lança un regard plein de tendresse à sa femme tandis que tous les félicitaient bruyamment.

— N'est-ce pas merveilleux ? demanda Mia, en se tournant vers Jarrett.

Avant qu'il n'ait pu répondre, les cris de Bradley retentirent.

— Je crois que je suis demandée, s'excusa la jeune femme, en se levant de table.

Assise sur le rocking-chair, dans l'ancienne chambre de Jenna où l'avait conduite Kira, elle souriait à son fils qui tétait goulûment. Elle ne pouvait plus imaginer sa vie sans lui et ferait tout pour lui offrir une existence agréable. Elle allait trouver le moyen de reprendre ses études et de lui construire un foyer.

— Je te le promets, Bradley, murmura-t-elle, je serai la meilleure mère qui soit.

Ensuite, ses pensées se tournèrent vers Jarrett. Viendrait-il encore les voir lorsque les travaux de l'usine auraient commencé ? Ferait-il toujours partie de leur vie à ce moment ? Du bout des doigts, elle toucha la chaîne autour de son cou. Ce n'était pas le genre d'homme à s'encombrer d'une femme avec un bébé.

A ce moment, Bradley commença à gigoter.

— Je crois que tu as besoin de faire un rot, dit-elle, en le calant sur son épaule et lui tapotant le dos.

Le bébé se mit à pleurer.

A ce moment-là, un coup fut frappé à la porte et Jarrett entra.

— Vous voulez essayer ? demanda-t-elle, à la fois gênée et soulagée de le voir.

Acceptant d'un signe de tête, il prit l'enfant contre son torse et commença à marcher dans la pièce, tout en lui donnant de petites tapes dans le dos. Au bout de trente secondes, Bradley laissa s'échapper un rot sonore.

— Je propose de vous donner ses horaires de repas pour que vous soyez là à chaque fin de tétée.

Elle ne put s'empêcher de sourire devant son air surpris.

— Vous savez que je le ferai si vous en avez besoin, dit-il, d'un ton sincère.

— Non, Jarrett. Je ne peux pas éternellement compter sur vous, répondit-elle, même si elle ne rêvait que de l'avoir toujours auprès d'elle. Je dois apprendre à m'occuper seule de Bradley.

Il s'approcha d'elle, le bébé toujours dans les bras.

— Pourquoi, Mia ?

— C'est mieux, dit-elle en détournant le regard. Ainsi, personne n'est blessé.

— Qui vous a blessée, Mia ? demanda-t-il, en lui touchant la joue. Qui a brisé votre cœur ?

— Cela n'a aucune importance. C'était il y a des années.

— C'est important pour moi, Mia. *Vous* êtes importante pour moi.

Elle avait envie de le croire, mais accorder sa confiance était pour elle terriblement difficile.

— Oh, Jarrett, je ne sais pas que vous dire.

Il s'approcha d'elle et, le bébé toujours dans les bras, prit sa bouche. Il ne cessa de l'embrasser que lorsque Bradley commença à s'agiter.

— Je crois que nous devrions en parler plus tard, dit-il doucement.

A cet instant, la porte s'ouvrit et Kira entra dans la pièce.

— Désolée de vous déranger mais quelqu'un veut vous voir, Mia : votre père.

11

Cela faisait dix ans qu'elle redoutait ce jour. Pourquoi avait-il cherché à la retrouver ? Pourquoi maintenant ? Elle replaça Bradley dans sa nacelle et se tourna vers Jarrett qui avait l'air interloqué. Ce n'était guère surprenant, elle avait toujours prétendu ne pas avoir de famille.

— Ne dites rien à propos du bébé, demanda-t-elle d'un ton implorant.

— D'accord, consentit-il, après l'avoir observée un instant en silence.

Ils descendirent les escaliers pour rejoindre le salon où Kira avait installé le visiteur.

— Je vous laisse y aller seule, mais je ne serai pas loin.

Prenant une grande inspiration, elle pénétra dans la pièce. Vêtu d'un manteau noir et d'un costume, Preston Elliot Saunders, debout devant la gigantesque cheminée, lui tournait le dos. Toujours grand et mince, ses cheveux autrefois bruns étaient devenus blancs et ses épaules s'étaient légèrement affaissées.

L'avait-elle jamais vu autrement qu'en costume ? Enfant, elle n'avait affaire à lui que lorsqu'elle devait être corrigée et, comme elle ne semblait rien faire de ce qu'il fallait, cela arrivait très souvent.

Preston finit par se retourner. Le temps avait creusé les rides de son visage sur lequel elle aurait aimé pouvoir lire une quelconque émotion mais, cette fois encore, elle fut déçue.

— Tu voulais me voir ?

— C'est tout ce que tu as à me dire, après tout ce temps ?

— Il y a dix ans, j'étais la honte de la famille et tu m'as reniée et renvoyée de la maison. Tu peux donc comprendre mon étonnement. Mais il doit y avoir une raison à ta présence ?

En fait, cette raison, elle la connaissait : d'une manière ou d'une autre, il avait entendu parler du bébé.

— Quoi qui se soit passé entre nous, tu aurais pu nous avertir de la mort de Bradley. Ta mère et moi avons eu le cœur brisé quand nous l'avons appris.

Evidemment, il n'avait pas mentionné Karen. Preston et Abigail avaient désapprouvé tous les choix de leur fils, qu'ils soient professionnel ou sentimental. Son épouse, à leurs yeux, ne venait pas d'une assez bonne famille.

— Pourquoi t'en aurais-je parlé ?

— Parce que nous sommes une famille, Margaret.

— Vraiment ? Tu n'étais jamais à la maison et, quand cela arrivait, tu m'accablais de reproches. Ce n'est pas cela que j'appelle une famille.

— Tu étais incontrôlable. Nous avons d'ailleurs essayé de mettre Bradley en garde.

Mia masqua sa surprise. Bradley avait été en contact avec leur père ?

— T'attendais-tu à ce qu'il m'éloigne, me place dans un endroit où j'aurais vécu prisonnière, comme tu l'as fait ? Je suis allée à la faculté et je peux tout à fait subvenir à mes besoins. D'ailleurs, comme tu peux le constater, je vais très bien et je n'ai rien à ajouter.

Sur ce, elle tourna les talons, bien déterminée à quitter la pièce.

— Pas si vite, Margaret. Je voudrais te parler de mon petit-fils.

Elle s'arrêta net, le sang brusquement glacé.

— Il n'est pas ton petit-fils, répliqua-t-elle, en faisant volte-face. Tu as souhaité, parce que nous ne nous pliions pas à tes désirs, que Bradley et moi disparaissions de ta vie. Tu n'as donc aucun droit sur cet enfant.

— Tu te trompes, Margaret, répondit-il, en fronçant les sourcils. De plus, tu ne peux pas donner à cet enfant la vie que ta mère et moi pouvons lui offrir. J'ai vu où tu habitais, il sera beaucoup mieux avec nous.

— C'est faux. Je lui donne de l'amour, ce que vous n'avez jamais été capables de faire et c'est à moi que Bradley et Karen l'ont confié, pas à toi.

— Je ne veux pas que mon petit-fils grandisse dans un taudis.

— Ne t'inquiète pas, je vais bientôt quitter cet appartement et aller vivre dans une maison.

Il l'observa longuement.

— Il est hors de question que tu emménages chez ce Jarrett McKane, finit-il par énoncer.

— Ma vie privée ne te regarde pas !

— Tu te trompes, je me suis renseigné : ton ex-footballeur a certes connu un certain succès durant ses années de faculté mais les choses peuvent très vite changer.

— Qu'est-ce que cela signifie ?

— Que les temps sont durs et les affaires ne sont plus ce qu'elles étaient. J'en parlais d'ailleurs récemment avec Neil Fulton ; il se trouve que ta mère et Robin, sa femme, se connaissent depuis l'université. D'après ce qu'il m'a dit, aucune décision n'a encore été prise en ce qui concerne l'usine.

— Jarrett n'a rien à voir là-dedans. C'est entre toi et moi.

— Alors donne-moi ce que je veux !

Jarrett, debout dans le couloir, ne cessait de s'interroger sur les raisons qui avaient poussé la jeune femme à cacher l'existence de ses parents et avait hâte d'écouter ses explications.

Dès qu'il l'entendit dire au revoir à son père, il entra dans la pièce.

— Est-ce que tout va bien ? demanda-t-il en lui passant un bras autour des épaules.

— Oui, répondit Mia, visiblement surprise de son geste. Mon père était sur le point de partir.

Pourtant, Preston ne bougea pas et se tourna légèrement vers Jarrett.

— Preston Saunders, le père de Margaret, dit-il en tendant la main.

— Jarrett McKane, répondit celui-ci, en la prenant. Vous auriez dû nous avertir de votre venue.

— Je n'avais pas vraiment prévu ce voyage. Disons que ma fille et moi avons été… distants ces derniers temps.

— Ces dernières années, intervint Mia, d'une voix dure. Tu nous as reniés et tu n'as aucun droit sur mon enfant.

— C'est un Saunders, répliqua son père, apparemment surpris par l'aplomb de sa fille et c'est pourquoi je suis ici, pour t'aider. Toi et ton fils serez beaucoup mieux chez nous, avec ta mère et moi.

Mia tremblait encore après le départ de son père. Elle n'avait qu'une envie : disparaître et elle se précipita à l'étage, près de son fils. Elle ne voulait pas être confrontée à Jarrett, avoir à s'expliquer, mais il l'avait suivie. Elle s'apprêtait à entrer dans la chambre de Jenna lorsqu'il la prit par le bras et l'entraîna vers une chambre voisine. Dès la porte refermée, il la serra dans ses bras.

Elle ne put résister et, fermant les yeux, elle se blottit contre lui et se mit à sangloter. Elle pleurait sur toutes ces années où ses parents n'avaient pas été là pour elle, sur elle, qui n'avait jamais été la fille qu'ils souhaitaient. Enfin, elle pleurait sur cet amour qu'elle avait tant souhaité, sur cet homme qu'elle venait de perdre.

— Je suis désolée, dit-elle au bout d'un moment, en se redressant et s'essuyant les yeux.

— Depuis quand n'avez-vous pas vu votre père ?

— Dix ans. Je venais d'avoir dix-neuf ans et je devais quitter la clinique de désintoxication dans laquelle il m'avait fait admettre. Heureuse à l'idée de rentrer à la maison, je l'attendais mais, contrairement à ce que je pensais, il ne m'a pas ramenée chez nous : il m'a tendu cinq mille dollars et m'a annoncé qu'il avait loué pour moi un appartement à Atlanta car, m'a-t-il dit, il était préférable pour tout le monde que je ne revienne pas à Boston. Le plus drôle était que les médicaments desquels j'étais devenue dépendante m'avaient été prescrits par le médecin que lui et ma mère m'avaient envoyée voir afin que je perde du poids.

— Je n'arrive pas à croire que vous ayez été grosse.

— J'ai aussi eu des dents abîmées.

— Et d'incroyables yeux bleus, ajouta-t-il, en lui effleurant la joue. Et des cheveux magnifiques. Vous savez, je pourrais continuer longtemps comme cela…

— Personne ne m'a jamais parlé ainsi, avoua-t-elle, troublée.

— Peut-être n'en avez-vous jamais laissé l'occasion à personne. J'aimerais savoir comment vous êtes arrivée au Colorado.

— Avec l'argent de mon père, je suis allée à Denver rejoindre Bradley, qui faisait ses débuts en tant que pasteur. Il venait de se marier avec Karen et tous deux m'ont accueillie à bras ouverts. Apparemment, il avait prévenu mon père de mon arrivée, mais je suppose que celui-ci s'en moquait. Je leur ai d'abord créé pas mal d'ennuis, jusqu'à ce que Bradley réussisse à me convaincre de passer des concours puis d'entrer à l'université. Ensuite, pour la première fois de ma vie, je me suis sentie à ma place. C'est pour tout cela que je veux m'occuper de Bradley et qu'il est hors de question que je laisse mes parents me le prendre.

— Cela n'arrivera pas, promit Jarrett, l'air grave. Je ferai tout pour que cela n'arrive pas.

Non, cela, elle ne pouvait pas l'accepter, elle ne devait pas donner à Saunders l'occasion de le détruire, lui aussi.

— Merci, mais vous devez rester en dehors de tout cela.

— Ecoutez-moi, Mia, vous allez avoir besoin d'aide. Il risque de vous entraîner devant les tribunaux et vous ne pourrez pas vous défendre toute seule.

Elle secoua la tête. Un procès était la dernière chose qu'elle souhaitait.

— Je ne peux pas laisser mon père continuer à me terroriser, répondit-elle. Je dois lui prouver que je m'en sors très bien et que je n'ai plus besoin de lui.

Sur ce, elle tourna les talons et sortit de la pièce. Il fallait qu'elle raye Jarrett de sa vie, c'était le seul moyen de le protéger.

Cela avait été le meilleur Noël pour lui depuis des années jusqu'à l'arrivée de cet invité inattendu, mais Jarrett savait que, pour Mia, la fête était finie. Bien qu'ils n'aient pas encore mangé le dessert, il décida de la ramener.

Elle ne prononça pas un mot pendant tout le trajet. Ils pénétrèrent dans le hall et il remarqua alors à quel point l'endroit était délabré. Saunders avait dû d'abord venir ici, sinon, comment aurait-il su que sa fille était au ranch ? Avait-il pris des photos ? S'en servirait-il pour réclamer la garde de Bradley devant un juge ? Il fallait absolument que Mia quitte cet endroit et aille s'installer dans la petite maison. Bien sûr, il aurait préféré qu'elle emménage chez lui mais il se doutait bien que Mia l'indépendante n'accepterait jamais.

— Je vais chercher le reste, dit-il lorsqu'ils furent arrivés devant l'appartement de la jeune femme dans lequel elle entra, le bébé dans les bras.

Il venait de fermer le coffre de son 4x4 après avoir récupéré le panier plein de nourriture que leur avait donné Kira lorsqu'il remarqua un homme, adossé contre une voiture garée un peu plus loin dans l'allée. Saunders avait-il embauché quelqu'un pour les surveiller ?

Faisant semblant de ne rien avoir remarqué, il retourna dans le hall et appela le bureau du shérif avec son portable. Lorsqu'il eut en ligne Danny Haskins, un vieil ami de faculté, il lui demanda de venir faire un tour.

Ensuite, il rejoignit l'appartement de Mia. Celle-ci ne fit rien pour cacher sa surprise lorsqu'elle sortit de la chambre dans laquelle elle venait de coucher Bradley et le découvrit.

— Oh, je n'avais pas réalisé que vous étiez encore là. Vous n'avez qu'à tout poser sur la table, je m'en occuperai plus tard.

Il se sentit blessé par son rejet.

— Je viens de voir un homme près du parking, dit-il en enlevant manteau et chapeau. J'ai fait venir le shérif et je ne partirai pas avant que tout cela soit tiré au clair. Peut-être est-ce votre père qui l'a envoyé.

Il vit une brève lueur de panique passer sur le visage de la jeune femme, mais très vite elle se ressaisit.

— J'ai un bon verrou, il ne pourra pas entrer.

— Laissez-moi vous aider.

— Non. Vous ne pouvez pas passer votre temps à voler à mon secours.

Il allait répondre lorsqu'un coup fut frappé à la porte. C'était Danny.

— Bonsoir, dit-il, après que Jarrett lui eut ouvert.

— Merci d'être passé. Danny, laisse-moi te présenter Mia Saunders.

— Ravi de vous rencontrer, mademoiselle Saunders, et désolé de vous importuner un soir de Noël. J'ai vu la voiture dont tu m'as parlé, ajouta-t-il, en se tournant vers son ami. C'est une voiture de location mais j'ai réussi à apprendre l'identité de cet homme : il s'appelle Jake Collins, de Collins Investigations. C'est un détective privé de Denver, en ville depuis une semaine.

— Il a pris un détective pour guetter la moindre erreur. Il est prêt à tout pour me discréditer, dit Mia, en regardant Jarrett.

Dans ses yeux, il lut de la peur mais aussi de la tristesse.

— Nous ne le laisserons pas faire, affirma-t-il.

Puis il reconduisit son ami à la porte, le remerciant de son intervention.

— Le père de Mia n'hésitera devant rien pour récupérer son petit-fils, précisa-t-il, comme Danny était sur le point de partir. Peux-tu garder un œil sur cette voiture ?

— Si tu veux, mais, tant qu'il ne fait rien d'illégal, je ne peux rien contre lui. Par contre, j'ai l'impression que cette ravissante brunette t'intéresse particulièrement, ajouta-t-il, un sourire au coin des lèvres.

— C'est vrai, alors oublie-la tout de suite.

— Je ne me bats pas, tu as toujours eu plus de chance que moi avec les filles. Je te tiens au courant si j'ai du nouveau.

Puis il tourna les talons et Jarrett ferma la porte.

Lorsqu'il revint dans la cuisine, Mia était en train de ranger le contenu du panier.

— Je ne veux pas que vous restiez seule ce soir, dit-il en s'approchant d'elle. Je n'ai aucune confiance en Saunders.

— Mon père veut juste que je sache qu'il est là, répondit-elle, d'une voix lasse, qu'il reste une menace dans le cas où je ne ferais pas ce qu'il veut. Restez en dehors de tout ça, je m'en sortirai toute seule.

— Pourquoi êtes-vous si têtue ?

— Parce que, si vous restez, cela ne fera que le rendre encore plus furieux. Vous n'êtes pas le genre d'homme auquel il veut voir sa fille associée. Vous n'êtes pas assez puissant et ne venez pas de la bonne famille : vous ne faites pas partie de l'aristocratie bostonienne.

Jarrett avait eu l'impression de s'en être pas mal sorti jusque-là, mais brusquement il se sentit de la terre sous les ongles.

— Eh oui, je suis une pauvre petite fille riche, continua-t-elle, d'un ton ironique. Il ne reculera devant rien pour récupérer Bradley. Alors, s'il vous plaît, allez-vous-en, pour toujours.

Le lendemain matin, elle se leva et donna à manger à Bradley, mais fut quant à elle incapable d'avaler quoi que ce soit, tant son estomac était noué. Elle n'avait pas beaucoup dormi non plus, hantée par l'expression qu'elle avait aperçue sur le visage de Jarrett.

Cela lui avait brisé le cœur, mais quel autre choix avait-elle ? Il ne devait en aucun cas être mêlé au combat qu'elle menait contre son père. Il en sortirait broyé.

A cet instant, on frappa à la porte et elle ne se décida à répondre qu'au moment où elle reconnut la voix de Nola.

— Je m'inquiétais pour vous, dit celle-ci quand elle ouvrit.

— Je suis juste un peu fatiguée après ce réveillon de Noël.

— Je suppose que l'irruption de votre père y est pour quelque chose.

Mia acquiesça d'un signe de tête.

— Je suis désolée de ne pas vous avoir parlé de mes parents.

— Ce n'est rien, nous avons pensé que vous deviez avoir de bonnes raisons d'agir ainsi.

Les yeux de la jeune femme s'embuèrent alors de larmes.

— Il menace de me retirer Bradley.

— Il ne peut pas faire cela, rétorqua Nola vivement. Vous êtes une très bonne mère, nous pouvons tous en témoigner.

— Mais il a de l'argent et une armée d'avocats qui travaillent pour lui. Je ne peux pas lutter contre cela.

— Et Jarrett ? Ne peut-il pas vous aider ?

— Je ne veux pas de son aide, d'ailleurs, je le lui ai dit hier soir. Mon père est capable de tout.

— Ah, je comprends mieux pourquoi il avait l'air si renfrogné quand je l'ai croisé, ce matin. Mais pourquoi ne le laissez-vous pas décider lui-même ? C'est un grand garçon, il n'a peut-être pas peur de se battre.

— Non, c'est mon combat. J'ai passé ma vie à laisser les autres s'occuper de moi : mes parents d'abord, ensuite Bradley. Et puis, je pense que Jarrett en a assez fait pour moi.

— Bien sûr que vous pouvez vous battre seule, vous êtes forte et n'avez jamais cessé de le prouver. Mais maintenant vous avez Bradley, que vous aimez et que votre frère vous a confié parce qu'il vous faisait confiance. Alors, nous devons faire en sorte que ce petit garçon reste avec sa mère, et sa mère, c'est vous, personne ne pourra rien y changer.

12

Le lendemain matin, Jarrett s'éveilla de mauvaise humeur. Il quitta tôt son appartement pour se rendre à son bureau, mais ne put travailler. Mia l'entêtée occupait toutes ses pensées.

Agacé, il se leva de son fauteuil et s'approcha de la fenêtre. Au loin se dessinaient les Rocky Mountains, magnifiques sur le ciel bleu, mais cela n'arrangea en rien son humeur.

Comment allait-elle aujourd'hui ? Elle ne devait pas céder aux menaces de son père, elle devait se défendre et il devait être à ses côtés.

— Je te dérange ?

Il se retourna et vit Trace, qui avait passé la tête dans l'embrasure de la porte.

— Si je te réponds que oui, tu partiras ?

— Désolé, grand frère, répondit celui-ci en entrant dans la pièce, mais tes sautes d'humeur ne m'impressionnent plus. Que s'est-il passé avec Mia, hier ?

— Rien du tout. Elle m'a juste envoyé promener quand je lui ai proposé de l'aider. Je ne sais donc rien de plus et je ne suis pas sûr que cela m'intéresse.

Son jeune frère posa son chapeau sur une chaise et vint le rejoindre près de la fenêtre.

— Je pense que la dernière partie de la phrase est un mensonge et ta manière de proposer ton aide a la subtilité d'un bulldozer. Parle-moi plutôt du père de Mia. Pourquoi était-il là, hier soir ?

— Saunders est venu la voir pour lui annoncer qu'il comptait récupérer Bradley et nous sommes pratiquement sûrs qu'il a payé un détective et que celui-ci l'a suivie toute la semaine.

— Quel genre d'homme peut faire cela à sa fille ?

— Je ne préfère pas te dire ce que j'en pense, mais tout cela ne me regarde pas. Mia ne veut pas et n'a pas besoin de mon aide.

— Pauvre Jarrett, répliqua son frère, d'un ton ironique. On dirait que tu ne reçois pas beaucoup d'amour ces temps-ci.

— Ce n'est pas la question et je te rappelle qu'elle vient juste d'avoir un bébé.

— Ce qui ne l'empêche pas d'être une très séduisante jeune femme.

— Je croyais que tu n'avais d'yeux que pour Kira ?

— C'est tout à fait vrai, mais je ne suis pas encore mort et je sais remarquer une jolie femme. Je crois sincèrement que tu as rencontré celle qu'il te faut.

Jarrett ne trouva rien à répondre. Il ne pouvait ni nier ni confirmer. Mia était différente de toutes celles qu'il avait côtoyées jusque-là. Il planta son regard dans celui de Trace.

— Quoi ?

— Je voudrais te demander quelque chose mais tu vas probablement trouver cela ridicule.

— Essaie toujours…

— Comment as-tu su que tu aimais Kira ?

Bien que surpris par la question, son frère prit le temps de réfléchir.

— Disons que si, quand Mia te regarde, tu sens ton estomac se nouer, ce pourrait être un signe, tout comme le fait que ton cœur s'accélère quand elle apparaît. Si, de plus, il suffit que tu aperçoives son sourire pour que le monde devienne enfin un endroit agréable à vivre...

Jarrett ne put s'empêcher de laisser s'échapper un juron.

A ce moment, un bruit de voix s'éleva dans le couloir et, l'instant d'après, Marge, sa secrétaire, apparaissait sur le seuil, suivie de près par Nola Madison et Joe Carson.

— Je suis désolée, s'excusa-t-elle, en entrant dans la pièce. Je leur ai expliqué que vous étiez occupé mais ils ont insisté pour vous voir.

— C'est bon, Marge, la rassura-t-il, tout en se demandant ce qu'il pouvait y avoir de si grave.

Nola attendit que la jeune femme eut quitté la pièce pour s'approcher de lui.

— C'est au sujet de Mia, dit-elle.

— Il lui est arrivé quelque chose ?

— Non, elle va bien, pour l'instant, mais comme je lui ai promis de ne rien dire je vais laisser Joe s'en charger.

Celui-ci fit alors un pas en avant et s'éclaircit la voix.

— Elle envisage d'accéder à la demande de son père et d'aller vivre chez lui, dit-il, d'un ton grave.

— Quoi ? Elle ne peut pas faire cela ! s'exclama Jarrett. Quand la laissera-t-il mener sa vie comme elle l'entend ? Et Bradley Junior ? Si Bradley avait voulu que son père l'élève, c'est à lui qu'il l'aurait confié. Il faut que je la persuade de ne pas faire cela.

D'un geste rageur, il attrapa son manteau et traversa la pièce.

— Un instant, frérot, l'arrêta Trace comme il atteignait la porte. Comment comptes-tu t'y prendre ?

— Et si je lui disais ce que j'éprouve pour elle ?

— D'accord, mais cela suppose que tu sois prêt à t'engager. La question est : qu'as-tu à lui offrir ?

Jarrett sentit sa gorge devenir sèche : il savait que

son frère avait raison. Même s'il n'avait jamais ressenti pour une femme ce qu'il éprouvait pour Mia Saunders, son avenir était trop hasardeux pour lui demander de le partager.

— Pourquoi me demandes-tu cela ? Tu sais qu'elle compte énormément pour moi mais tu sais aussi à quel point je dépends de la décision de Fulton. Il est possible que, dans un mois, je sois ruiné.

— Est-ce si important ? intervint alors Nola. Ce que vous ressentez pour elle est évident pour tous.

— Absolument, approuva Joe. On a tous vu la manière dont vous l'embrassiez, sous le gui.

— Et vous vous demandez si cela suffit pour vous engager ? continua Nola. Il faut réfléchir vite, Jarrett, parce que je suppose que vous savez qu'elle quitte la ville à cause de vous ?

— Je ne lui ai jamais demandé cela, protesta-t-il, vivement.

Joe prit de nouveau la parole :

— Mia part pour sauver l'usine. Apparemment, M. Saunders connaît Neil Fulton et l'a menacée de vous ruiner si elle ne faisait pas ce qu'il voulait.

Jarrett se tourna vers son frère. Il avait besoin d'aide.

— D'accord. Peut-être est-il temps que nous nous en mêlions, dit alors celui-ci.

Le jour suivant, Mia franchit le seuil de l'hôtel, l'estomac noué, se faisant violence pour avancer. Son seul désir était de tourner les talons et s'enfuir avec Bradley, si loin que personne ne les retrouverait. Elle avait toujours détesté être convoquée par son père.

Aujourd'hui, elle était plus âgée et mature mais rien n'avait changé : elle sentait toujours cette boule au creux de son ventre au moment de l'entrevue. Mais, cette fois-ci, elle était décidée à soumettre à son père un certain nombre de conditions avant d'accepter de retourner à Boston, la première étant qu'elle ne renoncerait jamais à Bradley. Il serait un Saunders, certes, mais elle resterait légalement sa mère. Cela exigeait, bien évidemment, que les choses soient clairement établies avec son père.

Or, elle n'avait aucune confiance en Preston Saunders. C'est d'ailleurs la raison pour laquelle elle avait préféré laisser Bradley à Sylvia. Elle ne voulait prendre aucun risque, surtout pas celui qu'il l'emmène de force. Brusquement, elle se sentit triste à l'idée de quitter cet endroit, ces gens : ils avaient été une famille pour elle.

Et puis, il y avait Jarrett.

Elle se mordit la lèvre. Jamais elle n'avait voulu lui faire du mal ni s'en faire à elle-même mais, en quittant la ville, c'était exactement ce qui allait se passer. Cependant, elle n'avait pas le choix, elle ne pouvait laisser son père le ruiner.

De plus, elle devait penser à tous ces emplois que l'usine apporterait.

Prenant une profonde inspiration, elle s'approcha de l'accueil.

— M. Saunders, s'il vous plaît.

L'employé jeta un rapide coup d'œil sur son ordinateur.

— M. Saunders vous attend dans notre salon du rez-de-chaussée, répondit-il, lui indiquant d'un geste le chemin.

Mia suivit le couloir et arriva devant la porte à laquelle elle s'apprêtait à frapper lorsqu'elle s'aperçut que celle-ci était entrouverte. Elle passa la tête par l'embrasure. Son père, qui lui tournait le dos, était en pleine conversation téléphonique sur son portable.

— Je vous ai dit que ce serait réglé d'ici à la fin du

mois... Oui, l'argent sera sur votre compte le 31, vous avez ma parole.

Preston aurait-il des soucis financiers ? Les affaires n'étaient bonnes pour personne, en ce moment. Elle en savait peu sur les revenus de ses parents, sinon qu'ils étaient tous deux issus de familles très riches. Celle de sa mère possédait la Ashley Oil and Textiles et son père descendait d'une lignée de banquiers. Leur union n'avait pas vraiment été un mariage d'amour.

De toute façon, elle et son frère ayant été déshérités, tout cela n'avait guère d'importance. Seul lui importait Bradley et elle était prête à tout pour le protéger, même à vendre son âme.

Preston raccrocha avant de se retourner.

— Cela ne se fait pas d'écouter aux portes, aboya-t-il en l'apercevant.

— Je n'écoutais pas, elle était ouverte, répondit-elle sèchement, en entrant dans la pièce. Mais tu es seul ? Mère n'est pas là ?

Il secoua la tête.

— Non, elle est restée à la maison. Elle ne voulait pas risquer de voir ses espoirs réduits à néant.

Cela faisait longtemps que Mia avait réalisé à quel point Abigail ne faisait qu'obéir aux attentes de son mari. En femme du monde parfaite, elle n'aurait manqué aucun événement à but caritatif mais s'était montrée incapable d'élever ses deux enfants, laissant cette tâche à une ribambelle de nourrices. Il était hors de question que Bradley connaisse le même sort.

Ouvrant alors son sac, elle en sortit une enveloppe qu'elle tendit à son père.

— Qu'est-ce que c'est ?

— Les conditions qu'il te faut accepter si tu veux que je vienne à Boston.

— Je ne pense pas que tu sois en position d'exiger quoi que ce soit.

— Si tu ne veux pas que tout cela finisse devant un juge, il va falloir que nous réussissions à trouver un accord, répliqua-t-elle, d'un ton glacé. Je ne te laisserai jamais la garde de Bradley ; je suis sa mère et tu ne peux rien contre cela. Tu as vingt-quatre heures pour me donner ta réponse.

Sur ces mots, elle tourna les talons et se dirigea vers la porte, espérant qu'il ne ferait rien pour l'arrêter. Dans ce cas, elle n'était pas sûre de pouvoir résister, mais elle songea à Bradley et cela lui donna de la force. Elle avait tout perdu mais ne le perdrait pas, pas lui.

Au même moment, dans son bureau, Jarrett et son frère effectuaient des recherches sur Preston Saunders. Grâce à la magie d'internet, il ne leur fallut pas longtemps pour découvrir que la Saunders Investments figurait sur la liste de Fortune 500.

— Je parie que Mia en est actionnaire, déclara Jarrett en se tournant vers Trace, et je me demande si cela n'a pas quelque chose à voir avec le brusque désir de Preston de récupérer son petit-fils.

— Ce ne sont que des spéculations, répondit Trace.

— Tu ne le connais pas. D'après Mia, jamais il ne s'est occupé d'elle et, pourtant, il n'hésite pas à user de son autorité pour réclamer Bradley. Il doit bien y avoir une raison à sa présence ici et je vais tenter de trouver laquelle, ajouta-t-il, en se levant.

— Où vas-tu ?

— Voir Mia, que cela lui plaise ou non.

La jeune femme était encore tremblante lorsqu'elle arriva au Mountain View. Après avoir récupéré Bradley, elle rentra chez elle, lui donna la tétée et commença enfin à se détendre. Ce petit être avait le don de l'apaiser.

A ce moment, un léger coup fut frappé à la porte.

— Entrez, Nola, c'est ouvert, cria-t-elle, sans se lever.

Lorsqu'elle tourna la tête, ce ne fut pas Nola mais Jarrett qui entra dans la pièce. Prestement, elle posa Bradley sur son épaule et réajusta son corsage.

— Jarrett, je suis occupée pour l'instant, alors si vous voulez bien…

— Partir ? la coupa-t-il en s'approchant du canapé. Je vais le faire mais auparavant je souhaite que l'on ait une franche discussion, en toute honnêteté.

Elle le dévisagea et frissonna devant sa beauté si virile.

— Nous nous sommes déjà tout dit.

— Je ne le crois pas, non, rétorqua-t-il, en s'asseyant à côté d'elle. Mia, je sais pourquoi vous faites cela.

— Qui vous l'a dit ? Mon père ? Il vous a parlé de quelque chose ?

— J'aurais bien aimé, répondit-il, en secouant la tête. J'aurais pu alors lui montrer que je ne le craignais pas.

— Peu importe qui vous en a parlé. Vous vous trompez complètement, j'ai simplement réalisé à quel point j'avais besoin d'être entourée de ma famille, c'est bien mieux pour Bradley.

Il s'approcha d'elle.

— Vous avez aussi une famille ici, dit-il en plongeant ses yeux dans les siens, et vous méritez une vie agréable, Mia. Je ne pense pas que retourner vivre chez votre père soit la solution pour vous.

— C'est possible mais je n'ai pas le choix si je veux garder mon fils.

A cet instant, Bradley se mit à crier.

— On dirait qu'il n'est pas content, déclara Jarrett, en tendant les bras.

Sans lui laisser le temps de répondre, il prit le bébé, l'installa sur son épaule et commença à lui tapoter le dos. Bradley émit rapidement un rot sonore et Jarrett le redéposa dans les bras de sa mère.

— Il devrait pouvoir continuer son repas, maintenant.

Jarrett ne la quitta pas des yeux et elle soutint son regard. Ils avaient tant partagé ces derniers mois... Finalement, elle ouvrit son corsage, présenta son sein à Bradley et le regarda, en souriant, reprendre son repas.

— Je n'ai jamais rien vu de plus beau, murmura Jarrett, d'une voix à peine audible.

Elle leva vers lui des yeux qu'elle sentit se remplir de larmes.

— Ne dites pas cela, s'il vous plaît. Je ne...

— Chut, l'interrompit-il, s'asseyant près d'elle et posant un doigt sur sa bouche. N'ayez pas peur.

Se penchant, il posa alors ses lèvres sur les siennes. La douceur de leur contact lui fit fermer les yeux mais, rapidement, elle se ressaisit et rejeta la tête en arrière.

— Je refuse de vous laisser partir, dit-il, avec un soupir.

— Jarrett, il n'y a pas le choix.

— Il y a toujours le choix, Mia, répliqua-t-il doucement en se redressant. Mais revenons plutôt à la raison de ma présence ici. Je pense que le soudain retour de votre père a quelque chose à voir avec votre argent et celui de votre frère puisque vous faites partie des actionnaires de la Saunders Investments.

— Vous vous trompez. Il nous a déshérités lorsque nous avons quitté la maison.

— Votre père ne possède pas la Ashley Oil and Textiles. Elle appartenait à votre grand-père maternel, Clyde Ashley, son fondateur. L'avez-vous connu ?

— Non, il est mort quand j'avais cinq ans.

— Ce n'est qu'une hypothèse mais je suis prêt à parier qu'il vous a laissé son héritage et que vous pourriez le réclamer pour vous et pour Bradley, tout comme vous pourriez réclamer la part de votre frère pour son fils.

Mia commençait à comprendre.

— C'est pour cela qu'il veut absolument récupérer Bradley ?

— C'est fort possible. Avez-vous une idée de ce que votre frère avait comme comptes et où il rangeait ses papiers ?

— J'ai déjà récupéré son assurance et j'ai rangé dans une boîte tous les autres documents que j'ai trouvés. Je vais aller vous la chercher.

Elle posa alors Bradley, qui avait fini de téter, contre son épaule, lui fit faire son rot puis alla le coucher. Ensuite, elle prit la boîte dans un placard et la posa sur la table basse du salon.

— J'ai tout mis là-dedans après l'accident, expliqua-t-elle. Je pensais m'en occuper plus tard.

Elle observa Jarrett qui cherchait parmi les documents. Au bout de quelques instants, il sortit une enveloppe et lut la lettre qui s'y trouvait.

— Victoire ! s'exclama-t-il, avant de la lui tendre.

Elle était signée James Knott, du cabinet d'avocats Knott, Lewis et Johnston, était datée de l'année précédente et informait Bradley qu'il était légataire de Clyde Asley et pouvait prétendre à son héritage puisqu'il venait d'avoir trente-cinq ans. James Knott n'indiquait aucune somme mais donnait un numéro de téléphone où le rappeler.

Mia était sous le choc.

— Pourquoi Bradley n'a-t-il pas récupéré son argent ?

— Peut-être n'en a-t-il pas eu l'occasion, répondit Jarrett, en haussant les épaules.

— Il a eu trente-cinq ans peu de temps avant de partir à Mexico avec Karen, répliqua-t-elle, songeuse. Peut-être avait-il l'intention d'appeler à son retour…

— … Et il n'en a pas eu le temps, poursuivit Jarrett. On peut envisager que l'avocat ait alors contacté votre père, ce qui a amené celui-ci à découvrir la mort de son fils et la naissance de son petit-fils.

— Donc maintenant il va tout faire pour prouver que je suis une mauvaise mère et récupérer ainsi son argent. N'en a-t-il donc pas assez ?

— Ne vous inquiétez pas, il n'aura pas cet argent.

— Sauf s'il prouve que je suis incapable d'élever mon fils, rétorqua-t-elle, de plus en plus inquiète.

— Holà ! Qu'est devenue la femme battante qui me rappelait mes obligations de propriétaire ? Mia, vous êtes une excellente mère et vous avez l'argument le plus convaincant qui soit : votre frère voulait que ce soit vous qui éleviez votre fils, il l'a même notifié par écrit.

13

Un peu plus tard, cet après-midi-là, Jarrett s'évertuait à faire les cent pas dans son bureau. Mia était en chemin pour voir son père et Fulton devait arriver d'un moment à l'autre pour l'informer de la décision du conseil d'administration concernant l'usine. Cependant, il n'avait guère la tête aux affaires.

Bien entendu, il avait proposé à la jeune femme de l'accompagner, mais elle avait refusé, déclarant qu'elle préférait rencontrer Preston seule. Il avait cependant réussi à la convaincre de se faire accompagner par Nola. Il avait si peu confiance en Saunders qu'il le pensait fort capable de les enlever, elle et son fils.

Décidant brusquement de se moquer de ce qu'elle voulait ou non, il ouvrit la porte pour les rejoindre à l'instant même où Fulton, juste derrière, s'apprêtait à frapper.

— Bonjour, dit celui-ci, d'une voix joyeuse. Avez-vous passé de bonnes vacances ?

— Disons qu'elles ont été... très occupées. Neil, je vous prie de m'excuser mais j'ai quelque chose d'urgent à régler et je dois absolument m'en aller.

— Oh... Est-ce que je peux vous aider ?

Jarrett n'avait pas eu l'intention de lui parler de Saunders, mais, après tout, qu'avait-il à perdre ? Le projet ne l'intéressait pas si Mia n'était plus là.

— Peut-être, oui, répondit-il. On m'a dit que vous

étiez ami avec Preston Saunders. Or, cet homme est une crapule.

— Holà ! l'interrompit Neil en levant une main. Qui vous a dit que nous étions amis ? Je ne l'ai vu que quelques fois et la dernière remonte à plus de cinq ans.

— Mais vos femmes n'allaient-elles pas à la même université ?

— Cela ne suffit pas pour parler d'amitié mais, puisque vous me parlez de lui, j'ai entendu dire qu'il avait beaucoup perdu avec la crise.

Jarrett laissa échapper un juron et expliqua rapidement la situation à Fulton.

— Il a même affirmé pouvoir vous convaincre de ne pas donner suite à notre projet, ajouta-t-il.

— Même si lui et moi étions amis intimes, jamais je ne laisserais ce genre de choses influer sur mes décisions professionnelles, rétorqua Neil, en hochant la tête. De plus, j'ai confiance en ma femme et elle vous adore car vous n'avez pas mis vos locataires à la rue, au risque de perdre l'affaire. Or, il se trouve que plusieurs des membres du conseil d'administration sont d'accord avec elle.

— Ce qui signifie que…

— Nous avons choisi cet emplacement pour notre usine mais à une condition : que ce soit Robin qui s'occupe de l'aménagement intérieur des bureaux administratifs.

— Je ferai mettre cette clause dans le contrat, assura Jarrett, un large sourire aux lèvres. Mais pouvons-nous en reparler plus tard ? Je dois annoncer à quelqu'un que j'ai besoin d'elle pour vivre et débarrasser la ville d'un importun.

— Puis-je venir avec vous ? L'idée de remettre Saunders à sa place ne me déplairait pas.

Mia poussait le landau dans le hall de l'hôtel, Nola à son côté.

— Vous devriez peut-être attendre quelques jours, lui suggéra celle-ci, d'un ton inquiet, ou appeler Jarrett. Je n'ai aucune confiance en Preston.

— Nola, je ne peux pas le mêler à cela, il risquerait de tout perdre à cause de moi et il est grand temps que je tienne tête à mon père.

Sa décision était prise : elle lui donnerait ce qu'il voulait : l'argent. Ensuite, il partirait et Bradley et elle pourraient enfin mener une vie paisible.

— Je suis sûre que Jarrett serait prêt à vous aider. Il tient à vous et à Bradley, et pas seulement en tant qu'ami. N'avez-vous pas remarqué la façon dont il vous regarde ?

— Si, je l'ai remarquée, reconnut Mia, en se sentant rougir. Mais Jarrett McKane regarde beaucoup de femmes.

— Tous les hommes regardent les femmes, jusqu'à ce qu'ils trouvent la bonne et je pense que, pour lui, vous êtes celle-là. Ne laissez pas Preston gâcher votre bonheur, Mia. Jarrett est un homme bien.

— Je le sais, Nola. C'est pour cela que je viens dire à mon père qu'il peut garder l'argent. Je n'en ai pas besoin : je peux travailler et, surtout, je ne veux pas courir le risque qu'il puisse faire du mal à ceux que j'aime.

Elles étaient arrivées devant la porte du petit salon. Mia inspira alors une profondément et entra dans la pièce. Vêtu d'un costume gris, son père se tenait devant la fenêtre et prit son temps pour venir l'accueillir.

— Margaret.

— Bonjour, père, répondit celle-ci, en s'agrippant à la poignée du landau.

— Nous n'avons pas eu le plaisir d'être présentés, dit-il, en se tournant vers Nola.

— Nola Madison. Je suis une très bonne amie de votre fille.

Mia observa son père jeter un œil sur Bradley endormi, mais il ne fit aucun commentaire sur son petit-fils.

— Si nous commencions ? dit-il, en levant les yeux.

— D'accord. Nous avons beaucoup de sujets à aborder avant que tu ne quittes la ville.

Au même moment, à l'accueil, Jarrett et Neil se faisaient indiquer la direction du petit salon. Ils avaient déjà emprunté le couloir lorsqu'ils virent venir vers eux Nola, poussant Bradley qui dormait toujours dans son landau.

— Oh, Jarrett ! Je suis si contente que vous soyez là !

— Nola, je vous présente Neil Fulton, qui va nous aider. Neil, Nola Madison. Est-ce que Mia est à l'intérieur ?

— Oui, avec son père. Je suis inquiète, Jarrett.

Laissant la vieille dame derrière lui, il s'approcha du salon dont il ouvrit doucement la porte. Le père et la fille lui tournaient le dos.

— Je ne te laisserai pas mon fils, était en train de dire Mia, et je ne retournerai pas avec toi à Boston.

— Tu fais une grosse erreur, Margaret. Tu sais que je n'hésiterai pas à aller devant un tribunal. Je dois protéger Bradley.

— Et moi, je dois le protéger de toi. Avoue donc que tu ne réclames sa garde que pour toucher l'héritage de mon frère.

— Comment peux-tu m'accuser d'une telle chose ? s'exclama son père, d'un ton outré. D'autant que cet argent est bloqué pour le fils de Bradley et que je n'y ai absolument pas accès. Toi, par contre, tu as quelque chose que je veux !

— Qu'est-ce que c'est ?

— Ton grand-père Ashley a été très généreux avec toi : il t'a légué un héritage que tu ne pourras toucher qu'à tes trente-cinq ans, ou avant si tu te maries, ainsi qu'un certain nombre d'actions de la Ashley Oil. Ce sont elles qui m'intéressent. D'ailleurs, j'estime qu'elles me reviennent. Cela fait des années que je les fais fructifier.

— Comment ? Tu ne devrais plus y avoir accès depuis mes vingt et un ans.

— Je te rappelle que tu m'as signé une procuration lorsque tu es sortie de la clinique de désintoxication, dit-il, avec un sourire sarcastique sur le visage.

Elle resta silencieuse un moment.

— Qu'est-ce que tu veux ?

— Cette procuration n'était pas éternelle, elle vient d'expirer.

C'était donc cela !

— Inutile de faire cette tête, continua Saunders. Je te rappelle que tu nous as donné beaucoup de fil à retordre, à ta mère et à moi.

— J'étais ta fille, répliqua-t-elle calmement. Pourtant, tu n'as jamais été là quand j'ai eu besoin de toi.

— Tu portais le nom et disposais de la fortune des Saunders. Cela a fait de toi une petite fille très privilégiée et nous étions en droit d'espérer mieux de ta part. Heureusement que, maintenant, il y a Bradley Junior.

— Non. Tu ne feras pas subir à mon fils la même chose qu'à moi.

— Ce n'est pas ton fils, Margaret, c'est ton neveu et il doit être élevé comme un Saunders.

— Jamais !

— Ah, au fait… J'ai changé d'avis sur l'une de tes conditions. En plus des actions, je veux pouvoir rencontrer mon petit-fils, disons… quatre fois par an.

— Cela n'a rien à voir avec notre accord, rétorqua-t-elle, en secouant la tête. Tu prends l'argent et tu disparais.

— Je ne pense pas que tu sois en mesure d'exiger quoi que ce soit. Il y a des secrets qui pourraient être exhumés et une usine qui risque de ne jamais voir le jour.

C'en était trop. Jarrett jeta un bref coup d'œil à Neil avant d'ouvrir brusquement la porte et de pénétrer dans la pièce.

— Tiens ? Tu as fait venir ton cow-boy à ton secours ?

A ces mots, la jeune femme se retourna et Jarrett put apercevoir sur son visage une expression de surprise mêlée au soulagement.

— Que faites-vous là ? demanda-t-elle.

— J'ai pensé que vous pourriez avoir besoin d'aide et j'ai la nette impression que je ne me suis pas trompé.

— C'est très gentil à vous, monsieur McKane, mais j'ai bien peur que tout ceci ne vous concerne pas. N'est-ce pas, Mia ?

— Il a raison, répondit-elle, d'une voix étranglée. Ce serait néfaste pour le projet de l'usine.

— Mia, je suis vraiment touché de constater que vous êtes prête à vous sacrifier pour sauver mon usine, mais vous n'avez aucune raison de le faire, ajouta-t-il, avant de se tourner vers Preston. Je vais maintenant vous expliquer ce qui va se passer : vous allez quitter la ville *aujourd'hui*, votre fille va reprendre ses études, élever son fils et, avec un peu de chance, je ferai partie de leur vie.

— Méfiez-vous, jeune homme. Vous êtes sur le point de perdre votre fortune.

— Je ne le pense pas, Saunders.

Tous se tournèrent vers la porte, sur le seuil de laquelle se tenait Neil Fulton.

— Neil ! s'exclama Preston. Je suis content de vous revoir.

— Je n'en suis pas si sûr, répondit celui-ci. D'abord, vous n'avez pas à vous présenter comme étant de mes amis car c'est faux, ensuite, le conseil d'administration a choisi le site de Jarrett pour construire l'usine et, enfin, je n'aime guère la façon dont vous menacez votre fille. Je vous conseille donc de suivre le conseil de Jarrett.

— Margaret, tu ne peux pas laisser faire cela ? s'écria Preston, en se tournant vers Mia.

— Si, répondit-elle, dans un souffle et je te prie de ne plus jamais chercher à me revoir.

— Ta mère va être très déçue, riposta-t-il, d'une voix glacée, sans compter qu'avec ton passé je suppose qu'il y a des choses que tu préférerais garder enfouies.

Sur ce, il tourna les talons et quitta la pièce.

Jarrett se tourna vers la jeune femme qui était livide.

— Mia, est-ce que ça va ?

Affichant un sourire triste, elle hocha la tête.

Neil s'approcha d'elle et lui tendit la main.

— Ce fut un vrai plaisir de vous rencontrer, Mia, mais je vais vous laisser seuls. Je crois que vous avez des choses à vous dire, tous les deux. J'espère que nous aurons l'occasion de nous revoir.

Ensuite, il salua Jarrett et sortit.

Jarrett se tourna vers la jeune femme qui l'observa un instant, muette, avant d'éclater en sanglots et de se précipiter à l'extérieur.

Deux heures plus tard, Mia était de retour chez elle. Elle donna à manger à Bradley avant de le coucher puis sortit sa valise du placard et commença à y entasser ses vêtements.

Bien sûr, c'était de la lâcheté, mais, dans la mesure où il s'agissait de son fils, elle ne voulait prendre aucun risque. Son père la traînerait-il devant les tribunaux ? Irait-il jusqu'à révéler tous ses secrets ?

Découragée, elle se laissa tomber sur le canapé. Quoi qu'elle fasse, son passé semblait toujours la rattraper et elle était certaine que, s'il était dévoilé, personne ne pourrait l'aimer.

Se ressaisissant, elle se leva et regarda autour d'elle. Il n'y avait pas grand-chose à emporter, elle n'avait besoin que de quelques cartons, qu'elle décida d'aller chercher dans la cage d'escalier. Alors qu'elle regagnait le palier, ses boîtes à la main, Trace sortit de l'ascenseur.

— Bonjour, Mia. Avez-vous vu Jarrett ?

— Non, pas depuis tout à l'heure.

— J'ai entendu dire que vous aviez rencontré votre père. J'espère que tout s'est bien passé.

— Il devrait quitter la ville très bientôt. Maintenant, si vous voulez bien m'excuser, je dois rejoindre Bradley, dit-elle, en se dirigeant vers la porte de son appartement.

— Je vois que vous êtes prête à déménager : voulez-vous que je commence à emmener quelques-unes de vos affaires au ranch ?

— Non, et je vous remercie, Kira et vous, de m'avoir proposé un toit mais je vais retourner à Denver et y reprendre mes études.

Avant qu'il n'ait le temps de répondre, Bradley se mit à crier et elle se précipita à l'intérieur de l'appartement. Lorsqu'elle revint dans le salon, elle y trouva Trace, debout, qui l'attendait.

— Je sais que cela ne me regarde pas, mais partez-vous à cause de mon frère ? demanda-t-il.

— Non, cela n'a rien à voir, mentit-elle.

— Je ne vous crois pas. Je sais que vous ressentez quelque chose pour lui et il est fou de vous. Quelle est la véritable raison ?

— Je ne pense pas que cela pourrait marcher entre nous, avoua-t-elle, en baissant les yeux. Mon père est prêt à tout pour me faire du tort et il pourrait dévoiler des éléments de mon passé dont je ne suis pas fière.

— Nous avons tous des choses à cacher, répondit-il, doucement. Jarrett et moi, par exemple, n'avons pas toujours été si proches et Kira m'a longtemps caché l'existence d'un fils qu'elle avait eu à quinze ans et qu'elle avait dû abandonner.

Mia se souvint que Jenna avait un jour parlé d'un grand frère absent.

— Cela a dû être terrible pour elle.

— Nous étions mariés quand je l'ai découvert et je lui en ai terriblement voulu de ne pas m'avoir fait suffisamment confiance pour m'en parler. Nous avons même failli nous séparer.

Elle ne pouvait les imaginer l'un sans l'autre.

— Je ne veux pas faire porter à Jarrett le poids de mes erreurs de jeunesse. C'est trop lourd.

— Croyez-vous qu'il s'en plaindrait ? Il vous adore, vous et Bradley, et puis, lui non plus n'a rien d'un ange, de nombreuses femmes pourraient en témoigner.

— Je l'aime trop pour risquer de le blesser.

— Il y a quelques années, je vous aurais conseillé de le quitter, dit-il d'une voix grave, mais il a changé. Laissez-lui une chance de vous prouver qu'il est bien l'homme qu'il vous faut.

A 5 heures de l'après-midi, Jarrett ne savait plus que penser. Il avait cru que Mia se précipiterait dans ses bras une fois l'entrevue avec son père terminée et, au lieu de cela, elle s'était précipitée hors de la pièce et n'avait répondu à aucun de ses appels téléphoniques.

Un peu dérouté, il avait pourtant passé le reste de la journée avec Neil afin de finaliser leur accord puis avait organisé une réunion avec les locataires, afin de les informer de la situation.

Il entra dans la salle commune, espérant voir la jeune femme, mais elle n'était pas là.

— Bonjour à tous, dit-il, masquant du mieux possible sa déception. Je vous ai réunis ici afin de vous informer de l'évolution du projet d'usine. Il y a quelques heures de cela, l'affaire a été signée et les travaux devraient commencer au début du printemps.

Les locataires échangèrent des regards, mais aucun ne prononça un seul mot.

— Par contre, il y a eu des changements par rapport au projet initial : l'usine va être construite à l'arrière du terrain et la Fulton Industries installera ses bureaux dans l'immeuble vacant. Ce qui signifie que la résidence ne sera pas détruite mais, au contraire, rénovée et les appartements remis aux normes. De plus, tous ces travaux vont générer énormément de bruit. Pour contrebalancer ces nuisances, j'ai donc décidé d'une remise sur les loyers pendant six mois.

— Nous ne devons donc plus partir avant mars ? demanda Joe, en se levant.

— Non. Sauf si vous le désirez.

— Et de combien allez-vous augmenter nos loyers, après cette période de six mois ? insista le vieil homme.

— Dans la mesure où vous avez vécu dans un immeuble presque insalubre pendant des années, il n'y aura aucune augmentation de loyer pour les résidents.

Cette annonce fut accueillie par des cris de joie.

— Il faudrait mettre tout cela par écrit, énonça alors une voix qu'il ne connaissait que trop bien.

Le cœur battant, il tourna la tête : l'air fatiguée mais toujours aussi magnifique, Mia se tenait sur le pas de la porte, Bradley devant elle, dormant dans sa poussette.

— Aucun problème, affirma-t-il. Y a-t-il autre chose que vous souhaitiez me demander ?

— Oui : un homme à tout faire digne de ce nom, répondit-elle en s'approchant, après que Nola fut venue prendre la poussette. Quelqu'un qui puisse intervenir en cas d'urgence, sur qui l'on puisse compter.

Elle ne l'avait pas quitté des yeux et il l'observa un moment en silence.

— Pensez-vous en avoir besoin vingt-quatre heures sur vingt-quatre ou simplement aux heures ouvrables ?

— Oh, vingt-quatre heures sur vingt-quatre. Connaissez-vous quelqu'un ?

— Je crois avoir celui qu'il vous faut pour ce travail.

Lorsqu'il fit un pas vers elle, chacun dans la salle sembla retenir sa respiration.

— Est-ce qu'il aime les enfants ?

— Il adore les enfants, assura-t-il, ainsi que les animaux. Cela vous convient-il ?

Elle hocha la tête.

— Peut-être devrions-nous discuter de tout cela ?

— Embrassez-la donc ! cria quelqu'un dans l'assemblée.

— J'adore exécuter ce genre d'ordre, murmura-t-il, en se penchant vers elle.

Lorsqu'il prit sa bouche, les sifflets et les applaudissements fusèrent de toutes parts.

14

Jarrett n'avait guère envie de rester au milieu de tout ce monde pour discuter avec Mia. Il lui avait donc proposé de les emmener chez lui, elle et Bradley, et elle avait accepté.

Il remonta l'allée, se gara dans le garage et lui ouvrit la portière. Ensuite, il sortit le bébé de la voiture et tous pénétrèrent dans la cuisine.

— Il doit manger dans combien de temps ? demanda-t-il, en posant la nacelle dans laquelle dormait Bradley.

— Pas avant deux ou trois heures.

— Parfait. Cela nous laisse du temps.

Il l'entraîna alors vers le salon, éclairé par la seule lueur de la lune, posa Bradley à l'une des extrémités du canapé, avant de mettre de la musique douce et d'allumer une lampe.

— Cela fait longtemps que je ne suis pas rentré chez moi, s'excusa-t-il. J'ai peur de ne pas avoir grand-chose à vous offrir.

— Je n'ai pas soif, répondit-elle, mais pourriez-vous éteindre, s'il vous plaît ? La vue est tellement belle dans le clair de lune.

Avec un hochement de tête, il s'exécuta. Ensuite, il lui prit la main, l'entraîna vers le canapé et tous deux restèrent un long moment sans parler, admirant le paysage qui s'offrait à leurs yeux à travers la baie vitrée. La neige avait recouvert le sol et faisait ployer sous son poids les branches des arbres dénudés. Il se dégageait de cette vue un incommensurable sentiment de paix.

Jarrett fut le premier à prendre la parole :

— Dites-moi que je n'ai pas tout gâché en venant vous rejoindre à l'hôtel, tout à l'heure.

— Non, répondit-elle, en lui serrant la main. Je suis simplement navrée que vous ayez été mêlé à tout cela.

— Je me moque de votre passé, Mia, et je dois avouer que rencontrer votre père m'a appris beaucoup de choses. Je n'étais venu à l'hôtel que pour vous soutenir mais, lorsque je l'ai entendu vous menacer, je ne l'ai pas supporté. C'est pour cela que je suis intervenu.

— Vous savez, ce n'est que de l'argent et cela n'a pas d'importance. La seule chose qui m'importe est que mon fils ne soit pas élevé comme nous l'avons été, Bradley et moi, dans une maison sans amour.

— Vous auriez dû lui opposer un refus bien plus tôt. Après tout, ne pas conclure l'affaire avec Fulton signifiait également que Mountain View ne serait pas détruit.

— Je ne le pouvais pas. Vous vous êtes tellement démené pour que l'usine vienne s'implanter en ville… Je ne voulais pas que mon père vous brise, parce que… parce que je tiens à vous.

— Moi aussi, je tiens à vous, dit-il doucement. A vous et à Bradley.

Puis il s'approcha et lui prit le menton pour l'obliger à le regarder.

— En fait, je fais plus que tenir à vous. Je vous aime. C'est fou, non ? ajouta-t-il, en posant un baiser sur son front. Je ne sais pas quand cela a commencé, probablement dès l'instant où je vous ai vue mais, ce dont je suis sûr, c'est que je ne supporte pas d'être loin de vous. De plus, il y a eu tous ces moments magiques que nous avons partagés : l'échographie, la naissance de Bradley.

— Je suis heureuse que vous ayez été près de moi, murmura-t-elle.

Il laissa alors sa bouche descendre sur les joues de la jeune femme puis sur son cou.

— L'idée que vous puissiez quitter la ville m'était insupportable, continua-t-il.

— Oh, Jarrett, soupira-t-elle.

— C'est tout ce que vous trouvez à dire, quand je vous ouvre mon cœur ?

— Je vous aime aussi, répondit-elle, les yeux pleins de larmes.

— Cela n'a pas l'air de vous rendre très heureuse. Peut-être ai-je mal interprété les signaux ?

Blessé, il se leva et s'approcha de la baie vitrée, elle le rejoignit immédiatement.

— Vous risquez de changer d'avis quand vous saurez ce que j'ai fait, dit-elle, d'une voix étranglée. Il n'y a pas eu que mon addiction aux médicaments.

Elle se tut et il resta silencieux, attendant qu'elle continue.

— Quand j'étais au lycée, j'ai fréquenté des élèves avec qui j'ai fait de nombreuses fêtes. Nous buvions pour oublier nos vies malheureuses d'enfants riches. Cela paraît ridicule, n'est-ce pas ?

— Non, pas après avoir rencontré Preston.

— J'avais un problème avec l'alcool, Jarrett. Mon père a raison, il a souvent dû m'aider, notamment un soir où, après une fête particulièrement arrosée, j'ai pris le volant et suis rentrée de plein fouet dans un arbre. Je n'ai rien eu, mais mon passager a été blessé et est resté un long moment hospitalisé. Mon père a alors dédommagé ses parents et a aussi payé la police locale pour que je n'aie pas de casier judiciaire.

— Quel âge aviez-vous ?

— Dix-sept ans.

— J'en avais dix-neuf quand j'ai été arrêté pour conduite en état d'ivresse et, parce que j'étais la star de foot locale, je n'ai pas eu d'ennuis. Nous étions jeunes, Mia, et ils nous ont donné une seconde chance.

— Peut-être, mais même cet accident ne m'a pas empêchée de continuer à boire. C'est alors que mon père a décidé de me placer en cure de désintoxication, ce qui m'a permis de me soigner. Mais je ne peux plus avaler une goutte d'alcool, Jarrett.

— En ressentez-vous parfois le besoin ?

— Plus depuis longtemps… sauf quand mon frère est mort et aussi lorsque j'ai découvert que mon père était en ville. Il faut d'ailleurs que je retourne aux réunions des Alcooliques Anonymes, cela fait un moment que je n'y suis pas allée.

Jamais Jarrett n'aurait pensé entendre Mia avouer qu'elle avait été alcoolique. Son estomac se serra en songeant à tout ce qu'elle avait dû traverser. Son frère avait alors été son seul soutien. Il n'était plus là maintenant, mais Jarrett, lui, était présent.

— Si vous voulez, je vous accompagnerai, proposa-t-il, en faisant un pas vers elle.

— Pourquoi ?

— Parce que je vous aime et, comme vous semblez penser que vous ne le méritez pas, je n'ai qu'une solution : vous le prouver.

Se penchant, il posa ses lèvres sur les siennes. Lentement, son baiser se fit de plus en plus profond tandis que ses mains suivaient les courbes de son corps, de sa poitrine. Elle poussa un gémissement et se serra contre lui.

— Je me moque de votre passé ou du mien, dit-il lorsque leur étreinte prit fin. C'est ce que je ressens quand vous êtes près de moi qui m'importe, ce que je ressentirai quand nous ferons enfin l'amour. Je t'aime, Mia.

— Je t'aime aussi, Jarrett.

Il prit de nouveau sa bouche et l'embrassa éperdument.

— Je te veux, murmura-t-il.

— Je te veux aussi, répondit-elle, dans un halètement. Mais je ne peux pas…

— Je sais qu'il est encore trop tôt mais je peux attendre, même si cela me fait mourir à petit feu.

— Je risquerai de mourir avant, répondit-elle en souriant, ses magnifiques yeux bleus étincelant dans la pénombre.

— Alors nous ferions mieux de nous marier très vite.

— Tu veux te marier ? demanda-t-elle en se redressant, visiblement surprise.

— Je ne t'en ai pas parlé ?

A dire vrai, il ne s'était pas vraiment préparé à ce moment. D'ailleurs, il n'avait même pas de bague. Ce fut alors qu'il se souvint de celle de sa mère.

— Donne-moi juste une seconde, dit-il, posant un dernier baiser sur ses lèvres avant de rejoindre rapidement sa chambre.

Là, il ouvrit le tiroir de sa commode d'où il sortit une petite boîte qu'il gardait depuis son enfance. A l'intérieur se trouvait une bague en or blanc, sur laquelle était monté un saphir entouré de diamants. Elle avait appartenu à sa mère. Peut-être Mia la trouverait-elle démodée, mais elle signifiait énormément pour lui.

Lorsqu'il revint dans le salon, la jeune femme se tenait toujours devant la baie vitrée. Il s'approcha d'elle et passa ses bras autour de sa taille.

— As-tu l'intention de t'enfuir ?

Elle secoua la tête.

— J'adore cet endroit. Ce doit être fabuleux d'habiter ici.

— Veux-tu venir y vivre ?

Elle se mit sur la pointe des pieds et l'embrassa.

— J'irai partout où tu seras, Jarrett McKane.

C'était tout ce qu'il avait besoin d'entendre. Se mettant à genoux, il lui prit les mains.

— Je t'aime, Mia Saunders, et je serais le plus heureux des hommes si tu acceptais de devenir ma femme.

— Oh, oui, Jarrett. Oui, je veux t'épouser.

Il se releva, prit la boîte dans sa poche et en sortit la bague.

— Elle appartenait à ma mère, dit-il en la lui glissant au doigt.

L'anneau était trop grand.

— Je peux t'en acheter une autre, si tu le souhaites.

— Non. Elle est magnifique. Il ne reste qu'à la faire ajuster.

Il l'embrassa alors, tendrement, avant de relever le visage.

— J'ai encore quelque chose à te demander : je voudrais adopter Bradley. Bien sûr, il n'est pas question de remplacer son père biologique mais il me semble important que nous formions une vraie famille. Je ne voudrais pas qu'il se sente rejeté.

— Je suis sûre que mon frère n'y trouverait rien à redire, répondit-elle, les larmes aux yeux. Tu es un homme bien, Jarrett, et Bradley et moi avons beaucoup de chance d'avoir croisé ton chemin.

— Je crois que nous formons une bonne équipe.

Ils avaient enfin ce qu'ils avaient toujours voulu : une famille pleine d'amour.

Epilogue

Le mois de janvier était arrivé.

Une nouvelle année, une nouvelle page de sa vie qui s'ouvrait, mais pas avant qu'il n'ait réglé un dernier détail. Jarrett se trouvait de nouveau au tribunal et espérait bien que c'était la dernière fois. Dans trois jours, il allait épouser Mia et bientôt, du moins l'espérait-il, Bradley deviendrait son fils.

— Tout va bien se passer, murmura la jeune femme à son oreille. La juge ne peut que se féliciter de la manière dont ont tourné les événements.

Il jeta un regard autour de lui : il y avait là Nola, Joe et Sylvia ainsi que Trace et Kira, qui portait dans ses bras Bradley. Les voir tous présents lui réchauffa le cœur.

A ce moment, l'huissier annonça l'arrivée du juge et celle-ci prit place derrière son bureau.

— Cas 4731 : les locataires de Mountain View contre Jarrett McKane.

— Votre Honneur, dit Mia, en s'avançant d'un pas, nous souhaitons abandonner les charges contre M. McKane.

— C'est trop tard, répondit la juge en regardant la jeune femme par-dessus ses lunettes : j'ai condamné M. Jarrett à remettre son immeuble en état et j'espère que j'ai été entendue.

— Vous l'avez été, Votre Honneur, répondit-il, d'un

ton assuré. J'ai ici tous les documents vous prouvant ma bonne foi.

— Les locataires sont-ils satisfaits du résultat ? demanda la juge, se tournant vers Mia.

— Absolument, répondit celle-ci, en souriant. M. McKane a entrepris de rénover entièrement la résidence.

— Je croyais que le bâtiment était sur le point d'être démoli ?

— La situation a évolué, intervint Jarrett. En apportant quelques modifications au projet initial, il est possible de construire l'usine sans avoir à toucher aux appartements. J'ai donc décidé de les garder car je pense que c'est un bon investissement.

La juge Gillard s'appuya contre le dossier de son fauteuil, laissant passer en silence un long moment, puis elle se tourna vers Mia.

— Les résidents sont-ils satisfaits de cette situation ?

— Puis-je prendre la parole ? demanda alors Nola, en se levant.

— Je vous en prie.

— Ce qui nous arrive est extraordinaire : M. McKane s'est engagé à remettre tous les appartements à neuf, il a d'ailleurs déjà commencé et ce sans aucune augmentation de loyer. De plus, l'usine est une bénédiction pour nous : M. Fulton nous a laissé entendre que certains d'entre nous pourraient y travailler à temps partiel. Enfin, Jarrett McKane, qui est devenu un ami, s'apprête à épouser Mia et à devenir un père pour son enfant, ajouta-t-elle, avec un sourire.

— Eh bien, voici plus d'informations que je n'en espérais. Mais je suis contente de constater que tout se passe pour le mieux. Quelle est la date prévue pour le mariage ? demanda la juge, en se tournant vers Jarrett.

— Ce samedi, à 13 heures, à la First Communauty

Church. La réception aura ensuite lieu dans la salle commune de Mountain View. Il va sans dire que vous êtes invitée : vous avez joué un grand rôle dans notre rencontre.

— Ravie d'avoir pu vous aider, dit-elle, avec un léger sourire. J'accepte votre invitation avec plaisir et j'en profiterai peut-être pour jeter un coup d'œil aux appartements. J'avoue que j'aime la solidarité qui semble régner dans cette résidence et je pourrais envisager d'y installer ma mère.

— Ce serait avec grand plaisir que nous l'accueillerons.

— Nous en reparlerons mais, pour l'heure, tout me semble en règle. J'aimerais que tous mes dossiers se terminent ainsi. Affaire classée.

Le samedi soir, Mia s'installa dans la voiture, à côté de Jarrett. Ils quittaient la réception qui avait réuni famille et amis et se rendaient maintenant dans la maison de Jarrett, *leur* maison. Elle n'arrivait pas à croire que quelques heures auparavant elle était devenue sa femme.

— T'ai-je dit à quel point tu étais superbe aujourd'hui ? demanda, à cet instant, son mari tout neuf.

— Oui, mais j'aime l'entendre.

— Tu es magnifique.

Elle était vêtue d'une robe en satin couleur ivoire dont le bustier était rehaussé de perles. Ses épaules nues étaient couvertes d'une courte veste assortie. C'était Kira qui l'avait emmenée faire ses achats à Denver. Jarrett, quant à lui, portait un smoking noir parfaitement coupé.

— Tu es très séduisant toi aussi, répondit-elle. D'ailleurs, j'ai surpris plusieurs femmes dans l'assistance que tu ne semblais pas laisser indifférentes.

— J'ai à mes côtés la seule femme qui m'importe,

dit-il en quittant des yeux la route pour planter son regard dans le sien, et, ce soir, je vais te prouver à quel point tu m'es chère.

Elle poussa un soupir de ravissement. Ils avaient décidé de repousser leur lune de miel afin de ne pas laisser Bradley seul mais, ce soir, Nola et Sylvia s'en occupaient.

Dès qu'ils furent arrivés, Jarrett descendit silencieusement de la voiture, lui ouvrit la porte et la prit dans ses bras puis, toujours sans un mot, entra dans la maison et se rendit dans le salon. Ce ne fut que lorsqu'ils arrivèrent devant la baie vitrée qu'il la posa à terre, mais il ne la laissa pas partir pour autant : passant ses bras autour de ses épaules, il se pencha vers elle et l'embrassa fougueusement.

— Je t'aime, Mia, murmura-t-il lorsque leur baiser prit fin, les laissant tous deux haletants.

— Je t'aime, moi aussi, répondit-elle, en songeant à tout ce qu'ils avaient déjà traversé.

Jarrett l'avait aidée à se débarrasser de l'emprise de son père. Elle avait accepté de céder ses actions mais uniquement à sa mère. Abigail pouvait maintenant en faire ce qu'elle en voulait et elle espérait que cela lui donnerait enfin le courage de s'opposer à son mari et, peut-être, de renouer des liens avec sa fille.

— J'ai quelque chose à te dire, lui annonça-t-il alors, se dirigeant vers son secrétaire après avoir sollicité un autre baiser. J'ai contacté mon avocat et je lui ai demandé d'entamer la procédure d'adoption.

Il lui tendit un dossier et Mia sentit les larmes lui monter aux yeux.

— Si tu penses que c'est trop tôt…

— Non, l'interrompit-elle, en posant un doigt sur sa bouche. Je ne vois aucune raison de ne pas donner le plus vite possible un père aimant à mon enfant, à notre enfant.

Jarrett paraissait ému, lui aussi. Elle aimait cet homme. Elle aimait la façon dont il lui avait fait suffisamment confiance pour lui révéler les heures sombres de son passé et malgré celles-ci, ou peut-être même à cause d'elles, elle était persuadée qu'il ferait un père merveilleux.

— J'aime ce petit bonhomme et je t'aime. Je ne pourrai jamais te dire à quel point.

Elle se souleva sur la pointe des pieds et l'embrassa.

— Montre-le-moi, dans ce cas !

Il n'hésita pas une seconde et la prit dans ses bras avant de se diriger vers la porte. Mia savait qu'elle n'avait plus besoin d'avoir peur : il était là pour la protéger. Ils avaient trouvé ce qu'ils cherchaient depuis toujours.

Un foyer.

AMY ANDREWS

Un bébé pour les fêtes

Traduction française de
CÉCILE LOMBARD

HARLEQUIN

Titre original :
DR ROMANO'S CHRISTMAS BABY

Ce roman a déjà été publié en 2017

1

— Ouf ! Dire qu'il me reste encore un mois à tenir !

Essoufflée, Beth marchait d'un pas pesant sur la piste forestière en se massant les reins.

— J'ai l'impression d'être enceinte depuis une éternité... Je sais maintenant ce que ressentent les éléphants.

Rilla regarda sa sœur aînée en riant. Elle ne l'avait jamais vue plus resplendissante.

— La grossesse te va bien, dit-elle en lui tapotant le ventre.

Quand elle sentit le dur renflement sous sa main, son cœur se serra et un flot d'émotions contradictoires l'envahit.

Beth lui lança un regard de reproche.

— C'est sûr ! Les nausées matinales, les brûlures d'estomac, le mal de dos et les varices, tout ça me va très bien. Sans compter ce rhume de cerveau. Il n'y a que moi pour attraper un rhume en septembre !

L'éclat de rire de Rilla fit fuir un perroquet tout proche qui s'envola dans un froissement d'ailes écarlates en poussant un cri indigné.

— Tu devrais être allongée chez toi, les jambes surélevées, au lieu de crapahuter avec moi dans les bois.

— Je deviens folle à rester sans rien faire. Si Gabe n'avait pas tenu à ce que je prenne mes six semaines de congé de maternité, j'aurais continué à travailler.

Alors qu'elle souriait à la pensée de son beau-frère aux

petits soins pour sa sœur, Rilla trébucha sur une racine cachée par le tapis de feuilles mortes et faillit tomber. Lorsqu'elle releva les yeux, elle vit Beth avancer, toujours grande et droite comme un i malgré sa grossesse.

Si différente d'elle, qui était plus petite et toute en courbes…

A sa place — si seulement elle pouvait y être ! —, elle serait en train de se dandiner comme une oie, à ce stade.

— Bon, parlons de toi plutôt que de moi. Nous sommes inquiets à ton sujet, Rilla.

— Nous ? Qui ça, nous ?

— Toute la famille.

— Ah, je vois ! Alors c'est toi qu'ils ont choisie comme porte-parole ?

— Allons, petite sœur… Tu sais que nous t'aimons, et bien sûr que nous sommes inquiets ! Tu as travaillé dur pendant des années pour obtenir le poste de surveillante du service d'urgence, mais depuis quelque temps, alors qu'il va se libérer bientôt, tu donnes l'impression de baisser les bras. Sans parler du stress de l'entretien d'embauche de la semaine dernière, des papiers du divorce que tu viens de signer, et du fait d'avoir enlevé ton alliance. Nous savons tous que c'était une étape importante pour toi. Si tu ne fais pas attention, tu vas droit à la dépression.

— Je suis en pleine forme, je t'assure !

— Tu n'en as pas l'air. Tu n'as pas envie de parler de ce qui te tracasse ? De lui ?

— Non, je ne veux pas parler de Luca.

Elle n'avait aucune envie d'évoquer le mari dont elle était séparée. Qu'il revienne d'Europe dans quelques semaines pour devenir chef du service d'urgence de l'Hôpital général, où elle travaillait, lui causait bien assez d'angoisse. Ce n'était plus qu'une question de jours avant que son monde ne bascule de nouveau sur son axe.

— Tu sais au moins où il va habiter ? insista Beth.

— L'appartement, je suppose... Je ne sais pas, et ça m'est égal. J'ai d'autres chats à fouetter.

— Dans ce cas, explique-moi pourquoi nous sommes en route, comme par hasard, vers la chute d'eau où il t'a demandée en mariage il y a huit ans ?

— Hé ! C'est toi qui voulais te promener en forêt... Et je ne suis pas une exploratrice... C'est le seul endroit que je connaisse.

Beth leva un sourcil.

— C'est juste que ça paraît un peu... freudien.

Bien que l'ironie de leur destination n'ait échappé ni à l'une ni à l'autre, Rilla refusait d'en parler. Les souvenirs du jour où elle avait parcouru cette piste avec Luca affluaient, au point qu'elle aurait juré sentir des bouffées de son after-shave préféré.

Elles marchèrent un moment en silence. Les senteurs des eucalyptus, des acacias et de la terre humide se mêlaient pour former une seule fragrance, celle de la forêt. La chaleur lourde de cette journée de septembre était tempérée par l'épaisse frondaison qui filtrait l'intensité du soleil, parsemant le chemin de taches de lumière. Elles avaient choisi ce vendredi matin, où les lieux étaient déserts, car dès le lendemain, la piste serait envahie par les touristes et les promeneurs du week-end avides de nature.

— Donc, Luca commence à travailler dans quinze jours, et tu n'as aucune nouvelle de lui ? demanda Beth.

— Je ne lui ai pas parlé depuis sept ans, tu le sais bien.

Pas depuis qu'il était reparti pour l'Italie après leur séparation. Rilla avait chargé son avocat de la procédure de divorce, et c'était leur père, John Winters, directeur du personnel de l'hôpital, qui lui avait appris la nouvelle de son retour.

— Si papa ne me l'avait pas dit, je n'aurais même pas su qu'il avait demandé le poste.

— Sept ans, c'est très long.

— A qui le dis-tu !

— Pourquoi faire les papiers maintenant ? Tu ne nous as rien expliqué.

— J'ai besoin de tourner la page, je suppose. J'ai eu trente ans il y a quelques mois, et je ne me sens plus toute jeune. Si je pouvais me marier et avoir un bébé… J'en ai encore plus envie depuis que je te vois enceinte.

Des larmes lui embuèrent les yeux. La grossesse de sa sœur avait rendu plus vif le souvenir malheureux de cette fausse couche faite à vingt-deux ans. L'angoisse de ne jamais être mère la taraudait.

Beth passa un bras réconfortant autour de ses épaules.

— D'ici peu, tu vas le voir tous les jours…

— Oui, dit-elle, misérable.

Toute la tristesse et l'amertume de ce mariage raté lui revenaient. Après ces longues années de silence, elle avait cru que c'était terminé. Or, ce retour annoncé la perturbait plus qu'elle ne l'aurait imaginé.

— Peut-être que tous les deux, vous…

Rilla s'arrêta et se tourna vers sa sœur en secouant la tête.

— Non, Beth. Trop de temps a passé. Nous sommes des étrangers l'un pour l'autre, maintenant. J'ai signé les papiers du divorce. A l'époque, nous nous sommes trop précipités, et je n'aurais jamais dû tomber enceinte si vite…

En regardant Beth qui portait dans son ventre une petite fille, celle de Gabe, elle sentit un pincement de jalousie se mêler au désespoir d'avoir perdu le bébé qu'elle attendait. Si seulement elle pouvait retourner en arrière !

— Nous avons joué de malchance dès le début.

— Mais lui n'a pas encore signé, n'est-ce pas ?

— Non. D'ailleurs, je ne comprends pas pourquoi, dit-elle en haussant les épaules.

— Peut-être regrette-t-il ce qui est arrivé ? C'est lui qui est parti, et il t'a fait du mal, Rilla.

— Moi aussi, je lui ai fait du mal.

Sa famille avait adoré son mari, bien que personne n'ait vu d'un très bon œil cette union hâtive. Elle savait que sa sœur aînée, en particulier, avait toujours eu un faible pour lui.

Beth passa de nouveau son bras autour de ses épaules.

— Je sais. Viens, nous y sommes presque. J'entends le bruit de l'eau.

Arrivées près de la chute, elles admirèrent l'eau qui tombait en cataracte d'un énorme rocher pour se déverser dans un bassin, clair comme du cristal, que de grandes pierres plates entouraient. Une légère brise agitait le feuillage des arbres, révélant par instants des lambeaux de ciel bleu et de nuages cotonneux.

— Que c'est beau ! s'exclama Beth.

On aurait dit que cette nature luxuriante était là depuis le commencement du monde, tel un écrin magique. Des chants d'oiseaux résonnaient partout. Rilla eut l'impression de se trouver dans le jardin d'Eden. Difficile d'imaginer qu'un tel paradis, cette oasis de forêt naturelle, réserve de faune et de flore, pouvait exister tout près d'une cité aussi affairée que Brisbane.

— J'avais oublié…, murmura-t-elle.

— J'espère que tu te rappelles que Luca a toujours su où trouver ce qui était beau, dit Beth en souriant.

Elles se tinrent enlacées, savourant la beauté parfaite de l'endroit pendant quelques instants.

— Asseyons-nous, proposa Rilla en posant son sac.

— D'accord, nous pouvons pique-niquer ici.

Après avoir enlevé leurs chaussures et leurs chaussettes, elles s'assirent sur les rochers plats, au bord de l'eau.

— Je suis sûre que je ne pourrai jamais me relever ! gémit Beth en plongeant ses jambes dans l'eau fraîche. Je dois ressembler à une baleine échouée.

Rilla sourit. Sa grande sœur était éblouissante dans sa plénitude.

— Ne t'inquiète pas, petite baleine. Je t'aiderai.

— Il va te falloir un treuil !

— Cesse de chercher des compliments ! dit Rilla en se laissant tomber à côté d'elle. Tu es éclatante de beauté et de santé.

Beth prit la bouteille d'eau qu'elle lui tendait, en se frottant les reins de l'autre main.

— Mon dos n'est pas de cet avis.

— On dirait qu'il te pose des problèmes.

— Depuis quelques mois, oui.

Elle but l'eau fraîche à longs traits.

— Et cette pierre est si dure que ça n'arrange rien.

— Tu as raison, dit Rilla en se préparant à se lever. Nous ne sommes pas obligées de rester là. Nous pouvons nous remettre en route.

— Tu plaisantes ? On se croirait au paradis. J'ai envie de rester un moment, et il faut que je me repose un peu. Ah, si je n'avais pas ce rhume !

Après avoir éternué, elle sortit un mouchoir du sac et se moucha.

Rilla capitula. Le trajet n'avait pas été très difficile, à part quelques endroits un peu dénivelés et rocheux, mais elle ne pouvait pas marcher pour deux…

— Je sais que tu n'as pas envie de parler de Luca, sœurette, mais tout de même, quel endroit romantique pour une demande en mariage !

Cela avait été un moment merveilleux, songea Rilla

en allongeant les jambes dans l'eau. Seulement huit ans ? Elle avait l'impression que des dizaines d'années s'étaient écoulées et, pourtant, en se retrouvant dans cette clairière, il lui semblait que c'était hier.

— Oui, c'est vrai.

L'endroit était désert ce jour-là, comme aujourd'hui. Elle se souvenait de ce sentiment d'être seule au monde avec lui, de cette certitude au bout de trois mois qu'ils étaient faits l'un pour l'autre et que rien ne pourrait les séparer.

Un jour plein de promesses et d'espoirs. Hélas, la suite n'avait pas été si rose. Elle n'aurait jamais pensé que sept mois plus tard à peine, leurs rêves se briseraient, et qu'au bout d'un an tout serait fini entre eux.

Il fallait qu'elle se débarrasse de ces souvenirs, qui revenaient en force depuis qu'elle avait appris le retour de Luca en Australie.

— Tu as un sandwich au fromage pour moi, Beth ? demanda-t-elle.

— Bien sûr ! Tiens.

Bavardant et riant, elles mangèrent ce qu'elles avaient apporté en balançant leurs jambes dans l'eau. Toutes deux évitèrent le sujet de Luca, et même celui du bébé.

Par moments, elles restaient de longues minutes sans rien dire, assez complices pour apprécier le silence entre elles. Bien que ne partageant pas les liens du sang puisque Beth avait été recueillie par la famille, elles étaient aussi à l'aise que de véritables sœurs.

— Zut ! dit Beth en se frottant de nouveau le dos. Je pense qu'il va falloir que je me lève. J'ai trop mal.

Après avoir rassemblé leurs affaires, Rilla plia la couverture de pique-nique, puis aida sa sœur à remettre ses chaussures et à se lever.

— Comme j'ai hâte de pouvoir me baisser de nouveau et de revoir mes pieds ! s'exclama Beth.

Dès qu'elle fut debout, elle se pencha en avant.

— Mon Dieu !

— Qu'est-ce que tu as ?

Une main posée sur son ventre, elle agrippa le bras de Rilla.

— Oh non ! Je crois que je suis en train de perdre les eaux !

Rilla baissa les yeux. Effectivement, le short de sa sœur était trempé.

Elles échangèrent un regard.

— Gabe ne va pas être content, murmura Beth.

Alors qu'elle regardait le liquide qui lui coulait maintenant le long de la jambe, Rilla se dit que c'était plus que probable.

— Impossible, c'est trop tôt ! Je ne dois accoucher que dans un mois ! Qu'allons-nous faire ?

Elle perçut la panique dans la voix de sa sœur.

— Calme-toi, Beth, tout va bien.

En tant qu'infirmière, Rilla avait procédé à quelques accouchements, de ceux qui ne pouvaient attendre. Au besoin, elle saurait sans doute faire le nécessaire. Heureusement, on n'en était pas encore là.

— Ne t'inquiète pas, nous avons tout le temps. Tu as des contractions ?

— Non, juste des fausses, celles de Braxton Hicks, ces derniers jours.

Rilla la regarda, bouche bée. Sans doute avait-elle confondu de vraies contractions avec celles de Braxton Hicks, qui étaient inoffensives. Elle se refusait à penser qu'elles étaient parties se promener en forêt alors que Beth était déjà en travail.

— Quel dommage que Hailey ne soit pas venue avec nous ! gémit Beth.

Certes, pensa Rilla. Beth aurait été en sécurité avec leur plus jeune sœur, qui avait accouché des centaines de femmes. Mais comme cette dernière voulait profiter de son jour de congé pour chercher un appartement à louer, elle ne les avait pas accompagnées.

— Bon, voilà ce que nous allons faire… Retourner à la voiture le plus vite possible et, de là, direction l'Hôpital général sur les chapeaux de roue. On en a pour dix minutes, pas plus. D'accord ?

— D'accord.

Elle prit le bras de sa sœur pour la soutenir. Au bout de dix pas hors de la clairière, Beth s'arrêta brusquement, pliée en deux.

— Je crois que c'était une vraie contraction, cette fois, dit-elle en haletant.

La sentant au bord de l'affolement, Rilla fit quelques calculs, le cœur battant. Pour venir jusqu'à la chute, il leur avait fallu une demi-heure. Le retour prendrait plus longtemps si elles devaient s'arrêter à chaque contraction.

— Dis-moi que tout va bien se passer, Rilla.

Sa voix tremblait. Incroyable ! Beth, toujours si calme, et qui, juste avant son congé de maternité, dirigeait encore le bloc opératoire de l'Hôpital général comme un sergent-major…

Rilla chercha dans son cerveau paralysé de quoi la rassurer.

— Bien sûr que oui ! Pour un premier bébé, le travail dure des heures.

Ce fut tout ce qu'elle trouva à dire.

— Mais ce n'est pas mon premier bébé !

Bien sûr ! Quelle idiote elle faisait !

— C'est… du pareil au même. Cela fait vingt-trois

ans, tu te rends compte ! Tes organes ont oublié depuis. Combien de temps a duré le travail pour David ?

— Quatre heures, marmonna Beth entre ses dents serrées.

— Allons-y vite, alors, dit Rilla en pressant le pas.

Malheureusement, elles ne progressaient pas vite car, la fréquence et la durée des contractions s'accroissant, elles devaient s'arrêter souvent. Rilla se mit à douter de plus en plus d'arriver à l'hôpital à temps.

La piste était toujours aussi déserte, et leurs téléphones portables n'étaient d'aucune utilité dans cet endroit où le réseau ne passait pas. Il ne restait rien d'autre à faire que continuer à avancer en espérant que le bébé prématuré ne soit pas trop pressé.

Soudain, Beth poussa un cri en lui serrant plus fort le bras.

— Que se passe-t-il ?

— Mon Dieu ! Il faut que je pousse.

— Non ! Pas encore ! Ce n'est plus loin, nous sommes presque arrivées.

— Rilla, écoute-moi ! insista Beth en se penchant en avant. Je te dis que le bébé est là. Il veut sortir.

Ce n'était pas le moment de céder à la panique.

— Tu vas t'étendre sur la couverture de pique-nique. Il faut que je jette un coup d'œil.

Son sang battait fort à ses tempes pendant qu'elle installait le plaid et l'aidait à s'allonger. Il s'agissait de sa sœur, le bébé était sa nièce, et elle commençait à s'affoler elle aussi.

Tout à coup, Beth poussa un hurlement de bête blessée qui se répercuta dans la forêt.

Luca Romano, qui se promenait sur le chemin de ses amours anciennes, entendit le cri de douleur et de frayeur, et se mit aussitôt à courir dans la direction d'où venait l'appel. Quelqu'un était de toute évidence en danger. La forêt se fit silencieuse alors qu'il avançait, comme si elle aussi était dans l'expectative.

Lorsqu'il déboucha d'un sentier transversal sur la piste principale, il aperçut un peu plus loin une femme allongée sur le sol, une autre à genoux à côté d'elle.

— Que vous arrive-t-il ? cria-t-il sans ralentir l'allure.

Rilla releva la tête. Bien qu'elle fût de dos, elle aurait reconnu entre mille ce timbre sensuel, cette voix qui hantait ses rêves. Elle se retourna. De tous les hommes qui auraient pu venir à leur secours en se promenant par là, il fallait que ce soit lui !

— Luca !

Il s'arrêta net, encore à une certaine distance.

— Rilla ?

Un instant, ils restèrent tous deux immobiles et muets. La forêt entière parut retenir son souffle.

— Rilla ! Le bébé arrive ! cria soudain Beth.

L'envoûtement fut rompu. Reportant son attention sur sa sœur, elle comprit, désespérée, que Beth avait raison. La tête du bébé était là. Seigneur !

Elle jeta un coup d'œil à l'homme qu'elle appréhendait tant de revoir. Entre eux, sept ans de silence et des tonnes de mauvais souvenirs, mais elle méditerait sur les caprices du destin plus tard. Ils se trouvaient au pire endroit si Beth ou le bébé avaient besoin de soins. Or, Luca n'était-il pas médecin urgentiste ?

— Luca, viens, s'il te plaît ! J'ai besoin de toi.

Luca ne put s'empêcher d'éprouver un pincement au cœur, bien que ces derniers mots n'aient pas la même signification que lorsqu'ils étaient mariés.

Il fit les quelques mètres qui les séparaient, et s'accroupit près d'elle.

— Tu veux regarder si ton portable passe ? Il n'y a pas de réseau pour le mien.

Il sortit son téléphone de sa poche pour vérifier, mais il secoua la tête avant de se pencher vers Beth. Son regard devint aussitôt professionnel.

— Elle est à terme ?

— Non, ce n'est que le huitième mois.

Il hocha la tête. Prématuré, mais dans la limite acceptable. Et le ventre de Beth semblait d'une taille satisfaisante.

— Que veux-tu que je fasse ? demanda-t-il.

Il savait que Rilla était tout à fait capable de se débrouiller seule pour faire un accouchement.

— J'aimerais que tu sois là au cas où, dit-elle avec un haussement d'épaules.

De toute façon, rien ne dépendait plus d'eux. Les bébés décidés à venir au monde aussi vite n'avaient pratiquement besoin de personne. Tout ce qu'il leur restait à faire, c'était de le réceptionner lorsqu'il sortirait.

— Tu peux aller te mettre de l'autre côté pour la rassurer et lui permettre de s'appuyer contre toi ?

Bonne idée, songea-t-il. Le plus loin possible de Rilla serait le mieux. Il changea de place, suréleva le dos de Beth en le maintenant contre son torse.

Puis il baissa les yeux vers son visage baigné de sueur. De profondes rides marquaient son front, et son visage était rouge de l'effort qu'elle faisait pour contrôler les contractions.

— C'est bien, Beth, dit-il avec un gentil sourire. Allons-y doucement.

— Facile à dire, Luca !

— La tête va sortir, annonça Rilla.

Levant les yeux malgré lui, il croisa un bref instant son

regard. Sa main était posée contre le crâne du bébé pour ralentir l'expulsion afin que Beth ne soit pas déchirée, et elle ressemblait tout à fait à la Rilla qu'il voyait dans ses rêves.

D'épais cheveux d'un brun foncé, couleur chocolat, dont il sentait encore le poids dans ses paumes en dépit de ces sept ans de séparation. Une mèche collée sur son front raviva le souvenir de toutes les fois où il avait dû éponger la sueur en lui faisant l'amour.

Des yeux couleur d'ambre, parsemés de paillettes fauves ou dorées… Le grain de beauté qui ornait le coin de sa bouche, telle la mouche faite de mousseline noire que les marquises, sous l'Ancien Régime, collaient sur la peau, attirait son regard comme la lumière un papillon. En un clin d'œil, la douceur de ses lèvres et leur goût lui revinrent à la mémoire.

Il réprima un juron de colère. Comment diable en était-il arrivé à aider son ex-femme à accoucher sa sœur dans ce coin perdu ?

Son esprit cartésien avait du mal à saisir par quel hasard il avait pu tomber dans ce piège, au milieu de la forêt, alors qu'il n'était à Brisbane que depuis deux jours.

Le plus ironique, cependant, le plus cruel, c'était cet enfant en train de naître. Ce qui les avait éloignés l'un de l'autre les ramenait l'un vers l'autre.

Le gémissement de Beth le tira de ses pensées.

— C'est bien, Beth, continue. Tu y es presque, n'est-ce pas, Rilla ? ajouta-t-il.

— C'est vrai, répondit-elle d'un ton sec.

Des voix se firent soudain entendre et Luca se retourna, soulagé. Un couple approchait sur la piste.

— L'un de vous a-t-il un portable ?

— Oui, mais il n'y a pas de réseau, répondit la femme.

— Nous le savons, mais vous pourriez retourner en

courant au parking pour appeler une ambulance, en disant que nous avons un accouchement imminent d'un bébé prématuré d'un mois.

Saisissant d'un coup d'œil la situation, ils firent demi-tour en hâte.

— Je ne savais pas que tu étais enceinte, Beth, dit-il en se penchant vers elle de nouveau.

— Comment l'aurais-tu su ? demanda Rilla.

Percevant le reproche dans sa voix, il se demanda si elle avait été affectée par son silence. Il avait pourtant quitté le pays avec l'impression qu'elle ne voulait plus jamais le revoir.

Beth gémit de nouveau, brisant la tension entre eux, puis son gémissement se mua en une plainte rauque ininterrompue.

Rilla tenta de la calmer, sachant que l'expulsion de la tête était maintenant une nécessité biologique.

— Respire, Beth, et pousse. Tu peux le faire.

Luca, qui lui tenait la main, se mit à haleter à côté d'elle, tel un chien qui a trop chaud, et Rilla sentit une pointe de jalousie la transpercer. Elle retrouvait l'homme qu'elle connaissait, qu'elle aimait, le professionnel dont les rapports avec ses patients étaient légendaires.

Aurait-il agi de même avec elle, si sa grossesse était arrivée à terme ? Lui aurait-il tenu la main en haletant ?

L'ironie de la situation la frappa. Le fait d'être témoin avec lui d'une naissance ramenait à la surface toutes ses interrogations. Sa sœur était en train de mettre un enfant au monde, ce qu'elle-même n'avait pas réussi à faire, et c'était cet événement tragique qui avait creusé entre eux un fossé trop profond pour être comblé.

Comme Beth poussait un nouveau cri, elle lui murmura des paroles d'encouragement. Voyant Luca penché sur sa sœur, elle se dit qu'elle aurait pu être à sa place.

Depuis que Beth était enceinte, la douleur d'avoir perdu son bébé, leur bébé, avait resurgi avec force. Et le fait de se retrouver là, avec lui, la rendait amère et lui donnait envie de pleurer.

— La voilà ! annonça-t-elle en gardant la main sur la tête du bébé. Continue à respirer, Beth, il n'y en a plus pour longtemps.

— Tu y es presque, ajouta Luca en posant un baiser sur le front de Beth, tout en lui frictionnant les bras.

Le mouvement de ses mains attira l'attention de Rilla. Il portait toujours son alliance, après tout ce temps ? Elle aurait parié qu'il l'avait enlevée dès son départ. Ainsi, elle n'était pas seule à être bêtement sentimentale ?

Un nouveau cri la ramena à son souci du moment. Quelques secondes plus tard, la tête de sa nièce émergea dans ses mains.

— Voilà, c'est fini, tu as réussi ! dit-elle avec un large sourire.

Geste automatique maintenant, elle passa les doigts autour du cou pour vérifier la place du cordon ombilical.

— C'est terminé ? demanda Beth, haletante, en s'affalant contre Luca.

— Il ne reste que les épaules, maintenant, assura Rilla qui venait de découvrir ce qu'elle redoutait, un cordon bien épais, bien glissant, passé autour du cou du bébé. Oh non ! murmura-t-elle en levant la tête vers Luca.

— Quoi ?

Le cœur de Rilla manqua un battement avant de repartir à un rythme précipité. Toutes ses connaissances en obstétrique semblaient l'avoir abandonnée. Sa nièce avait le cordon autour du cou !

Les pires scénarios lui vinrent à l'esprit. Heureusement, Beth, qui baignait dans l'euphorie, n'était pas en état de poser de questions.

Perdue, elle regarda Luca.

— Pas de problème, Rilla, dit-il en souriant d'un air rassurant. Fais-le passer par-dessus la tête. Tout ira bien.

Son calme eut raison de la panique qui s'installait en elle. Elle obtempéra.

— Que se passe-t-il ? demanda Beth. Pourquoi le bébé ne sort-il pas ?

La main de Rilla tremblait en exécutant la manœuvre. La chance était avec elle : il n'y avait qu'une seule boucle.

— Rien du tout, répondit-elle d'un ton calme.

Puis elle articula un « merci » muet à l'adresse de Luca.

Toujours souriant, il hocha la tête.

— Pousse encore une fois, Beth, le bébé va sortir !

Rilla eut la chair de poule en constatant que quelques mots simples de sa part l'avaient remise sur les rails. Même si c'était choquant de l'avoir rencontré de façon aussi inattendue, elle remerciait le ciel de le lui avoir envoyé. Aurait-elle pu s'en sortir seule, sans personne qui lui fasse confiance ?

Beth reprit son souffle pour pousser une dernière fois.

Rilla attrapa le petit corps au moment où il était expulsé, et le bébé n'attendit pas une seconde pour pousser un cri indigné, agitant ses poings minuscules.

En riant de soulagement, elle montra la petite fille à sa sœur.

— Félicitations, tu as donné naissance à une demoiselle très en colère ! dit Luca avec un sourire.

Il vérifia mentalement le score d'Apgar, satisfait de voir qu'elle était rose et que ses poumons fonctionnaient à merveille.

Beth eut un petit rire puis elle éclata en sanglots lorsqu'il plaça le bébé dans ses bras.

— Regarde, Rilla, regarde ! La plus jolie petite fille qu'on ait jamais vue !

Une grosse boule lui obstruant la gorge, Rilla passa son bras autour des épaules de sa sœur et considéra le petit visage rouge.

— C'est vrai.

En voyant les larmes dans les yeux de Rilla, Luca la trouva adorable et éprouva soudain une envie irrésistible de l'embrasser. Elle transpirait, ses cheveux étaient en bataille, mais il ne se souvenait pas de l'avoir vue plus belle qu'en ce moment où elle admirait sa nièce.

Ce n'était pas du tout de cette manière qu'il avait envisagé leur rencontre. Il s'attendait à quelque chose de plus conventionnel.

De cette façon, c'était... sauvage. Primitif, plein d'émotion humaine. Impossible de rester froid, de ne pas penser à leur histoire. Il tourna le regard vers les deux sœurs. Enlacées, elles riaient en parlant au nouveau-né, et Rilla caressait sa petite main.

Non, il n'avait pas été préparé à cette situation touchante, à cette forte charge émotionnelle.

Il avait passé les sept dernières années plongées dans son travail, à essayer d'oublier leur séparation. Après deux ans en Italie à panser ses blessures, il en avait passé cinq à Londres, à travailler comme un fou.

La perte du bébé et la fin tragique de son mariage l'avaient tant fait souffrir qu'il s'était juré de ne plus jamais s'engager dans une relation de couple. Ce n'était pas une vision émouvante de Rilla devant sa nièce qui le ferait changer d'avis.

Il n'était pas revenu pour elle, mais pour se prouver que c'était fini, qu'il pouvait enfin signer les papiers du divorce et disposer de sa vie.

Le hurlement d'une sirène dans le lointain interrompit le cours de ses pensées.

— Bien. Allons-y, mesdames, en voiture !

Le nouveau-né semblait en excellente santé, mais l'hôpital ferait tous les examens nécessaires. Luca enleva sa chemise pour emmailloter la petite fille, puis se leva.

— Rilla, occupe-toi du bébé, dit-il.

Enfin, enveloppant Beth dans la couverture, il la souleva dans ses bras.

— Votre ambulance est avancée !

— Tu ne peux pas me porter, Luca ! protesta-t-elle.

— Bien sûr que si ! dit-il en avançant sur la piste. Tiens-toi bien ! Ce n'est pas loin.

Rilla leur emboîta le pas en tenant sa nièce, toujours reliée à Beth par le cordon.

Elle ne pouvait détacher son regard du torse de Luca, de la façon dont ses muscles jouaient sous sa peau. Il était aussi splendide que dans ses souvenirs.

La petite fille remua dans ses bras, et elle la serra plus fort.

A quoi donc pensait-elle ? Le Dr Romano lui avait appartenu… Mais c'était dans une autre vie.

Maintenant, c'était terminé, même s'il était toujours aussi attirant, et même s'il l'avait aidée à accoucher sa sœur.

Sept ans de silence avaient alimenté beaucoup de contrariétés, de colère. Elle n'allait pas risquer de recommencer l'aventure.

2

Rilla tenta d'ignorer les battements désordonnés de son cœur.

Dix jours s'étaient écoulés depuis la naissance de sa nièce, dix jours où elle avait su qu'il était là, où elle s'était attendue à chaque instant à le voir en regardant par-dessus son épaule.

Comme il était passé voir le bébé pendant le séjour de Beth à la maternité, elle savait qu'il venait à l'hôpital, mais elle ne l'avait pas encore vu. D'un moment à l'autre, il allait arriver pour se présenter au personnel.

Les spéculations allaient bon train, aux urgences, au sujet du nouveau chef de service. Seuls les quelques membres du personnel qui étaient déjà là huit ans plus tôt se souvenaient de Luca.

De plus, comme elle avait tenu à garder son nom de jeune fille, très peu savaient qu'elle avait été sa femme.

Elle se doutait toutefois qu'il ne faudrait pas longtemps pour que tout le monde soit au courant.

Julia Woods, la surveillante, passa près d'elle et s'arrêta.

— Tout va bien, Rilla ?

Elle s'efforça de sourire tout en continuant à vérifier l'état du chariot de la salle de réa, contente d'avoir ce travail de routine pour l'occuper.

— Bien sûr.

— Désolée pour toi. Tu l'as revu depuis qu'il est revenu ?

— Oui, une fois. Ne t'inquiète pas, ça va aller.

Elle lut néanmoins le doute dans les yeux de Julia, qui avait assisté à leur mariage puis à leur séparation.

Une heure plus tard, toute l'équipe fut convoquée dans la salle du personnel pour faire la connaissance du nouveau chef de service. Rilla se dit qu'elle pourrait s'en dispenser, puis se ravisa. Pour ceux qui étaient au courant, ce serait avouer qu'elle était encore troublée. Or, il n'était pas question qu'on la plaigne et encore moins que Luca lui-même s'imagine Dieu sait quoi.

De toute façon, une fois que tout le monde saurait, on les regarderait avec curiosité. Il lui fallait faire contre mauvaise fortune bon cœur, même si c'était douloureux.

Lorsqu'elle entra dans la salle, elle eut tout de même un choc.

En pantalon noir, chemise bleue et cravate à rayures, Luca était d'une beauté à couper le souffle.

Inutile de voir les étiquettes pour savoir que ses vêtements étaient italiens, comme ses chaussures en cuir souple, même si le chic venait surtout de sa façon de les porter. Outre son charisme habituel, il respirait la confiance en lui, une sorte d'arrogance qu'elle avait toujours mise sur le compte de ses origines latines, mais elle n'en était plus sûre.

Il avait quelque chose de changé, il semblait plus mature, plus… dangereux. En tout cas, le regarder était toujours un plaisir pour les yeux.

Elle nota tout de même qu'il présentait, comme elle, quelques signes de l'âge. Ses cheveux noirs parsemés de fils d'argent étaient plus courts, sa coupe plus sévère, son front dégagé, ce qui mettait en valeur ses yeux noirs frangés de longs cils soyeux. Les petites rides qui les étoilaient ne faisaient qu'ajouter à sa séduction. Quant à sa silhouette, elle était toujours aussi élancée.

Rilla remarqua que rien de tout cela n'avait échappé à quelques jeunes infirmières. Elle n'allait pas être jalouse, quand même ! Luca avait toujours fait de l'effet aux femmes. Elle en avait été fière, lorsqu'elle se sentait aimée de lui, et maintenant elle s'en irritait !

L'équipe du matin se composait de dix infirmières, que Julia présenta l'une après l'autre. Luca répondit avec son charme habituel, mettant tout le monde à l'aise, prenant le temps de demander à chacune des renseignements personnels sur le ton de la plaisanterie légère. Ce fut un succès.

Son tour arrivé, Julia la présenta.

— Tu connais Rilla, mon adjointe, bien sûr.

Il hocha la tête.

— Bien sûr.

Leurs regards se croisèrent, et des frissons la parcoururent. Elle sentit ses joues devenir brûlantes. Luca se détourna d'elle en hâte pour porter son attention sur l'infirmière suivante.

Dix minutes plus tard, Rilla s'esquiva après un petit discours très classique et cordial de Luca qui assurait à l'équipe que sa porte serait toujours ouverte.

Toutefois, comme il avait soigneusement évité de la regarder, elle eut la nette impression d'être exclue de cette invitation.

Au milieu de la matinée, le service ressemblait à une fourmilière. Les ambulances allaient et venaient, amenant des victimes d'accident de la route, des asthmatiques et des gens atteints d'angine de poitrine.

La salle d'attente était pleine de patients présentant les pathologies habituelles, maux de gorge, douleurs mal définies, migraines, ou fièvre.

Juste avant midi, le « téléphone rouge » sonna. C'était ainsi qu'ils appelaient leur lien direct avec le centre de contrôle des ambulances. Rilla s'entendit annoncer l'arrivée d'un bébé en arrêt respiratoire. Dix jours, l'âge de sa nièce !

Elle éprouva un soupçon d'anxiété.

Les parents devaient être affolés lorsque cela arrivait ! Quelle pouvait en être la cause ? Une attaque, provoquée par une infection ou un traumatisme crânien ? Une infection respiratoire ? Un syndrome de mort subite ?

Elle pénétra dans le box de réanimation où se trouvait Henry Bosch, le jeune interne.

— Un bébé apnéique. Arrivée estimée dans deux minutes.

— Où est Karen ? demanda-t-il, inquiet.

— En haut, avec l'équipe de réa ; un arrêt cardiaque dans la chambre 11. Je l'ai prévenue. Tu t'en occupes en attendant.

La sirène se fit entendre, toute proche.

— Dépêchons-nous !

Lorsque les portes de l'ambulance s'ouvrirent, ses craintes ne se calmèrent pas. Les secouristes étaient penchés, par-dessus l'insufflateur, sur une forme minuscule.

L'un d'eux fit un bref rapport sans quitter l'enfant des yeux.

— Petite fille, dix jours, prématurée d'un mois, infection des voies respiratoires supérieures depuis trois jours. La maman avait un rhume, annonça-t-il.

Rhino-pharyngite, pensa Rilla. Le virus pouvait affecter les nourrissons très gravement et mettre leur vie en danger. Surtout s'ils étaient prématurés.

— Etat léthargique, ne s'est presque pas alimentée aujourd'hui. La mère l'a amenée chez le médecin de famille, qui nous a appelés. Trois arrêts respiratoires pendant le trajet, compressions thoraciques et mise sous oxygène.

— Rilla !

Reconnaissant la voix de la femme qui descendait de l'ambulance, elle se retourna d'un bond.

Le souffle lui manqua quand elle vit l'expression affolée de sa sœur.

— Beth ?

Elle tourna la tête vers le bébé, qui semblait minuscule et sans défense sur le grand chariot. Bridie, sa nièce !

Lorsque Beth se jeta contre elle, elle la serra dans ses bras tout en essayant de comprendre. Le bébé malade était sa nièce ?

— C'est ma faute ! sanglota Beth. Je lui ai passé mon rhume, ses poumons sont trop fragiles pour le supporter. Oh ! mon Dieu, je ne veux pas qu'elle meure !

Rilla aurait tout donné pour avoir une baguette magique, mais elle ne disposait que de ses pauvres moyens. Elle était la seule infirmière jusqu'à ce que Karen revienne et ne pouvait compter que sur un jeune interne pour l'aider.

Elle se précipita à l'intérieur, tirant Beth par la main en même temps qu'elle aidait à pousser le chariot.

— Bridie va s'en sortir sans problème. Tu sais qu'elle est entre de bonnes mains, ici.

Priant tous les dieux auxquels elle pouvait penser pour avoir raison, elle s'efforça de se calmer. Il lui fallait garder la tête froide, oublier qu'il s'agissait de sa nièce et de sa sœur.

Une fois dans le box, elle se hâta de relier Bridie aux moniteurs.

— Tu vas devoir l'intuber, dit-elle à Henry.

Un autre arrêt l'obligea à faire un massage vigoureux du sternum. Cette fois, le rythme des battements de cœur de Bridie ralentit. Son état empirait.

Elle tendit à Henry le laryngoscope, le tube trachéal et le reste du matériel.

— Il faut dégager les voies respiratoires, vite !

Une infirmière stagiaire rédigeait une ordonnance pour des produits d'intubation.

— Brenda, fais un appel « code bleu », ordonna Rilla pendant que Henry se préparait à intuber, les mains tremblantes.

Elle eut l'horrible impression qu'il n'y arriverait pas.

C'était toujours dangereux d'intuber un bébé ou un enfant, mais en urgence, pour la première fois de sa vie ?

Elle savait qu'il était nerveux, qu'il vaudrait sans doute mieux demander à quelqu'un de plus expérimenté. Son père, peut-être. Le directeur du personnel n'avait peut-être pas d'expériences récentes à son actif, mais elle aurait parié qu'il pouvait intuber Bridie les yeux fermés.

Beth pleurait en s'accrochant à son uniforme, les suppliant de faire quelque chose, pendant que les alarmes des moniteurs sonnaient de tous côtés.

Rilla était déchirée. Elle aurait voulu pouvoir consoler Beth, mais Bridie avait besoin d'elle, encore plus que sa sœur.

— Tu as prévenu Gabe ? demanda-t-elle en injectant le produit pour relâcher les muscles, afin que Henry puisse enfoncer la canule dans la gorge de Bridie.

— Je lui ai téléphoné ; il est en salle d'opération. Il ne voulait pas y aller aujourd'hui, dit Beth en pleurant. Mais je l'ai incité à le faire car elle me paraissait assez bien ce matin. Je n'aurais pas dû !

— Ce n'est pas grave, Beth. Je vais envoyer quelqu'un le chercher, je te le promets. Faisons d'abord ça, d'accord ? C'est presque fini.

Elle voyait néanmoins que Henry ne s'en sortait pas, et que le rythme cardiaque de Bridie ne cessait de ralentir.

Elle allait devoir arrêter pour la remettre sous oxygène, et tout reprendre de zéro.

— Tu veux que je lui fasse de l'atropine ?

Henry hocha la tête, et elle fit l'injection.

Où était donc l'équipe ? On aurait dit qu'une heure venait de passer, alors qu'une minute à peine s'était écoulée. Constatant que le rythme cardiaque se stabilisait et que Henry avait réussi à dégager les voies aériennes, elle prit une décision.

— Je reviens dans deux secondes.

— Non, Rilla ! Où vas-tu ? cria Beth d'une voix suraiguë.

Elle lui tapota la main pour la rassurer.

— Je vais chercher papa.

Une fois dans le couloir, elle prit quelques profondes inspirations et se précipita sur le premier téléphone en vue. Au moment où elle décrochait, son regard rencontra celui de Luca.

— Rilla ? Que se passe-t-il ?

— Luca, tu es là ! dit-elle en s'accrochant à son bras pour ne pas tomber.

Il n'était pas encore en poste, mais tant pis. La vie de Bridie dépendait de lui. Même dans les bois dix jours plus tôt, elle n'avait pas été aussi heureuse de le voir.

— J'ai besoin de toi. C'est Bridie !

Il la suivit sans poser de questions et pesta entre ses dents lorsqu'elle lui eut expliqué la situation en détail.

— Luca…, sanglota Beth en le voyant. Oh, Luca !

Il serra ses mains dans les siennes avant de prendre la place de Henry pour glisser la canule dans la trachée d'un seul geste doux.

— Tout va bien, Beth. Il n'arrivera rien à notre petit bébé de la forêt.

Les mains encore tremblantes, Rilla fixait la canule avec du sparadrap lorsque Julia et Karen arrivèrent, accompagnées d'un pédiatre. Luca et Henry les renseignèrent, pendant que Rilla rassurait sa sœur.

— Viens dehors avec moi, Bridie est sauvée. Elle sera aux soins intensifs dans une minute.

— Non, je ne peux pas la laisser.

Rilla hocha la tête. A sa place, elle n'aurait pas pu non plus.

— Je vais appeler papa, pour qu'il aille chercher Gabe.

— Mon Dieu ! Gabe ! gémit Beth en éclatant en sanglots.

— Chut ! Il sera bientôt là.

Rilla n'avait pas fait trois pas hors du secteur de réa que l'énormité de la situation la terrassa. Elle s'affala contre un mur, le cœur battant à toute allure, et se mit à pleurer comme des visions du petit corps inerte et pâle lui traversaient l'esprit.

— Rilla ? Tu vas bien, cara ?

Luca se tenait devant elle. Elle se redressa, hocha la tête avec vigueur, et respira un grand coup.

— Ça va aller, oui, merci, dit-elle d'une voix tremblante. C'est juste que…

— Ne dis rien.

— Je ne sais pas comment te remercier. C'est la seconde fois que tu viens au secours de Bridie.

— Après tout, c'est aussi ma nièce, dit-il en haussant les épaules.

Rilla n'en revenait pas. Pensait-il qu'il pouvait revendiquer, après tout ce temps, le droit de faire partie de la famille ? Et que venait-il faire, au juste, dans cet hôpital ?

Mais elle y réfléchirait plus tard. Dans l'immédiat, il y avait des choses plus urgentes à régler.

— Il faut que j'appelle mon père.

— Je vais voir où en sont les choses.

Lorsqu'elle revint en réa, Luca tenait Beth dans ses bras pour la réconforter, et son cœur se mit à battre plus vite. Il était aussi fort et viril qu'autrefois, quand elle était tombée amoureuse de lui.

Plus rien à voir avec l'homme pressé, le bourreau de travail qu'il était devenu après sa fausse couche, celui qui n'avait plus le temps de la regarder.

— Papa fait appeler Gabe, dit-elle en s'approchant.

Beth s'écarta de Luca et essuya ses larmes avec son mouchoir.

— Oh, merci ! Qui croirait que je suis infirmière ? Regarde-moi, j'ai honte, une vraie loque !

— C'est normal, Beth. Il s'agit de ton enfant.

— Ils pensent que c'est une rhino-pharyngite, et qu'il faut qu'elle reste intubée pendant quelques jours, dit-elle en ravalant ses pleurs.

— Beth ?

Rilla leva la tête pour voir entrer son père suivi de Gabe en tenue de chirurgien, le visage couleur de cendre. Il fixait sa fille, qui semblait encore plus minuscule au milieu de tout ce matériel médical que les infirmières et le pédiatre ne cessaient d'ajouter autour d'elle.

Beth se précipita dans ses bras en sanglotant.

— Je suis désolée, Gabe, tout est arrivé trop vite.

Il lui caressa les cheveux.

— Là, calme-toi. Tout va s'arranger, maintenant.

John Winters prit Rilla dans ses bras.

— Comment vas-tu, ma chérie ?

— Je pourrais aller mieux, dit Rilla en lui mettant les bras autour du cou. Heureusement que Luca était là. Il a été… merveilleux.

Elle croisa son regard par-dessus l'épaule de son père. C'était vrai. Il était resté calme et concentré, comme elle aurait dû l'être elle-même. Juste ce dont Bridie avait besoin.

John se dégagea pour aller lui serrer la main.

— Merci, Luca. Tu as été épatant, une fois de plus.

Quelques minutes plus tard, Bridie était prête à être transférée au service de soins intensifs.

— Julia, je sais que nous avons beaucoup de travail, mais…

Son amie l'interrompit d'un signe de la main.

— Vas-y. Ne t'en fais pas, nous nous débrouillerons. Occupe-toi de ta nièce et de ta sœur.

Rilla la remercia. Déserter son poste un jour de grande affluence n'était pas ce qu'elle pouvait faire de mieux pour espérer obtenir la place de surveillante, mais il y avait des moments où il fallait relativiser, remettre les choses en perspective.

De plus, elle savait que Julia comprenait parfaitement. Pour elle aussi, la famille passait avant tout. C'était d'ailleurs pour cela qu'elle quittait le poste, afin de suivre son mari au Canada.

Luca les accompagna, se tenant sans rien dire à côté de Rilla. Beth et Gabe marchaient devant, enlacés pour se rassurer mutuellement, et Rilla mourait d'envie d'en faire autant avec Luca. Elle était si inquiète pour Bridie que ses jambes tremblaient. Avant, elle se serait appuyée sur lui sans réfléchir, mais tout avait changé.

L'infirmière du service des soins intensifs les pria d'aller s'asseoir en salle d'attente, en leur promettant de les avertir dès que Bridie serait installée dans sa chambre.

Rilla vit Luca s'asseoir à côté d'elle.

— Tu n'es pas obligé de rester, tu sais !

— Je veux rester.

Bizarrement heureuse de cette insistance alors qu'elle aurait dû être en colère, elle ne répondit rien. Pourquoi ne l'avait-il pas soutenue de cette façon, elle, quand elle en avait eu le plus besoin ? Il s'était jeté à corps perdu dans le travail, et avait fini par ne plus la voir. Elle aussi, d'ailleurs, s'était éloignée de lui, incapable d'accepter la fin dramatique de cette grossesse arrivée trop tôt dans leur relation.

Mais à présent, il était là, solide et silencieux, et elle décida de ne plus se poser de questions. Bridie n'était pas tirée d'affaire, et Luca lui avait toujours donné la sensation qu'elle pourrait affronter n'importe quoi s'il était à ses côtés.

On fit appeler Beth et Gabe vingt minutes plus tard.

Hailey arriva peu après, éperdue d'angoisse, suivie de près par leur mère.

— Ma chérie, que s'est-il passé ? Oh, pauvre Beth ! bredouilla Penny.

John prit sa femme dans ses bras.

— Bridie est sous oxygène. Ils pensent qu'il s'agit d'une infection respiratoire ; nous n'en savons pas plus pour le moment.

Penny tendit les bras vers ses filles qui vinrent se blottir contre elle.

— Ne t'en fais pas, maman, elle va s'en sortir.

— Quelqu'un a prévenu David ? demanda Hailey.

— Mais non ! s'exclama John en sortant son portable de sa poche. Nous n'y avons pas pensé. Je vais le faire tout de suite.

Il sortit de la pièce.

— David ? Qui est David ? murmura Luca.

— Le fils de Beth.

— Celui qu'elle a abandonné quand elle avait quinze ans ? Avant que tes parents ne la recueillent ?

Rilla acquiesça de la tête. Elle n'était pas surprise qu'il s'en souvienne, car il avait été très proche de sa famille.

— C'est lui qui l'a retrouvée, l'année dernière.

— Merveilleux ! Elle a dû être aux anges !

Rilla eut la gorge serrée à la pensée de tous les épisodes familiaux qu'il avait manqués, qu'ils auraient pu partager.

— Bien sûr.

La télévision était allumée dans la salle d'attente, une distraction bienvenue, mais personne ne pouvait se concentrer vraiment sur le programme.

Luca regarda sa montre. 2 heures. Plus d'une heure qu'ils étaient là ! La tension dans la pièce était palpable, et il se sentait aussi inutile que les autres.

Qu'il le veuille ou non, il existait un lien entre Bridie et lui. Non seulement c'était la nièce de la femme dont il était séparé, mais il avait assisté à sa naissance, et l'avait intubée pour lui sauver la vie.

Après sept ans de silence, il ne savait plus très bien si ces gens faisaient partie de sa famille, mais il se sentait obligé d'attendre avec eux.

Et surtout avec Rilla, parce qu'elle se trouvait dans une situation critique, et que rien n'importait davantage pour elle en ce moment que la vie de Bridie.

Saisi d'une idée, il se leva.

— Je vais voir si je nous trouve quelque chose à manger.

Un quart d'heure plus tard, il était de retour avec des sandwichs, des muffins, des barres chocolatées et du café. Pendant qu'ils se restauraient, Gabe apparut enfin. Tout le monde se leva à son entrée.

— Comment va-t-elle ?

— Son état est toujours instable. Le taux de gaz sanguins reste élevé, ce qui gêne l'oxygénation…

Sa voix se brisa et tous l'entourèrent, qui lui frottant le dos, qui le bras pour le réconforter.

— Comment va Beth ? demanda Luca.

— Elle a très peur, mais elle est aussi épuisée, répondit-il en se massant les yeux. Bridie ne l'a pas laissée beaucoup dormir ces trois dernières nuits à cause de son rhume.

— Beth a-t-elle mangé ?

— J'ai essayé de la convaincre de sortir prendre un sandwich, mais elle ne veut rien.

— Bien, dit Rilla. Assieds-toi et mange quelque chose. Je vais voir si je peux lui faire entendre raison.

— Merci, marmonna Gabe en s'asseyant.

La voix de Luca s'éleva au moment où elle passait la porte.

— Veux-tu que je t'accompagne ?

Elle se retourna, surprise. Bien sûr qu'elle se sentirait mieux en n'étant pas seule pour affronter la vision de sa nièce à l'article de la mort.

— Pas plus de deux à la fois dans la chambre, c'est le règlement.

— Au diable le règlement ! dit-il en se levant pour la suivre.

Après avoir échangé quelques mots avec le pédiatre qui s'était occupé de Bridie, ils entrèrent. Le visage gonflé, les cheveux en bataille, Beth semblait à bout de forces.

Lorsque Rilla l'entoura de ses bras, elle s'effondra, en larmes.

— J'ai peur, Rilla. Son état empire !

— Allons, Beth. Le pédiatre vient de nous dire que c'est bien une rhino-pharyngite. Tu sais qu'il y a un stade où la situation se détériore avant de s'améliorer.

Elle regarda sa nièce allongée dans la couveuse, avec un entrelacs de fils qui se croisaient sur son petit corps. Sur l'écran apparaissaient des graphiques multicolores figurant son rythme cardiaque, son rythme respiratoire, sa tension artérielle, et son taux de saturation en oxygène.

Bridie pesait deux kilos et demi à la naissance, mais elle avait maigri depuis sa maladie. En la voyant si amorphe et inerte, Rilla comprit l'inquiétude de sa sœur.

Elle caressa les petits doigts qui dépassaient du sparadrap fixant une voie veineuse dans son bras.

— Ma chérie, murmura-t-elle, c'est tante Rilla. Nous sommes tous là pour toi.

Elle se retourna vers Luca, consciente de sa présence derrière elle, et il lui adressa un sourire rassurant. Posant une main sur son épaule, il massa du pouce sa nuque crispée.

— Beth, Luca est allé acheter à manger. Pourquoi ne viendrais-tu pas prendre un sandwich ? Il faut que tu gardes des forces.

— Je ne peux pas la laisser, répondit-elle en secouant la tête avec vigueur.

Son menton volontaire montrait sa détermination. Pourtant, il fallait qu'elle mange, sans quoi elle allait tomber d'inanition.

Luca s'approcha d'elle.

— Beth, il faut que tu t'occupes de toi. Bridie est très bien soignée, et toi, tu as besoin de te reposer et de te nourrir de façon régulière. Dès qu'elle sera rétablie, il faudra que tu aies du bon lait pour lui redonner des forces. Tu ne voudrais pas risquer de manquer de lait, n'est-ce pas ?

— Non, dit Beth en reniflant.

— Bon. Alors nous allons te promettre, Rilla et moi, de rester à côté d'elle jusqu'à ce que tu reviennes. N'est-ce pas, Rilla ?

— Bien sûr.

Emue par le ton de sa voix, elle acquiesça.

— D'accord, concéda Beth. Mais juste un petit moment.

— Vas-y, Luca et moi ne bougeons pas d'ici.

Les choses s'organisèrent selon ce schéma au cours des deux jours qui suivirent. Pendant que l'équipe médicale aidait Bridie à surmonter la maladie, les membres de la famille relayèrent Beth et Gabe pour leur permettre de se reposer.

Rilla ne quittait pas l'hôpital, et Luca s'efforçait d'aider tout le monde de son mieux.

Lorsque c'était le tour de Rilla, que ce soit de jour ou de nuit, il était à ses côtés. Après sept ans sans nouvelles de lui, c'était étrange de passer soudain tant d'heures en sa compagnie. Comme par un accord tacite, ils ne parlaient pas de leurs problèmes personnels, bien qu'elle ne cessât de s'interroger sur les raisons de son retour en Australie et de sa persistance à se comporter comme un membre de la famille.

Pour le moment, elle se sentait réconfortée par sa présence et préférait ne pas se poser de questions. Il serait bien temps plus tard.

— Raconte-moi comment Beth et Gabe se sont rencontrés, lui demanda-t-il à l'aube du troisième jour, à la fin de leur tour de veille.

Il avait vu qu'elle luttait pour garder les yeux ouverts depuis une heure, et s'était souvenu des moments, naguère, où elle fermait ses yeux d'ambre pailletés d'or pendant qu'il la tenait dans ses bras.

— Grâce aux jumelles Fischer.

Luca fronça les sourcils.

— Les sœurs siamoises ? Ça me dit quelque chose.

Il se rappela aussitôt. Durant son séjour à Londres, il avait lu pas mal d'articles à ce sujet dans la presse internationale, et cela l'intéressait d'autant plus que la séparation avait été réalisée à l'Hôpital général de Brisbane, son ancien lieu de travail.

— Gabe est le chirurgien qui a préparé et réalisé l'intervention, et Beth a travaillé en étroite collaboration avec lui en tant que surveillante du bloc opératoire. Ils ont appelé leur fille Bridie en souvenir de l'une des jumelles.

— Je suis content qu'elle ait enfin une vie heureuse. Elle le mérite.

Rilla savait qu'il avait toujours eu un faible pour Beth. Elle était bien d'accord. Sa sœur avait eu une adolescence très dure avant d'être accueillie dans la famille Winters, à l'âge de quinze ans.

Et elle ? Et lui ? Ne méritaient-ils pas d'avoir aussi une vie heureuse ? Cette pensée qui lui vint malgré elle la surprit. Peut-être était-elle très fatiguée, mais il lui semblait de plus en plus urgent de poser les questions qu'elle ne cessait de remettre à plus tard.

Alors qu'elle s'apprêtait à le faire, Bridie toussa. Les mots moururent sur ses lèvres. Ce n'était ni le lieu ni le moment. Il fallait se concentrer sur le bébé.

Peu après dans la matinée, ils eurent enfin une bonne nouvelle. L'état de Bridie se stabilisait, elle avait passé le cap.

Beth était ravie et souriait pour la première fois depuis trois jours. Tout le monde s'embrassait, et le soulagement de Rilla était tel que lorsque Luca l'embrassa sur la joue, elle lui rendit son baiser avec enthousiasme.

— C'est fantastique, n'est-ce pas ?

Sentant l'adrénaline se répandre dans son corps, elle se demanda si c'était uniquement dû à l'amélioration de la santé de sa nièce.

— Super ! dit Luca en savourant le goût de ce premier baiser depuis sept ans.

Bridie allait de mieux en mieux, et les médecins espéraient pouvoir lui ôter l'intubation dès le lendemain. Le soulagement était perceptible chez tout le monde, et la fatigue générale s'évapora au cours de la journée.

Le soir suivant, Beth les renvoya tous chez eux.

— Maintenant que Bridie est tirée d'affaire, Gabe et moi allons dormir ici sur un lit d'appoint mis à disposition des parents. Je ne vous remercierai jamais assez pour votre soutien, mais comme nous sommes tous épuisés, je vous demande d'aller vous reposer et de passer enfin une nuit entière dans vos lits.

Les membres de la famille commencèrent par protester avant de céder face à leur insistance.

Rilla et Luca s'attardèrent un peu. Rilla se sentait anxieuse à l'idée de rentrer chez elle, car elle estimait que son appartement se trouvait loin de l'hôpital.

— Rentre te coucher, Rilla, ordonna Beth vers minuit, pendant que Gabe préparait leur lit.

— J'aimerais mieux rester.

Beth fronça les sourcils.

— Luca, ramène-la chez elle, s'il te plaît.

Comme il faisait mine de se lever, Rilla lui lança un regard autoritaire.

— Tout le monde habite très près d'ici, sauf moi.

— Alors va chez maman et papa.

— Ils sont sans doute déjà couchés et je n'ai plus les clés. Pour une fois qu'ils peuvent se reposer vraiment, je ne tiens pas à les réveiller !

— Moi aussi, j'habite tout près, dit Luca sans réfléchir.

Pourquoi avait-il dit ça ? Il l'ignorait, mais ce n'était pas idiot, de toute façon.

Elle sursauta et vit sa sœur lui jeter un regard de biais.

— Parfait. Le problème est résolu, conclut Beth.

— Non, Luca, répliqua-t-elle en se sentant faiblir sous l'intensité de ses yeux noirs.

— Ecoute, Rilla, tu es fatiguée, et moi aussi. J'habite plus près d'ici que toi. C'est une question de géographie, cara.

— Il a raison, renchérit Beth.

Le regard de Rilla passa de l'un à l'autre. Elle savait

bien que Luca avait raison. Seulement il l'avait appelée *cara*, et elle était sur le point de fondre.

— Tu dormiras dans la chambre d'amis, ajouta-t-il.

— Bien entendu, répliqua-t-elle. Bon, d'accord. C'est vrai que c'est le plus pratique.

Elle rassembla ses affaires et se dirigea vers la porte, suivie de près par un Luca dont le petit rire sensuel la perturba.

3

Rilla était vannée, lessivée, mais le silence pesant qui régnait dans la voiture de Luca la maintenait en éveil. Elle était folle d'avoir accepté de dormir chez lui. Ils avaient trop de choses à se dire et, ce soir, elle s'en sentait incapable.

Il tourna dans l'allée, freina puis coupa le contact. Rilla regarda l'appartement qu'ils avaient habité ensemble, trop fatiguée pour bouger, envahie par les souvenirs de ce qu'ils avaient vécu entre ces quatre murs.

Quelques semaines après avoir fait sa connaissance, elle était venue s'installer chez lui, tellement amoureuse, tellement sûre de leur amour ! Le logement n'était pas grand, mais il leur suffisait.

Après être rentrés de leur voyage de noces en Italie, ils avaient projeté d'acheter une maison, et même commencé à chercher la demeure idéale. C'est alors qu'elle s'était aperçue qu'elle était enceinte, et que tous leurs plans étaient tombés à l'eau.

Après leur séparation, c'était elle qui avait quitté les lieux et acheté un studio à South Bank. Luca avait confié la gestion de l'appartement à une agence de location avant son départ.

Elle s'était souvent retrouvée dans la rue, le nez levé vers les fenêtres du petit logement où ils avaient fait l'amour pour la première fois. C'était devenu une habitude au cours des ans. Une mauvaise habitude.

Se sentait-elle prête à être seule avec lui dans cet endroit si plein de souvenirs ? Elle était toujours attirée par lui, indéniablement. Même après ces nuits sans sommeil, son corps épuisé sentait cette flamme qui la brûlait chaque fois qu'elle le regardait. De plus, avec ce qu'il avait fait pour elle et sa famille ces derniers jours, il était devenu une sorte de héros.

— Allons-y, Rilla, murmura-t-il, rompant l'épais silence qui s'était installé entre eux.

Elle regardait la façade comme s'il s'agissait de l'entrée des enfers.

En entendant sa voix, elle frissonna et tourna la tête vers lui. Qu'il était beau !

Que lui arrivait-il ? Elle n'était tout de même plus une jeune femme à la merci de ses impulsions !

Il déboucla sa ceinture de sécurité, ce qu'elle n'avait toujours pas fait de son côté.

— Nous n'allons pas passer la nuit dans la voiture !

Elle semblait à bout de forces, songea Luca. Peut-être devrait-il la porter ? Il espérait que non ; il n'était pas prêt pour ce genre de contact ce soir. Le seul regard de ses yeux d'ambre et d'or le mettait dans un état difficilement avouable.

— Non, bien sûr, dit-elle, mais elle resta immobile comme si elle attendait qu'il s'éloigne d'elle.

Réprimant un soupir, il sortit du véhicule et, enfin, elle le suivit.

Ouvrant la porte de l'immeuble, il lui fit signe de passer devant, non sans remarquer son chemisier rouge tendu sur sa poitrine généreuse, son parfum, toujours le même, celui qu'elle portait le soir où ils étaient sortis du restaurant pour venir faire l'amour ici pour la première fois.

Sans doute était-ce dû à la tension et à l'émotion liées à la maladie de Bridie, ou à la fatigue, mais il lui semblait que ces sept ans de silence lui revenaient en pleine face comme une gifle. Bon sang ! Il avait toujours autant envie d'elle, et ils étaient seuls dans son appartement.

Il lui emboîta le pas dans la petite entrée après avoir jeté ses clés sur le meuble du téléphone, puis jusqu'au salon, détournant avec peine le regard du balancement de ses hanches.

Pourvu qu'il ait la force de résister !

— Assieds-toi, je vais te faire une tasse de thé, proposa-t-il.

Puis, conscient de son propre épuisement, il se dirigea vers la cuisine pour mettre la bouilloire sur le feu.

— Bois ça, dit-il peu après en revenant. Je vais prendre une douche ; je ne serai pas long.

Rilla prit la chope qu'il lui tendait et but lentement son thé en luttant contre la pensée que Luca, le mari dont elle était séparée, bientôt son ex-mari, était sous la douche à quelques mètres de là.

Quand elle le vit revenir torse nu, son cœur battit plus vite et la chaleur irradia dans ses veines.

Une toison sombre et drue ornait ses pectoraux puissants, descendant le long de son ventre.

Elle essaya de détourner les yeux, mais un peu tard.

Surpris, Luca reconnut le désir dans les yeux pailletés d'or.

Certes, il avait l'habitude que les femmes le regardent avec gourmandise, mais il était étonné que ce soit encore le cas pour elle. Le pire était que le désir montait en lui également. Il s'en voulut d'être aussi sensible.

Entre eux, il en avait été ainsi depuis le premier jour. Ils avaient couché ensemble presque tout de suite, et elle était venue s'installer chez lui dès la semaine suivante.

— Tu as fini ?

— Que… qu'est-ce que j'ai fini ? demanda-t-elle, paraissant gênée.

— Ton thé, Rilla.

Rilla frissonna, comme chaque fois qu'il prononçait son nom avec ce léger accent qui la bouleversait. Par le passé, il murmurait à son oreille des mots en italien pendant qu'ils faisaient l'amour, ce qui augmentait son plaisir. Elle constata qu'il lui faisait toujours autant d'effet.

Dans cet appartement, où les murs avaient été témoins de leur passion fougueuse, le voir debout devant elle à demi nu allait constituer le test suprême pour vérifier si elle avait vraiment tourné la page. Cela dit, elle avait subi trop d'émotions ces derniers jours, trop de fatigue physique et nerveuse, pour être en état de contrôler ses pulsions.

Sans rien dire, elle lui tendit la chope vide, en espérant bêtement qu'il allait se mettre à rire en rejetant la tête en arrière de cette façon bien particulière qu'il avait, pour briser la tension.

Ils riaient beaucoup, tous les deux, autrefois.

Depuis sept ans, elle se disait qu'il lui était indifférent, mais elle s'aperçut soudain que c'était faux. Le Luca qui riait, celui qui avait si souvent prononcé son nom pendant l'amour et frissonné sous ses caresses, lui avait manqué.

Son cerveau fatigué chercha vainement quelque chose à dire. Elle ne pouvait pas se laisser envahir par les souvenirs. C'était fini : il n'y avait pas de retour en arrière possible.

— Je n'arrive pas à croire que tu sois revenu sans prendre la peine de m'en informer.

Non qu'elle eût envie d'entrer dans de longues explications ce soir ; ce n'était qu'un moyen de le tenir à distance.

Luca perçut le reproche sous-jacent dans sa voix et ses yeux interrogateurs, mais elle le fascinait trop pour qu'il en tienne compte. Ses cheveux sombres tombaient en cascade sur ses épaules et deux taches rouges marquaient ses joues. Sa poitrine se soulevait, tendant le tissu de son chemisier.

Comment pouvait-il avoir encore envie d'elle, après tout ce temps ?

Il soupira et s'assit près d'elle sur le canapé. Captivé par son parfum, il ferma les yeux.

— Je savais que ton père te le dirait.

Rilla tourna la tête pour le regarder. Il paraissait aussi épuisé qu'elle. Elle ferma les yeux à son tour, laissant s'installer le calme.

— Désolé, j'aurais dû te prévenir moi-même.

Se demandant si elle avait bien entendu, elle rouvrit les paupières. Ses yeux noirs étaient plissés tandis qu'il l'observait.

Elle devait se lever, aller prendre une douche, s'éloigner de la tentation, mais elle était si bien sur ce canapé !

— Pourquoi es-tu revenu, Luca ? Je veux dire… travailler à l'Hôpital général ? Pourquoi ne pas t'être contenté de signer les papiers du divorce pour mettre un point final à ce qui n'aurait jamais dû commencer ?

Il haussa les épaules comme s'il se demandait pourquoi il avait été aussi stupide.

— Au moment où j'ai reçu les papiers du divorce, j'ai vu l'annonce pour le poste dans les journaux. Alors je me suis dit pourquoi pas ?

Rilla sentit son cœur bondir dans sa poitrine. Les papiers lui étaient bien parvenus, donc.

— J'ai pensé qu'il était temps que je revienne pour tourner la page. De toute façon, ce poste, j'ai toujours voulu l'avoir. Tu te rappelles ?

Bien sûr qu'elle s'en souvenait. Des heures passées au lit à tisser leurs rêves, leur avenir commun. Lui, chef du service des urgences à l'Hôpital général de Brisbane ; elle, surveillante de ce même service. Collègues et amants, associés dans la vie et dans le travail.

— Oui, murmura-t-elle.

Elle se rappelait tout de leur vie passée, comme si c'était hier. Le rire, l'enthousiasme, les projets, l'amour, la façon dont tout avait cessé d'exister sauf eux. Cela avait été si merveilleux…

Jusqu'à la catastrophe. En se souvenant de cette période sinistre, elle se raidit. Comment avait-elle pu se rapprocher autant de lui ?

— C'était une erreur de revenir.

Qu'avait-elle donc ? D'accord, elle était vulnérable et épuisée, mais ce n'était pas une excuse. Le pouvoir qu'il avait encore sur elle lui donnait envie de hurler, et en même temps, son corps brûlait de désir, son sang bouillonnait et des frissons couraient sur sa peau. Il fallait qu'elle parte tout de suite.

Leur relation avait toujours été passionnée, très physique, les rendant égoïstes, oublieux de tout ce qui n'était pas eux. Le choc provoqué par sa fausse couche les avait tirés de cet état de grâce, leur faisant découvrir qu'ils n'avaient pas une histoire suffisamment solide derrière eux pour le supporter.

Beaucoup d'eau était passée sous les ponts, depuis, et elle ne risquait pas de retenter l'aventure. Et puis elle était fatiguée et n'avait pas envie de faire une bêtise, sous prétexte que ni l'un ni l'autre n'avaient la force de résister.

Sans rien expliquer, elle se leva et s'éloigna.

Luca prit conscience une seconde plus tard qu'elle était sortie de la pièce. Bon sang !

— Attends ! cria-t-il en se levant pour la rattraper dans l'entrée.

— Non ! cria-t-elle par-dessus son épaule en ouvrant la porte.

Il la referma, gardant la main dessus, au-dessus de l'épaule de Rilla.

— Reste, murmura-t-il.

Il avait le torse pressé contre son dos, la plaquant contre le battant. Machinalement, son autre main se posa sur sa hanche. Ils étaient si proches ! Il pouvait sentir son parfum, l'entendait haleter doucement.

— S'il te plaît, cara. Tu as dit que tu restais pour la nuit.

La prenant par l'épaule, il la fit pivoter vers lui en s'écartant un peu d'elle.

Elle secoua la tête.

— Non, Luca. Je n'ai pas assez d'énergie pour me battre ce soir, ni pour affronter mes souvenirs.

Leurs regards se croisèrent un instant. Puis elle se détourna, la main sur la poignée, prête à sortir.

— Au revoir, Luca.

Il remit la main sur la sienne.

— Tu ne portes plus ton alliance… Nous n'avons pas encore divorcé.

— Non, mais j'ai jugé qu'il était temps, dit-elle sans le regarder. Laisse-moi partir, s'il te plaît, Luca.

Il avait de plus en plus envie de lui embrasser la nuque, de plonger son visage dans ses cheveux.

— Rilla, j'ai envie de toi. Tu m'as manqué, tu sais.

Quand son souffle lui caressa la nuque, Rilla sentit ses genoux faiblir. Désespérée, elle chercha comment échapper à son propre désir. Son sang circulait plus vite dans tout son corps, les pointes de ses seins étaient gonflées et elle se sentait tout à fait réveillée maintenant.

C'était de la folie. Comment son corps pouvait-il la trahir à ce point ?

— Tu es si belle, dit-il en lui repoussant les cheveux derrière l'oreille.

Ses doigts frôlèrent la peau fine de son cou, et Luca esquissa un petit sourire quand elle offrit la nuque à sa caresse.

— Rilla…

— Luca, nous sommes fous.

Il le savait, mais sa voix rauque était en même temps une prière. Les muscles de son ventre se contractèrent comme si elle avait enfoncé les ongles dedans. Pour la seconde fois, il la fit pivoter en la prenant par les épaules.

— Oui, c'est vrai.

Rilla s'appuya contre la porte, le corps de Luca pressé contre le sien, entendant sa respiration haletante. Pourquoi se laissait-elle faire ? Sept ans sans qu'il la touche, sept ans d'absence s'évanouissaient en un clin d'œil, comme s'ils n'avaient jamais été séparés.

Il avait envie de l'embrasser, elle le savait. La regardant dans les yeux, comme pour lui laisser une chance de le repousser, il leva les mains vers les boutons de son chemisier puis, lentement, les défit un à un, révélant sa poitrine.

Elle gémit en sentant l'air sur sa peau nue. Il la fixait de ses yeux noirs avides, comme s'il allait la dévorer. Personne ne l'avait jamais regardée comme lui, avec ce regard de propriétaire. Elle avait du mal à respirer.

Sentant les pointes de ses seins se durcir davantage, elle arqua le dos.

Il passa un doigt sur la dentelle du soutien-gorge puis sa main la contourna pour se poser dans son dos, sur l'agrafe.

— J'ai tellement rêvé de pouvoir te toucher comme ça, murmura-t-il.

D'un seul geste, il dégrafa son soutien-gorge et caressa un sein gonflé.

Elle ne put réprimer le gémissement rauque qui sortit de sa gorge, et s'en voulut d'être incapable de lui résister.

Luca chercha sa bouche. Au moment où leurs lèvres se touchèrent, il fut comme électrisé et se pressa contre elle.

Bon sang ! Cela lui avait manqué, elle lui avait manqué. En dépit de tout, il avait une envie folle d'elle.

— Dis-moi que je t'ai manqué, murmura-t-il.

— Tu m'as manqué !

Cette situation le rendait fou. Tout son corps le brûlait, son cœur battait à tout rompre, son cerveau ne parvenait plus à faire la part des choses. Bon sang, il ne voulait pas la désirer ainsi. Il était supposé faire une croix sur elle. Sur eux. Sur leur histoire.

— Oui ! s'exclama-t-elle lorsqu'il posa les lèvres sur la pointe de son sein.

Rilla regarda la tête brune penchée sur sa poitrine et elle plongea une main dans ses cheveux, le serrant plus fort contre elle.

Tout son corps lui faisait mal. Elle fit courir sa main sur le ventre de Luca et entreprit de lui déboutonner son jean, impatiente de le sentir en elle.

Ses mains étaient chaudes sur la peau de ses cuisses lorsqu'il lui souleva sa jupe.

— Vite, dit-elle dans un souffle.

Luca vint en elle d'un seul coup, étouffa son cri en posant sa bouche sur la sienne, gémissant sous la sensation exquise.

Puis il s'écarta un peu pour l'observer. La tête rejetée en arrière, elle se mordait la lèvre inférieure.

Elle ouvrit à demi les yeux pour le regarder.

— S'il te plaît, Luca, ne t'arrête pas !

Cette supplique prononcée d'une voix rauque faillit lui faire perdre tout contrôle.

Elle se mit à gémir sous ses coups de reins.

Il enfouit le visage dans son cou, le front appuyé contre la porte. Ses lèvres étaient près de son oreille et il lui murmura des mots en italien.

Il la sentit frissonner sous la caresse de son souffle.

— Je déteste que tu puisses encore me faire cet effet ! haleta-t-elle.

Puis elle eut un violent sursaut, et son dos s'arqua contre la porte.

Lui aussi détestait le pouvoir qu'elle avait sur lui, mais le plaisir qui montait en lui brouillait toute pensée rationnelle. Quand l'extase l'emporta, il la tint serrée contre lui, pendant ce qui sembla une éternité.

Puis ils restèrent enlacés, épuisés.

Hormis le bruit de leurs respirations mêlées, l'appartement était silencieux. Reprenant pied dans la réalité, il parsema son visage de petits baisers en murmurant des mots tendres en italien, sans se retirer d'elle.

— Tu vas bien, cara ?

Rilla pouvait à peine parler, encore moins penser de façon claire.

— Je… je ne sais pas.

— Chut…, dit-il en la faisant pivoter dans ses bras. Tu es fatiguée. Nous sommes tous les deux épuisés.

Il la porta jusqu'à la chambre et la déposa sur le lit, puis se blottissant contre son dos, il l'enlaça.

— Dors, cara, dit-il doucement.

Elle aurait dû protester, songea vaguement Rilla. Il était prévu qu'elle dorme dans la chambre d'amis.

Faire l'amour contre la porte d'entrée était une chose,

passer la nuit dans son lit comme s'ils étaient amants, ou mari et femme, en était une autre.

Mais sa fatigue et l'intense plaisir qu'elle venait d'éprouver se combinèrent pour l'empêcher de protester. Deux secondes plus tard, elle s'endormait.

4

Le soleil était déjà haut dans le ciel lorsque ses rayons pénétrèrent enfin dans la chambre, caressant les paupières closes de Rilla. Au moment où elle ouvrit les yeux, les détails de la soirée lui revinrent peu à peu à la mémoire. Constatant qu'elle était seule dans le lit, elle hésita entre contrariété et soulagement.

Elle était toujours habillée… Enfin, façon de parler, car son chemisier était ouvert sur son soutien-gorge dégrafé. Elle rougit en repensant à ce qui l'avait amenée là, et se demanda ce que Luca avait pensé en la voyant ce matin dans cet état.

Avait-il tenté de la réveiller ? Son sommeil avait été si profond qu'elle n'avait probablement pas remué d'un pouce durant toute la nuit.

Elle s'étira, inquiète à la perspective de leur prochaine rencontre. Comment allait-il se comporter avec elle ? Qu'attendait-il d'elle ? Et elle, d'ailleurs, qu'espérait-elle de lui ?

Mystère. Elle ne parvenait pas à imaginer la portée qu'aurait cet événement, ni son éventuelle incidence sur leur travail en équipe ou sur leur divorce en cours.

Une seule certitude : hier soir, elle n'avait pas fait la chose la plus intelligente de sa vie. Autant reconnaître, même, qu'elle avait été parfaitement stupide.

Relevant la tête, elle regarda la pendule posée sur la table de nuit. 11 heures !

Elle se redressa d'un bond. Jamais elle n'aurait imaginé qu'il pouvait être si tard. Pourquoi Luca l'avait-il laissée dormir si longtemps ? Où était-il ? Elle devrait déjà être à l'hôpital, où elle avait laissé sa voiture, mais avant, il fallait encore qu'elle passe chez elle pour prendre une douche et se changer. Seigneur !

Une heure plus tard, elle entrait chez ses parents, pour y trouver Beth et Gabe en train de déjeuner.

— Tu as bien dormi, on dirait ! s'exclama Beth.

A la gaieté perceptible dans sa voix, elle comprit que sa sœur était plus détendue.

— Je suppose que Bridie est hors de danger ?

— Son état s'améliore d'heure en heure. Luca est avec elle.

— Oh ! Depuis longtemps ?

— Environ deux heures.

Sa sœur la regardait avec un sourire espiègle.

— Pourquoi ne vas-tu pas lui tenir compagnie ? Nous retournons à l'hôpital dans un quart d'heure.

En approchant de la chambre de Bridie, Rilla se sentit terriblement nerveuse.

A l'entrée de la pièce, elle s'arrêta pour observer Luca. Tout en caressant la tête de Bridie, il lui murmurait des choses dans sa langue maternelle, l'appelant sa petite bambina de la forêt. Elle eut le souffle coupé par la compassion dont il faisait preuve.

Pensait-il à leur bébé en s'occupant ainsi de la petite fille ? Et elle-même ? N'était-elle pas en train de se demander ce que serait devenue leur histoire si elle avait pu garder l'enfant ? Et d'imaginer des sourires, des babillages et des câlins matinaux ?

L'infirmière de Bridie la remarqua et lui fit signe d'entrer. Lorsque Luca leva la tête, elle retint sa respiration, appréhendant ce qu'elle allait lire dans ses yeux.

— Bonjour, Rilla.

Elle comprit qu'il était aussi gêné qu'elle. Regrettait-il lui aussi son impulsivité ?

— Tu aurais dû me réveiller, Luca.

Luca la regarda approcher, essayant de deviner son état d'esprit. Elle avait pris une douche et s'était changée. Ses cheveux, retenus en queue-de-cheval sur sa nuque, étaient encore mouillés. Soudain, il se remémora une scène, pendant leur lune de miel, où il lui brossait les cheveux après qu'elle les eut lavés. Pour cacher son émotion, il tourna la tête vers Bridie.

— Tu étais épuisée.

Certes, mais pas assez, toutefois, pour ne pas franchir la ligne qui l'avait ramenée sept ans en arrière !

Rilla posa aussi le regard sur sa nièce. Bridie, toujours intubée mais bien réveillée, regardait tout autour d'elle en babillant, ses petits doigts serrés sur l'index de Luca.

— Coucou, ma chérie !

Il fallait rompre le silence pesant qui s'était installé entre eux.

— Beth m'a dit qu'elle avait passé une bonne nuit.

— Oui, ils pensent la désintuber demain.

Pendant quelques minutes, ils parlèrent de choses et d'autres, incluant l'infirmière dans la conversation pour éviter les sujets sérieux.

— Nous voilà !

Tenant Gabe par la main, Beth entra dans la chambre.

Rilla envia leur relation. Ils n'étaient pas mariés depuis très longtemps, mais la maladie de Bridie n'avait fait que renforcer leur union. Il existait entre eux une confiance mutuelle, c'était visible, alors qu'elle et Luca, au premier coup dur dans leur mariage, s'étaient éloignés l'un de l'autre.

— Et si vous alliez manger quelque chose à la cafétéria, tous les deux ? Il fait beau, et je parie que tu es partie sans déjeuner, Rilla.

C'était vrai. Après avoir fait un détour par son appartement, elle s'était précipitée chez ses parents, puis à l'hôpital. Pour tout dire, elle mourait de faim. Elle risqua un coup d'œil vers Luca, qui la regardait d'un air interrogateur, et lui fit un signe de tête. Il fallait qu'ils se parlent, après ce qui s'était passé la nuit dernière. Dans une semaine, ils travailleraient ensemble au service d'urgence, et ils devraient former une équipe soudée et efficace.

Luca attendit qu'ils soient installés à une table ombragée de la terrasse pour se lancer dans le discours qu'il avait préparé.

— Désolé… à propos de cette nuit. Ça n'aurait pas dû arriver. J'en prends toute la responsabilité, c'était à moi de montrer plus de retenue.

En prononçant ces mots, il se rendit soudain compte qu'il n'avait pas songé un instant à la contraception. Seigneur !

— Non, tu n'es pas le seul responsable.

C'était bien dans son caractère de vouloir la protéger, se dit Rilla, mais elle n'avait pas l'intention d'accepter.

— J'en avais envie autant que toi.

— Là n'est pas la question. Tu étais fatiguée, angoissée pour ta nièce. C'était une erreur de ma part.

Bizarrement, cette façon désinvolte de résumer leur moment de passion la vexa. En un sens il avait raison. Leur relation déjà difficile n'avait nul besoin de complications.

Cependant, bien qu'elle ait déjà fait pas mal d'erreurs dans sa vie, aucune ne lui avait procuré autant de plaisir.

Elle haussa les épaules pour paraître nonchalante, comme si faire l'amour debout contre une porte lui arrivait tous les jours.

— Ce n'est pas exceptionnel que les gens fassent l'amour avec leur ex, Luca. Je suppose que c'était inévitable. Maintenant que c'est fait, nous pouvons continuer notre vie. Nous avons clarifié la situation, en quelque sorte.

— Ah bon, tu trouves ? demanda-t-il, incrédule.

Du point de vue de Luca, ils avaient vécu un moment de passion extrême qui n'avait rien réglé du tout. En fait, sa libido n'avait jamais été aussi exacerbée depuis qu'il l'avait quittée des années plus tôt.

Comment oublier leur passé et travailler ensemble après ça ? Il aurait peut-être dû réfléchir à deux fois avant d'accepter ce poste à Brisbane, avant de décider de quitter le Royaume-Uni. Mais comme les papiers du divorce étaient enfin arrivés après ces années de silence, il ne s'était pas posé la question.

Rilla rougit. D'accord, sans doute était-ce un peu trop simple, d'autant que son corps frissonnait encore au souvenir de leur étreinte. Assise en face de lui à cette terrasse, elle se rendit compte que cela n'avait fait qu'augmenter son envie de lui, réveiller le désir qu'elle avait enfoui en elle depuis sept ans.

— Je pense simplement qu'il faut replacer cette nuit dans son contexte. Tu as dit que tu revenais pour tourner la page. A mon avis, c'est ce que nous avons fait hier soir. Nous avons bouclé la boucle, si tu veux. Maintenant, l'important est que nous allons devoir travailler ensemble, Luca. Je me suis efforcée d'asseoir ma carrière, je veux prendre le poste de surveillante, alors il n'est pas question que je me laisse distraire de mon but. Signe les papiers,

Luca. Mettons un terme à cette histoire, pour pouvoir avancer dans notre vie.

Elle s'arrêta, fière de s'être montrée si forte. Même si elle tremblait intérieurement, elle savait qu'elle avait donné l'impression d'avoir confiance en elle. Il ne servirait à rien d'analyser la nuit dernière pendant une éternité. Ce qui comptait, c'était leur attitude à partir de maintenant.

— Tu as changé.

Elle respirait la maîtrise de soi, l'esprit de décision, songea Luca. Ce n'était plus la jeune femme dont il s'était séparé.

Elle haussa les épaules.

— J'ai grandi, Luca. J'ai fait une fausse couche. Nous nous sommes séparés. Tu es parti.

Il estima que cette description était sommaire mais juste.

— Tu pensais me trouver ici à t'attendre ? ajouta-t-elle.

Comment savoir ? Dans ce cas, il aurait été très déçu. Elle ne portait même plus son alliance…

— Je l'ignore, Rilla.

Rilla scruta son visage et ses yeux, à la recherche d'un signe révélateur, mais son expression était neutre et impénétrable, bien différente de la nuit dernière.

Elle connaissait bien ce regard. Avant leur séparation, elle y avait lu cette distance irritée.

— As-tu une fois pensé à moi, au moins ?

Il y eut un silence.

— Plus qu'il n'était bon pour ma santé mentale, dit-il enfin.

Le cœur de Rilla faillit s'arrêter de battre. Elle ne s'attendait pas à un aveu de ce genre.

— Et toi, Rilla ?

— Tu étais mon mari. Je t'aimais. Tu as toujours été dans mes pensées.

— Pas « étais », Rilla. Ne parle pas au passé ! Je « suis » ton mari.

Elle le regarda. Il ne pouvait pas prétendre ça juste parce qu'ils avaient fait l'amour !

— Non, Luca. Nous sommes séparés, il suffit de ta signature pour mettre fin à notre mariage. Nous ne sommes plus des adolescents. Nous allons devoir travailler ensemble, avoir une relation fondée sur le respect et la confiance. Tu penses pouvoir y arriver ?

— Bien sûr.

— Dans ce cas, je suis impatiente d'être de nouveau sous vos ordres, docteur Romano, dit-elle en lui tendant la main.

Il la saisit.

— Moi de même, Winters.

Sa voix rauque la frappa en plein cœur. Hélas, il n'y avait pas de place dans sa vie pour un retour de flamme.

Rilla retourna à son poste le lundi, rassurée de savoir que sa nièce avait quitté les soins intensifs pour le service de pédiatrie, où travaillait Hailey.

Luca devait prendre officiellement ses fonctions ce même jour, et elle se demandait avec appréhension comment les choses allaient se dérouler. Depuis leur conversation, elle n'avait fait que l'apercevoir lorsqu'il passait voir Bridie.

Même si elle avait conscience de la place excessive qu'il prenait dans ses pensées, elle ne pouvait s'empêcher de songer à leur étreinte explosive, qu'elle analysait sous tous les angles et se repassait en boucle sans savoir comment la considérer.

Quoi qu'il en soit, le plus important pour elle était de ne pas compliquer leur relation professionnelle.

Dès l'entrée, elle le vit assis au bureau de l'accueil et leurs regards se croisèrent. Elle eut le temps de reconnaître dans ses yeux un éclair de pur désir, avant que son expression ne redevienne neutre.

— Comment vas-tu, Rilla ?

— Bien, merci, dit-elle sans s'arrêter.

Quelques heures plus tard, un jeune homme franchit à pied, les mains derrière la nuque, les portes coulissantes par lesquelles on accédait au sas des ambulances.

Rilla lui désigna un siège.

— Que vous arrive-t-il ?

Le visage tordu par la douleur, il s'assit en se tenant toujours la tête.

— Je ne sais pas ce que j'ai…

— Vous vous êtes fait mal au cou ?

— Je ne me souviens pas, mais… j'ai l'impression que ma tête va tomber.

Aussitôt alarmée, elle fit signe à Emily, la réceptionniste.

— Emily, dites à une infirmière de m'apporter une minerve, s'il vous plaît.

Elle eut l'intuition qu'il pouvait s'être fracturé la nuque et qu'il fallait agir vite.

— O.K., dit-elle en souriant pour le rassurer. Ne bougez pas, je vais appeler un médecin. Nous allons vous mettre dans un box ; il va falloir vous faire des radios.

Dès que l'infirmière eut apporté la minerve, elle la lui plaça autour du cou.

— Comment vous appelez-vous ?

— Damien.

— Enchantée, Damien. Moi c'est Rilla. Venez par là, suivez-moi.

— Alors, vous pensez que c'est grave ?

Elle plongea ses yeux dans les siens. Il avait à peine

vingt ans, mais son regard était vif, intelligent, et il ne voudrait sans doute pas qu'elle lui mente pour tenter de le protéger.

— Je pense que vous avez quelque chose de grave, mais faisons d'abord les tests, et voyons le médecin avant de l'affirmer.

Luca entra dans le box au moment où elle aidait le patient à s'allonger sur le lit.

A sa vue, elle eut un petit choc au cœur qu'elle parvint à cacher. Elle énuméra les symptômes de Damien en expliquant ce qu'elle avait déjà fait.

— Que vous est-il arrivé ? demanda Luca au jeune homme d'un ton détaché pour masquer son inquiétude.

Un regard à Rilla lui confirma qu'elle partageait cette angoisse.

— Je me suis réveillé avec un torticolis, ce matin, et ça a empiré au cours de la journée.

— Qu'avez-vous fait, hier soir ?

— Euh… une partie de foot avec les copains.

— Vous êtes tombé ? On vous a plaqué ?

— Oui, bien sûr ! Mais pas plus que d'habitude.

— Vous n'avez pas ressenti de douleur sur le moment ?

— On avait bu quelques bières…

La mâchoire de Luca se crispa. Il se promenait peut-être depuis la veille avec la nuque fracturée !

— Vous avez des fourmis dans les bras ou dans les jambes ?

— Non.

— Des difficultés à avaler, à tousser ou à respirer ?

— Non plus.

— Bien, dit Luca en hochant la tête. Nous allons commencer par vous faire une IRM.

Il prit son stéthoscope.

— Rilla, peux-tu appeler le service de neurologie ?

Elle sortit du box, laissant le rideau ouvert.

Dès qu'elle fut dans le couloir, les épaules de Luca se relâchèrent. Sa présence toute proche et son parfum l'avaient empêché de se concentrer.

— Il vous faut un examen neurologique complet.

— Vous me faites peur, docteur !

Certain que la vie de Damien allait changer à partir d'aujourd'hui, il tira un tabouret pour s'asseoir à côté du lit.

— Je pense que vous vous êtes abîmé la nuque. Je ne sais pas encore si c'est grave… Ce n'est peut-être pas grand-chose.

Du bureau de l'accueil, en attendant l'équipe de neurologie qu'elle venait de prévenir, Rilla le regarda parler avec le patient. Elle n'entendait pas ce qu'il disait, mais percevait l'écho de sa voix grave, et remarqua qu'il avait posé une main sur l'épaule du jeune homme.

Elle vit le visage de Damien se détendre. Ses yeux perdirent leur expression affolée et, pour la première fois depuis qu'il était arrivé, il sourit.

Cela n'avait pas changé. Dès que Luca arrivait près d'un patient, avec sa tranquille assurance, son sourire et son charme latin, celui-ci se calmait aussitôt. C'était ce qui l'avait le plus attirée chez lui.

Elle constata qu'elle aimait toujours autant l'observer en plein travail. Retournant dans le box, elle ferma le rideau derrière elle.

— Ils arrivent, annonça-t-elle.

Luca tapota l'épaule de Damien.

— Parfait. Rilla va aller chercher votre dossier, et je reviendrai dès que l'équipe de neurologie sera là.

Il se tourna vers la sortie.

— Bien vu, dit-il à voix basse en passant devant elle.

Même après sept ans, ses compliments l'emplissaient toujours de fierté, songea-t-elle en se tournant vers Damien.

Un peu avant la fin de son service, elle dut prendre dans ses bras une fillette de dix-huit mois atteinte de problèmes respiratoires, que sa mère n'arrivait plus à tenir, pour lui administrer une nébulisation de Ventoline. Le bébé agité sentait le savon et le soleil, et le cœur de Rilla se serra lorsque ses cheveux soyeux lui caressèrent le visage.

Envahie par un puissant désir d'avoir enfin un enfant à elle, elle lui posa un baiser sur le front. Combien en auraient-ils à l'heure actuelle, s'ils ne s'étaient pas séparés, Luca et elle ?

Comme prévenu par une connexion extrasensorielle, Luca choisit ce moment pour entrer dans le box, et leurs regards se croisèrent par-dessus la tête de l'enfant. Pensait-il la même chose qu'elle ? Son pouls s'emballa.

— Je pensais que tu finissais à 5 heures !

C'était la première chose qui lui était venue à l'esprit pour combattre son envie physique.

— Je suis resté un peu plus. Les médecins du service étaient submergés.

Elle hocha la tête. Depuis deux heures, c'était de la folie ; les soignants ne savaient plus où donner de la tête.

Luca se tourna vers la mère.

— Comment va-t-elle ? demanda-t-il en consultant la feuille fixée au pied du lit.

— Mieux, je pense, mais sa respiration est toujours sifflante.

Plaçant les écouteurs de son stéthoscope dans ses oreilles, il reporta son attention sur l'enfant, dont la main était posée sur la poitrine de Rilla et la joue appuyée au creux de son épaule.

Elle avait l'air si maternelle qu'il en fut bouleversé. Bon sang ! Cela n'aurait pas dû finir ainsi.

— Alors, ma chérie, dit-il à la petite fille en lui massant le dos.

L'enfant tourna la tête en entendant sa voix, et il lui sourit.

— Ne t'inquiète pas. Ce ne sera pas long, poursuivit-il en lui soulevant son T-shirt pour poser le stéthoscope sur son dos.

Visiblement fascinée par Luca, la petite fille se calma un peu. Rilla n'en fut pas surprise. Difficile de croire qu'au bout de sept ans elle éprouvait toujours du plaisir à le regarder, même si elle savait que c'était dangereux, étant donné l'épisode de l'autre nuit.

Elle l'observa pendant qu'il se concentrait sur le dos du bébé pour écouter les râles de ses poumons. Lorsqu'il eut terminé, elle fit passer la fillette dans son autre bras, de façon qu'il puisse lui ausculter la poitrine.

— Les sifflements se calment. Nous verrons ce que ça donne après quelques nébulisations de plus.

La mère sourit, pleine de gratitude, pendant que sa fille s'endormait dans les bras de Rilla.

— Je vais en profiter pour sortir cinq minutes, lui dit-elle. Vous pouvez me la tenir encore un peu ? Je reviens tout de suite.

— Bien sûr, allez-y.

Ils se retrouvèrent seuls, Luca et elle, avec un bébé endormi et toutes les occasions manquées qu'il représentait pour eux. Rilla caressa du menton le crâne de l'enfant, consciente de tout ce que faisait naître cette situation.

Luca suivit du regard le mouvement de ses cheveux attachés en une queue-de-cheval qui lui dégageait la nuque. Autrefois, il n'aurait pas résisté à la tentation d'y déposer un baiser, mais ce temps-là était loin.

Chassant ses souvenirs, il s'éclaircit la gorge.

— En fait, j'étais venu te dire que l'IRM de Damien a révélé une fracture de la première vertèbre cervicale. Comme elle est stable, nous allons l'emmener en salle d'opération pour lui fixer un halo crânien. Il restera quelques jours en orthopédie, puis il devrait pouvoir sortir et revenir en tant que malade ambulatoire jusqu'à sa guérison complète.

Rilla se secoua pour chasser les fantômes des émotions passées. Bonne nouvelle pour Damien.

Elle était contente qu'ils soient intervenus à temps. S'il s'était promené plus longtemps avec une vertèbre fracturée, il risquait une catastrophe.

— Merci de m'en avoir informée.

— C'était normal.

Avec une conscience aiguë de sa présence derrière elle, elle continua à bercer l'enfant pendant que le masque diffusait les dernières gouttes de la nébulisation.

Sur le point de sortir du box, il s'arrêta, la main posée sur le rideau.

— Je pense que nous nous verrons demain…

Après avoir ouvert le rideau, il se retourna.

— C'est super de travailler de nouveau avec toi. Cela m'a manqué.

Surprise de cet aveu, Rilla le regarda. Elle aussi s'était crue revenue au bon vieux temps, mais ce tête-à-tête n'avait plus rien de professionnel.

— Tu devrais rentrer chez toi, maintenant, Luca. Il y a douze heures que tu es là.

— Bonsoir, Rilla.

Elle garda le regard fixé sur l'endroit à présent vide où Luca s'était tenu et essaya de calmer les battements désordonnés de son cœur.

Pourquoi était-il là ? Les choses n'allaient pas être faciles.

5

Le mois suivant passa comme un éclair. Outre son service habituel, Rilla s'était impliquée dans des travaux de recherche collectifs, dans lesquels elle se plongea corps et âme, enfermée dans le bureau de Julia devant l'ordinateur, y passant une grande partie de la nuit et revenant pendant ses jours de congé. Si elle décrochait le poste de surveillante, il lui fallait tout maîtriser.

Sa nervosité croissait de jour en jour. Depuis sa fausse couche et sa séparation d'avec Luca, elle s'était investie dans son métier, consacrant sa vie à sa carrière dans le but d'obtenir le poste de surveillante.

En ce moment, les circonstances lui étaient favorables. Ayant souvent remplacé Julia pendant ses congés annuels et, de plus, étant son adjointe depuis cinq ans, elle connaissait le travail par cœur, ainsi que l'équipe, et l'hôpital de fond en comble. Malgré tout, elle n'avait aucune garantie que quelqu'un venant d'un autre établissement hospitalier, plus qualifié qu'elle, n'allait pas lui souffler le poste. Six entretiens d'embauche s'étaient déroulés au cours du seul dernier mois.

A défaut de certitudes, elle avait au moins de quoi s'occuper l'esprit et détourner ses pensées de Luca, qu'elle trouvait partout sur son passage. Même quand il était invisible, elle entendait son rire dans le service, et tout le monde ne parlait que de lui.

Le nouveau médecin remportait un franc succès. Tout le personnel soignant, internes compris, l'adorait, et les infirmières n'étaient pas loin derrière. Toute la gent féminine, même les femmes de ménage, fondaient en entendant son accent italien et sous son regard velouté. Il souriait et plaisantait avec tout le monde, renseignant avec bonne humeur, mettant à l'aise sans effort toutes les catégories de personnel. En un mois, il s'était fait accepter sans réserve.

Rilla, pour sa part, s'en tenait aux rapports strictement professionnels, bien qu'il lui soit difficile de résister à cette déferlante d'adoration et de respect.

Tous deux avaient eu leur chance, ils l'avaient laissée passer. Inutile d'essayer de recoller les morceaux.

Comme les papiers du divorce n'étaient pas revenus signés, elle se disait qu'un jour ou l'autre il lui faudrait avoir une conversation avec lui à ce sujet.

Non que ce soit une condition pour que le divorce devienne effectif, mais cette signature revêtait une importance symbolique. Ce serait une reconnaissance de sa part que tout était fini entre eux.

Sa carrière passait toutefois avant tout. Dès qu'elle connaîtrait le résultat de son entretien, elle lui en parlerait. Pour l'instant, elle voulait pouvoir concentrer toute son énergie pour remporter la victoire.

Ce fut un jeudi après-midi, à la mi-octobre, que Julia la convoqua dans son bureau pour lui apprendre la bonne nouvelle. A partir de janvier prochain, elle serait la nouvelle surveillante du service d'urgence de l'Hôpital général de Brisbane.

Aux anges, elle embrassa affectueusement Julia.

Enfin, au bout de toutes ses années d'efforts, le poste était à elle !

— Je fête ma promotion chez Barney ce soir, annonça-t-elle à tous ceux qui passaient devant l'accueil. La première tournée est pour moi !

En quittant son service, à la fin de l'après-midi, elle fut ravie de rejoindre ses nombreux collègues qui envahissaient le pub de Barney, situé juste en face de l'hôpital.

Bien qu'elle ait négligé le rituel ces derniers temps pour éviter de rencontrer Luca en dehors des heures de travail, ce soir, elle se devait de célébrer sa réussite. Et quel moyen plus agréable que de passer quelques heures à boire et à rire avec ses collègues dans ce pub où ils avaient tous leurs habitudes ?

Moins d'une heure plus tard, cependant, elle ne voyait plus les choses de la même façon. Elle s'était sentie très bien jusque-là, mais soudain, elle avait dû s'asseoir, les muscles du visage crispés pour tenter de garder le sourire, pendant que la nausée montait en elle.

Depuis quelques jours, son estomac lui jouait des tours. Rien de bien grave, juste un vague malaise. Et elle se sentait aussi très fatiguée, même le matin en se levant.

Mais elle avait tellement travaillé, s'était si peu reposée, que cela lui semblait normal. Peut-être un peu de surmenage ?

Son second verre de jus de fruits, auquel elle n'avait pas touché, était posé devant elle. Brusquement, elle se rendit compte que son odorat percevait avec une acuité accrue l'arôme acide de l'orange, le lourd mélange d'eaux de toilette qui l'entouraient, la fumée des cigarettes venant du coin des machines à sous, les effluves de bière et de viande grillée.

Maintenant qu'elle y repensait, elle avait remarqué la même chose pendant la journée. Le mélange caractéristique d'odeurs variées de l'hôpital l'avait assaillie, alors qu'il la laissait indifférente d'habitude.

Lorsqu'une serveuse passa près d'elle avec des cafés sur un plateau, elle se leva d'un bond.

— Excusez-moi, dit-elle aux amis assis avec elle.

Elle se précipita aux toilettes et y arriva juste à temps pour soulager son estomac. Que lui arrivait-il ?

Les jambes encore tremblantes, elle retourna jusqu'à la table en espérant ne pas avoir l'air trop défaite. La nausée était passée, mais sa tête tournait et son estomac continuait à la brûler.

Tout en murmurant des excuses, elle prit son sac à main et sortit en dépit d'un chœur de protestations.

L'air frais lui fit du bien, mais elle se sentait encore très faible, et l'impression de vertige persistait au point qu'elle redouta de tomber si un passant la heurtait.

Tout à coup, elle sentit une main ferme se poser sur son épaule.

— Oh, merci !

— Rilla ?

Elle se retourna. Luca la regardait d'un air perplexe.

— Qu'est-ce que tu as ?

Ses mots se perdirent dans le rugissement d'un camion qui passa en rejetant des fumées de gazole. L'odeur âcre enveloppa Rilla, et elle se plia en deux, cherchant désespérément un endroit où se cacher pour soulager sa nausée.

Se dégageant de sa poigne malgré ses jambes tremblantes, elle se précipita dans une allée sombre qui jouxtait le pub. L'estomac tordu par la douleur, elle se courba en avant, en espérant que Luca ne l'avait pas suivie.

— Que se passe-t-il ?

Ses chaussures italiennes apparurent dans son angle de vision et elle perçut l'inquiétude dans sa voix. Elle n'avait plus qu'une envie : appuyer sa tête contre le mur de brique et pleurer.

Peu à peu, elle sentit les haut-le-cœur refluer et se redressa lentement, la main contre le mur.

— Est-ce que… tu aurais trop bu ?

Si elle en avait eu la force, elle aurait éclaté de rire.

— Tu dis n'importe quoi ! Est-ce que c'est mon habitude ? Tu sais bien qu'il faut que je conduise.

La lueur d'un néon qui clignotait à l'angle de la rue éclairait les traits de Luca par intermittences. Il lui sembla sombre et dangereux, pas le genre d'homme que l'on aimerait rencontrer dans un coin obscur.

— Tu es malade ? insista-t-il.

Se redressant avec effort, elle se dirigea vers la rue. Elle n'avait qu'une hâte : retrouver son lit le plus vite possible.

— J'ai dû attraper un virus…, marmonna-t-elle.

— Tu en as parlé à quelqu'un ? demanda-t-il alors qu'elle s'éloignait.

Concentrée sur la difficulté de mettre un pied devant l'autre, elle l'ignora. S'il voulait continuer à lui parler, quelle importance, au fond ? Elle n'entendait pas…

Il revint à sa hauteur et l'attrapa par le bras.

— Je t'ai demandé si tu avais vu quelqu'un pour…

— Luca, je suis vraiment fatiguée, et…

La nausée revenant, elle fut obligée de s'appuyer au mur d'une main.

— Dio ! jura-t-il en la prenant dans ses bras sans tenir compte de ses protestations pour la ramener vers la rue principale.

Comme le feu était vert pour les piétons, il traversa le passage clouté d'un pas résolu.

— Lâche-moi, Luca.

Elle jeta un coup d'œil autour d'elle pour voir les réactions des passants. Devant leurs regards intrigués, elle sentit le rouge lui monter aux joues.

— Tu n'es pas bien. Je te ramène chez toi, dit-il en la maintenant serrée dans ses bras.

— Tu comptes me porter jusque-là ?

Elle essayait encore de se défendre, mais sa conviction faiblissait. Finalement, elle posa la tête sur son épaule et se tut.

— Non, jusqu'à ma voiture seulement.

Une fois arrivés, il l'informa :

— Attention, je vais te poser, maintenant. Tu te sens bien ?

Sa voix lui parvenait à travers un brouillard.

— Oui.

Lorsqu'il ouvrit la portière côté passager, elle se heurta à lui de la poitrine et des hanches.

— Installe-toi, dit-il d'une voix rauque.

Alors qu'il la guidait vers le siège, elle se redressa tout à coup.

— Mais j'ai ma voiture !

— Tu n'es pas en état de conduire, répondit-il d'un ton sans réplique.

Il la poussa gentiment à l'intérieur.

— Ta voiture ne risque rien, le parking de l'hôpital est fermé pendant la nuit. Je te ramènerai demain matin.

Elle cilla en entendant la portière se refermer, puis inspira l'odeur de cuir neuf et se cala au fond du siège. Elle craignit un instant que la nausée ne la reprenne puis s'aperçut avec soulagement qu'elle avait disparu.

Sans mot dire, Luca se mit au volant, boucla sa ceinture, et démarra.

Rilla se sentait épuisée, et le doux ronronnement du moteur la berçait. Se rappelant tout à coup que Luca ne connaissait pas son adresse, elle tenta en vain de se redresser. Trente secondes plus tard, elle dormait d'un profond sommeil.

Malgré la violence des émotions qui l'habitaient, Luca conduisait avec calme. Il avait une conscience aiguë de la présence de Rilla à son côté. Une fois de plus, il constatait qu'elle avait toujours le même pouvoir sur lui après ces longues années d'absence. Bien sûr, ce qui s'était passé le soir où elle était venue à l'appartement n'avait pas arrangé les choses.

Elle dormait la tête tournée vers la vitre, offrant à son regard la ligne fine de sa nuque. Il avala sa salive.

Comme ses doigts le démangeaient de caresser sa peau si douce, il serra le volant plus fort. Puis ses yeux se posèrent sur les mains de Rilla, crispées sur son abdomen, et il eut un pincement au cœur. Autrefois, leur enfant avait commencé à grandir là.

Soudain, au moment où il ralentissait pour s'arrêter à un feu rouge, une pensée lui traversa l'esprit.

Et si elle se trompait sur la cause de ses malaises ? Si c'était autre chose ?

La fatigue et la nausée. Deux symptômes très courants, classiques, de la grossesse.

Son cœur se mit à battre plus fort. Etait-ce possible ?

S'exhortant au calme, il se raisonna. Non, ce n'était sans doute qu'un virus. Elle avait beaucoup travaillé pendant le mois qui venait de s'écouler, encore bien plus que lui, et juste avant, il y avait eu le stress dû à la maladie de Bridie. Ses défenses immunitaires avaient baissé, elle avait été affaiblie, voilà tout.

Néanmoins, il ne put s'empêcher de faire un calcul rapide. Un mois tout juste s'était écoulé depuis leur nuit ensemble, et ils ne s'étaient pas protégés.

Peut-être était-ce dû à la façon dont elle tenait ses mains sur son ventre, comme si elle protégeait une petite vie fragile, ou alors à cause de ces damnés papiers qu'il ne parvenait pas à sortir du tiroir de son bureau, il n'aurait su l'expliquer, mais tout à coup, il fut persuadé qu'elle n'était pas victime d'un virus.

Si elle était enceinte, le savait-elle ? Dans ce cas, elle le lui aurait caché, ce qui n'était pas son genre.

Elle n'avait vraisemblablement pas dû envisager cette hypothèse, il en aurait mis sa main au feu.

Comme il passait devant une pharmacie de nuit, il s'arrêta, descendit de voiture, et revint cinq minutes plus tard. Elle avait bougé, mais sans se réveiller.

— Rilla…

Il avait passé tout le reste du trajet à chercher la meilleure façon de lui présenter la chose, et il devait maintenant aller jusqu'au bout.

— Rilla…, répéta-t-il plus fort après s'être éclairci la gorge.

— Mmm ?

Il la regarda ouvrir les yeux, toujours émerveillé par les lueurs dorées qui y dansaient. Elle semblait si vulnérable qu'il en eut une boule au creux de l'estomac.

— On est arrivés ?

Sa voix ensommeillée et son sourire incertain étaient une association si sexy qu'il dut se retenir pour ne pas la prendre dans ses bras.

Il défit sa ceinture de sécurité et sortit de la voiture en hâte.

— On est chez moi, oui.

Se redressant sur le siège, Rilla regarda dehors. L'appartement. Leur appartement.

— Je pensais que tu me ramenais chez moi, dit-elle lorsqu'il ouvrit la portière.

Il la prit par le coude pour la soutenir.

— C'était plus près, répondit-il en haussant les épaules. Tu n'es pas bien. Je veux pouvoir te surveiller.

— Mais…

— Rilla ! Fais-moi confiance, d'accord ?

Elle savait qu'elle ne devrait pas, qu'il était dangereux, mais quel mal pouvait-il y avoir à le laisser s'occuper d'elle, juste pour une nuit ? Elle était tellement épuisée…

Après avoir refermé la portière, il lui prit le bras pour la guider.

— Pas la peine, dit-elle en se dégageant. Je peux marcher toute seule, je vais très bien.

— Ce n'est pas vrai.

Le menton pointé en avant, elle lui lança un regard plein de défi.

— Puisque je te le dis !

Sans insister, il ouvrit la porte et la fit entrer, s'efforçant de chasser la vision fugitive de leur étreinte à cet endroit précis. Prenant une profonde inspiration, il se tourna vers elle.

— Il faut que nous parlions.

— Pas maintenant, s'il te plaît. Je n'en peux plus ; j'ai besoin de prendre une douche et d'aller me coucher.

— Tout à l'heure, dit-il en la guidant vers le sofa du salon. Assieds-toi.

Il lui tendit le sac en papier qui contenait ce qu'il avait acheté à la pharmacie.

— C'est pour toi.

— Qu'est-ce que c'est ? demanda-t-elle, surprise.

— Regarde.

Bien qu'ayant de la peine à garder les yeux ouverts, elle obéit et sortit la boîte du sac. C'était un test de grossesse.

L'incompréhension la plus totale se peignit sur son visage.

— Mais…

Luca s'agenouilla devant elle.

— Rilla, écoute-moi. Tu es fatiguée, tu as la nausée, et nous avons fait l'amour sans protection il y a un mois. Tu prends toujours la pilule ?

— Non… mais… j'ai eu mes règles !

Il ne put s'empêcher de ressentir ce qui ressemblait à de la déception. Il n'avait pas pensé à ça.

— Mais elles n'étaient pas aussi abondantes que d'habitude, quand même, et elles n'ont pas duré, reprit-elle, songeuse. J'ai mis ça sur le compte de mon angoisse pour Bridie.

Elle était bien réveillée, à présent.

— Tu crois que… Que je pourrais être enceinte ?

Elle n'osait même pas l'espérer.

— C'est une possibilité, il nous faut l'envisager.

Incrédule, Rilla fixa la boîte. Etre enceinte, c'était ce qu'elle désirait le plus au monde !

— Pourquoi ne vas-tu pas le faire tout de suite ?

Il y eut un bref silence.

— D'accord, dit-elle enfin en se levant.

— Je t'attends ici.

Elle entra dans la salle de bains. Son cœur battait à tout rompre, et ses mains tremblaient en ouvrant l'emballage. Et si le test était négatif ?

Après avoir suivi les indications et placé le bâtonnet dans l'éprouvette, elle ne put se résoudre à regarder le résultat. Comme si tout son avenir en dépendait.

Ouvrant la porte, elle sortit en trombe, regagna le salon et tendit le test à Luca.

— Tu n'as qu'à regarder, toi, dit-elle en retournant vers la salle de bains.

Sans hésiter, il sortit le bâtonnet du verre. Celui-ci avait viré au bleu.

Il lui fallut quelques instants pour comprendre ce que

cela signifiait, puis la joie l'envahit, éblouissante comme un feu d'artifice.

Incroyable ! Après tout ce gâchis, comment une chose aussi merveilleuse avait-elle pu se produire ?

Il se rendit compte qu'il désirait ce bébé, plus que tout au monde.

Ce n'était pas le moment, ils étaient presque divorcés, mais il le voulait.

Lorsqu'elle revint dans le salon, Rilla le vit qui brandissait le bâtonnet en souriant, les yeux brillants.

Il était bleu !

Elle était enceinte.

Elle regarda fixement le test, n'osant pas encore y croire.

— Et s'il se trompait ? murmura-t-elle enfin.

— C'est impossible, répondit-il, toujours souriant. Les tests de grossesse modernes sont devenus très fiables.

Luca avait envie de la prendre dans ses bras et de danser. Au vu de cette situation extraordinaire, l'idée de garder leurs distances lui paraissait tout à coup ridicule. Or, il savait qu'il ne devait pas s'emballer et laisser à Rilla le temps de prendre conscience de ce qui lui arrivait.

Elle secoua la tête, toujours incrédule. Elle était enceinte ! Le bébé qu'elle avait tant voulu ces dernières années était devenu une réalité. Elle posa une main sur son ventre. Elle allait être mère ! Le bébé de Luca vivait déjà là.

Enfin, elle laissa la joie éclater en elle.

Elle se sentait légère comme une bulle. C'était idiot, complètement fou, mais elle était heureuse comme elle ne l'avait jamais été, en dépit des circonstances peu favorables.

Elle regarda Luca.

— Je ne sais pas quoi dire…

Il sourit.

— Il faut que nous en discutions. Si tu allais prendre ta douche pendant que je cherche quelque chose à grignoter ?

Comme dans un état second, elle obéit sans discuter et accomplit machinalement les gestes nécessaires. Elle se déshabilla, fit couler l'eau, se savonna.

Lorsqu'elle referma les robinets, quelques minutes plus tard, elle trouva un boxer-short en coton et un T-shirt de Luca pendus au portemanteau.

Même la pensée qu'il était entré dans la salle de bains pendant qu'elle se douchait ne réussit pas à la distraire de son idée fixe : le bébé.

Après avoir essuyé la buée du miroir pour inspecter son reflet, elle se mit de profil et passa la main sur son ventre. Des gouttelettes d'eau luisaient sur sa peau, mais à part cela rien de particulier : sa silhouette n'avait pas changé.

Pourtant, dans quelque temps, son ventre commencerait à s'arrondir, en même temps que le bébé, et elle était impatiente de voir ce phénomène. Et aussi ses seins, qui allaient gonfler pour se préparer à nourrir le petit être qui croissait en elle.

Prenant une profonde inspiration, elle poussa sur ses abdominaux et sourit d'un air idiot à la femme qu'elle voyait dans le miroir.

C'était différent cette fois… Expulsant l'air qu'elle avait retenu, elle pensa à sa première grossesse et se revit, à vingt-deux ans, en train de regarder le résultat du test, deux mois après son mariage.

Et elle se souvint de la tragédie qui s'était ensuivie, cinq semaines plus tard, de la perte du bébé qui avait signifié la fin de leur mariage.

Sentant la peur l'envahir, elle crispa la main sur son ventre. La pensée de perdre un autre enfant lui était intolérable. Elle ne pourrait pas le supporter. Impossible.

Elle avait beau ignorer quel serait son avenir proche, ou la conséquence qu'aurait cet événement inattendu pour leur divorce en cours, elle était sûre qu'elle désirait ce bébé plus que tout au monde.

Déprimée, elle enfila les vêtements que Luca avait laissés pour elle en faisant un nœud au bas du T-shirt trop grand. Puis, des larmes plein les yeux, elle se brossa les dents. Pourvu qu'il n'arrive rien à son bébé !

Lorsqu'elle sortit de la salle de bains, de la musique douce provenait du salon, et Luca était dans la cuisine. Elle l'observa depuis le seuil. Il avait enlevé sa cravate et ouvert les premiers boutons de sa chemise, ce qui lui donna une impression de déjà-vu et l'envie de passer les mains dans ses cheveux pour lui faire baisser la tête et l'embrasser.

La pensée des risques liés à sa grossesse l'avait abattue, et sa fatigue reprenait le dessus. Elle ne savait plus quoi dire à Luca. Elle avait besoin de temps, de solitude et de réflexion.

— Luca, je crois que je vais me mettre au lit.

Il leva la tête.

— Il faut que tu manges quelque chose, d'abord.

— Je n'ai pas faim, et je tombe de sommeil.

— Il n'est que 8 heures ! Je voudrais te parler.

— Je sais, dit-elle en soupirant.

— Qu'allons-nous faire ?

C'était une bonne question qu'ils allaient bien devoir finir par aborder tôt ou tard, mais, dans l'immédiat, elle pouvait à peine garder les yeux ouverts.

— Demain, d'accord ? Je te le promets.

Luca hocha la tête bien qu'avec réticence. Certes, elle était épuisée et il ne voulait pas la forcer. Il y avait cependant des choses qu'il désirait savoir. Il fallait faire des projets. Rilla allait avoir un bébé, son bébé à lui aussi, et il était bien décidé à ne pas tout gâcher cette fois.

— Comme tu voudras. La chambre d'amis est prête.

Elle soutint son regard un instant puis se détourna.

— Merci, Luca.

6

Le matin suivant, entendant des bruits dans la salle de bains, Luca ouvrit les yeux et se redressa dans le lit pour regarder l'heure : 6 heures du matin !

Sans plus réfléchir, il sortit du lit pour se précipiter dans la pièce.

Rilla était pieds nus sur le carrelage froid, penchée au-dessus du lavabo.

— Rilla !

— Va-t'en ! marmonna-t-elle.

Se sentant inutile, il s'approcha pour lui caresser le dos. Relevant une mèche de ses cheveux qui retombait, il la lui coinça derrière l'oreille en murmurant des mots apaisants en italien.

Même si Rilla n'en comprenait pas le sens, le bourdonnement sourd de sa voix la rassura et lui donna envie de sentir ses bras autour d'elle.

Seigneur, comme elle se sentait mal ! Il fallut quelques minutes pour que la nausée se calme. De grosses larmes coulaient de ses yeux lorsqu'elle se redressa. Quelle horreur ! Elle avait honte qu'il ait assisté à tout cela et ne voulait surtout pas de sa pitié.

Il fit couler de l'eau pour lui essuyer le visage.

— Là, là, tout va bien.

— Je suis désolée, murmura-t-elle en plongeant les yeux dans les siens.

L'attirant vers lui, il la força à poser la tête sur son épaule.

Comme elle reprenait peu à peu ses esprits, elle se rendit compte tout à coup qu'il n'était pas très habillé, juste un boxer-short, et elle sentit la chaleur irradier dans son corps.

— C'est fini ?

Son cœur battait très fort dans sa poitrine et, incapable d'articuler un mot, elle se contenta de hocher la tête.

— Viens, alors, sortons d'ici. Tu vas te recoucher pendant que je te préparerai quelque chose à manger.

— Oh non, Luca ! Je ne crois pas pouvoir avaler quoi que ce soit !

— Si, tu vas boire un thé et manger un morceau de pain grillé. Pour les femmes enceintes, c'est ce qu'il y a de meilleur.

La détermination qu'elle lut dans son regard lui rappela l'ancien Luca, celui dont elle était tombée amoureuse. Elle acquiesça. Après tout, elle ne risquait rien à essayer, et elle était prête à tout tenter pour faire passer ses malaises matinaux.

Elle se remit donc au lit et ferma les yeux, appréciant la merveilleuse sensation d'être en bonne forme. La nausée avait disparu.

— Voilà ! annonça Luca dix minutes plus tard.

Ouvrant les yeux, Rilla découvrit avec un plaisir mêlé d'une légère déception qu'il avait enfilé une chemise. Après avoir posé le plateau sur le lit, il s'assit à côté, et fit un petit geste de la main pour l'encourager.

Elle regarda la tartine d'un air dubitatif, mordit dedans, puis but une gorgée de thé au lait. Presque aussitôt, à sa grande surprise, le tremblement de ses mains cessa.

— Tu ne vas pas travailler aujourd'hui, dit-il en mordant dans un croissant.

Elle jeta un regard d'envie à la viennoiserie croustillante qui dégageait une odeur appétissante, mais se dit aussitôt que son estomac ne la supporterait pas.

— Bien sûr que si. Je me sens déjà beaucoup mieux.

— Il ne faut pas que tu en fasses trop.

— Luca, je pourrais très bien avoir des nausées pendant toute la durée de ma grossesse, dit-elle, horrifiée à cette idée. Je ne peux pas me mettre en congé à cause de ça, surtout maintenant que j'ai obtenu le poste de surveillante. Je dois donner l'exemple.

Il cessa de mâcher.

— Tu as eu le poste ?

— Oui, je l'ai appris hier.

— Oh, mais c'est une merveilleuse nouvelle, Rilla !

Il l'attira à lui pour l'embrasser sur la joue.

— Pourquoi ne m'as-tu rien dit ?

— Pour être honnête, quand tu m'as trouvée devant le pub, j'étais mal en point. Ensuite, en arrivant ici, j'ai eu une surprise tellement forte que ça m'est totalement sorti de l'esprit.

— Oui, je comprends !

Ils finirent leur petit déjeuner en silence.

— Est-ce que le fait que tu sois enceinte peut avoir une incidence sur la décision ?

Elle haussa les épaules. A priori, elle ne voyait pas pourquoi, mais elle n'avait pas non plus eu le temps d'y réfléchir.

— Si on m'a confié le poste, on ne peut pas me le retirer sous prétexte que je suis enceinte !

Pensant aux efforts qu'elle avait fournis pour en arriver là, Luca se sentit un peu inquiet.

— Tu es sûre que ça va aller, n'est-ce pas ? Avec toutes ces responsabilités, c'est stressant. Je ne voudrais pas... Je détesterais que...

Il s'efforça de trouver les mots justes, qui ne soient pas culpabilisants pour elle. Il fallait éviter ça à tout prix, cette fois.

Embarrassé, il se passa une main dans les cheveux.

— Je... je ne crois pas que je supporterais que ta grossesse se passe mal.

Elle plongea ses yeux dans les siens.

— Le travail n'avait rien à voir avec ce qui m'est arrivé, Luca.

Les souvenirs affluèrent. A l'époque, ils avaient disséqué la moindre de leurs actions précédentes pour y trouver un sens, pour attribuer la responsabilité à quelqu'un, à quelque chose. Elle se remémora ce qu'il lui avait reproché : son insistance à prouver qu'elle était tout à fait capable de faire le plein d'essence de la voiture, son obstination à vouloir faire l'amour à peine quelques heures avant que ses contractions ne commencent.

Comme ils n'avaient réussi à trouver aucune cause valable, leur culpabilité individuelle les avait éloignés l'un de l'autre, et ils avaient tous deux cherché du réconfort dans leur profession.

Peut-être, sept ans plus tard, étaient-ils prêts à se pardonner et à repartir sur de bonnes bases ?

Elle posa une main sur la sienne.

— Je pense qu'il est temps que nous reconnaissions que ce qui s'est passé n'était pas notre faute. D'après les statistiques, une grossesse sur quatre se termine ainsi.

Luca regarda la main posée sur la sienne. D'un point de vue médical, elle avait raison, bien sûr, mais il ne pouvait s'empêcher de penser qu'il n'avait pas été à la hauteur, qu'il n'avait pas su les protéger, elle et son enfant.

Parce qu'il avait grandi avec un père absent la plupart du temps, il s'était juré à l'adolescence qu'il serait toujours là pour ses enfants. Et lorsque l'occasion s'était présentée, il n'avait pas été capable de garantir la sécurité de sa famille. Pour lui, c'était un échec cuisant.

— Je sais. J'ai eu tort de m'éloigner de toi. J'ai été dur… Je ne me serais jamais cru capable de l'être autant. Je ne savais plus quoi dire ni quoi faire, c'était plus facile de me jeter dans le travail pour oublier.

Une telle sincérité de sa part étonna Rilla. Pourquoi n'avait-il pas pu le dire avant, lorsque leur amour pouvait encore être sauvé ? Ces sept années de silence avaient gâché beaucoup de choses.

Elle poussa un gros soupir.

— Nous avons commis des erreurs tous les deux, Luca. Nous avons voulu aller trop vite pour tout. Le sexe, la vie commune, le mariage… Nous n'avons pas passé assez de temps ensemble avant pour apprendre à nous connaître et construire une relation solide, capable de résister à n'importe quel choc.

Elle mordit dans son pain grillé. Luca la regarda boire son thé, prit son croissant entamé, mais le reposa sans l'avoir touché.

Il s'éclaircit la gorge. Il n'avait presque pas fermé l'œil de la nuit, réfléchissant à la situation pour mettre au point un plan d'action.

En y repensant à présent, il lui semblait tout à fait absurde, et il n'avait pas la moindre idée de la façon de le mettre en pratique. Cependant, s'ils s'y consacraient tous les deux, peut-être que…

— J'ai réfléchi cette nuit. A l'avenir, au bébé… à nous.

Rilla lui jeta un regard méfiant.

— Ah bon ?

Après avoir pris une profonde inspiration, il se jeta à l'eau.

— Je pense que nous devrions déchirer les papiers du divorce.

— Pardon ?

Il hocha la tête. Il avait prévu sa réaction et n'en était pas surpris.

— Penses-y, Rilla. Ce n'est pas idiot. Tu es enceinte, et nous sommes toujours mariés.

— Officiellement, oui, mais c'est tout.

— Je ne parle pas de nous remettre à vivre ensemble comme avant, mais d'un arrangement platonique. Nous pourrions ainsi devenir tous deux les parents de l'enfant, sans pour autant nous laisser aller à cette passion débordante qui a détruit notre couple.

— Luca… c'est de la folie !

— Ce n'est pas mon avis.

Il se leva et se mit à marcher de long en large.

— Ce serait sans doute la décision la plus sensée que nous ayons jamais prise. Nous étions trop dépendants l'un de l'autre, notre relation était trop passionnée, trop physique, pour laisser de la place à un tiers. En nous concentrant tous les deux sur quelqu'un d'autre, sur notre enfant, nous pourrions repartir d'un bon pied.

— Mais n'est-ce pas ce que nous allons être obligés de faire, de toute façon ?

— Non. En restant mari et femme, nous faisons un premier pas vers le meilleur avenir possible pour lui. Cela semble bizarre parce que c'est un grand pas, mais une fois qu'il sera franchi, nous aurons tout le temps de nous occuper des détails.

— Je ne comprends toujours pas, Luca. Il nous suffit de nous engager à faire du bébé notre priorité.

Il secoua la tête avec vigueur, tout en continuant à arpenter la pièce.

— J'ai grandi avec un père qui n'était presque jamais là. Je ne veux pas d'une relation de ce genre avec mon enfant.

Que d'amertume dans ses paroles ! Rilla eut envie de le serrer contre elle pour éloigner de lui les ombres de son passé. Elle savait si peu de chose sur ses années d'enfance !

— Je veux prendre une part active à la vie de mon bébé dès le début, reprit-il. Je veux le voir grandir en toi, jour après jour. Voir tous les changements de ton corps, sentir tous ses coups de pied, être présent lors de l'accouchement. Et vivre avec lui, ou elle. Pas dans la maison d'à côté ou au bout de la rue. Partager sa vie tous les jours, comme toi, je suppose.

— Bien sûr.

— Bon, alors c'est la meilleure situation pour nous deux, la seule façon d'offrir un foyer stable à notre enfant. Deux parents qui vivent sous le même toit, qui l'aiment sans condition.

Rilla était abasourdie. Comment pouvait-elle accepter cette proposition ? Vivre sous le même toit ? Jouer à la famille heureuse ? Comment bâtir leur vie sur un mensonge ?

— Même s'il n'y a pas d'amour entre eux ?

Luca s'immobilisa.

— L'amour ? Après mon histoire avec toi, je me suis juré de ne plus jamais prendre le risque de revivre cette souffrance, et je ne plaisantais pas. Je ne répéterai pas cette erreur.

Bien que blessée par ce qu'il disait, elle le comprit. Leur histoire était terminée.

— Il est question du bébé, Rilla, uniquement du bébé, ajouta-t-il.

— Tu pourrais te contenter de cette farce ? D'une union qui n'aurait de mariage que le nom ?

Les paroles de Rilla faisaient paraître son projet si froid, si calculé ! Pourtant, il l'avait trouvé très raisonnable, la nuit dernière. Bien sûr, il s'attendait à ce qu'elle résiste, mais pas sur ce terrain. D'ailleurs, il ne saisissait pas très bien ce qu'elle voulait dire.

— Oui. Pour mon enfant, oui. Pourquoi pas ? Es-tu en train d'essayer de me dire que tu éprouves encore des sentiments pour moi ?

— Ce serait particulièrement idiot de ma part de refaire cette expérience, dit-elle, le parodiant.

Piqué au vif, il s'assit sur le lit et lui prit les mains.

— Ecoute, Rilla. La première fois, ça n'a pas très bien marché. Ce que je te propose est peut-être une meilleure façon de gérer un mariage.

— Je ne sais pas, Luca.

Voyant qu'elle semblait fléchir, il se rappela ses arguments. Quelque chose lui disait que cela pouvait marcher, pour peu qu'il parvienne à le lui faire comprendre.

— Moi, je sais. Et je suis sûr que ça peut marcher. Nous pouvons redéfinir ensemble ce qu'est un mariage, Rilla. Il nous reste encore des mois avant la naissance du bébé, profitons de ce temps pour apprendre à nous connaître.

Elle rougit et repoussa ses mains.

— Je pense que tu me connais très bien, Luca.

En un sens, elle avait raison. Il connaissait très bien son corps et toutes ses réactions, mais ce n'était pas ce qu'il voulait dire.

— Non. Faisons ce que nous n'avons pas fait avant. Passons les sept prochains mois à parler, à nous raconter l'un à l'autre.

Rilla n'avait pas envie de dire non. Ce serait agréable d'apprendre à connaître celui qu'elle avait aimé autrefois sans rien savoir de son enfance, de ce qui l'avait conduit à devenir l'homme qu'il était aujourd'hui.

— Nous pourrions même devenir amis, continua-t-il.

Comme avant, quand nous nous sommes rencontrés. Tu te rappelles ?

Bien sûr qu'elle s'en souvenait ! Mais il n'avait sans doute pas oublié que cela n'avait pas duré.

— Tu riais beaucoup, Luca.

Il lui passa une main dans les cheveux.

— Je n'ai pas vraiment eu beaucoup d'occasions de rire, au cours des sept dernières années.

Le cœur de Rilla manqua un battement. Il était trop proche pour qu'elle puisse penser. Elle ferma les yeux pour mieux apprécier la caresse dans ses cheveux, puis les rouvrit, fixant sa bouche.

— Et que fais-tu de l'amour physique, dans ton projet ?

Aussitôt, Luca laissa retomber sa main. Il voyait les pointes de ses seins durcies sous le T-shirt qu'il lui avait prêté.

— Et toi ?

Il sourit de la voir froncer les sourcils comme si elle cherchait la réponse adéquate.

— Eh bien… y aurait-il… des devoirs conjugaux ?

— Je pense que tout doit rester platonique. Il faut faire chambre à part. Nous avons beaucoup fait l'amour, regarde où ça nous a menés.

Il semblait si pragmatique…

— Tu penses vraiment que nous pourrions vivre sous le même toit sans succomber à la tentation ? Il ne t'aura sans doute pas échappé que nous sommes toujours attirés l'un par l'autre !

— Je pense que ce serait une erreur, surtout maintenant. Tu te rappelles ce qui s'est passé la dernière fois où nous avons fait l'amour pendant ta grossesse ? Je n'ai pas envie de recommencer.

Il avait les mâchoires crispées, et ses paroles étaient sans réplique.

— Tu te trompes, Luca, ce n'est pas pour ça que j'ai perdu le bébé.

— N'insiste pas, je ne prendrai pas ce risque, dit-il en la regardant dans les yeux. Alors, qu'en dis-tu ?

— J'en dis que cette histoire de mariage sans amour, uniquement axée sur un enfant, est vouée à l'échec.

Soudain, de nouveau prise de nausées, elle bondit hors du lit, et eut tout juste le temps d'arriver à la salle de bains.

Puis, désespérée par leur conversation, elle s'assit sur le carrelage. Cette fois, Luca ne vint pas la rejoindre. Comme le froid pénétrait jusque dans ses os, elle tira le T-shirt sur ses genoux pour se réchauffer.

Elle attendait un bébé qu'elle avait longtemps désiré et, en d'autres circonstances, cela aurait pu être le moment le plus heureux de sa vie. En lieu et place, elle était malade et malheureuse.

Submergée par une violente envie de pleurer, elle se secoua et se releva. Bon sang ! Elle n'avait plus l'âge de s'apitoyer sur son sort.

Ce n'était pas ainsi qu'elle allait évacuer la nausée ni contribuer à arranger les choses avec Luca. Il devait être en train d'attendre sa décision.

Après s'être passé de l'eau sur le visage, elle se brossa les dents. En voyant son image reflétée dans le miroir, elle comprit qu'elle ne pourrait pas aller travailler aujourd'hui.

Sa seule envie était d'aller se recoucher et de se cacher la tête sous les couvertures jusqu'à la naissance du bébé. Son nouveau poste à l'hôpital lui était tout à fait sorti de la tête.

Lorsqu'elle revint dans le salon, Luca était au téléphone.

— J'appelle Julia pour lui dire que tu ne viendras pas.

Rilla se contenta d'un signe de tête en passant et jeta un coup d'œil derrière elle en entrant dans la chambre.

Julia avait sans doute dit quelque chose de drôle, car Luca riait, plus séduisant que jamais.

Epuisée, confuse, elle se laissa tomber sur le lit. Pour l'enfant, il lui avait offert une solution sensée : un père et une mère mariés et vivant sous le même toit.

Or, elle n'était pas sûre qu'il soit possible de s'engager dans ce genre de relation avec un manque total de sentiments. Cela ressemblait à un désastre annoncé. Leurs cicatrices étaient encore sensibles sous la surface. N'étaient-ils pas en train de projeter de s'en fabriquer de nouvelles ?

Pourtant, malgré toutes ses appréhensions, elle savait qu'elle allait accepter, pour le bébé. Elle ferait tout pour qu'il ait le meilleur départ possible dans la vie.

Il lui fallait simplement arriver à voir les choses comme Luca. Ôter leur relation de couple de l'équation. En était-elle capable ? Bien sûr que oui ! Des millions de femmes à travers le monde faisaient passer l'intérêt de leurs enfants avant tout. Et il avait raison au moins sur un point : leur enfant avait besoin de ses deux parents.

— Julia te recommande de te soigner, et de ne pas retourner travailler avant de te sentir mieux.

Luca se tenait debout sur le seuil.

— Tu ne lui as rien dit, n'est-ce pas ? A propos du bébé ?

— Non. Pourquoi ? Tu penses que ce serait mal ?

— Non, bien sûr que non. Mais il me semble qu'il vaut mieux attendre un peu, c'est tout.

De crainte d'attirer le mauvais sort, elle ne formula pas le fond de sa pensée. Rien ne disait qu'elle n'allait pas perdre ce bébé. C'était hélas du domaine du possible.

Quel moment affreux elle avait passé quand elle avait dû annoncer sa fausse couche aux gens qui étaient au courant de sa grossesse !

Luca avait évité les questions en se réfugiant dans le

travail, replié sur lui-même, et il l'avait laissée se débrouiller seule pour y faire face. Le fait qu'il ne l'ait pas soutenue avait rendu son fardeau plus lourd, et la sollicitude des autres lui avait fait l'effet de sel sur des blessures.

— Jusqu'à douze semaines ?

Elle hocha la tête. Après les trois premiers mois, les plus gros risques étaient passés. L'accident s'était produit à onze semaines.

— Je ferai une échographie, et nous pourrons commencer à l'annoncer. Je ne sais pas trop ce qu'il va advenir du poste de surveillante ; je préférerais attendre d'être sûre avant d'en informer Julia. Il va falloir qu'on me trouve une remplaçante pendant mon congé de maternité, et peut-être quelqu'un à mi-temps pour plus tard….

— Tu as déjà réfléchi à tout ça ?

— Pas vraiment, je suis en train de penser à haute voix.

— Alors, tu as prévu de retourner travailler après ?

— Oui. Tu sais que ma carrière est importante pour moi. J'ai toujours rêvé d'être surveillante, et je m'y attelle depuis trop longtemps pour tout laisser tomber.

— Si je comprends bien, tu veux tout à la fois ?

Peut-être avait-il souhaité éviter que ces mots soient perçus comme une critique, mais c'était raté.

— Oui, Luca, comme toi. Comme un homme. Je veux une carrière et une famille. Pourquoi pas ?

Il se passa une main dans les cheveux.

— Parce que ça ne marche jamais dans la vie réelle.

Elle hocha la tête. Il n'avait pas tort ; elle l'avait constaté plusieurs fois avec des collègues.

— Bon, d'accord. Je ne parle pas d'un emploi à plein temps, pas pour un bon moment en tout cas. Et j'ignore s'il me sera possible de conserver le poste de surveillante dans ces conditions, mais je veux au moins un mi-temps. Et plus tard, qui sait…

— Tu n'es pas obligée ! s'exclama-t-il. Tu es comme ma mère ! Je peux subvenir à tes besoins et à ceux du bébé.

— Je sais.

Il n'avait jamais rien dit de son enfance, mais il était évident que, pour lui, son père n'avait pas pris ses responsabilités.

— Mais moi, je veux rester active. Bien entendu, j'ai conscience que ce sera difficile de tout concilier, et je n'y arriverai pas sans ton soutien. Es-tu prêt à me l'accorder ?

— Tu tiens vraiment à travailler quand le bébé sera là ?

— Pas tout de suite, mais oui, j'y tiens. Nous allons conclure un marché, Luca. Je ne veux pas entendre parler de ta proposition de vie commune, sauf si tu me promets de m'aider dans mon projet à moi.

Luca se prit enfin à espérer un peu. En la voyant là, assise sur le lit, pâle et les traits tirés, portant son enfant, il savait qu'il était presque prêt à accepter ce qu'elle voudrait.

Tout comme il était sûr, à son grand regret, en la voyant dans son T-shirt et son short trop grands pour elle, qu'il la désirait toujours. Son épaisse chevelure en bataille qui encadrait son visage, et ses yeux d'ambre étaient un véritable piège. Le grain de beauté qui le fascinait attira son regard vers sa bouche.

Le T-shirt glissa de son épaule, et il en suivit la ligne jusqu'à la naissance de ses seins dont les pointes étaient érigées sous le tissu. Il en eut l'eau à la bouche.

Il s'éclaircit la gorge en s'efforçant de se concentrer sur les négociations en cours.

— Alors, tu es d'accord pour que nous vivions ensemble ?

— Si tu es d'accord que je retourne travailler.

En voyant la détermination briller dans ses yeux, il se dit qu'elle était bien capable de mener de front son activité et l'éducation de son enfant.

— Bien sûr, murmura-t-il. Tu as tout mon soutien.

Sentant les pointes de ses seins se durcir davantage sous la chaleur de son regard, Rilla releva les genoux sous son menton et tira le T-shirt dessus. La conversation était sérieuse.

— Merci.

— Tu peux déménager tout de suite ? Dans la journée, si possible ?

— Quoi ? Je pensais que nous avions appris à ne pas nous précipiter.

— S'il te plaît, Rilla ! Je ne veux pas manquer un seul jour de ta grossesse.

Elle soupira, puis hocha la tête. Après tout, puisqu'elle était d'accord sur le principe, pourquoi pas ? Elle n'avait pas le droit de le priver de l'étroite relation qu'il souhaitait avec son enfant.

— D'accord. Je m'en occuperai dès que je me sentirai mieux.

Luca posa la main sur son cœur.

— Merci, Rilla. Tu viens de me rendre très heureux.

Il était tellement sexy, tellement… italien, là, dans son pyjama, la joie débordant de ses yeux de velours, qu'elle faillit fondre.

— Ne me remercie pas tout de suite. Ce n'est pas parce que je vais m'installer ici que tout va être facile. Sept ans de silence, c'est beaucoup, et je pense qu'il va nous falloir du temps pour nous réadapter l'un à l'autre.

— Moi aussi, mais je te promets de faire tout mon possible pour arrondir les angles. Pour notre bébé.

Rilla soupira de nouveau. Pour le bébé. Attention, il n'y avait pas de place pour des sentiments personnels ! Elle revenait vivre avec son ex-mari pour des raisons bien précises.

— Il faut que je me prépare, dit-il.

Elle le considéra pensivement. Cet accord, conclu avec

lui qui se tenait sur le pas de la porte de sa chambre, paraissait incongru. Pour une décision de cette importance, elle semblait prise avec un peu trop de sang-froid, mais c'était ainsi que serait leur vie à l'avenir. Ensemble pour le bébé, et chambres séparées.

— Bien sûr, répondit-elle. Je suppose que je te vois ce soir ?

Il sourit.

— A ce soir.

Comme autrefois.

7

Sur fond de Jingle Bells diffusé dans les couloirs, Luca observait Rilla qui accrochait des guirlandes le long des tringles à rideaux des box avec Emily, la secrétaire. Il était supposé profiter de cette accalmie matinale dans le service pour mettre à jour des dossiers, mais leurs rires le distrayaient.

Cela faisait maintenant six semaines qu'ils vivaient ensemble.

Six longues semaines au cours desquelles ses crèmes de beauté et ses lotions avaient envahi la salle de bains, où son parfum s'était incrusté dans le moindre recoin de l'appartement. Six semaines pendant lesquelles il avait préparé du thé et du pain grillé pour elle, où il l'avait soutenue lors de ses nausées matinales, où ses sous-vêtements avaient rejoint les siens dans le panier à linge.

Il l'entendit rire et leva la tête. Elle venait de lancer un cheveu d'ange en l'air et son chemisier avait glissé de son épaule, laissant apercevoir la douce courbe de ses seins, une partie d'elle qu'il connaissait bien.

Se rendant compte que ses pensées avaient une fois de plus pris des chemins périlleux, il pesta entre ses dents. Il devenait fou. Six semaines de vie commune avec elle… Il avait tellement envie de la toucher qu'il avait du mal à réfléchir. Comme pour lui donner raison, il avait oublié ce qu'il voulait écrire et il jeta son stylo sur la table.

Rilla avait vu juste. Comment allait-il réussir à passer des mois ainsi, si au bout de six semaines l'envie de l'embrasser, de la sentir sous lui, était devenue une obsession ?

Bon sang, c'était l'été, certes, la chaleur était étouffante, mais elle se promenait tout le temps presque nue. Essayait-elle de le tuer ?

Reprenant son stylo, il tenta de se concentrer sur ses dossiers, en vain. Son esprit se remit aussitôt à vagabonder. Par bonheur, ce problème particulier mis à part, le reste avait été plus facile qu'il ne l'aurait cru.

Si sa famille s'était montrée surprise, personne n'avait fait de réflexions. Ils avaient tous accepté la nouvelle condition de Rilla, le bébé, le mari revenu, le déménagement. Si John Winters lui avait fait part de son appréhension au sujet de cette décision quelque peu hâtive, il avait été rassuré par les réponses obtenues.

Hailey, qui vivait chez ses parents depuis son retour d'Angleterre, s'était installée avec joie dans l'appartement libéré par sa sœur. Tout s'était bien passé.

Maintenant, il ne lui restait plus qu'à refréner son envie de l'inviter dans son lit. Ce serait d'autant moins facile qu'au vu de certains regards que Rilla lui lançait quand elle ne se croyait pas observée il était sûr qu'elle n'aurait pas demandé mieux.

Aucune importance. Il avait été formel dès le départ : pas de relations physiques, et il était certain de ne pas céder à la tentation. Rien ne le détournerait du but qu'il s'était fixé : avoir un bébé vivant et en parfaite santé.

Des souvenirs du jour affreux où elle avait perdu le premier lui revinrent. Incapable de lui résister, il avait accepté de faire l'amour avec elle à l'aube. Cela faisait plus d'un mois qu'ils s'imposaient la chasteté, mais, ce matin-là, elle s'était blottie contre lui pour le caresser, en lui murmurant qu'il lui manquait.

Malgré sa réticence, il s'était laissé persuader qu'il n'y avait pas de danger. Cédant à ses prières, son désir exacerbé par une longue abstinence, il l'avait prise d'une manière un peu trop fougueuse.

Six heures plus tard, elle était à l'hôpital avec une hémorragie et des contractions. Même s'il savait, en tant que médecin, que des rapports sexuels ne pouvaient en aucun cas provoquer de fausse couche, son monde s'était écroulé.

— Docteur Romano ? Téléphone pour vous.

Heureux de cette diversion, il détourna son attention de Rilla et de ses souvenirs.

Rilla sentait que Luca l'observait pendant qu'elle posait des guirlandes dans le service avec Emily. Elle adorait l'arrivée de Noël, et s'occupait avec plaisir de cette décoration tous les ans, car c'était vraiment la période la plus pénible pour les patients de l'hôpital qui trouvaient là un peu de réconfort. Difficile de croire que le 1er décembre était déjà là !

Dire qu'ils étaient ensemble depuis six semaines, à tout partager ! Leur linge dans le même panier, leurs brosses à dents dans le même verre dans la salle de bains… Le comble de l'intimité, en apparence. Pourtant, il manquait quelque chose.

Luca avait tenu parole. Il faisait vraiment des efforts pour que tout soit simple entre eux. Le soir, ils avaient de longues conversations, sans s'enthousiasmer pour un avenir tout rose comme huit ans auparavant. Ils parlaient d'eux-mêmes, comme ils auraient dû le faire bien plus tôt. De leurs goûts, de leurs craintes, de leurs joies, de ce qu'ils auraient dû savoir l'un sur l'autre.

Ils jouaient à se poser des questions dont les réponses,

tout en paraissant banales au premier abord, révélaient leur caractère. Ce qu'ils sauveraient si la maison brûlait, qui ils inviteraient à une fête s'ils pouvaient inviter n'importe qui sur la planète, ou quelle était l'invention la plus utile de tous les temps. Si, en poésie, leur préférence allait à Shelley ou à Byron, et en musique, à celle des années soixante-dix ou quatre-vingt.

S'ils avaient parfois des divergences de vues, ils étaient la plupart du temps d'accord, et riaient ensemble.

Et il y avait le bébé, bien sûr, dont ils parlaient beaucoup. Ils faisaient des projets pour la décoration de sa chambre, évoquaient l'école où ils aimeraient l'inscrire. A tour de rôle, ils citaient des prénoms et comparaient leurs idées éducatives, surpris de découvrir qu'ils s'entendaient bien à ce propos. Ils envisageaient même de quitter l'appartement et d'acheter une maison avec un grand jardin, pour que leur enfant ait de l'espace pour courir.

Il y avait cependant un chapitre qu'ils n'évoquaient jamais. Elle ignorait ce qu'il en pensait, mais de son côté, elle savait qu'elle protégeait son cœur. Leur séparation avait été catastrophique, et il était préférable de ne pas remettre la question de leurs sentiments à l'ordre du jour.

Au début, elle avait jugé que l'idée de Luca était farfelue, mais plus les jours passaient, plus elle en voyait l'intérêt. Deux parents avec un seul but, leur bébé, sans distractions qui les engageaient en tant que couple. Cohabiter, vivre comme une famille, consacrer tout leur temps, leur amour et leur attention à leur enfant, sans la complication due à un amour adulte avec toute la charge émotionnelle qu'il comportait.

Cette attitude commune était en train de reconstruire leur relation et, lorsque le bébé arriverait, ils seraient tous les deux sur la même longueur d'onde. En fait, ils restructuraient leur relation, la redéfinissaient sur la base du respect mutuel et d'un objectif à atteindre.

Certes, ce manque de passion pouvait paraître froid, mais à présent, elle voyait cela sous l'angle pratique. A vingt-deux ans, elle était jeune et romantique, et avait envie de vivre un conte de fées le plus vite possible. A trente ans, ses priorités avaient changé, et elle souhaitait par-dessus tout ce qui était le mieux pour son bébé.

— On s'occupe de l'arbre ?

La voix d'Emily l'arracha à ses pensées.

— D'accord. L'équipe de nuit l'a déjà mis en place, il ne nous reste plus qu'à le décorer.

Mieux valait le faire vite, pendant qu'elle était encore habitée par l'esprit de Noël, songea Rilla. Combien de temps encore son estomac allait-il la laisser tranquille avant de se rappeler à son bon souvenir ? Ses nausées matinales continuaient à la tourmenter, qu'elle soit au repos ou en mouvement, et elle était particulièrement sensible aux odeurs.

Dans la salle d'attente où des chaises en plastique étaient disposées en vue de la ruée du matin, un grand sapin était dressé près du comptoir, attendant d'être couvert de guirlandes et de boules.

En souriant à Emily, Rilla ouvrit la boîte de décorations.

— J'adore Noël !

Elles se mirent au travail avec enthousiasme, en chantant à tue-tête tous les cantiques de Noël qu'elles connaissaient. Une demi-heure plus tard, il ne restait plus que l'ange à fixer au sommet.

Rilla jeta un coup d'œil à Emily, qui était encore moins grande qu'elle.

— Je pense qu'il va falloir grimper sur quelque chose.

Lorsque Emily eut apporté l'une des chaises, Rilla monta dessus et se pencha vers l'arbre, l'ange à la main.

— Rilla !

L'exclamation furieuse de Luca la fit sursauter.

— Qu'est-ce que tu fais ? Descends de là !

— J'accroche l'ange, Luca, dit-elle en le lui balançant sous son nez.

Il était si beau ! Elle sentit son corps s'enflammer.

— Et si tu tombais de cette chaise ?

— Grâce à toi, j'ai bien failli.

Se rendant compte qu'Emily observait la scène, elle s'abstint de remarquer : « Je suis enceinte, pas de verre ! »

Lorsqu'elle fut descendue, il soupira.

— Donne-moi ça.

Elle lui tendit l'ange, et toutes deux le regardèrent se hausser sur la pointe des pieds pour installer la décoration au sommet de l'arbre.

— Il penche, chuchota Emily.

Rilla se mordit la lèvre pour ne pas rire.

— Il penche, dit-elle à haute voix, un sourire innocent aux lèvres.

— Pour moi, il est très bien, répliqua-t-il.

Emily approcha sa bouche de l'oreille de Rilla.

— J'espère que c'est toi qui fais le sapin, à la maison, murmura-t-elle.

— Là, ça va mieux ? demanda Luca après avoir un peu redressé l'ange.

— Oui, merci. Rien de pire qu'un ange qui penche ! dit Emily.

— Tu peux allumer, Luca, s'il te plaît ? demanda Rilla.

Il appuya sur l'interrupteur, et la guirlande lumineuse se mit à scintiller, se reflétant sur les boules et les cheveux d'ange. Un soupir s'échappa des lèvres des deux femmes.

— C'est magnifique ! dit Emily.

— Ce sera encore plus beau de nuit, ajouta Rilla.

Du coup, elle se sentit heureuse d'avoir quelques gardes de nuit à faire d'ici à Noël.

Le bruit des portes coulissantes les arracha à leur contemplation. Un homme entre deux âges entra, tenant une chemise trempée de sang sur sa tête, suivi d'une femme à l'air très inquiet.

— On y va, chuchota Emily. Je vais m'occuper du dossier.

— Merci, Em, dit Rilla en guidant l'homme vers le comptoir de l'accueil.

Assise dans la salle du personnel, Rilla mangeait un sandwich lorsque Luca entra.

— C'est un peu tard pour déjeuner, non ? Tu sais que tu dois prendre des repas plus réguliers.

Elle fit la moue. Manifestement, il n'avait pas encore compris qu'elle était esclave de son estomac !

— Luca, j'ai grignoté toute la matinée pour éviter les nausées.

Il l'observa d'un œil critique. Elle savait qu'elle avait perdu du poids, ces deux dernières semaines. Mais si son visage s'était un peu creusé, elle mangeait avec appétit.

— Bon, si tu le dis…

Il entreprit de déballer un sandwich sans la quitter des yeux.

Sous son regard scrutateur, elle se sentait comme une de ses patientes. Dès qu'il était entré, son cœur s'était mis à battre plus vite, mais il l'avait examinée de haut en bas, tel un intéressant spécimen de laboratoire.

Elle fut prise d'une folle envie de se lever et d'enlever ses vêtements, juste pour voir sa réaction. Elle savait qu'elle ne lui était pas indifférente, puisqu'elle portait son enfant, après tout. Et elle avait aussi vu les regards qu'il lui lançait lorsqu'il croyait ne pas être observé. Leur accord n'avait rien prévu à ce sujet : si elle n'avait rien fait pour le séduire, elle n'avait pas non plus pris de précautions spéciales pour être discrète.

De toute manière, elle ne voyait pas pourquoi elle l'aurait dû. Il connaissait son corps, il l'avait vue nue des centaines de fois. Et en décembre, en Australie, la chaleur était à son comble. Du coup, elle se promenait souvent en slip et en T-shirt trop court. Pourquoi se serait-elle couverte davantage ?

Pour se mettre au lit, elle enlevait le T-shirt et, le matin, quand elle se précipitait à la salle de bains, elle n'avait pas le temps de le remettre. Luca avait pris l'habitude de le lui apporter en la rejoignant.

En fin de compte, il la considérait moins comme une femme désirable que comme un réceptacle contenant son enfant, et passait son temps à la harceler à propos des repas et du repos qu'elle devait prendre ou à l'empêcher de monter sur les chaises.

L'homme qui lui avait fait l'amour avec passion quelques mois plus tôt avait totalement disparu.

Certes, elle aurait dû en être soulagée, mais elle ne pouvait pas ignorer son attirance pour lui.

Peut-être devraient-ils en parler, établir un règlement pour les sept mois à venir ? Elle se demandait vraiment, malgré son désintérêt apparent, s'ils pouvaient continuer à vivre ensemble sans franchir la ligne à un moment ou à un autre. Le simple fait de se trouver dans la même pièce tous les deux lui donnait la chair de poule.

Comment pouvait-il être si… indifférent ? Pour elle, c'était à la fois le paradis et l'enfer.

Et si elle lui demandait de mettre au point un planning pour les relations intimes ? Après la naissance du bébé… De cette façon, peut-être pourrait-elle garder la tête claire.

— Tu as pu parler à Julia ?

Perdue dans ses pensées, elle ne s'aperçut pas tout de suite qu'il lui parlait.

— Mmm ?

Luca sentit son sang battre plus fort lorsqu'elle dirigea vers lui ses yeux dorés aux pupilles dilatées. Ils scintillaient de pur désir.

— A propos du bébé.

— Oh ! Je le ferai ce soir, avant de partir.

Il soutint son regard.

— N'oublie pas. Tu es enceinte de douze semaines et tu as fait une échographie. C'est ce que nous avions décidé.

— Bon sang, Luca… Je ne suis pas une enfant !

Il la suivit des yeux pendant qu'elle sortait sans se retourner. Dio santo ! Oh non ! Elle n'était pas une enfant. Elle était femme à cent pour cent !

Lorsque Rilla arriva dans le service, l'activité était si intense qu'elle oublia vite ses griefs contre Luca. Le virus de la gastro-entérite avait frappé, la chaleur humide favorisant la propagation de ce genre d'épidémie parmi les éléments les plus faibles de la population. La plupart des box étaient occupés par des patients de tous âges en état de déshydratation plus ou moins avancée.

Elle passa son temps à poser des perfusions hydratantes et à administrer des antiémétiques.

Il lui fallut aussi s'occuper de plusieurs fractures, d'une blessure légère à la tête, de deux cas d'angine de poitrine, d'une morsure de serpent, et ôter un bouchon de cérumen d'une oreille.

Lorsqu'elle partit, trois heures après la fin de son horaire normal, elle était épuisée, ses pieds la faisaient souffrir, et son seul désir était de se mettre au lit sans tarder.

Luca la vit passer, son sac sur l'épaule.

— Tu as terminé ? Et tu…

— Oui, j'ai terminé, et oui, j'ai parlé à Julia.

Il eut un sourire contrit.

— Et comment a-t-elle réagi ?

— Elle est ravie pour moi, et nous allons voir ensemble comment aménager le poste de surveillante.

C'était une bonne nouvelle, qui donna à Luca l'envie de la prendre dans ses bras. Pourtant, il s'inquiéta vite en remarquant les mèches échappées de sa coiffure et la façon dont elle dansait d'un pied sur l'autre.

— Tu es épuisée. J'espère que tu vas t'allonger en rentrant.

— Bien, chef, dit-elle en esquissant un salut militaire. Ne tarde pas trop, nous décorons le sapin ensemble ce soir, tu te rappelles ?

Il soupira.

— Je vais essayer, mais le « téléphone rouge » vient de sonner pour nous avertir d'une collision en série sur la route. Il y a pas mal de blessés, alors il se peut que je sois en retard.

Habituée aux exigences de son métier, Rilla acquiesça.

— D'accord, j'attendrai. On est le 1er décembre, c'est la dernière limite pour le sapin !

Elle se rendit à son ancien studio pour aller récupérer les décorations dont elle avait hérité au moment de leur séparation, toutes ces boules, guirlandes, étoiles, angelots, que, folle de joie, elle avait achetés pour son premier Noël de femme mariée. Un moment merveilleux, qu'elle n'avait pas oublié.

A l'époque de cette première célébration, ils ne vivaient ensemble que depuis trois mois. Amoureux passionnés, ils avaient passé tout leur temps au lit à cette occasion.

Cette année, ce serait bien différent. Ils établiraient la tradition pour tous les Noëls à venir.

En arrivant à l'appartement, obéissant aux ordres de Luca, elle alla s'allonger dans sa chambre et dormit deux heures.

Comme la nausée familière était de retour lorsqu'elle se réveilla, elle resta dans son lit jusqu'à ce qu'elle se sente bien.

Luca n'était pas rentré. Elle grignota quelque chose, mit un disque de Bing Crosby dans le lecteur et, dans la chaleur étouffante de l'été australien, fredonna avec lui la chanson qui parlait de « Noël blanc ». Elle entendait presque les clochettes du traîneau et sentait la neige sur son visage.

Le sapin qu'elle avait décoré à l'hôpital le matin lui avait donné des idées. Elle décida néanmoins de commencer par décorer le salon, et d'attendre Luca pour s'occuper de l'arbre.

Elle tendit des cheveux d'ange autour des portes, des fenêtres, et le long des murs, puis utilisa une bombe de fausse neige pour en couvrir le haut des vitres. Ensuite, elle mit en place la guirlande électrique autour des fenêtres.

Enfin, elle disposa des bougies colorées sur des plateaux.

A 9 heures, elle contempla son œuvre avec satisfaction. La pièce était très gaie. Luca n'était toujours pas là, ce qui ne l'inquiétait pas outre mesure, car elle savait qu'un chef de service, aux urgences, pouvait travailler de longues heures d'affilée. Quoi qu'il en soit, elle était impatiente de voir l'arbre décoré.

Luca était de mauvaises humeurs lorsqu'il rentra aux alentours de 11 heures. Les nombreux blessés de l'accident en série les avaient occupés, l'équipe et lui, jusque-là. Deux adolescents n'avaient pas résisté malgré tous leurs efforts, six des blessés étaient toujours dans un état critique, et douze autres souffrant de blessures plus légères allaient passer une rude nuit. Par-dessus le marché, il avait fallu s'occuper des papiers administratifs, et prévenir les parents des deux garçons.

Il posa ses clés sur la table du hall en desserrant son nœud de cravate. La voix de Bing Crosby lui parvint. Rilla était encore debout ? Bon sang ! Elle n'avait tout de même pas attendu si longtemps ? Il entra dans le salon à grandes enjambées.

Les lumières étaient éteintes, la pièce n'était éclairée que par une lueur qui venait de la rue. Il la découvrit endormie sur le canapé, allongée sur le dos, un pied touchant le sol. Son T-shirt remonté ne couvrait que sa poitrine, sa main était posée sur sa taille nue. Ses lèvres frémissantes semblaient l'attendre.

Il s'approcha, sachant qu'il ne devrait pas, et se pencha pour la secouer doucement par l'épaule.

— Rilla…

Elle sourit au son de sa voix.

Il fixa sa bouche aux lèvres entrouvertes. Dio !

— Rilla, répéta-t-il en la secouant un peu plus fort.

— Quoi ? Je suis réveillée, c'est bon ! dit-elle en s'asseyant.

— Va te coucher. Tu vas avoir mal au dos, sur ce canapé.

Il en savait quelque chose pour y avoir passé les nuits pendant les dernières semaines de leur mariage.

Elle leva les yeux vers lui, et son sourire s'épanouit.

— Tu es là !

L'émotion le gagna. Ainsi, elle était heureuse de le voir.

— Oui, je suis là. Va te coucher, il est tard.

— On est encore le 1er décembre ?

— Pour un peu moins d'une heure.

— Tant mieux ! Regarde ce que j'ai fait ! C'est joli, n'est-ce pas ?

Au lieu d'admirer la décoration, et malgré sa bonne volonté, il ne pouvait détacher les yeux de sa taille dénudée et de ses vêtements en désordre.

— Très joli, dit-il machinalement.

— C'était grave, l'accident ?

Il soupira.

— Oui, ce n'était pas très gai.

Il avait adopté un ton indifférent, mais Rilla le connaissait assez pour savoir qu'il répugnait à parler des tragédies auxquelles il était confronté. A elle de faire un effort. Ce soir, elle ne voulait pas qu'il soit triste.

— Attends, je crois que j'ai un antidote !

Elle partit vers la cuisine et revint avec une bière fraîche qu'elle lui tendit, tout en lui retirant sa cravate de l'autre main.

— Bois ça, je pense que ça va te faire du bien. Et dépêchons-nous, il faut décorer l'arbre avant minuit.

Luttant toujours contre le désir de la serrer dans ses bras, Luca prit la bière qu'elle lui offrait. Son cœur battait si fort qu'il se demanda si elle l'entendait.

— Il est tard, protesta-t-il.

— Mais il faut le faire avant minuit, c'est impératif !

Pour tenter de résister à la tentation de la toucher, il fit un pas en arrière. Dans le clair-obscur, elle était encore plus désirable.

— Tu es incorrigible, marmonna-t-il.

Il but une gorgée de bière. Ravie de sa victoire, Rilla applaudit comme une enfant, puis courut ouvrir la boîte de décorations.

Ensemble, ils les accrochèrent à l'arbre. Luca installa d'abord les lumières, puis ils ajoutèrent les boules et les cheveux d'ange, pendant qu'elle fredonnait le *Noël blanc*.

Elle lui tendit l'un des petits flocons de verre que Hailey avait ramenés de Londres.

— Raconte-moi Noël en Italie, demanda-t-elle.

Il lui narra des anecdotes de son enfance qui la firent rire aux éclats. Comme il avait mentionné son père, Rilla sentit le moment venu de le questionner un peu plus avant. S'ils avaient pas mal parlé depuis quelques mois, ils n'avaient jamais évoqué cette période de sa vie.

— Tu m'as dit que ton père n'était pas souvent présent, mais on dirait que tu as aussi de bons souvenirs de lui ?

Luca gardant le silence, elle n'insista pas et continua à lui passer les objets à accrocher.

Soudain, alors qu'elle ne s'y attendait plus, il répondit enfin à sa question.

— Mon père était un… un marginal, un rêveur. Il avait toujours un truc incroyable à vendre, et parcourait le pays à la recherche de commanditaires.

Rilla perçut à la fois de l'amour, de la fierté et de l'agacement dans sa voix. Elle savait que Santo Romano était mort quand Luca avait quinze ans, et son évocation provoquait de toute évidence chez lui des émotions contradictoires.

— Il n'était jamais à la maison, et n'avait pas de travail fixe. Il ne gagnait pas beaucoup d'argent, et ma mère… Ma mère s'était mis dans l'idée que nous ne devions pas être désavantagés par rapport aux autres enfants. Elle a commencé à faire du lavage et du repassage, à travailler dans une latteria pendant la journée, et au restaurant de mon grand-père le soir.

Pour avoir rencontré Maria Romano lors de leur voyage de noces en Italie, Rilla pouvait aisément l'imaginer en chef de la famille. Même à soixante ans passés, c'était toujours une maîtresse femme.

— Avec tout ça, elle se débrouillait pour être là pour

nous, avant et après l'école, mais elle était toujours épuisée. Et maigre, si maigre… Elle n'avait ni le temps de manger ni de s'occuper d'elle. Elle ne se plaignait jamais, mais je voyais bien son regard d'envie quand elle regardait les autres mères avec leurs enfants au jardin public.

De peur qu'il n'arrête ses confidences, Rilla écoutait sans faire de commentaires.

— Je les ai entendus se disputer, mon père et elle, une fois alors qu'il venait de rentrer après plusieurs mois d'absence. Elle disait qu'elle voulait avoir le temps de nous emmener au parc.

Elle le vit porter la bouteille de bière à sa bouche pour en boire une gorgée.

— Moi aussi, j'aurais aimé aller au parc. Je suis égoïste, n'est-ce pas ?

A ces mots amers, le cœur de Rilla se serra. Comment ne pas avoir envie de prendre dans ses bras le petit garçon blessé qui se cachait sous le médecin solide et compétent ?

— Tu étais un enfant, Luca.

Il hocha la tête.

— Tu comprends, je ne veux pas que ça se reproduise, ni pour ma femme ni pour mon enfant.

Elle sentit une grosse boule lui bloquer la gorge. Ainsi, c'était pour cette raison qu'il voulait s'occuper d'elle et les entretenir, elle et le bébé. Pour être l'homme que son père n'avait pas été, pour lui épargner de devenir semblable à sa mère.

Elle prit une profonde inspiration pour éviter qu'il perçoive l'émotion dans sa voix.

— Pourquoi ne m'as-tu pas dit tout ça avant ?

— Nous n'avons pas beaucoup eu l'occasion de parler, durant notre mariage.

C'était vrai. Leur passion les avait entraînés dans une

spirale de désir et de plaisir qu'ils ne maîtrisaient pas, balayant toute velléité de dialogue constructif.

— Pas vraiment, non. Nous n'avons jamais parlé d'avoir un enfant, par exemple.

Il haussa les épaules. Certes, pensa-t-elle. Ce n'était pas ce qui les intéressait, à l'époque, et pourtant ils s'étaient mariés. Quels fous ils avaient été !

Elle sentait sa présence derrière elle. Immobile, il regardait l'arbre.

Elle se retourna pour lui tendre l'ange.

— Il n'y a plus que ça à accrocher. Tu veux le faire ? A moins que je monte sur une chaise...

— Très drôle..., dit-il en le lui prenant.

Une fois l'ange fixé au sommet du sapin, Rilla alla éteindre les lumières et brancha la guirlande.

Elle s'assit sur le canapé pour contempler leur œuvre, l'arbre magnifique et scintillant sous les ampoules clignotantes, et se laissa gagner par la magie de Noël.

— Viens t'asseoir, Luca. C'est beau, n'est-ce pas ?

Non sans réticence, Luca s'assit à côté d'elle. A son avis, c'était elle la plus belle, mais il n'osait la regarder. Pour tout dire, il n'osait même plus respirer.

Huit ans plus tôt, il l'aurait embrassée en la déshabillant pour lui faire l'amour.

Il se leva d'un bond.

Rilla le dévisagea, surprise. Puis elle lui posa une main sur le bras pour le retenir.

— Assieds-toi, Luca. Je vais te chercher une autre bière.

Il se rassit, heureux qu'elle se soit éloignée deux minutes. Fermant les yeux, il s'appuya contre les coussins et se détendit. Rude journée ! L'évocation de ses parents et de son enfance avec une Rilla à demi nue, pour couronner le tout, avait été à la limite de ses forces.

Sur le seuil, Rilla s'arrêta pour l'observer. Son air

épuisé et malheureux éveilla en elle un instinct qu'elle pensait endormi. Elle eut envie de lui masser les épaules et le dos, de lui enlever sa chemise, dont il avait défait les premiers boutons, pour l'embrasser sur le torse. De voir son sourire revenir sur ses lèvres si sensuelles…

Pourquoi le désirait-elle toujours autant ?

— Voilà, dit-elle en lui tendant la bouteille glacée.

Tournant les yeux vers le sapin, elle se rassit à côté de lui et soupira d'aise. C'était splendide, incroyable. Même cette idée folle qu'il avait eue pouvait marcher.

Lorsqu'il la sentit à côté de lui, Luca ne put s'empêcher de rouvrir les paupières pour la regarder. Les lumières multicolores se reflétaient dans ses yeux d'ambre pailletés d'or quand elle se tourna vers lui en souriant, les lèvres humides et douces, et il eut une telle envie de l'embrasser qu'il faillit gémir.

— Merci d'avoir décoré l'arbre avec moi, murmura-t-elle.

Sans réfléchir, Rilla se pencha pour poser un baiser sur ses lèvres.

Il la repoussa comme si elle l'avait mordu, et elle en ressentit une amère déception.

— Je… je n'ai pas fait attention. Désolée… les vieilles habitudes…

Tout en cherchant à maîtriser la chaleur qui courait dans ses veines, Luca garda les yeux rivés dans les siens. Soudain, il lui prit le menton pour l'embrasser.

Dio ! Ce n'était pas conforme à sa décision, mais ses lèvres avaient un goût exquis, et quand elles s'ouvrirent sous la pression de sa langue, il ne put plus s'arrêter. Elle gémit et il l'embrassa avec encore plus de passion.

Quand elle se mit à défaire les boutons de sa chemise, il poussa un gémissement sourd.

Submergé par le désir de la posséder, il l'attira brusquement contre lui.

Le cri qu'elle poussa lui fit l'effet d'une douche froide. Ciel ! Elle était enceinte de lui et il la secouait comme un prunier !

— Qu'est-ce qu'il y a ? Je t'ai fait mal ?

— Non, bien sûr que non, répondit-elle, le souffle court. J'ai été… J'ai été surprise sur le moment, mais je vais bien.

Il se passa une main dans les cheveux. Il fallait qu'il quitte cette pièce, tout de suite. Comment avait-il pu perdre son self-control aussi facilement ?

— Désolé. Ça n'arrivera plus.

— Je vais bien, Luca ! répéta-t-elle.

Il risqua un coup d'œil dans sa direction et le regretta aussitôt. Il avait toujours autant envie d'elle.

— Bonsoir, dit-il en sortant rapidement.

Rilla se laissa retomber sur le canapé, brûlante d'un désir qui restera insatisfait.

8

Dans les jours qui suivirent l'incident, ils agirent comme si rien ne s'était passé, et tous deux se réinstallèrent dans la routine. Ils faisaient toujours chambre à part, Luca la soutenait lors de ses nausées matinales et lui préparait du thé et des tartines grillées pour le petit déjeuner. Ensuite, ils allaient travailler.

Sans que Rilla s'en aperçoive, deux semaines passèrent ainsi. Elle était à présent enceinte de trois mois et demi, et se sentait de plus en plus confiante. Sa grossesse se passait bien et ses nausées semblaient vouloir s'atténuer.

Après avoir garé sa voiture au parking de l'hôpital pour prendre son service de nuit, elle rejoignit la salle du personnel en fredonnant. Un arbre de Noël, trois fois plus petit que celui qu'elle avait décoré dans la salle d'attente avec Emily, se dressait dans le coin. C'était au pied de ce sapin que l'équipe déposait des cadeaux anonymes.

Elle avait déniché un délicieux bibelot de verre soufflé bleu au marché de Noël à l'intention de Julia, dont le nom était inscrit sur le paquet. Peu importait qu'il lui ait coûté bien plus de dix dollars, la somme limite, car c'était une amie très chère, doublée d'une surveillante fantastique. Julia n'avait manifesté aucune mauvaise humeur en apprenant sa grossesse inattendue qui avait pourtant chamboulé tous ses plannings. Elle méritait bien un petit extra, et c'était Noël !

Après avoir déposé son cadeau sur la pile, Rilla tourna autour de l'arbre, incapable de s'empêcher de farfouiller parmi les présents entassés pour chercher le sien, qu'elle découvrit enfin, enfoui sous tous les autres. Avec un bonheur enfantin, elle appuya sur le paquet souple pour tenter de deviner ce qu'il contenait en essayant d'identifier l'écriture sur l'étiquette.

— Ah ah ! Prise la main dans le sac ! s'exclama Julia en entrant dans la salle.

— Zut ! dit Rilla en reposant le paquet. Je voulais juste savoir…

— Qu'est-ce que vous faites le jour de Noël, toi et Luca ?

— Nous allons déjeuner chez mes parents. Tout le monde y sera, même David avec sa fiancée.

— Oh, c'est merveilleux ! Beth sera si heureuse d'avoir ses deux enfants auprès d'elle cette année, surtout après la peur qu'elle a éprouvée pour Bridie. J'espère que David ne trouve pas le clan Winters trop démonstratif !

Rilla éclata de rire.

— C'est vrai que les gens qui n'ont pas toujours vécu au sein de la famille peuvent le penser. Encore plus au moment de Noël ! Mais il s'habitue à nous peu à peu, et je suppose que Beth l'a prévenu.

Julia sourit.

— Allez, viens, je vais te passer le relais.

— Une minute ! dit-elle en tâtant une dernière fois le paquet.

— Tu es incorrigible !

Oui, elle le reconnaissait, elle était incorrigible. Rien ne pouvait atténuer sa joie, cette année.

Tous les patients profitaient de cette bonne humeur.

Avec Luca qui n'était jamais loin, ils échangeaient des sourires.

A 7 heures, comme par un miraculeux hasard il y avait

peu de travail, elle alla assister à l'un de ses événements préférés : la visite du Père Noël. Tous les ans à cette période, Norman, l'un des aides-soignants, se déguisait et se promenait dans le service. Il trouvait toujours un acolyte pour se déguiser en lutin qui l'aidait à distribuer des douceurs et des ballons.

Rilla adorait cette tradition. Elle aimait voir les visages sombres s'éclairer dans la salle d'attente, même pour quelques secondes, surtout lorsqu'il y avait des enfants.

Norman passa près d'elle, pendant qu'elle se tenait au bureau d'accueil. Il s'arrêta et lui adressa un clin d'œil.

— Joyeux Noël à vous, Rilla ! Vous avez été sage, au moins ?

— Bien sûr !

— Mmm... Peut-être que je devrais demander ça à votre époux. Qu'en pensez-vous, docteur ?

Tout comme lui, elle se tourna vers Luca qui approchait.

— Euh... ça dépend des jours, dit-il.

Le son de sa voix la fit frissonner, mais elle s'efforça d'ignorer l'effet qu'il lui faisait.

— Je pense que le Dr Romano dit des mensonges, Père Noël. Il devrait avoir droit à un martinet, comme cadeau.

— Ho ho, docteur ! Vous l'avez cherché ! s'exclama Norman en riant. Et pensez-vous qu'il y aura quelque chose sous l'arbre pour vous, Rilla ?

— J'ai déjà tout ce que je désire, répondit-elle en posant la main sur son ventre.

— Très bien, je suis content pour vous ! Il faut que je continue, maintenant. Allons-y, petit lutin.

Ils les regardèrent s'éloigner accompagnés par le tintement des clochettes.

Luca se tourna vers Rilla pour l'observer. Sa main couvrait toujours son ventre comme une protection. Des mèches qui s'étaient échappées de sa queue-de-cheval, attachée avec un morceau de cheveu d'ange, encadraient son visage. Ses yeux brillaient et un sourire jouait sur ses lèvres. On aurait dit une enfant dans un magasin de bonbons.

— Qu'est-ce qu'il y a ? demanda-t-elle d'une voix rauque.

Il haussa les épaules.

— Rien. Tu es… très belle ce soir.

Elle éprouva un pincement au cœur. Lorsqu'il la regardait ainsi, oui, elle se sentait belle.

Emily se précipita dans leur direction, sans s'apercevoir qu'elle interrompait ce moment d'intimité.

— Le « téléphone rouge » vient de sonner. Un accident de bateau dans la baie. La première ambulance sera là dans dix minutes. Fractures multiples du tibia et du péroné, et lacération importante due à l'hélice. Légère hypothermie.

Elle continua en lisant ce qu'elle avait noté.

— Ils embarquent la seconde patiente, qui a failli se noyer. Etat critique, hypothermie grave, mais le cœur bat.

— Merci, Em, dit Rilla, les sourcils froncés par la concentration. Je vais préparer des box en réa.

Luca la rejoignit aux portes coulissantes au moment où le hurlement de la sirène se rapprochait. Tous deux enfilèrent des gants.

Elle salua rapidement le secouriste qui bondit du véhicule pour ouvrir les portes arrière. Un homme âgé enveloppé dans une couverture apparut, assis sur le chariot. Dès qu'il la vit, il arracha le masque à oxygène de son visage et lui agrippa la main pendant qu'on descendait le chariot.

— Ma femme ! Vous avez des nouvelles ? Je ne l'ai pas trouvée, j'ai essayé… je ne sais pas ce que je vais devenir s'il lui arrive quelque chose.

Il semblait affolé. Son visage était cendreux et il avait les doigts glacés.

Sentant le cœur lui manquer, Rilla jeta un coup d'œil à Luca. Voilà ce qu'était le véritable amour, un vrai mariage. Elle se rappela qu'elle avait le même sentiment vis-à-vis de lui au début. L'impression que s'il lui arrivait quelque chose, elle en mourrait. Mais il était parti, et elle était toujours là. Toutefois, ce qu'ils vivaient lui paraissait mieux que cette panique incontrôlée.

— Bonjour, je m'appelle Rilla, et vous ?

— Stan.

En souriant au vieil homme, elle replaça le masque sur son visage.

— Nous allons entrer et examiner votre jambe tout de suite, Stan. Je vous promets que je vous préviendrai dès que je saurai quelque chose, d'accord ?

Elle accompagna le chariot poussé par le secouriste. Arrivés dans le box, ils transférèrent le patient sur un brancard, et Rilla écouta le rapport tout en branchant les électrodes pour relier Stan au moniteur. Elle prit sa tension et sa température.

— Tension artérielle 15-9, température 35, annonça-t-elle.

— Apportez des couvertures chaudes, ordonna Luca. Il faut faire une perfusion de solution de Hartmann.

Les secouristes avaient déjà posé deux cathéters de gros calibre.

— Comment va votre jambe, Stan ?

Stan repoussa de nouveau le masque de son visage. Le désespoir du vieil homme était palpable.

— Elle va bien. Avez-vous des nouvelles de ma femme ? Nous sommes mariés depuis cinquante ans.

En la regardant remettre le masque en place, Luca sentit son cœur se serrer. Cinquante ans ? Rilla et lui n'avaient pas tenu trois mois.

— Il faut d'abord que je m'occupe de vous ici. Ensuite, j'irai voir si nous avons des nouvelles.

Les secouristes avaient fait un bandage, et le membre était maintenu par une gouttière gonflable. Rilla tendit des ciseaux à Luca, qui coupa le pansement. La jambe de Stan n'était pas en bon état. La plaie au mollet était longue et profonde, exposant les os brisés.

Rilla lui posa la main sur l'épaule.

— Votre blessure doit vous faire horriblement souffrir !

Repoussant de nouveau le masque à oxygène, il se frappa la poitrine.

— C'est ici que j'ai mal, au cœur ! Etes-vous mariés ?

— Mariés l'un à l'autre, en fait, répondit Luca en hochant la tête.

Surprise de cet aveu devant un patient, Rilla ouvrit des yeux ronds.

Stan lui tapota la main.

— Alors, vous devez savoir ce que je ressens ! Je me fiche de ma jambe. Tout ce qui m'importe, c'est Irene.

Pas vraiment sûr de savoir quoi que ce soit, Luca jeta un coup d'œil à Rilla et il comprit qu'elle était aussi perplexe que lui.

— Moi, je ne me fiche pas de votre jambe, Stan. Nous allons faire des radios, et nous vous enverrons chez l'orthopédiste. Vous aurez besoin de morphine, aussi.

— Je vais en chercher, dit Rilla. En même temps, j'en profiterai pour me renseigner sur Irene.

— Merci, dit le vieil homme, sa voix étouffée par le masque.

Elle était contente de s'échapper un instant de la salle. Cette dévotion extrême qu'il avait pour sa femme était difficile à comprendre, d'autant que sa relation avec Luca supportait mal la comparaison.

La seconde ambulance arriva vingt minutes plus tard.

Entre-temps, la température de Stan était revenue à la normale, et on put le conduire à la radio.

L'état d'Irene n'était pas brillant.

— Elle vient de faire un nouvel arrêt circulatoire, dit le secouriste penché sur elle.

Une fois dans le box, ils cessèrent un instant la réanimation pendant qu'on transférait la patiente sur un brancard.

— Rilla, reprends le massage cardiaque. Je m'occupe des voies aériennes.

Elle obéit. Julia les avait rejoints, aidant à relier Irene aux moniteurs.

— Température 33, annonça Julia.

— Allumez les lampes chauffantes et faites une perfusion de fluides chauds, dit Luca.

Le box fut baigné d'une vive lumière, et Rilla sentit la chaleur sur ses cheveux dès que Julia appuya sur les interrupteurs.

Bien qu'il y ait peu d'espoir, Rilla savait que Luca n'abandonnerait pas la patiente tant que sa température ne serait pas remontée. Le cœur et l'activité cérébrale étaient proches de zéro lors d'une hypothermie, et il fallait attendre que le phénomène s'inverse pour connaître l'état réel de la patiente. C'était une règle de base : un noyé ne pouvait être déclaré mort avant que la température de son corps ne soit revenue à la normale.

Elle arrêta le massage pour vérifier le rythme cardiaque indiqué par l'écran.

— C'est faible, constata Luca, un peu soulagé de voir qu'une activité électrique existait tout de même.

— Nous allons tenter le défibrillateur.

Julia tendit les coussinets à Rilla, qui les mit en place.

— On s'écarte ! ordonna Julia.

Elle appuya sur le bouton et la machine envoya cent joules. Le torse d'Irene s'arqua.

— Toujours rien.

— Mets-le à deux cents, ordonna Luca.

Après plusieurs essais, ils réussirent à obtenir un rythme lent, avec un débit cardiaque raisonnable.

— Sa température ? demanda Luca.

— Trente-quatre, cinq, répondit Rilla après un coup d'œil à l'écran.

— Bon, on va y arriver !

Comme on avait ramené Stan de la radio, elle accompagna Luca dans le box quelques minutes plus tard pour lui donner des nouvelles. Irene était toujours dans un état critique, mais elle était stabilisée.

Stan serra les mains de Rilla dans les siennes.

— Oh, merci, murmura-t-il. Elle est tout pour moi.

— Stan, je veux que vous sachiez que nous n'avons aucune certitude, intervint Luca. Nous ne pouvons vous garantir qu'elle va reprendre connaissance, et même si c'était le cas, son cerveau pourrait être endommagé.

Le vieil homme le regarda.

— Je vous entends bien, docteur. Nous traverserons cette épreuve si nous y sommes confrontés. C'est juste que je ne suis pas prêt à la voir partir maintenant. Pas encore.

Sa voix se brisa ; ses yeux étaient pleins de larmes.

— Soyez gentil avec votre femme, ajouta-t-il enfin. On ne sait jamais quand cela finira.

Luca le regarda. Si, il ne le savait que trop bien : l'amour pouvait disparaître très vite.

— Je vous le promets, Stan.

Peu après, on vint chercher Stan pour l'emmener en salle d'opération, et Irene fut transférée aux soins intensifs. La soirée se poursuivit. Deux heures plus tard, à la fin du service de Rilla, Luca était toujours occupé.

— Je ne devrais plus en avoir pour très longtemps, assura-t-il.

— A tout à l'heure, dit-elle en sortant.

Après avoir pris une douche et grignoté en écoutant son disque favori, Bing Crosby et son *Noël blanc*, elle plongea la maison dans l'obscurité et alluma la guirlande lumineuse. Puis, mettant un coussin sous sa tête, elle s'allongea sur la moquette pour admirer l'arbre.

Il était magnifique, avec ses boules, ses clochettes d'argent, et ses cheveux d'ange scintillant sous les lumières de la guirlande. Les cadeaux déjà empilés dessous en rehaussaient la beauté, grâce aux couleurs vives et brillantes des papiers d'emballage. Au sommet, l'ange la regardait avec un sourire serein.

Elle avait vraiment la sensation que tout allait bien. Posant une main sur son ventre, elle se réjouit à l'idée que l'année prochaine elle partagerait cette expérience avec son bébé, le bébé de Luca, qui serait là avec eux. Comme une famille. Voilà quel était le vrai sens de Noël.

Elle ferma les yeux, laissant la voix chaude de Bing Crosby la bercer.

Lorsque Luca arriva enfin à l'appartement, il était minuit. En entendant la musique, il secoua la tête en souriant. Un de ces jours, il faudrait qu'il lui achète un autre disque.

Sur le point d'entrer dans le salon, il s'arrêta sur le seuil, le souffle coupé. Etendue sur le dos en sous-vêtements, elle dormait sur la moquette près de l'arbre, les cheveux épars autour de sa tête. Il eut soudain la bouche sèche et serra les poings.

Il aurait dû aller se coucher, ne pas s'attarder, mais il ne pouvait pas la laisser là par terre toute la nuit. Elle aurait mal au dos demain matin. Il s'approcha silencieusement.

— Rilla...

Elle tourna la tête en murmurant des paroles indistinctes, sans se réveiller. En soupirant, il s'accroupit près d'elle. Au moment où il allait la secouer par l'épaule, son regard fut attiré par les reflets des lumières qui clignotaient sur sa peau et la façon dont elle avait posé sa main en conque sur son ventre, dans un geste protecteur. Il s'immobilisa, fasciné.

Derrière cette main il y avait son bébé, leur bébé. Emerveillé à cette pensée, il s'allongea à côté d'elle. Appuyé sur un coude, la tête dans la main, il contempla les jeux de lumière sur sa peau.

Il n'avait jamais cru qu'il aurait une seconde chance. Jamais. Lorsqu'ils s'étaient séparés, pour lui, c'était une fin définitive. Pourquoi était-il revenu ? Il avait tellement envie de toucher son bébé qu'il avança les doigts vers la main posée sur son ventre.

Elle murmura de nouveau dans son sommeil quand ses doigts se posèrent sur les siens, et il cessa de bouger de peur de la déranger. Lorsqu'il fut certain qu'elle ne se réveillerait pas, il passa le pouce sur sa main et mit son annulaire à côté du sien, comparant leurs alliances, se remémorant l'instant où ils les avaient échangées.

Sa peau était douce sous ses doigts. Toujours du plat du pouce, il lui caressa le ventre, puis posa sa main à plat pour sentir la petite vie qui se développait à l'intérieur.

Rilla se réveilla lentement, un sourire aux lèvres. En voyant le visage de Luca au-dessus du sien, elle pensa un instant être encore en train de rêver.

— Luca..., murmura-t-elle. C'est déjà Noël ?

Sa bouche était si proche qu'il se sentit attiré de façon irrésistible. Il avala sa salive.

— Pas encore, dit-il d'une voix rauque.

Soudain, Rilla fut tout à fait réveillée. Même dans la semi-obscurité, elle voyait ses yeux étinceler de désir. Sa main était brûlante sur son ventre.

Elle entendait sa respiration haletante, à moins que ce ne soit la sienne ?

— Luca ?

Elle prit conscience qu'ils se trouvaient tous deux au bord de quelque chose d'irréversible. Ses lèvres tremblaient.

— Rilla !

Elle entendit l'avertissement dans sa voix, mais aussi l'effort qu'il faisait pour se contenir, pour résister à son propre désir.

— Je… j'ai envie de t'embrasser, dit-elle en levant la main pour caresser ses lèvres de l'index.

— Non, n'y compte pas.

Il s'assit brusquement, jambes repliées, bras passés autour des genoux, mains jointes comme pour les empêcher d'agir sans son consentement.

Rilla soupira. Le désir était si fort en elle que tout son corps lui faisait mal. Elle s'assit dans la même position que lui pour l'observer. Les reflets colorés de la guirlande jouaient sur sa mâchoire crispée.

Ayant dépassé le stade où elle pouvait avoir des pensées raisonnables, elle le voyait maintenant à travers une sorte de brouillard.

— Embrasse-moi, Luca. S'il te plaît.

Il secoua la tête.

— Rilla ! dit-il plus fort.

— Super ! On dirait que c'est moi qui vais devoir t'embrasser, murmura-t-elle.

Déjà, ses lèvres étaient sur les siennes.

Soudain, sans qu'elle sache comment c'était arrivé, il se retrouva sur elle, et elle le serra dans ses bras. C'était si bon, ce contact de son corps contre le sien ! Leur baiser fut infini, désespéré, urgent, comme si demain n'existait pas. Elle le sentit dégrafer son soutien-gorge, et la sensation de sa bouche sur son sein la fit gémir de plaisir.

— Oh, Luca !

En entendant le son de sa voix, Luca reprit un peu ses esprits. Ils allaient trop vite, elle était enceinte maintenant. Il ne devait pas la brusquer.

Le mieux aurait été de tout arrêter, mais c'était au-dessus de ses forces.

— Rilla, nous allons trop vite, chuchota-t-il.

— Oh, Luca, non, ne fais pas ça ! Ne t'arrête pas ! supplia-t-elle, luttant pour recouvrer son souffle.

Il lui souleva le menton pour la regarder dans les yeux.

— Non, n'aie pas peur. C'est juste… qu'il faut aller doucement, pour le bébé.

— D'accord, murmura-t-elle en l'embrassant.

Elle se mit en devoir de le déshabiller. Enfin, il se glissa en elle avec beaucoup de douceur, et s'arrêta un instant.

— S'il te plaît, Luca…, supplia-t-elle.

— Oui, dit-il en lui embrassant le cou. Tout va bien, laisse-moi faire.

Enfin, il se remit à bouger en elle. Eperdue de plaisir, Rilla accompagna son mouvement, et ils ne firent plus qu'un, unis de la façon la plus intime qui soit.

Le plaisir les emporta en même temps, assez vite, malgré le rythme mesuré que Luca avait tenté d'imposer. Rilla cria son nom, les ongles enfoncés dans ses épaules, et ils sombrèrent ensemble dans l'extase sous le kaléidoscope de couleurs de la guirlande.

Etourdis, ils restèrent un long moment sans parler.

— Tu vas bien ? demanda-t-il enfin.

Elle hocha la tête.

— Luca…

— Chut ! Dors, maintenant.

Elle soupira. Après tout, pourquoi se poser des questions ? Autant profiter de ce moment et en être heureuse. Elle se blottit contre la poitrine de Luca sous les lumières clignotantes de l'arbre de Noël.

9

Lorsqu'elle ouvrit les yeux, à 7 heures, Luca la tenait toujours dans ses bras. Elle resta un instant immobile, à regarder les lumières clignoter, puis les paquets cadeaux multicolores attirèrent son attention. C'était trop tentant. Avec un petit frisson d'excitation, elle se tortilla et tendit le bras vers l'arbre.

— Ne fais pas ça, marmonna Luca, mal réveillé.

— Quoi ?

Les yeux brillants de malice, elle le regarda par-dessus son épaule.

— Ne touche pas les cadeaux.

Souriante, elle se blottit de nouveau contre lui. Tout à coup, une pensée la frappa : pour la première fois depuis des mois, elle n'éprouvait aucune nausée. Ses malaises avaient disparu ! Ce Noël allait être merveilleux, elle le sentait.

— Tu sais quoi ? Je ne me sens pas malade !

— Tu es sûre ?

— Tout à fait, je me sens… très bien. Tu penses que c'est fini ? Que je n'aurai plus de nausées ?

Luca dut admettre qu'elle avait meilleure mine que d'habitude.

— Tu en es à quatorze semaines, c'est tout à fait possible. Mais attention, ne te réjouis pas trop vite, ça peut recommencer.

Il lui sourit pour la réconforter, ne voulant pas gâcher son moral et son espoir. En fait, il avait très envie de refaire l'amour avec elle, mais cela n'aurait pas été raisonnable. D'ailleurs, il avait l'esprit assez confus, ce matin. Leur étreinte de la veille n'avait pas été uniquement physique, il en était sûr. Ils étaient bien ensemble, c'était Noël, et ce serait si facile d'en revenir à leurs anciennes habitudes, celles qui s'étaient révélées désastreuses par le passé...

Seulement, maintenant qu'il voulait établir les bases d'une nouvelle relation, pas question que l'amour physique reprenne la première place.

— Bon, dit-il en s'asseyant, je vais prendre une douche et aller travailler. Nous n'avons pas toute la journée.

Rilla admira le large dos. Comment réagirait-il si elle allait sous la douche avec lui ? Non. Mieux valait ne pas essayer. Il devait s'interroger sur ce qui s'était passé hier soir.

Elle le suivit du regard. A la lumière du jour, c'était évident : elle l'aimait. En fait, elle n'avait jamais cessé de l'aimer.

Depuis sept ans, elle se mentait. Son amour pour lui était toutefois plus complexe, à présent. Autrefois, tout avait été superficiel, leur relation avait semblé facile. Or, cet amour avait grandi et évolué, et le perdre maintenant serait... insupportable.

Elle aurait tant voulu savoir ce qu'il pensait. Hier soir, pour lui aussi, il y avait eu plus que l'amour physique, elle en était sûre, si ce n'est qu'il n'avait pas l'intention de l'avouer. Et si par hasard elle se trompait malgré tout ?

Pourrait-elle l'accepter, même si elle avait une vie bien remplie entre lui et le bébé ? Comment supporter l'idée que son amour soit à sens unique ?

La tirant de ses pensées, Luca vint la rejoindre, déjà habillé pour aller travailler.

— Tu peux aller te doucher, si tu veux. La place est libre.

En soupirant, Rilla se dirigea vers la salle de bains, se déshabilla, et poussa aussitôt une exclamation étouffée.

Mon Dieu !

Horrifiée, elle découvrit qu'elle perdait du sang. Son cerveau refusa de fonctionner un instant. Non ! Non, ce n'était pas possible que cela recommence, alors qu'ils avaient fait l'amour la veille !

Les larmes jaillirent de ses yeux. Elle pensa à toutes les femmes qu'elle avait reçues aux urgences, qui venaient de perdre parfois leur troisième, ou leur quatrième bébé. Comment faisaient-elles pour l'accepter ?

Comment continuer à vivre après ça ?

Elle entendit un léger coup frappé à la porte.

— Rilla, tout va bien ?

Elle sursauta puis essuya son visage plein de larmes.

— Oui. Je... je prends ma douche et j'arrive.

Quelle allait être la réaction de Luca ? Supporterait-elle de voir une nouvelle fois cette expression fermée sur son visage ? Il allait s'éloigner d'elle, c'était sûr...

Refusant d'y croire, incapable de toute pensée cohérente, elle nageait en pleine confusion.

Pourtant, il lui fallut bien sortir enfin de la salle de bains, donner le change, ne pas lui montrer que son monde s'écroulait. Elle dut parler de choses et d'autres pendant une bonne demi-heure avant qu'il parte pour l'hôpital.

Enfin, à son grand soulagement, la porte se referma derrière lui. Restée seule, elle se mit à faire les cent pas, les larmes roulant sur ses joues, cherchant une solution. Inutile de dire quoi que ce soit avant de savoir si c'était grave. A qui pouvait-elle demander conseil ?

Le problème, c'était que la seule personne à qui elle aurait voulu en parler, c'était Luca.

Or, elle s'était adressée autrefois à lui dans l'espoir qu'il la soutienne, et cela avait fini par un désastre.

Certes, leur relation était à présent plus forte, fondée sur la confiance mutuelle; ils étaient beaucoup mieux armés pour affronter la situation…

Mais s'il était seulement intéressé par le bébé ? S'il ne l'aimait pas ? S'il ne voulait plus entendre parler d'elle sous prétexte qu'elle avait perdu l'enfant ?

Elle s'assit, sanglotant toujours, la tête dans les mains, terrifiée à l'idée de perdre le bébé, et Luca de nouveau.

Tout à coup, une idée jaillit : Hailey ! Elle était sage-femme, elle saurait la conseiller.

Décrochant le téléphone, elle composa le numéro de sa sœur d'une main tremblante.

— Hailey ? dit-elle en tentant en vain de prendre un ton de voix normal.

— Rilla ? Que se passe-t-il ?

Elle prit une profonde inspiration.

— Je perds du sang.

Il y eut un silence à l'autre bout du fil, qu'elle ne supporta pas longtemps.

— Hailey, tu es là ?

— Oui, j'ai entendu ! Pas la peine de t'affoler. Que veux-tu dire exactement ? C'est une hémorragie, ou seulement de petits saignements ?

— Juste des gouttes.

— Bon, pas de problème, ce n'est pas rare à ce stade de la grossesse, c'est sans doute hormonal. As-tu des contractions ?

En se remémorant sa première fausse couche, cette impression d'avoir reçu des coups de couteau dans le ventre, elle entrevit une lueur d'espoir pour la première fois de la matinée.

— Non, dit-elle en reniflant.

— Alors tout va bien, Rilla.

Les larmes lui montèrent aux yeux. Sa sœur avait été témoin de la dévastation causée par sa première fausse couche, et elle savait qu'elle faisait son possible pour désamorcer ses angoisses.

— Et tes nausées ? Comment ça va ?

Le faible espoir auquel elle venait de se raccrocher s'éteignit.

— Disparues ! Ce matin, en me levant, j'étais en pleine forme. J'étais tellement soulagée…

Quelle idiote ! Elle aurait dû se douter que ce n'était pas une bonne nouvelle.

— C'est mauvais, n'est-ce pas ? Mon taux de bêta HCG a baissé… Tu crois que le bébé est… mort ?

— Non, pas forcément. Qu'en pense Luca ?

De nouveau, Rilla se sentit perdue. Comment expliquer à sa sœur dans quelle situation elle se trouvait ? Tout le monde les pensait heureux, réconciliés. Qu'allait-elle imaginer ?

— Je… je ne lui ai rien dit, je n'ai pas pu.

Un plan commençait à se dessiner dans son cerveau embrouillé.

— Tu peux me retrouver à l'hôpital le plus vite possible ?

— Bien sûr.

— Il faudrait que tu me fasses une prise de sang et une échographie.

— Rilla… Je pense que tu devrais en parler à Luca.

Sa gorge se serra douloureusement.

— Je veux d'abord savoir si le cœur bat. Tu ne comprends pas… La dernière fois, nous avons vécu l'enfer. Si ça se reproduit, je ne suis pas sûre que nous le supportions. Je t'en prie, il me faut une certitude.

— Rilla…

Sa sœur ne semblait pas convaincue ; elle le perçut dans sa voix.

— Hailey, je t'en supplie ! Je ne peux rien lui dire avant d'être sûre de quoi que ce soit.

— D'accord. Rejoins-moi dans une demi-heure.

— Parfait, merci, Hailey.

La boule qui lui bloquait la gorge se réduisit peu à peu. Heureusement qu'elle avait Hailey.

Elle se prépara en hâte.

Sur le chemin de l'hôpital, elle conduisit sans rien entendre des cantiques de Noël joués à la radio, priant pour que tout aille bien. Enfin, elle se gara dans le parking, affolée de ne pas trouver de place plus proche de l'entrée. En se dirigeant vers la porte, elle se crispait à chaque pas, effrayée à l'idée de ce que les chocs pouvaient entraîner pour le bébé.

Hailey, qui l'attendait à la porte, l'embrassa.

— Comment te sens-tu ?

— Pas bien du tout. Désolée de t'obliger à venir pendant ton jour de congé, surtout si tôt.

— Oh, ma chérie, ne t'en fais pas ! Je parie que ce n'est rien. Restons positives, d'accord ?

Elles entrèrent dans le bâtiment, longèrent le couloir sans croiser personne, et s'enfermèrent dans la salle des consultations privées. Rilla tendit un garrot à sa sœur.

— Fais-moi vite la prise de sang, je veux connaître mon taux de bêta HCG.

Au moment où Hailey venait d'enfoncer l'aiguille dans la veine, la porte s'ouvrit brusquement sur Luca.

Tout devint confus dans la tête de Luca. Rilla avait les yeux rouges et gonflés, et il vit tout de suite que quelque chose n'allait pas. Pourquoi ne lui avait-elle rien dit ?

— Qu'est-ce que vous faites ?

— Bon, je vous laisse, dit Hailey.

Elle retira l'aiguille et transféra le sang dans un tube sous vide.

— A moins que vous ne vouliez que je reste ?

Luca semblait très en colère.

— Merci, ça va aller, dit Rilla. Tu peux le faire analyser tout de suite ?

Il attendit que Hailey soit sortie pour tirer une chaise.

— Que s'est-il passé ?

— J'ai eu des saignements ce matin.

En poussant un gémissement, il se laissa tomber sur la chaise et se prit la tête dans les mains.

— Je le savais ! Je savais qu'hier soir nous n'aurions pas dû !

Rilla posa une main sur son bras pour le réconforter. Le cauchemar recommençait, tout se passait comme la première fois…

Secouant la tête, il se leva pour arpenter la pièce.

Accablée de désespoir et de solitude, elle le regarda marcher, attendant la suite, la fin qu'elle avait déjà vécue. Si ce n'est que, cette fois, ce serait encore pire.

Luca faisait les cent pas, tentant de mettre ses idées en ordre, repris par le sentiment d'impuissance qu'il ne connaissait que trop.

Soudain, il se redressa. Il n'allait pas recommencer ! Il fallait regarder les choses sous l'angle médical. Si Rilla perdait du sang, cela ne signifiait pas qu'elle allait perdre le bébé.

Il se tourna vers elle. En voyant son air de bête blessée, il se sentit déchiré.

— Rilla, murmura-t-il en s'approchant. Ne t'en fais pas.

Il lui frôla la joue de l'index, puis l'entoura de ses bras.

— Tout va bien se passer. Ne tirons pas de conclusions hâtives, ce n'est sans doute rien.

Rilla fut ébahie par sa réaction. Il ne la repoussait pas ! C'était tellement inattendu qu'elle éclata en sanglots. Si elle avait pu parler, elle lui aurait dit qu'elle l'aimait.

Elle s'accrocha à lui. Comme elle avait envie de le croire !

— Allons dans mon bureau, je vais te faire une échographie, d'accord ? dit-il d'une voix rassurante.

Une fois dans son bureau, il la fit asseoir.

— Attends-moi. Je vais chercher la machine et voir si l'analyse de sang est faite.

Quelques minutes plus tard, il revint en poussant l'appareil sur un petit chariot.

— L'analyse n'est pas prête, mais je leur ai laissé le numéro de téléphone d'ici.

Rilla s'allongea, souleva son T-shirt et défit son pantalon en fixant le plafond, s'efforçant de ne pas pleurer pendant qu'il enduisait son ventre de gel.

Luca prit une profonde inspiration. Pourrait-il supporter de lui annoncer ce qu'elle redoutait ? D'une main tremblante, il promena la sonde sur son abdomen. Il lui fallut une seconde pour repérer ce qu'il cherchait sur l'écran, et deux pour prendre conscience de ce qu'il voyait.

Une pulsation forte et régulière.

Soulagé, il ferma les yeux.

— Tout va bien, murmura-t-il. Un petit cœur qui bat.

Rilla souleva la tête pour voir l'écran. Il avait raison ! Mais elle n'osait pas y croire. Et si ce cœur ne battait si fort que pour tenter de lutter contre l'expulsion ?

Le téléphone sonna. Luca décrocha, écouta pendant quelques instants, puis reposa le récepteur.

— Le labo, dit-il en souriant. Ton taux hormonal est

très élevé, pas étonnant que tu aies toutes ces nausées ! Le bébé va tout à fait bien.

Elle laissa retomber sa tête sur la table d'examen. Son sourire se transforma peu à peu en rire, puis elle se mit à pleurer.

— Oh, Luca ! J'ai eu si peur ! J'ai cru que j'étais punie de nouveau !

Il l'observa, perplexe.

— Punie ? Mais de quoi ? Ce n'était ni ta faute, ni la mienne.

— Non, tu ne comprends pas.

Ce sentiment affreux, elle n'en avait jamais parlé à personne.

— La première fois... je crois qu'une partie de moi rejetait ce bébé. J'étais très jeune... j'aurais souhaité avoir plus de temps à passer en couple. Et puis...

— Rilla..., dit-il en la prenant dans ses bras. J'ai éprouvé ça, moi aussi.

— C'est vrai ?

— Oui, c'est vrai, répondit-il avec un sourire triste.

— Pourtant tu avais l'air si heureux !

— Pour te faire plaisir. Mais j'avais très peur, surtout au début, même si, après, je me suis habitué.

Ses larmes roulaient sur ses joues, mais elle ne cherchait pas à les retenir. C'était si bon de partager enfin cette terrible culpabilité !

Ils restèrent enlacés un long moment sans rien dire.

— Tu te sens mieux maintenant ? demanda-t-il enfin.

Elle hocha la tête. Elle se sentait tellement légère, à présent ! Pourquoi s'étaient-ils tourné le dos au lieu de se confier l'un à l'autre ?

En un geste solennel, Luca posa une main sur son ventre.

— Il n'y a personne de plus important pour moi que

toi, petit être…, dit-il. Je consacrerai ma vie à t'aimer et à te protéger, et à protéger ta mère.

En entendant ces mots, Rilla sentit sa gorge se serrer. Personne de plus important que le bébé… Et elle, l'aimait-il ? Elle était convaincue que non, que leur relation n'irait pas au-delà de l'amour commun pour leur enfant, que jamais elle ne le verrait lui témoigner de la tendresse. Même s'il la désirait, il réserverait tout son amour à l'enfant.

Le cœur battant, elle s'assit, repoussa les mains de Luca de son ventre, et entreprit de se rhabiller. Certes, elle avait fait un marché, accepté de renoncer à lui pour le bien du bébé, mais à présent, elle se rendait compte de son erreur. Impossible de vivre avec lui s'il ne l'aimait pas !

Elle imagina sa vie dans un mariage sans amour.

— Désolée, Luca. Je ne peux pas accepter ça. Je pensais pouvoir, mais je me suis trompée.

Il se redressa, les sourcils froncés.

— Que veux-tu dire, qu'est-ce que tu ne peux pas accepter ?

— Cette relation. Regardons les choses en face. S'il n'y avait pas le bébé, nous ne serions pas ensemble. D'accord, tu ne m'as rien promis d'autre, mais je ne veux pas vivre ça.

Ces mots firent à Luca l'effet d'une gifle. Comment pouvait-elle croire de telles bêtises, après ces dernières semaines ?

— Non ! C'est là que tu te trompes !

— Ne le nie pas ! Tes actes, tes décisions, tout est fonction du bébé. Même lorsque nous avons fait l'amour hier soir, tu ne pensais qu'à la meilleure façon de le protéger. Dans ton esprit, je ne suis qu'une mère.

— Non, Rilla ! s'exclama-t-il.

Ses paroles le choquaient. Il ne savait plus trop ce qu'il éprouvait, mais, à entendre Rilla, il était si insensible !

— Si je t'ai donné cette impression, j'en suis navré, mais tu n'as vraiment aucune raison de t'inquiéter de mon attitude après la naissance du bébé. Je te traiterai toujours avec courtoisie et respect, comme la mère de mon enfant.

Une envie de hurler la saisit. Elle n'avait que faire de sa dévotion ni d'une relation platonique : elle voulait une passion, avec ses hauts et ses bas !

— Et si je ne suis pas d'accord, Luca ? Si je veux que tu me manques de respect de temps en temps ? Si je n'ai pas envie que tu sois poli et courtois ?

Il fronça les sourcils. Qu'est-ce qu'elle avait donc ? Etait-elle devenue folle ? Il ne comprenait plus.

— Enfin, Rilla…

Il la trouvait si désirable, avec ses yeux rougis par les larmes et ses vêtements en désordre ! Toutefois, il devait suivre la ligne qu'il s'était fixée.

— Nous étions pourtant d'accord…

De nouveau, Rilla éclata en sanglots.

Une vive douleur lui perça la poitrine comme un coup de poignard.

— Je sais.

Il s'approcha d'elle, mais elle le repoussa.

— Non !

Il la regarda, perplexe. Ce devait être le contrecoup de la grande frayeur qu'elle avait éprouvée. Sa plus grande envie était de la serrer dans ses bras, mais visiblement, elle lui en voulait, sans qu'il sache de quoi.

Que racontait-elle ? Qu'il la considérait seulement comme la mère de son enfant ? Elle n'avait donc pas encore compris qu'il l'aimait, elle, à la folie ?

— Qu'est-ce que tu veux, à la fin ?

— Que tu signes les papiers du divorce. Nous pouvons

faire des arrangements qui nous conviennent à tous les deux, mais je refuse de vivre avec toi.

Ce fut un choc pour lui. Non ! Il refusait de divorcer. S'il l'avait voulu, il aurait entamé la procédure depuis bien longtemps, ou signé les papiers dès leur réception.

Il sentit la colère et l'amertume l'envahir. Pourtant, ils s'entendaient si bien ! Ils avaient appris à se connaître, à bâtir une vie commune, et il avait cru qu'elle était heureuse. Il avait même espéré qu'un jour leurs sentiments deviendraient encore plus forts.

Il aurait voulu la secouer pour lui faire entendre raison… Mais la voyant là, sanglotant, il resta les bras ballants. Comme après sa fausse couche, lorsque, bien que conscient de sa souffrance il n'avait pas su l'atteindre. Non, pas question de revivre ça.

S'approchant de son bureau, il ouvrit un tiroir.

— Bon, d'accord, dit-il en sortant les papiers. Tu es bien sûre ?

Il l'observa, espérant une dénégation, qu'elle lui dise qu'elle était épuisée, qu'il ne fallait pas faire attention. Au lieu de cela, ses traits se crispèrent davantage et elle fit un signe de tête affirmatif. Il prit son stylo sur le bureau.

D'une main tremblante, il signa au bas de toutes les pages avec la sensation que son monde s'écroulait. Chaque fibre de son être lui demandait de s'arrêter. Non, bon sang, elle n'était pas simplement un réceptacle pour son bébé ! Il la désirait, impossible de le nier, même s'il s'agissait avant tout d'une envie physique.

En était-il vraiment sûr ? Pourquoi se mentir à lui-même ? C'était beaucoup plus que ça. Elle était toujours dans son cœur. La preuve : il avait continué à porter son alliance pendant sept ans, et n'avait pas eu de relation avec d'autres femmes, bien que les occasions n'aient pas manqué. Et au lieu de signer cette fichue demande de divorce, il avait cherché ce poste à l'autre bout du monde après l'avoir reçue.

Dio! Il l'aimait toujours. Comment avait-il pu être aveugle à ce point? Pour la tenir à distance et protéger son cœur, il l'avait traitée comme une figure maternelle, sans succès. Il se sentit incapable d'envisager l'avenir sans elle et ses mains le démangeaient de déchirer ces papiers.

En se redressant, il rassembla les feuilles éparses et les lui tendit. Elle pleurait toujours sans bruit.

« Et si j'avais envie que tu me manques de respect de temps en temps? »

Les mots lui revinrent tout à coup. Elle prit les papiers du bout des doigts, comme s'il avait signé avec de l'encre empoisonnée. Parce qu'elle n'en voulait pas? Parce qu'elle l'aimait toujours?

Serait-ce possible? Il retint l'autre bout de la liasse.

— Tu es sûre de toi, Rilla? Tout à fait sûre?

Comment en supporter davantage? Rilla croyait avoir pleuré toutes les larmes de son corps depuis ce matin, mais le réservoir semblait inépuisable. Elle se sentait au bord de la crise de nerfs.

— Nous avons déjà fait tellement d'erreurs, Rilla. Réussissons au moins quelque chose : soyons sincères l'un avec l'autre, une bonne fois pour toutes.

Que voulait-il dire? Le cœur de Rilla bondit dans sa poitrine. Plongeant ses yeux dans les siens, elle y lut une expression grave, indéchiffrable, intense. Se pourrait-il que…

Lâchant les papiers, elle s'affala sur une chaise.

Luca la regarda, le cœur gonflé d'amour.

— Rilla, j'ai été idiot! Je me suis imaginé que c'était fini, que j'avais fait mon deuil de toi, que nous n'avions plus qu'à rester ensemble pour le bébé, mais je n'avais rien compris. Oui, je veux cet enfant, et je vais sans doute encore te surprotéger, t'ennuyer quand je jugerai que tu prends des risques, et surveiller de près ce que tu manges. Comme un lion qui surveille sa progéniture. C'est mon travail de père. Je ferai pour mon enfant ce que mon père n'a pas fait pour moi. Désolé si ça t'agace, mais je ne peux pas m'en empêcher…

Soudain, elle eut la chair de poule et se frotta les bras. Oui, elle voulait qu'il soit un bon père, attentif et protecteur, mais pas à l'exclusion de tout le reste, en l'écartant, elle.

— Je t'aime, Rilla, je n'ai jamais cessé de t'aimer. Je veux que nous vivions comme mari et femme, dans toute l'acception du terme. Plus de faux-semblants. Après ces sept années affreuses sans toi, je ne veux pas perdre plus de temps à feindre de ne pas t'aimer. L'amour que j'avais pour toi n'a fait que croître et mûrir ; il est bien plus grand qu'autrefois.

Rilla l'écoutait sans rien dire. Tout ce qu'elle entendait, ces mots d'amour et de sincérité, lui donnait le vertige. C'était tellement plus fort que ce qu'elle aurait jamais rêvé ! Pourtant, elle ne parvenait pas à être tout à fait convaincue. Il lui fallait être sûre de sa motivation.

— C'est à cause du bébé que tu veux un vrai mariage ?

— Non, Rilla. Pas à cause du bébé. Parce que je t'aime, toi. Parce que je n'ai jamais accepté notre séparation, et que c'est pour toi que je suis revenu en Australie.

Son cœur bondit dans sa poitrine, mais elle avait envie d'en entendre davantage.

— Je croyais que c'était pour tourner la page, et parce que tu voulais ce poste ?

— Je t'ai menti. Enfin… je me suis menti à moi-même. C'est pour toi que je suis revenu. J'ai eu un choc en recevant les papiers du divorce. Le jour même, j'ai commencé à regarder les annonces dans les journaux pour trouver un poste à Brisbane. Je n'en ai pas cru mes yeux quand j'ai vu cette offre de l'Hôpital général. Je me suis raconté que je revenais pour ma carrière, et pour me prouver que tout était fini avec toi, que tu m'étais indifférente, mais je me trompais. Je l'ai compris dès le jour où je vous ai rencontrées dans la forêt, Beth et toi, en voyant que tu ne portais plus ton alliance. Et puis il y a eu le jour où nous avons fait l'amour. Le problème est que je ne voulais pas l'admettre ; je refusais de risquer de souffrir encore.

Elle le regarda dans les yeux et elle sut qu'il disait la vérité, qu'elle devait lui faire confiance.

C'était vrai, il était revenu pour elle. Avant qu'elle soit enceinte. Même s'il n'en avait pas été conscient, cela devenait évident. Il avait postulé pour une place à l'hôpital où elle travaillait juste après avoir reçu les papiers du divorce. Tout se lisait sur son visage : son amour pour elle et sa peine. Rilla en avait le souffle coupé.

Le bonheur explosa en elle.

Luca s'approcha. Il avait failli la perdre deux fois, la première par méchanceté, en refusant de s'occuper d'elle après sa fausse couche, et la seconde en s'obstinant à ne voir que l'avenir de leur bébé, à omettre le plus important. Contournant le bureau, il tomba à genoux à ses pieds.

— Je sais que je ne le mérite pas, mais pourras-tu un jour me pardonner, Rilla ? Penses-tu pouvoir m'aimer ?

Sa gorge se serra.

— Oh, Luca ! s'exclama-t-elle avant de poser un baiser sur sa bouche. Je t'aime tant ! Bien sûr que je te pardonne ! Moi aussi j'ai fait des erreurs, moi aussi j'ai été têtue, en croyant ne plus rien éprouver pour toi. Pourquoi tout ce temps perdu ?

— Nous avons été idiots, murmura-t-il.

Cette fois, ce fut lui qui réclama un baiser, l'entourant de ses bras et l'attirant à lui jusqu'à l'étouffer.

— Tu seras de nouveau ma femme, dans tous les sens du terme ?

Elle acquiesça.

— Pour toujours.

Il sourit.

— C'est un Noël très spécial, Rilla, et je crois que nous nous en souviendrons.

— Tant mieux !

Épilogue

L'ambiance était à son comble, pour la fête de Noël chez les Winters. Tout le monde était là, David et sa petite amie, ainsi que le plus jeune membre de la famille, Bridie.

En dépit de la température estivale, Penny, traditionaliste dans l'âme, avait cuisiné une dinde aux marrons. La climatisation maintenait une température assez fraîche et tout le monde mangea d'excellent appétit. Rilla, dont les nausées matinales avaient repris, dévora pour sa part comme un ogre pour rattraper le temps perdu, supportant de bonne grâce les moqueries affectueuses de sa famille.

Comme d'habitude, la dernière bouchée de pudding avalée, on se plaignit d'avoir trop mangé.

Ensuite, ils allèrent tous s'asseoir dans le salon où des cantiques de Noël passaient en sourdine, qui pour regarder le match de cricket à la télévision, qui pour faire une petite sieste. Rilla sourit avec indulgence en observant Luca à qui son père expliquait les règles si complexes du jeu. Elle venait de vivre les quinze plus beaux jours de sa vie, et remerciait le ciel d'être enfin parvenue à une discussion sincère avec lui.

Bridie bougea dans son landau. Voyant que Beth et Gabe étaient tous deux en train de s'assoupir, elle la prit dans ses bras.

— Coucou, jolie petite fille !

Un sourire ravi la récompensa.

Elle décida de sortir avec elle sur la terrasse, pour ne pas déranger ses parents. Dehors, tout était calme. On était au plus fort de la chaleur, mais la terrasse était couverte, et une légère brise soufflait dans les grands eucalyptus, faisant voleter ses cheveux.

Luca la retrouva là dix minutes plus tard. Lorsqu'il ouvrit la porte, l'air chaud le frappa en plein visage, et il se prit à rêver de flocons de neige et de lacs gelés, tout en sachant que ce n'était pas ce qu'il souhaitait vraiment. Son vœu le plus cher était de rester dans ce pays devenu désormais le sien, avec Rilla.

Elle berçait Bridie, et il regarda le balancement de ses hanches, hypnotisé. Des morceaux de cheveux d'ange parsemaient sa coiffure et, penchée sur la petite fille, elle n'avait jamais été aussi belle.

Voilà de quoi elle aurait l'air lorsque leur enfant serait né et qu'elle le tiendrait dans ses bras. Son instinct maternel en ferait une excellente mère. Mais avant tout, pour lui, elle était Rilla. Sa femme, son amante, son âme sœur…

— Tu as l'air douée pour ça, murmura-t-il.

Il savait qu'elle l'avait entendu arriver, bien qu'elle n'ait pas tourné la tête vers lui. Le mouvement de balance ralentit un instant puis reprit, et elle se tourna vers lui en souriant.

— Je l'espère ! Tu en as assez du cricket ?

Il éclata de rire.

— Je pense qu'il va me falloir quelques années pour tout comprendre. Ton père m'a dit qu'il m'emmènerait voir un match un de ces jours.

Lui passant un bras autour de la taille, il l'attira vers lui et se pencha vers Bridie.

— Comment va mon bébé de la forêt ?

— En pleine forme !

Ils regardèrent leur nièce suivre des yeux Jumbles, le chat de la famille, qui s'éloignait dans le jardin.

Un lien très spécial les unissait à la petite fille, et ils en étaient conscients tous les deux.

Puis Rilla indiqua du menton quelque chose au-dessus de leurs têtes.

— Tu as vu ?

Luca leva les yeux et sourit en voyant le bouquet de gui accroché à une poutre du toit de la terrasse.

— Crois-tu que j'ai besoin d'être sous le gui pour embrasser ma femme ?

— Tu ne l'as pas encore fait ! répondit-elle en riant.

— Ah ? Alors il faut vraiment que je m'y mette pour de bon, n'est-ce pas ?

Il baissa la tête, et ses lèvres frôlèrent les siennes.

— Joyeux Noël, Rilla, et que nous en ayons beaucoup, beaucoup d'autres ensemble.

— Joyeux Noël, Luca, murmura-t-elle avant de l'embrasser fougueusement.

SUSAN MEIER

Le refuge du bonheur

Traduction française de

PHILIPPE WANTIEZ

HARLEQUIN

Titre original :
SNOWBOUND BABY

Ce roman a déjà été publié en 2017

1

Cooper Bryant étouffa un juron.

Que faisait cette Toyota arrêtée en plein milieu de la voie, sur une route de montagne couverte de neige ?

Il dut se concentrer pour contourner le véhicule ; la manœuvre n'avait rien de simple vu les conditions météo et les dimensions de son camion. Au passage, il jeta un coup d'œil pour voir à quoi ressemblait le conducteur qui bouchait le passage. Il méritait un geste bien senti qui exprimerait le fond de sa pensée ! Mais, finalement, ce ne fut pas possible : il s'agissait d'une jeune femme, avec un bébé sur le siège arrière.

« Zut ! »

Il ne pouvait même pas s'arrêter pour lui porter secours. Le raccourci conseillé par l'employé du péage s'était révélé une très mauvaise idée. Il était impossible de rouler à une allure décente sur cette route sinueuse. Les virages se succédaient à n'en plus finir. Pourtant, il ne fallait pas perdre de vitesse dans la montée, sous peine de ne pouvoir repartir ! S'il stoppait, il resterait bloqué jusqu'à l'arrivée du chasse-neige.

Il fit deux cents mètres de plus, puis ses roues se mirent à patiner. Cette fois, il était évident qu'il n'arriverait pas en haut de la côte. Mais il ne pouvait faire comme la conductrice de la Toyota et laisser son véhicule sur place. Heureusement, il y avait de l'espace sur le bas-côté et il s'y gara.

Il allait perdre plusieurs heures, et cela n'avait rien d'agréable ; pourtant, mieux valait cela qu'un accident. Son camion n'avait rien de luxueux, il ne comportait pas de couchette, mais il avait vu plusieurs abris de chasse en passant. L'un d'eux aurait bien un poêle à bois. Il avait deux sandwichs, une Thermos de café, du savon, des serviettes, une couverture et de quoi se raser. De quoi passer la nuit confortablement et repartir reposé le lendemain.

Il glissa le matériel dans son sac à dos, puis descendit du camion et fit ses premiers pas dans la neige. Il avait pu remplacer ses santiags par des bottes plus épaisses, mais il portait toujours sa veste de jean et son chapeau Stetson noir. Sa tenue ne le protégeait malheureusement donc pas du vent froid et mordant.

Après avoir grandi dans l'Arkansas, Cooper était parti pour le Texas, où il avait acheté un ranch avec un de ses amis. Depuis trois ans, il conduisait régulièrement un camion pour mettre de l'argent de côté et augmenter son troupeau. Il avait sillonné tout le pays, de l'Oregon à la Floride, et connu tous les temps… mais jamais cela.

Il s'emmitoufla un peu plus dans sa veste et grimpa la colline. Une cabane apparut à quelques mètres. Elle était petite, avec de la peinture blanche écaillée et un toit qui s'affaissait, mais pour une nuit elle ferait l'affaire. Il allait s'engager dans le chemin couvert de neige lorsqu'il se souvint de la jeune femme dans la Toyota.

Et de son bébé.

Il soupira. Il n'était pas très sociable. Il avait des opinions bien à lui, et tellement tranchées qu'il provoquait régulièrement des esclandres lorsqu'il s'exprimait franchement. Combien de bagarres avait-il ainsi déclenchées dans les bars, quand il était plus jeune ! Même ses frères pensaient qu'il n'était bon qu'à attirer les ennuis et avaient cessé toute relation avec lui depuis huit ans.

Pour avoir la paix, il fuyait le contact de ses semblables. Pourquoi le destin avait-il placé cette jeune femme sur son chemin ? Il pouvait l'aider à trouver un refuge pour la nuit, mais s'il fallait lui parler et la distraire jusqu'à l'arrivée du chasse-neige… non, il ne s'imaginait pas dans ce rôle.

Pourtant, il fit demi-tour et se dirigea vers la voiture. Elle était plus loin que dans son souvenir : plusieurs centaines de mètres. Chaque pas qu'il faisait pour proposer à cette jeune femme de partager la cabane avec lui, il faudrait le refaire en sens inverse avec elle.

Il était évidemment impensable de laisser une mère et son bébé mourir de froid, mais elle n'aurait jamais dû voyager par un temps pareil.

Cooper continua à descendre la pente. Poussé par le vent, il parvint à la Toyota en un temps record. Elle était couverte de neige et aucun gaz d'échappement n'en sortait. La conductrice devait en être sortie ou avoir arrêté le moteur pour économiser l'essence.

Lorsqu'il arriva à la voiture, il tapa doucement contre la vitre de la portière. Celle-ci se baissa lentement, d'une dizaine de centimètres, puis s'immobilisa. Le canon d'une arme à feu apparut.

— Allez-vous-en ! cria la jeune femme. Je n'ai pas d'argent, et je ne partagerai pas ma voiture avec vous. J'ai un bébé !

— Je ne veux pas partager votre voiture. Mon camion est garé plus haut. J'ai remarqué trois abris de chasse dans la montée. Je vous ai vue mais je ne pouvais pas m'arrêter. Si vous voulez, vous pouvez passer la nuit dans un des abris avec moi. Je m'occuperai du poêle. C'est à vous de décider !

Il attendit sa réponse, en vain. Quelle femme stupide ! Et quel manque de bon sens.

Il lui donna encore trente secondes. Rien.

— Très bien, lança-t-il avant de faire demi-tour pour remonter la côte.

Le vent qui hurlait autour de lui rendait sa progression difficile. Il devait faire dix degrés au-dessous de zéro, grand maximum. Et lorsque le soleil se coucherait, sa maigre chaleur disparaîtrait. La température de la nuit serait si basse qu'en dehors d'un refuge convenable, toute personne mourrait de froid. Même avec plusieurs couvertures, le bébé ne survivrait pas, c'était évident.

Zut ! Il ne pouvait pas passer son chemin !

Il revint en arrière, et le vent le poussa de nouveau vers la voiture. Il tapota à la vitre et s'écarta, juste au cas où elle pointerait le pistolet vers lui comme la première fois.

— Il va faire moins vingt cette nuit. Vous n'allez pas survivre dans cette voiture.

— Nous y serons très bien.

— Vous dites n'importe quoi ! Si vous n'aviez pas de bébé, je me moquerais pas mal que vous soyez transformée en glaçon. Mais vous avez un enfant. Vous devez vous montrer raisonnable.

— Je suis raisonnable.

Elle soupira et baissa la vitre. Cooper ne put s'empêcher de remarquer ses cheveux blonds, sa peau rose clair et ses yeux bleus.

— J'ai appelé quelqu'un. Je vais être secourue d'une minute à l'autre.

Cela fit rire Cooper.

— Secourue ? Vous n'avez pas entendu la météo ?

— Oui et non. J'ai entendu parler d'une tempête de

neige, mais c'est très fréquent ici. J'habite sur l'autre versant de la montagne. J'ai tellement l'habitude de la neige que je n'y fais plus attention.

— Eh bien vous auriez dû, car cette fois c'est du blizzard. Les températures tombent plus vite que la normale. Ils prédisent soixante centimètres de neige. Si la personne que vous avez appelée a un peu de bon sens, elle restera chez elle.

Il souffla dans ses mains. Même avec des gants, ses doigts s'engourdissaient.

Comme elle ne disait rien, il perdit patience et cria :

— Je vous donne trente secondes pour sortir, ou j'arrache la portière pour sauver votre enfant !

Avait-elle soupiré de colère, ou était-ce le vent ? Elle ouvrit la porte et sortit. L'air fit tourbillonner ses cheveux blonds autour de sa tête.

— Vous n'avez rien pour vous couvrir la tête ?

Elle tourna vers lui des yeux bleus exaspérés.

— Dans la voiture.

— Alors couvrez-vous et partons. Il fait froid.

— D'accord.

Sa veste de cuir rouge ne lui arrivait qu'à la taille, ce qui laissait une bonne partie de ses courbes séduisantes à découvert.

Cooper détourna le regard. Elle avait un bébé, elle devait être mariée, il n'était pas convenable de laisser son regard se promener ainsi.

Le vent fraîchit. A l'arrière de sa voiture, elle prit une sorte de couverture en matière synthétique doublée d'une épaisseur de fourrure artificielle, rose et bleue. Elle la posa sur le siège du conducteur, puis sortit du siège arrière le bébé tout emmitouflé de blanc. Elle trouva une sangle derrière la couverture et la mit en place. Cooper en conclut qu'il devait s'agir d'un porte-bébé.

— Je devrais la prendre, dit-il, estimant que le bébé était une fille, à cause de la couleur rose.

— Je m'en charge. Prenez plutôt ceci.

Posant le porte-bébé, elle sortit un énorme sac de couches. Rose lui aussi, il était rempli jusqu'à ras bord.

Elle mit le sac dans les bras de Cooper juste au passage d'une forte rafale de vent, et il faillit tomber. Mais il resta debout, et se retourna vers la crête.

— Les cabanes sont par là.

Il allait attaquer la montée, mais elle lui prit le bras.

Cooper se figea un instant. Il y avait si longtemps qu'on ne l'avait pas touché — sauf dans une bagarre — que ses poings se serrèrent instinctivement. Mais il regarda les yeux bleus de cette femme. Sa méfiance s'expliquait facilement. Elle était très belle, et il allait passer la nuit avec elle.

Zoé Montgomery, tout en se plaçant derrière la porte ouverte de la voiture pour protéger Daphné du vent, étudia l'homme qui était devant elle. Elle n'aurait pas dû le toucher. Avant son geste, on aurait dit un ours en peluche bourru. Maintenant, il ressemblait à un tigre en colère. Ses yeux verts lançaient des éclairs, et ses poings semblaient prêts à frapper. Il fallait à tout prix lui laisser penser qu'elle frissonnait de froid, et non de peur.

Grand et musclé, il était indéniablement bel homme, mais il y avait en lui quelque chose d'inquiétant. Il avait dit qu'il conduisait un camion et elle avait vu un énorme semi-remorque la dépasser dix minutes après que sa voiture se fut arrêtée. Les routiers n'étaient pas toujours des gens bien, mais il ne fallait pas généraliser. On trouvait parmi eux le meilleur comme le pire, tous n'étaient pas mauvais et certains étaient de bons Samaritains. Même si cet homme avait les nerfs à fleur de peau, il était peut-être l'un de ceux qui considéraient comme de leur devoir d'aider les gens en difficulté.

Et puis, il avait raison. Elle n'avait pas le choix. Sa voiture avait rendu l'âme parce qu'elle était trop vieille, pas à cause de la neige. Lu Ann, son amie, ne semblait pas non plus devoir faire son apparition.

Etait-il prudent de passer la nuit dans une cabane avec un inconnu ?

Après tout, elle n'était pas obligée de le faire. Ces cabanes étaient souvent construites les unes à côté des autres. Elle pouvait aller dormir avec Daphné dans une cabane séparée.

Ce serait sans doute la meilleure idée. D'ailleurs, l'homme avait l'air de préférer garder ses distances. Et elle était parfaitement capable de se débrouiller seule. Quand l'ex-mari de Zoé avait découvert qu'elle était enceinte et l'avait abandonnée, elle avait dû apprendre à pourvoir à ses besoins; puis à ceux de sa fille. Brad n'avait même pas pris la peine de lancer une procédure de divorce, elle avait dû le faire elle-même. Et même si la cour lui ordonnait de payer une pension alimentaire, Brad s'en moquait éperdument.

Zoé savait que certains hommes voient les responsabilités comme un fardeau intolérable. Mais, plus que tout, elle s'était habituée à son indépendance. Elle ne laisserait aucun homme remettre celle-ci en question.

En somme, elle était assez grande pour veiller sur elle-même et ce routier n'avait pas envie qu'elle l'approche trop. Des cabanes séparées régleraient l'affaire.

Elle lui lâcha le bras.

— Ne pourrions-nous pas descendre la pente, avec le vent dans le dos ? Comme je vous l'ai dit, j'habite par ici.

De nombreux chasseurs ont des cabanes sur ce versant. Nous en trouverons sans doute plus vers le bas.

Voulait-elle le préparer au fait qu'ils ne séjourneraient pas dans le même abri ? Comme s'il ne l'avait pas déjà décidé lui-même ? Sans répondre, il se tourna pour descendre.

Zoe prit le porte-bébé et le suivit.

— A propos, je m'appelle Zoé Montgomery. Et voici ma fille, Daphné.

Pendant quelques instants, le routier ne dit rien. Zoé se demanda s'il allait lui révéler son nom. Non pas qu'elle eût vraiment besoin de le savoir, mais s'il ne voulait pas le dire, il devait y avoir une raison. Pouvait-il être un criminel ? Ou un délinquant sexuel qui formait à son égard des plans inavouables ?

Elle repensa au pistolet dans sa poche. Peut-être s'inquiétait-elle trop facilement, mais une mère célibataire, habitant une petite ville au bord de l'autoroute, pouvait avoir besoin de se protéger. Ses cousins, qui lui avaient appris à chasser, lui avaient enseigné tout ce qu'il fallait savoir sur les armes à feu. Elle avait beaucoup de sang-froid, et n'allait pas tirer sur quelqu'un sur un coup de tête, mais s'il tentait quelque chose, elle n'hésiterait pas à se défendre, ainsi que sa fille.

— Je m'appelle Cooper Bryant, dit-il.

Elle en fut grandement soulagée.

— Je suis heureuse de vous rencontrer.

Mais il n'enchaîna pas. Il ne devait pas être très liant. Elle avait déjà deviné qu'il était du genre solitaire. Tant mieux, il serait sans doute très content quand elle lui dirait qu'elle ne comptait pas partager sa cabane.

Ils continuèrent à marcher. Elle n'avait pas besoin de thermomètre pour savoir que la température avait chuté dramatiquement en moins de dix minutes. Elle semblait baisser à chaque pas. En fait, Zoé n'avait jamais rien vu de pareil.

L'homme lui donna une tape sur l'épaule et tendit son bras vers la gauche. Que pouvait-il donc bien voir ? Elle-même ne distinguait que des troncs d'arbres et de la neige tourbillonnante. La visibilité ne dépassait guère un mètre. S'ils étaient aveuglés par le vent et la neige, ils risquaient de se perdre dans les bois.

Elle secoua la tête pour indiquer qu'elle ne voyait rien. Il lui prit le bras et la tira sur la pente.

Serrant le porte-bébé, elle eut du mal à le suivre. La peur l'envahit : on aurait dit qu'il voulait la kidnapper. Elle fit tourner dans sa tête toutes les prières qu'elle connaissait, espérant que son bébé et elle n'allaient pas être confrontés à une situation critique. Il faillit la renverser quand il la fit pivoter pour faire de nouveau face au vent. Elle se redressa, serrant Daphné contre elle. Et soudain, elle vit pourquoi il l'avait entraînée dans cette direction.

Une maison !

Même s'ils devaient y passer la nuit, il y aurait une salle de bains, de la nourriture... et d'autres personnes ! Elle ne serait pas seule avec lui !

Essayant de courir avec le bébé, elle faillit tomber deux fois. Cooper courait lui aussi. Elle n'avait jamais senti la température tomber si vite et il fallait s'abriter le plus tôt possible.

Ils atteignirent l'escalier qui menait à la porte d'entrée et elle trébucha sur les marches. Cooper lui arracha le porte-bébé, le levant à côté de lui avant de prendre la main de Zoé et de la hisser à son tour.

Tout en tenant le porte-bébé d'une main ferme, il tambourina contre la porte. Zoé remarqua qu'il n'y avait pas de lumière dans la maison. Une nouvelle attaque de panique s'empara d'elle. S'il n'y avait personne, leur situation était terrible. Quelle distance devraient-ils faire pour trouver le prochain refuge ? Et même s'ils en trouvaient un, y aurait-il un poêle ? Et du bois ?

Si cette maison ne s'ouvrait pas, Daphné et elle risquaient de mourir !

— Tenez !

Cooper Bryant lui tendit le porte-bébé. Puis il sortit son portefeuille de sa poche revolver. Rapidement, il y prit une carte de crédit. Avant que Zoé ne comprenne ce qu'il faisait, il glissa sa carte dans l'espace entre le battant et le dormant.

— Vous ne pouvez pas faire cela !

— Au cas où vous ne l'auriez pas remarqué, cria-t-il pour couvrir le vent, nous n'avons pas le choix !

La serrure céda et Cooper poussa le battant pour l'ouvrir.

Il prit Zoé et le porte-bébé et les propulsa littéralement à l'intérieur. Il les suivit, claquant la porte et, pendant dix secondes au moins, ils ne firent rien que reprendre leurs esprits, dans l'entrée de cette maison toute simple, à un étage.

Quand elle se rendit compte qu'ils étaient à l'abri du froid, Zoé reprit le porte-bébé. Daphné ne semblait pas s'être rendu compte le moins du monde de ce qu'ils venaient de traverser ! Elle somnolait tranquillement. Mais maintenant qu'elles étaient protégées des éléments naturels, Zoé avait encore plus peur de cet homme : il s'était introduit beaucoup trop facilement dans une maison fermée à clé ! Pire encore, elle ne pouvait pas l'envoyer à la recherche d'un autre abri : la visibilité était si mauvaise qu'il risquait de ne même pas retrouver la route !

— Vous savez vraiment vous y prendre avec une serrure !

— Je me doutais qu'elle n'offrirait pas beaucoup de résistance.

— Vraiment ?

Il soupira.

— Je ne suis pas un criminel. Simplement, cette maison est tellement perdue dans les bois que je suis même surpris que le propriétaire ait mis une serrure. Je viens d'une petite ville de l'Arkansas où les serrures sont plus décoratives qu'autre chose. Tout le monde oublie ses clés un jour ou l'autre, alors les gens savent se servir d'une carte de crédit.

Il regarda autour de lui.

— Nous avons de la chance. Si l'électricité n'est pas coupée, cela veut dire qu'il y a du chauffage, et peut-être un réfrigérateur avec de la nourriture. Et voilà un thermostat. Dix degrés — juste la température nécessaire pour empêcher les tuyaux de geler. Visiblement, le propriétaire prévoyait d'être absent quelque temps.

Zoé eut un regard soucieux.

— Je ne suis pas très à l'aise avec la situation.

— Vous préféreriez mourir de froid dehors ?

— Non. Mais c'est la *maison* de quelqu'un.

Cooper jeta le sac de couches sur le sol et enleva sa veste, révélant une chemise à carreaux rouges et un blue-jean plutôt moulant.

Zoé avait déjà remarqué qu'il était bel homme, mais, dans le silence du salon, elle releva plus de détails. D'abord, il était moins jeune qu'elle ne l'avait pensé. Il avait cette expérience qui rend les hommes sexy. Si l'on ajoutait à cela le côté mystérieux de sa personnalité, cela le rendait sans aucun doute séduisant.

Heureusement, ce n'était plus le genre d'homme qu'elle désirait. Elle avait déjà eu un homme sexy, et cela suffisait.

— Je ne pense pas qu'on soit vraiment chez quelqu'un, reprit-il. D'après l'agencement du salon et la poussière sur le téléviseur, cela fait plutôt penser à une résidence secondaire.

— Elle appartient quand même à quelqu'un.

— Qui nous accueillerait sans doute à bras ouverts plutôt que de nous laisser mourir de froid dehors.

Il mit son sac à dos sur son épaule, puis, comme quelqu'un habitué à donner des ordres — ou comme un macho habitué à ce que les femmes obéissent —, il l'emmena dans le couloir.

— Voici votre chambre. Vous pouvez prendre celle du rez-de-chaussée, pour être plus près de la cuisine. Je vais m'installer en haut.

Elle se força à sourire malgré tout.

— Vous ne voulez pas attendre que j'aie préparé quelque chose ?

— J'ai une Thermos de café et deux sandwichs, largement de quoi survivre. Nous n'avons même plus besoin de nous parler.

Même si Zoé avait prévu de garder ses distances, sa manière de procéder la plongea dans une certaine confusion. Elle ne lui avait pas demandé son aide, c'est lui qui la lui avait proposée. Mais il se conduisait à présent comme si elle était un boulet qui s'accrochait à lui.

— Vous me fuyez ?

— Je respecte votre intimité. Je ne suis pas obligé de vous tenir compagnie sous prétexte que je vous ai secourue.

Encore ce ton, qui lui donnait l'impression d'être de trop ! Certes, il l'avait secourue. Elle ne s'était pas rendu compte de la gravité de la tempête et, seule, elle aurait attendu Lu Ann jusqu'à ce qu'il fasse trop sombre pour trouver un refuge. Donc, il lui avait sauvé la vie. Mais elle ne lui avait jamais demandé de lui tenir compagnie.

— Personne ne vous le demande. D'ailleurs, si nous

avions rejoint des cabanes, je comptais vous suggérer de prendre chacun la nôtre.

— Alors tout va bien, dit-il, avant de monter quelques marches.

Zoé savait qu'il valait mieux le laisser partir. Mais elle était encore en proie à la frustration causée par l'échec de son mariage. Comme elle regrettait de ne pas avoir pu prouver à son ex-mari qu'elle n'était pas une faible femme, une bonne à rien, qu'il aurait pu rester avec elle si seulement il avait voulu ! Elle n'allait pas laisser un autre homme croire qu'elle n'était qu'une faible femme, tout juste bonne à s'accrocher à un homme en pleurnichant !

— J'aurais très bien pu faire face seule !

Cooper s'arrêta et soupira.

— Allons donc ! Une femme comme vous ne doit pas en avoir souvent eu l'occasion !

Zoé prit la remarque comme une insulte et ouvrit grand les yeux.

— Je suis une mère célibataire. Je sais résoudre les difficultés que je rencontre.

— C'est pour cela que vous avez appelé quelqu'un à l'aide et que vous attendiez tranquillement dans votre voiture que cet homme vienne vous secourir.

— Lu Ann prendrait comme une insulte de s'entendre traiter d'homme. Et je n'avais pas réalisé que la tempête était aussi sévère, sans quoi je serais partie à la recherche d'un refuge.

— Très bien.

— Quelle expérience avez-vous donc des femmes ?

— Assez pour savoir que celles qui ont la chance d'être belles en profitent toujours.

— Comme si les hommes séduisants se comportaient mieux ! J'ai épousé un très bel homme et il m'a laissée seule pour élever mon bébé ! J'avais des nausées tous les matins, je me demandais comment j'allais payer mes factures, mais lui n'avait rien de mieux à faire que de jouer de son charme naturel pour me remplacer au plus vite ! Simplement pour me prouver qu'il n'avait pas besoin de moi ! Alors ne venez pas me faire la leçon !

— Ecoutez, je...

Zoé n'avait pas envie de l'écouter davantage. Comment prouver qu'elle savait affronter n'importe quel problème ? Simplement en s'y *attelant* !

— Gardez vos explications pour qui voudra les entendre ! Vous pouvez monter, vous, votre Thermos et vos sandwichs ! J'ai besoin de quelqu'un de bien, pas seulement quelqu'un qui présente bien ! Je n'ai que faire de vous et de vos *charmes* !

2

En haut de l'escalier, Cooper trouva deux chambres. Il jeta un coup d'œil dans la première, qui avait deux lits d'une personne, puis dans la seconde, où il découvrit un grand lit avec une couette.

Un grand lit, c'était déjà merveilleux, mais une couette c'était le grand luxe ! Surtout dans son état. Ses doigts de pieds étaient gelés. Ses os étaient glacés jusqu'à la moelle.

Il jeta son sac sur la commode poussiéreuse, puis s'assit sur le lit pour ôter ses bottes et se frictionner les pieds. Même s'il avait mis la chaudière en marche, la maison ne se réchaufferait pas avant un certain temps — si tant est qu'elle le fasse vraiment au milieu d'un vent aussi mordant. Il se massa vigoureusement les pieds, essayant d'accélérer la circulation. Dans le calme de la maison, il pouvait entendre les déplacements de Zoé Montgomery à l'étage inférieur.

Il eut un petit sentiment de culpabilité, mais mieux valait ne pas y faire attention. Pour une fois, il ne s'était pas mis à l'écart par amour de la solitude : il l'appréciait, mais ce n'était pas le plus important. Il avait voulu lui montrer qu'elle n'avait rien à craindre de lui.

Elle était vraiment très jolie, avec un visage et une silhouette qui, à coup sûr, faisaient se retourner les hommes sur son passage. Beaucoup d'entre eux avaient dû tenter leur chance avec elle. C'était sans doute pour cela qu'elle se méfiait quand un homme lui proposait son aide. Elle avait déjà dû en rencontrer qui espéraient se faire payer en nature.

Mais Cooper n'était pas intéressé. Quoique... il l'aurait été, si elle n'avait désiré qu'un bref moment d'intimité. Mais ce n'était pas le cas, il en était persuadé. Elle avait fait allusion à la fin de son mariage : elle était donc disponible. Mais elle avait aussi dit qu'elle voulait quelqu'un de bien. Dans le langage des femmes, cela voulait dire : un homme qui s'engage. Elle devait être une de ces femmes qui, après avoir été trahies, cherchent un homme à qui elles puissent accorder leur confiance.

Cooper savait qu'il ne correspondait pas à cette description, aussi valait-il mieux oublier tout fantasme romantique. Du reste, combien de temps allaient-ils devoir rester ensemble ?

C'était difficile à dire. Après avoir senti la morsure du froid, il se rendait compte pour la première fois de ce qu'était un blizzard. Par un temps pareil, mieux valait ne pas s'aventurer dehors.

De plus, en tant que routier, Cooper avait assez d'expérience pour savoir que les routes secondaires à deux voies ne sont pas celles que l'on dégage en premier. Zoé et lui étaient bloqués dans cette maison pour les prochaines vingt-quatre heures — au moins. Très probablement, ils étaient là pour le week-end. Il ne retournerait sans doute pas à son camion avant lundi.

Tant que Zoé et lui réduisaient leurs contacts au minimum, cela ne devrait pas poser de problème.

On était le 12 décembre. Ses frères, qui avaient racheté le crédit de son ranch, lui avaient laissé jusqu'à Noël pour son dernier remboursement. Treize jours donc. Il lui en faudrait trois pour livrer son chargement, puis deux pour revenir dans l'Arkansas, où il déposerait le chèque certifié entre les mains de l'avocat de ses frères. Il n'avait aucune intention de donner directement celui-ci à Ty, comme l'exigeait la dernière lettre qu'il avait reçue. Aucun tribunal ne l'expulserait parce qu'il avait préféré remettre le chèque à leur avocat.

Treize jours, c'était largement suffisant. Cela lui laissait huit jours de marge. La tempête ne durerait pas si longtemps, et les services de l'équipement n'oublieraient pas cette route pendant une semaine. S'il était bloqué un jour ou deux, cela n'avait pas d'importance — d'autant plus qu'il avait déjà le chèque en main.

En y repensant, il fouilla dans son sac à dos.

Son associé n'avait rien à voir dans la querelle familiale, et Cooper avait voulu trouver seul l'argent qui manquait pour rembourser le crédit. Il avait dû sacrifier ses économies, et le produit de la vente du bétail, mais il avait presque réuni la somme nécessaire. Il ne lui manquait plus que ce qu'il toucherait à la livraison de son chargement, et il pourrait émettre un chèque du montant voulu. Ses frères ne pourraient plus rien contre lui. Il n'aurait plus jamais la stupidité de contracter une dette à leur égard.

Il ouvrit son sac à dos et glissa la main à l'intérieur pour prendre l'enveloppe blanche contenant le chèque qu'il avait fait préparer à la banque. Mais ses doigts ne trouvèrent que deux sandwichs, une bouteille Thermos et une barre de chocolat… Horreur ! Qu'était-il arrivé ?

Non, il se souvint — il n'y avait pas lieu de perdre la tête. Il avait placé le chèque dans le coffre-fort de son camion. Un frisson de panique le parcourut de nouveau — et s'en alla. Son camion était fermé à clé. Le coffre-fort l'était aussi et, de plus, il n'était pas facile à trouver : il était caché dans le dossier du siège. Avec le temps qu'il faisait, personne n'allait s'approcher de son camion. Il n'y avait aucune raison de s'inquiéter.

Il soupira. Il n'avait peut-être aucune crainte à avoir, mais était-ce une bonne idée d'avoir laissé un chèque de plusieurs centaines de milliers de dollars dans un véhicule abandonné ?

De toute manière, il était inutile de se ronger les sangs. Il fallait attendre le lendemain.

Après avoir mangé ses sandwichs, il s'allongea sur le lit et posa le chapeau Stetson sur son visage. Il entendit le bébé pleurer au rez-de-chaussée. Le son se fit de plus en plus fort; la petite Daphné hurlait littéralement.

Il ferma les yeux. Il avait tiré le gros lot ! Comme si son chèque ne le préoccupait pas assez, voilà qu'il était bloqué avec un bébé qui pleurait et une femme incroyablement susceptible. S'il avait pu affronter le froid, il serait allé chercher son chèque et aurait trouvé un autre abri.

Mais il faisait trop froid et la nuit tombait. Sortir, même quelques minutes, était trop dangereux. Pouvait-il se forcer à croire qu'il n'entendait pas le bébé et que personne n'allait lui voler son chèque ? Sinon, la nuit allait être longue.

Lorsque Cooper ouvrit de nouveau les yeux, la lumière pénétrait dans la chambre à travers les persiennes poussiéreuses, et il sursauta.

Comment avait-il pu sombrer dans un sommeil tellement lourd qu'il n'avait pas entendu les hurlements d'un bébé ? Il fut certain, tout à coup, que quelque chose s'était produit : la tempête s'était arrêtée, et sa compagne de la veille avait eu envie de savoir ce qu'il avait dans son camion. Il sauta du lit, descendit l'escalier et entra dans la cuisine.

Il y trouva Zoé qui faisait la vaisselle. Sans se retourner, elle dit :

— Ne vous inquiétez pas pour le silence. Je ne suis pas allée piller votre camion. Le bébé est simplement endormi.

Il se raidit. L'horloge indiquait 7 h 15. Il ne faisait clair que depuis une vingtaine de minutes. Si elle était allée à son camion, elle serait encore en train de frissonner. Son coffre-fort était en sécurité.

Mais sa phrase montrait à quel point elle vivait sur la défensive. La veille, il avait simplement voulu la laisser tranquille mais elle s'était immédiatement posé des questions sur ses motivations. Elle était peut-être l'une des plus belles femmes du monde, mais elle était étonnamment méfiante. Il fallait qu'il réponde quelque chose, sinon elle allait s'imaginer qu'il y avait vraiment des biens de grande valeur dans son camion.

— Je ne m'inquiétais pas.

— Bien sûr que si. Sinon vous n'auriez pas dévalé l'escalier comme s'il y avait le feu. A moins qu'il n'y ait pas de toilettes en haut.

— Je n'en ai pas vues.

— Il y en a dans la salle de bains qui donne sur la chambre que j'utilise. Je n'en ai pas vu d'autres. C'est vraiment une vieille maison. Elle a dû être construite avant l'eau courante, parce que la salle de bains est dans le coin de la chambre.

Cooper se rendit soudain compte que son chèque lui avait fait oublier un besoin bien naturel.

— Merci, dit-il, avant de quitter la pièce.

Il n'avait pas bien caché la réalité : il y avait bel et bien quelque chose d'important dans son camion. Il allait devoir braver le froid, aller récupérer son chèque et le cacher sur lui — au moins il n'y avait pas de danger qu'elle aille fouiller là.

Mais en traversant la salle de bains, il ne pensa soudain plus à tout cela. L'odeur de Zoé y était trop forte. Avait-elle un savon, un shampooing ou un parfum spécial qu'elle emportait avec elle ? En tout cas, il régnait dans la pièce une senteur intime, douce, tropicale.

Zoé devait être superbe en Bikini, mais il s'efforça de chasser cette pensée. Elle ne l'attirait pas… Enfin, si, mais il savait que ce n'était pas le genre d'idées à entretenir.

Il alla donc dans la petite salle de bains, puis revint dans la cuisine. Il remarqua de nouveau le parfum qui se dégageait d'elle. Comme elle lui tournait le dos, il contempla ses cheveux dorés, sa taille mince, ses formes parfaitement moulées par son blue-jean.

Elle se retourna.

— Il y a du bacon sur la table.

— Vous en avez trouvé ?

— Les placards sont pleins de nourriture. Il y a même du pain et de la viande dans le congélateur.

Comme c'était curieux qu'elle ait agi ainsi, alors qu'elle avait exprimé la veille ses scrupules à s'introduire dans la maison de quelqu'un d'autre…

— Vous avez fouillé ?

— J'ai un bébé. Je dois m'en occuper. Il fallait que je voie ce sur quoi on pouvait compter. De plus, je suis réveillée depuis 5 heures. Daphné s'est rendormie mais, moi, je n'ai pas pu, alors j'ai exploré la maison. Vous aviez raison de penser qu'il s'agissait d'une résidence pour le week-end. Mais pas pour des chasseurs, pour une famille. J'ai trouvé des jeux d'enfants.

Elle s'essuya les mains avec un torchon et, sans lui donner le temps de commenter, elle poursuivit :

— Si vous n'aimez pas le bacon, prenez des saucisses dans le réfrigérateur. Servez-vous comme vous voulez. Je laisserai de l'argent sur la table pour payer ce que nous avons utilisé.

Sur ce, elle sortit de la pièce.

Il secoua la tête. Qu'est-ce qui était donc le plus

étonnant ? Son sens des responsabilités, ou le fait qu'elle voulait l'éviter le plus possible ?

Oh, peu importait. Elle avait dû remarquer comment il la contemplait, et il ne pouvait lui en vouloir de s'être éclipsée dès qu'elle avait pu. Il valait certainement mieux qu'il ne soit plus soumis à la tentation d'une aussi belle femme. Par ailleurs, il était très content qu'elle souhaite payer la nourriture consommée. Si elle ne pouvait pas prendre un peu de bacon et quelques saucisses sans être travaillée par sa conscience, il n'avait pas à craindre qu'elle fouille son camion pour voler son chèque.

Il se fit un sandwich au bacon et alla regarder par la fenêtre.

Cela ne s'arrangeait pas. Le vent faisait tourbillonner la neige. Il était certainement inutile de braver les éléments pour récupérer son chèque. S'il y avait des gens dehors, ils ne devaient pas piller les camions, mais chercher un abri. Tant que ce temps continuait, son argent était en sécurité.

Il entra dans le salon, où son attention fut attirée par le téléviseur.

Il appuya sur la télécommande, et ne put contenir sa joie. Il y avait la télévision par satellite ! Passant d'une chaîne à l'autre, il vit du sport, des films récents, de vieux feuilletons rediffusés.

Au moins, Zoé et lui auraient de quoi s'occuper, et pourraient partager la même pièce sans se chamailler.

Non qu'il veuille être dans la même pièce qu'elle. Il ne souhaitait simplement pas qu'elle soit obligée de se retrancher derrière une porte, comme si elle était en prison.

Il frappa à la porte de sa chambre.

— La télévision fonctionne. Vous pouvez venir la regarder, si vous voulez.

— Merci, mais je vais prendre une douche.

« Une douche ? »

Immédiatement, l'image de Zoé nue s'installa dans son esprit. Il pouvait voir ses cheveux blonds retombant dans son dos. Sa peau rose parfaite. Ses yeux bleus brillants...

Il ferma les yeux. Etait-elle en train de le provoquer ? Parce qu'elle avait prononcé le mot « douche » ? Non, il savait que cela venait de lui. Un homme avec un minimum de bon sens ne se précipite pas sur toutes les jolies femmes qui passent à sa portée. Combien de fois se l'était-il répété ? Et cette fois, il avait des arguments tangibles pour s'en tenir là.

Il était évident qu'il devait éviter cette femme. Elle ne voulait rien avoir à faire avec lui. Et rien ne l'obligeait à rester derrière la porte. Il n'avait qu'à aller regarder la télévision.

— Comme vous voudrez, dit-il.

Il revint dans le salon, finit son sandwich avant de reprendre la télécommande pour regarder la chaîne météo.

En regardant la carte des Etats-Unis, il poussa un grognement de frustration. La tempête s'était installée sur la région où ils étaient. Le présentateur expliquait avec le sourire qu'il s'attendait à ce qu'elle soit passée le lendemain. Il pouvait bien être content : ce n'était pas lui qui était bloqué avec une femme qu'il ne connaissait pas et un bébé. Et il n'avait pas non plus laissé, dans le coffre-fort de son camion abandonné, un chèque représentant tout ce qu'il avait !

Une demi-heure plus tard, Zoé arriva dans le salon, habillée d'un pantalon marron et d'un pull rouge, tenant dans ses bras une Daphné qui était visiblement de bonne humeur. Cooper n'avait guère envie de parler, et pourtant les mots lui sortirent de la bouche avant qu'il n'ait le temps d'y réfléchir.

— Vous avez la même taille que la femme de la maison.

— Je ne sais pas. Il n'y a pas de vêtements dans le placard. J'ai toujours des vêtements de rechange avec moi parce que les bébés sont salissants, et que j'ai parfois besoin de me changer moi aussi.

Elle se tourna vers la cuisine, et le regard de Cooper embrassa encore son corps parfait.

Il se força à reprendre une attitude dégagée et sensée. Même si elle-même le trouvait aussi attirant, il n'était pas question qu'ils fassent l'amour ensemble. Ils étaient bloqués pour au moins deux jours. S'ils n'avaient été là que pour un après-midi, cela aurait peut-être été possible, mais deux jours... Faire l'amour ne durerait pas aussi longtemps. Ils s'arrêteraient et commenceraient à se parler. Ce serait le début d'une relation.

Ce qui était hors de question.

— Je crains d'avoir de mauvaises nouvelles.

— La tempête s'aggrave, répondit Zoé d'un ton coupant en se tournant vers lui.

Elle était vraiment superbe. Franchement, comment se pouvait-il qu'un homme ait pu la quitter ? Hum... une seule raison était concevable. Elle avait dû être insupportable. Tout son comportement le donnait à penser.

Aucun homme n'aimait être mené ainsi par une femme.

— Excusez-moi, dit-il, j'essayais juste de me rendre utile.

Zoé partait vers la cuisine pour prendre l'un des biberons de Daphné dans le réfrigérateur, où elle les avait mis la veille, mais ce commentaire l'arrêta net. Pourquoi la croyait-il donc stupide ? En tout cas, d'après leur conversation de la soirée précédente, il craignait qu'elle ne soit un fardeau à supporter. Elle pensait avoir mis fin à cette crainte, mais visiblement, il avait encore des doutes.

— Moi aussi, j'ai trouvé la télé, dit-elle.

— Je cherchais simplement à vous informer sur la tempête.

Encore ce ton. Comme si elle était idiote. Cet homme était peut-être l'un des plus sexy du monde avec son corps très mince, subtilement mis en valeur par sa chemise à carreaux et son blue-jean parfaitement ajusté, et ses cheveux noirs — elle ne pouvait pas prétendre qu'elle était insensible à ses charmes physiques —, mais il avait le mot « macho » écrit en lettres clignotantes sur le front, et elle ne le supportait pas.

— Je vais être claire, Bryant, dit-elle, en utilisant son nom de famille pour rester la plus impersonnelle possible. J'ai un enfant. J'ai l'habitude de pourvoir à mes besoins, et aux siens en plus, parce que mon ex ne veut pas savoir ce qu'est une pension alimentaire. La justice peut le condamner tous les jours à en payer une, il arrivera toujours à s'y soustraire s'il s'enfuit assez vite. Alors, je travaille. Je m'occupe de ma maison. Je peux réparer un robinet, ou un pneu. Je sais faire du feu, ou allumer un téléviseur.

— Très drôle.

— Non, ce n'est pas drôle de devoir vous expliquer que je suis une adulte, alors que vous me prenez visiblement pour une enfant gâtée qui n'a pas grandi. J'aimerais que ce soit bien clair.

— C'est clair.

— Tant mieux, parce que si nous sommes bloqués ici tout ce week-end, je n'ai pas l'intention d'être la seule à faire la cuisine et la vaisselle.

— Comme vous, je travaille et je m'occupe des tâches quotidiennes… et je fais tourner un ranch. Je crois que je vous bats.

Elle se retourna pour aller dans la cuisine.

— Vous ne me battrez pas tant que vous ne vous occuperez pas aussi d'un enfant.

— L'année dernière, trois de mes vaches ont eu des veaux.

— Avez-vous dû vous lever à 2 heures du matin ?

— Une fois. Et je sais ce que c'est que soigner une colique.

— Fort bien. Vous êtes le premier homme que je considère à mon niveau.

Zoé prit son bébé et s'installa dans un rocking-chair, dans le salon, pour donner à Daphné l'un des cinq biberons qu'elle avait préparés la veille. Même s'ils pouvaient partir dès le lendemain — et elle savait que ce ne serait pas le cas —, les biberons seraient finis avant cela. Zoé devrait en préparer de nouveaux avec l'eau du robinet. Daphné supporterait-elle bien celle-ci ?

Préoccupée par son bébé, elle ne prêta pas attention au silence qui s'était établi dans la maison, ni au fait que Cooper Bryant faisait les cent pas. Même lorsqu'elle s'en rendit compte, elle ne fit aucun commentaire. Ce n'était pas son problème.

Elle se leva pour emmener le bébé dans la chambre à coucher, où elle mit Daphné sur le grand lit. Elle l'entoura d'oreillers et, après réflexion, poussa le grand lit contre le mur, offrant au bébé une double protection. Ce n'était pas l'idéal, mais il fallait se débrouiller avec les moyens du bord. Tant qu'elle viendrait jeter un coup d'œil à Zoé de temps en temps, il ne devrait rien se passer.

Satisfaite, elle revint dans le salon. La télévision ne l'intéressait pas trop, mais elle avait remarqué un jeu de cartes. Il y avait longtemps qu'elle n'avait pas fait de réussite. Au moins, cela détournerait son esprit de ses problèmes — une montagne de factures qu'elle ne pouvait payer et le courrier recommandé qui lui annonçait la saisie de sa maison pour défaut d'acquittement des impôts locaux.

Elle vit Cooper Bryant qui regardait par la porte-fenêtre. Sans *lui*, ce week-end inattendu aurait pu faire une coupure agréable dans sa vie.

Elle sortit les cartes, prit une chaise et s'assit. Pendant quelques instants, le seul bruit dans la pièce fut celui des cartes.

— Je ne suis pas très fort aux jeux de cartes.

— Cela tombe bien, j'allais faire une réussite.

— D'accord, je comprends. Vous n'êtes pas une femme qui a besoin qu'on s'occupe d'elle.

— Félicitations, vous savez voir ce qui crève les yeux.

Il fronça les sourcils. Zoé posa les cartes, étudia son visage un instant avant de dire :

— Ecoutez, je sais que vous préféreriez être seul. Franchement, moi aussi. Mais comme ce n'est pas le cas, la seule solution est de parvenir à un accord.

— Un accord ?

— Oui. Nous nous mettons d'accord pour partager les tâches ménagères. Pour être courtois. Et pour refuser toute ambiguïté romantique. De cette manière, nous pourrons nous parler sans nous soucier de ce que l'autre a en tête.

Cooper faillit dire oui tout de suite, mais… elle venait d'admettre, sans s'en rendre compte, qu'elle le trouvait attirant. C'était donc mutuel, et ils étaient bloqués ensemble pour deux jours.

Pourquoi ne pas en profiter pour faire l'amour sans s'inquiéter du lendemain ?

Avant qu'il n'ait pu trouver un moyen de formuler sa suggestion, Daphné se mit à pleurer et Zoé bondit immédiatement hors de la pièce. Aussitôt, la situation devint claire : c'était là la raison pour laquelle Zoé et lui ne pouvaient pas faire l'amour. Les femmes qui ont un bébé sont munies d'un moyen de défense. Chaque fois qu'il se passerait quelque chose, Daphné se mettrait à pleurer.

Zoé revint avec le bébé dans les bras, s'assit avec celui-ci sur les genoux, et se remit à sa réussite.

— Je crois que cet accord est une bonne idée, admit Cooper.

— Bien. Nous pouvons nous parler courtoisement.

Il hocha la tête et se détendit un peu, mais pas complètement. Elle n'attendait rien de lui, mais cela ne mettait pas fin à l'attirance sexuelle qu'il ressentait pour elle. Comme il était un adulte responsable, il allait devoir se contrôler, et cela impliquait de trouver des sujets de conversation neutres.

Le temps semblait en être un.

— Je n'ai jamais vu autant de neige.

— Moi si. Pas très souvent.

Elle sourit. Elle avait les deux mains prises par le bébé sur ses genoux.

— Serait-ce déplacé que de vous demander de mettre ce sept rouge sur ce huit noir ?

Il baissa les yeux, comprit ce qu'elle proposait et déplaça le sept de cœur sur le huit de pique.

— Merci.

— Je vous en prie. Voulez-vous le quatre rouge sur le cinq noir ?

— Quel quatre rouge ?

— Celui-ci, dit-il en posant la carte sur le cinq.

— Oh, je ne l'avais pas vu. Merci.

— Vous jouez une carte à la fois, ou trois ?

— Trois.

— Vous les battez ou vous les jouez dans l'ordre ?

Elle le fixa d'un air choqué.

— Je les joue dans l'ordre. Toute autre méthode revient à tricher ! Je ne suis pas comme cela !

Il retint un sourire. Cette femme avait des valeurs morales.

— Très bien. Comme vous voudrez.

Il plaça devant elle trois cartes pour qu'elle puisse voir les différentes solutions.

Elle soupira.

— Cette carte ne peut aller nulle part. Essayez de nouveau.

Il compta les trois cartes suivantes et les plaça sur la table.

— Oh, un as ! s'écria-t-elle. Vous savez où le placer !

Il retint de nouveau un sourire devant son enthousiasme et posa l'as au sommet de toutes les autres cartes.

— Vous voulez le deux de pique ici ?

Elle hocha la tête, puis un petit cri lui fit baisser les yeux.

— Si je lâche ta main, dit-elle à Daphné, promets-tu de ne pas toucher aux cartes ?

Daphné émit de nouveau un petit cri.

— Je ne suis pas sûr que cela veuille dire oui, avertit Cooper.

La petite fille lui fit un grand sourire. C'était une enfant adorable. Elle avait de grands yeux bleus, comme sa mère, et ses cheveux étaient si clairs qu'ils paraissaient blancs.

— Je suis d'accord. Mais je ne peux pas la garder là toute la matinée en lui tenant la main. Cela va la rendre folle.

Elle lâcha la main de Daphné, qui se mit aussitôt à frapper sur la table.

Cooper déplaça les cartes d'une dizaine de centimètres, pour les mettre hors de portée.

— Merci, fit Zoé avec un sourire.

Cooper sentit son cœur bondir dans sa poitrine. Qu'il était injuste d'être bloqué avec cette femme, sans pouvoir tenter de la séduire !

— Vous savez vous y prendre avec les bébés !

— Comme je vous l'ai dit, j'ai eu ces trois petits veaux l'année dernière.

Elle rit. Cooper compta trois autres cartes.

— Mettez le neuf rouge sur le dix noir.

Il fit ce qu'elle demandait.

— Le huit noir sur le neuf rouge.

Il obéit de nouveau.

— Alors, vous possédez un ranch.

Il réalisa qu'il l'avait poussée à poser cette question : il n'avait parlé de rien d'autre. Mais son ranch était la dernière chose dont il désirait discuter. Cela lui rappelait qu'il avait dû vendre son troupeau parce que ses frères le détestaient.

— Oui, j'ai un ranch.

— Et vous conduisez un camion.

— Oui.

— Alors, qui s'occupe des veaux quand vous êtes parti ?

— Ils ne sont pas tout à fait comme Daphné. Ils ne réclament pas une attention constante.

— Alors, vous les laissez seuls, vous prenez votre camion et vous partez ?

— Non, ce n'est pas aussi simple.

Daphné donnait de petits coups sur le visage de Zoé. Zoé lui prit la main.

— Voudriez-vous… Non, laissez. Je vais le faire.

— Quoi donc ?

— Prendre un hochet dans le sac de couches.

Elle se leva et alla le chercher. Lorsqu'elle revint, Daphné suçait ce qui ressemblait à un morceau de plastique bleu.

— J'aurais pu aller le prendre.

— Certes.

— Voulez-vous de nouveau me montrer que vous savez vous débrouiller toute seule ?

— Peut-être. Allez-vous me dire qui s'occupe de vos animaux ?

— Vous modifiez votre comportement envers moi, parce que je n'ai pas dit que j'avais un associé ?

— Mes réactions sont dictées par votre comportement à mon égard. Vous m'aidez à jouer aux cartes parce que vous vous ennuyez, mais vous ne voulez pas me confier quoi que ce soit de votre vie — même pas le fait insignifiant que vous avez un associé — parce que vous ne me faites pas confiance. Ce qui vous rend soupçonneux. Les gens qui sont ainsi ne sont généralement pas dignes de confiance eux-mêmes... Alors j'ai préféré ne pas vous laisser fouiller dans mon sac.

— Vous parlez sérieusement ? Vous me prenez pour un criminel parce que je ne vous parle pas de moi ?

— Non, je pense juste qu'on ne peut pas vous faire confiance.

— Je suis l'une des personnes les plus honnêtes sur terre !

— Et c'est ce qui vous rend aussi méfiant ?

— Je ne suis pas méfiant ! Je ne suis pas très bavard, c'est tout !

Elle ne répondit pas, et le fixa jusqu'à ce qu'il s'écrie :

— Quoi ?

— J'attends que vous me disiez pourquoi vous n'êtes pas bavard.

— Pourquoi le devrais-je ?

— Oh, voyons. Nous sommes au milieu d'une tempête de neige. Nous allons nous séparer lundi et nous avons neuf chances sur dix de ne pas nous revoir. C'est comme dans un rêve. C'est notre chance d'ouvrir notre cœur à un membre du sexe opposé et d'obtenir des réponses.

— C'est *votre* rêve.

Elle resta silencieuse une minute, puis reprit :

— Peut-être n'en avais-je pas vraiment conscience. Mais j'ai pensé que, juste une fois, j'aimerais être en face d'un homme et lui poser des questions pour comprendre ce qui le fait réagir.

— Moi aussi, j'ai un rêve. Dans lequel je suis bloqué avec un membre du sexe opposé. Et nous communiquons, mais sans parler. Nous le faisons à un niveau où les paroles sont inutiles. Vous me suivez ?

— Vous voulez que nous fassions l'amour ?

Il sourit.

— Avec un parfait étranger ? reprit-elle, effarée.

— Ah, les femmes. Ouvrir mon cœur à une étrangère, c'est aussi impensable pour moi que faire l'amour à un étranger peut l'être pour vous. Bon, je vais refaire du café, ajouta-t-il en se levant.

Mais il s'arrêta en songeant à ce qu'elle venait de dire. Ils ne se reverraient plus après le passage du chasse-neige. Lundi matin, ils se sépareraient, et ce serait comme s'ils ne s'étaient jamais rencontrés. Il pouvait lui dire tout de sa vie, cela n'aurait aucune importance.

En fait, cela pouvait mener à un compromis intéressant. Ils pouvaient obtenir chacun ce qu'ils désiraient.

— Je vais vous faire une proposition. Si vous acceptez de passer la prochaine sieste de Daphné à faire l'amour avec moi, un simple rapport sexuel sans lendemain, je vous dirai tout ce que vous voulez savoir. Et voici de quoi vous mettre en appétit. Je n'ai pas parlé avec mes frères depuis huit ans. Ils viennent de racheter le crédit de mon ranch et ils s'apprêtent à le saisir.

Zoé le regarda avec étonnement.

— L'histoire qui est derrière cela est assez complexe… Vous voulez en savoir plus ? Vous êtes curieuse ?

3

En effet, elle était curieuse. Mais pas au point de faire l'amour avec un parfait étranger. Cette proposition avait fait naître en elle une pointe de désir, qui était certes réelle mais n'en était pas moins ridicule.

Pourquoi avait-elle eu la tentation de dire oui ? Ce n'était pas dû au fait qu'il était bel homme. Bien sûr, Cooper Bryant était attirant, mais le plus frappant était sans doute la manière dont il négociait pour obtenir ce qu'il voulait. Il ne tournait pas autour du pot. Après des mois à ne penser qu'à son bébé, voir un homme faire preuve d'un comportement aussi audacieux lui rappelait qu'elle n'était pas simplement une mère. Elle était aussi une femme. Ce qu'il lui proposait était choquant, mais également flatteur en un sens.

Elle frissonna. Il lui manquait un homme depuis trop longtemps, et elle ne devait pas laisser ses hormones lui dicter ses pensées. Par ailleurs, n'avait-il pas dit cela en plaisantant ? Encore qu'il avait dû être sérieux à propos de sa famille. Il devait y avoir une histoire inhabituelle de ce côté-là.

Elle la découvrirait bien, plus par ennui que par curiosité. De plus, s'il avait mentionné sa famille, cela voulait peut-être dire qu'inconsciemment il avait *besoin* de parler.

Personne ne peut rester enfermé deux jours avec quelqu'un d'autre sans rien dire : aussi, sans aucun doute, elle l'amènerait à se confier. En fait, le mieux était d'en faire un jeu. Ce serait beaucoup plus amusant que de passer des heures à jouer aux cartes !

Ce n'était peut-être pas si simple. Jouer avec lui au chat et à la souris pourrait être dangereux. Il avait sans doute bien plus d'expérience qu'elle, dans de nombreux domaines de la vie. Pire, s'il n'avait pas plaisanté, il lui avait dit clairement ce qu'il espérait d'elle en échange de son histoire. Si elle ne faisait pas attention, elle risquait de tomber dans son piège.

Mais il n'était peut-être pas si habile que cela. Elle-même était beaucoup plus subtile que son physique ne le donnait à croire à beaucoup de gens : on estime à tort que les blondes sont idiotes… Si elle allait trop loin, elle saurait s'en apercevoir et faire marche arrière à temps.

Tandis que Cooper préparait du café, Zoé fit boire à Daphné le reste de son biberon, et la petite s'endormit. Elle ne faisait pas systématiquement de sieste après ses biberons, mais cette fois-ci, elle semblait en avoir besoin. Elle allongea le bébé au milieu du lit et remarqua qu'elle était plus tranquille que d'ordinaire. Plaçant la paume de la main sur son front, elle réalisa que le bébé avait de la fièvre.

Il n'y avait pas de raison de paniquer : elle avait un thermomètre et des médicaments dans le sac de couches. Elle utiliserait le premier pour voir si elle avait besoin des seconds. Elle fouilla dans le sac jusqu'à ce qu'elle les ait trouvés et les plaça sur la commode pour les avoir à portée de main. Elle n'allait pas réveiller le bébé pour lui prendre sa température, elle le ferait dès que celui-ci se réveillerait.

Puis elle s'assit sur le lit, sans bien savoir quoi faire.

Il n'y avait pas tellement de choix, dans une maison au milieu des bois, pendant une tempête de neige. Avec

Daphné endormie, elle ne pouvait qu'aller dans le salon. Mais elle serait tentée de parler avec Cooper, et ce ne serait pas une bonne idée. Elle ne voulait pas le faire trop vite, ou trop tôt. Il comprendrait ce qu'elle avait en tête et se renfermerait. Ou, pire, lui rappellerait sa proposition. Si l'amener à se confier devait être le défi à relever pendant le week-end pour chasser l'ennui, alors elle devait s'y prendre habilement.

En même temps, elle ne pouvait pas rester dans la chambre comme si elle avait peur de lui. Il se croirait en position dominante et, chaque fois qu'il voudrait quelque chose, il n'aurait qu'à suggérer qu'ils couchent ensemble. Pour découvrir le secret de Cooper, il fallait qu'elle fasse preuve de modération. De détachement. Elle devait se montrer à l'aise en sa présence mais pas particulièrement intéressée. Finalement, sous l'effet de l'ennui, il se confierait par bribes, pour finir par révéler toute son histoire.

Zoé jeta un nouveau coup d'œil à Daphné. La petite était paisiblement endormie, mais elle ne le resterait pas longtemps. Lorsqu'elle se réveillerait, probablement en larmes, Zoé devrait lui consacrer toute son attention.

Il valait mieux retourner dans le salon tant qu'elle avait du temps et essayer d'améliorer les relations avec Cooper, pour ensuite connaître son histoire plus facilement.

Avec un dernier regard à Daphné, elle partit donc vers le salon. Cooper s'était installé sur le divan, et il regardait la télévision.

— Que regardez-vous ?

— Du basket. Vous n'allez pas me demander de changer de chaîne ?

Il eut un regard craintif qui le fit paraître incroyablement masculin et sexy. Elle devait cesser une fois pour toutes d'y faire attention et regarda l'écran. Du sport. Elle n'avait jamais pu s'y intéresser. Mais elle n'était pas du genre à priver les autres de leur plaisir. De plus, il n'était pas mauvais de détendre sa relation avec lui.

— Non, vous pouvez regarder. Je vais faire une réussite.

Sans la remercier le moins du monde, Cooper s'enfonça dans le divan et regarda de nouveau l'écran.

Oh, peu importait. Elle devait lui montrer qu'elle l'acceptait tel qu'il était, afin qu'il se sente à l'aise pour lui confier l'histoire de sa vie.

Elle s'assit à la table et vit que l'on n'avait pas touché à son jeu. Elle s'y remit et réalisa, quelques cartes plus tard, qu'elle ne pouvait pas gagner. Elle rassembla les cartes et recommença. Peu après, elle savait qu'elle avait de nouveau perdu. Alors, elle entama une nouvelle partie, et perdit encore.

Elle ferma les yeux. Elle pouvait accepter la malchance, mais qui pouvait la supporter en même temps que l'ennui ?

Elle jeta un coup d'œil au téléviseur, puis à Cooper. Ses paupières étaient-elles closes ?

Elle se leva et s'approcha du divan. Effectivement, les yeux de Cooper s'étaient fermés. Il ne regardait plus le match. Il s'était endormi.

Malheureusement, il tenait la télécommande. Sur son ventre. Juste au-dessus de la ceinture.

Après la réaction qu'elle avait eue en entendant sa proposition ridicule, était-il bien sage de le toucher de quelque manière que ce soit ? Mais il était endormi, et elle voulait regarder la télévision.

En étudiant son corps remarquablement séduisant, Zoé sentit de nouveau qu'il l'attirait. C'était un homme solidement bâti, quelqu'un qui entretenait ses muscles par le travail, pas par le culturisme. Dans son blue-jean et sa chemise à carreaux, il était vraiment d'une grande virilité. Il était si beau que n'importe quelle femme aurait réagi comme elle.

Ce qui voulait tout simplement dire qu'elle avait des réactions parfaitement normales, et qu'elle ne devait pas attacher tant d'importance au fait de lui enlever la télécommande. Parce que ce n'était pas si important. Il était séduisant, elle l'avait remarqué, et alors ? Ce n'était pas comme si la télécommande était sur le haut de sa cuisse. Elle n'était que sur son ventre.

Lentement, doucement, elle tendit la main, prit le haut de la télécommande et la fit glisser hors de sa main. Mais avant qu'elle ne l'ait dégagée à moitié, il leva l'autre main pour agripper son poignet.

Sans ouvrir les yeux, il dit :

— Si c'est votre manière de dire que vous acceptez ma proposition, je veux être éveillé pour cela. En fait, je pense même que c'est nécessaire.

Le cœur battant, Zoé dégagea son poignet et recula.

— Je n'acceptais pas votre proposition ! Je veux la télécommande.

Il ouvrit les yeux et la fixa.

— Vous m'aviez dit que je pouvais regarder la télévision.

— Oui, mais comme vous vous êtes endormi…

— Je ne m'étais pas endormi ! J'écoutais le match.

— Certainement !

— C'est parfaitement vrai, dit-il en ajoutant le score exact.

Le basket est un sport où des points sont ajoutés sans cesse : il ne mentait donc pas. Se reprochant de s'être laissée attirer par un idiot pareil, elle repartit vers la table. Mais avant de s'asseoir, elle entendit Daphné et prit la direction de la chambre.

En y entrant, elle vit que le bébé avait les joues rouges. Elle semblait avoir de la fièvre. Zoé prit le thermomètre pour vérifier sa température. Certes, elle était plus élevée que la normale. Pas assez pour se faire du souci, mais assez pour lui administrer un médicament.

Après avoir reposé le thermomètre sur la commode, Zoé prit le bébé au centre du grand lit et se tourna vers la porte. Prenant la bouteille de sirop de sa main libre, elle se dirigea vers la cuisine à la recherche d'une cuiller. Daphné, apparemment abattue par la fièvre, ne protesta pas quand Zoé lui mit la cuiller de sirop sur la langue. Mais bientôt ses lèvres tremblèrent et elle recracha le liquide rouge.

— Ce n'est rien, Daphné. Tu vas voir, cela va te faire du bien.

Zoé utilisa la cuiller pour reprendre un peu du liquide sur le menton de Daphné et le remettre dans sa bouche, mais cette fois-ci la petite pleurait vraiment et recracha de nouveau le sirop.

Il fallut essayer trois fois, mais finalement Daphné avala la quantité de sirop que Zoé jugeait satisfaisante. Elle serra le bébé contre sa poitrine, le berçant doucement.

— Tout va aller mieux, ma chérie. Maman sait que tu ne vas pas très bien. Laisse quelques minutes au médicament pour qu'il fasse effet, et tu te rendormiras.

Daphné se mit à crier plus fort. Zoé commença à faire les cent pas dans la cuisine, murmurant des mots apaisants. Mais cela ne servit à rien. Sans que Zoé puisse rien faire, Daphné se mit à hurler.

Cooper se redressa sur le divan.

— Vous la battez ?

— Non, soupira Zoé.

Pouvait-elle lui dire que sa fille avait sans doute attrapé un virus — ce qui voulait dire que lui aussi y serait exposé ? Oui, décida-t-elle. Quand on vit ainsi confiné, il y a peu de secrets que l'on puisse garder.

— Daphné a dû attraper un virus à la crèche.

Cooper la regarda quelques instants, alors qu'elle se tenait avec son enfant à l'entrée du salon.

— Alors, c'est à cela que je dois m'attendre pendant les prochains jours ?

— Non, juste quelques heures, à mon avis. Elle a dû avoir des symptômes auxquels je n'ai pas fait attention hier soir. Cela devrait passer en une douzaine d'heures.

Cooper fronça les sourcils.

— Ne vous faites pas de souci pour moi. J'ai vécu bien des situations difficiles auparavant, et j'ai toujours su m'en accommoder le mieux possible.

Sur ce, il se renfonça dans le divan.

— Oh, ce n'est pas pour vous que je me fais du souci. C'est pour elle.

Il se redressa de nouveau.

— Quoi qu'il en soit, ne vous en faites jamais pour moi. Ma mère disait toujours qu'il ne faut pas emprunter les soucis des autres. Quant à Daphné… avez-vous un thermomètre avec vous ?

— Oui. J'ai déjà vérifié sa température. Elle est un peu élevée.

— Avez-vous l'impression qu'elle est brûlante de fièvre ?

— Non. Elle a de la fièvre, mais pas au point de brûler.

— D'accord. Votre thermomètre ne se trompe probablement pas. Sa fièvre n'est pas particulièrement forte. Inutile de s'inquiéter.

Zoé remarqua que Daphné ne pleurait plus. Ses paupières se fermaient, ses joues avaient deux taches rouges, et elle regardait sa mère d'un air malheureux.

— Maman va t'emmener au lit, dit-elle en prenant la direction de la chambre à coucher.

Elle la déposa au milieu des oreillers, mais, au lieu de la laisser, elle s'allongea à côté d'elle. Elle caressa les bras du bébé, ses cheveux, murmurant des paroles d'apaisement. En vingt minutes, probablement le temps que le médicament fasse effet, Daphné dormait de nouveau.

Zoé se leva du lit, mais se sentit incapable de sortir de la chambre. Elle savait que Cooper avait raison. La fièvre de Daphné n'était certainement pas grave au point de mettre sa vie en danger, mais il était quand même préférable de rester dans la pièce, au cas où. Comme il n'y avait aucune chaise dans la chambre, elle s'assit par terre et posa la tête contre le mur. Dans cette position, elle écouta Daphné respirer.

Vingt minutes plus tard, Cooper apparut à la porte.

— Que se passe-t-il ?

— Rien. Elle dort.

— Le match n'est pas fini, mais il commence à devenir ennuyeux. Si vous voulez regarder une autre chaîne, je peux trouver autre chose à faire.

Zoé sourit.

— Non, je suis bien comme cela. Il faut que je reste là, au cas où elle aurait besoin de moi.

Cooper allait partir, mais il s'arrêta et se retourna de nouveau avec une expression peinée. Il soupira.

— Ma mère faisait la même chose.

— Elle restait dans votre chambre quand vous étiez malade ?

— Je ne me souviens pas qu'elle l'ait fait pour moi, mais je me rappelle qu'elle l'avait fait pour mon petit frère, Seth. Alors, je pense qu'elle l'a fait pour nous tous.

— Oui. Vous aviez dit que vous aviez des frères.

— Deux.

— Je suis fille unique. Cela a dû être agréable de ne pas être tout seul.

— N'essayez pas de m'entraîner dans une conversation dans l'espoir que je vous dise tout sur ma famille. Vous savez la condition que j'ai mise pour vous raconter mon histoire.

— Je n'essayais pas d'obtenir votre histoire.

— Tant mieux, parce que j'aurais fait un excellent espion. Je ne dis jamais rien à personne.

— Sauf en échange de relations sexuelles.

— Toute chose a son prix.

Elle rit de nouveau et Cooper quitta la pièce. Mais il se sentait coupable sans savoir pourquoi. Ce n'était pas lui qui avait rendu malade l'enfant de Zoé. Et il ne savait pas non plus quoi faire pour l'aider. Pourtant, pour une raison que Dieu seul connaissait, il lui semblait qu'il devait faire quelque chose.

Comme il était presque midi, il décida de préparer le déjeuner. Après avoir mis la cafetière en route, il confectionna plusieurs sandwichs en utilisant l'une des boîtes de thon qu'il avait trouvées dans le bas d'un placard. Il emporta deux sandwichs et une tasse de café dans la chambre.

— Tenez.

Elle leva les yeux et Cooper sentit son cœur chavirer dans sa poitrine. Ses yeux étaient d'un bleu tel qu'aucun homme ne pouvait y résister. Mais c'était la première fois qu'il observait vraiment son visage et il y vit davantage que de la séduction. Il y vit de la force intérieure, du courage, de la détermination, qualités qui, si elles étaient utilisées au bon moment, et de la meilleure manière, pouvaient rendre une femme extraordinaire au lit.

S'il avait eu une main libre, il se serait donné une bonne tape sur le front. Pourquoi laissait-il donc des idées pareilles entrer dans sa tête ? C'était une chose de lui avoir fait une proposition. C'en était une autre de se torturer ainsi.

Il lui tendit l'assiette et la tasse.

Elle secoua la tête.

— Je n'ai pas faim.

— Alors, mangez au moins pour faire passer le temps.

— C'est comme cela que les gens deviennent gros.

Elle ne voulait pas prendre l'assiette. Mais comment pourrait-il sortir de la pièce tant qu'elle ne l'aurait pas fait ? Pourquoi fallait-il qu'il soit ainsi attiré par cette femme !

— Très bien, dit-il en s'accroupissant. Je ne suis pas quelqu'un qui me soucie beaucoup des autres, mais pour une raison mystérieuse, je ne peux pas supporter de vous voir là.

Zoé scruta son visage un instant, puis haussa les épaules.

— Je ne comprends pas pourquoi. Tout à l'heure dans le salon, vous m'avez abandonnée à la table sans rien à faire. Est-ce qu'ici, cela fait une différence ?

— Je ne sais pas.

Il prit un sandwich et en avala une bouchée. Si elle ne voulait pas les manger, il n'allait pas les laisser perdre. Quand ils ne seraient plus là, il n'aurait plus de raison de rester.

Zoé resta silencieuse pendant quelques secondes, puis, d'après l'expression de son visage, elle parvint à une conclusion. Il ne fut guère surpris lorsqu'elle déclara :

— Je crois que je sais ce qui vous agace dans le fait de me voir ici.

Ayant visiblement changé d'avis sur les sandwichs, elle prit le second.

— Dans le salon, vous saviez ce que je faisais. Ici, vous ne le savez pas. Vous n'aimez pas rester à l'écart.

Etait-ce parce qu'il avait mentionné Seth ? Curieusement, celui-ci avait prononcé à peu près les mêmes paroles huit ans plus tôt. *Tu n'aimes pas qu'on te laisse à l'écart. Tu crois toujours tout savoir, que ta place est partout. Pourtant, s'il y a une chose qui est claire à ton sujet, c'est que tu ne fais que causer des problèmes. Ty l'a compris depuis longtemps, lui. Si seulement tu pouvais t'en aller, quel soulagement ce serait !*

L'émotion le parcourut comme si la scène avait eu lieu la veille. La peur. La douleur. La colère. Il se souvenait comment Seth s'était précipité hors de la chambre et comment lui-même avait décidé de lui faire plaisir et de partir. Il avait fait ses bagages, en moins de temps que les gens n'en mettent habituellement pour se changer, et était parti avant que Seth n'ait pu changer d'avis ou que Ty ne se soit aperçu que son frère cadet n'était plus là.

Oh, aucun des deux ne l'aurait arrêté. Mais à l'époque, il avait eu besoin de conserver un doute, de croire qu'ils avaient quand même encore assez d'affection pour lui pour ne pas le laisser s'en aller.

— Je crois que je serai mieux seul.

Il se leva, et Zoé le regarda comme s'il était fou.

— Comment peut-on être mieux seul ? Quand j'ai eu dix-huit ans, mes parents ont divorcé. J'ignore comment j'avais fait pour ne pas m'en apercevoir, mais ils étaient restés ensemble uniquement pour moi. *Pour moi.*

Elle leva la tête vers le plafond.

— Ma mère est partie en Californie, poursuivit-elle. Elle espérait jouer dans des films, et elle s'est mariée à un acteur de seconds rôles. Mon père s'est installé en Floride, pour pouvoir pêcher. Mes parents, qui avaient attaché tellement d'importance à ce que je grandisse entourée d'une famille, m'en ont laissée totalement dépourvue à dix-huit ans, comme si c'était un âge magique à partir duquel tout devait aller de soi.

— Ça a dû être dur, admit Cooper, mais sans se rasseoir.

Il préféra se tourner vers la porte.

— Si votre café est trop froid, il y en a du plus chaud dans la cuisine.

Zoé eut un sourire forcé. Il devina qu'elle avait vu clair dans sa manière peu subtile de mettre fin à la conversation. Mais peu lui importait. La dernière chose dont il voulait parler était sa famille. Sauf, bien sûr, si elle acceptait sa proposition : il fouillerait alors dans sa mémoire pour expliquer pourquoi ses frères et lui ne s'entendaient pas. Mais il ne s'attendait pas à ce que Zoé accepte de venir dans son lit. Il n'aurait donc pas à s'infliger l'épreuve de se remémorer ces moments pénibles.

Zoé resta encore vingt minutes dans la chambre. Pendant ce temps, Cooper essaya de regarder la télévision, mais il n'y avait rien d'intéressant. Il alla jeter un coup d'œil à la porte-fenêtre, pour voir la neige qui tombait. Puis il fit quelques pas. Débrancha la cafetière. La rinça. Essuya le comptoir de la cuisine. Regarda encore un peu la neige tomber.

Finalement, il revint à la chambre.

— Encore endormie ?

— Elle a commencé à pleurer deux ou trois fois. J'ai chanté pour la rendormir.

— Je ne vous ai pas entendue.

— Croyez-vous que je l'aie fait assez fort pour que cela arrive jusqu'à vous ?

— Votre voix est-elle si mauvaise ?

— Non. Mais les chansons pour bébés n'ont rien de passionnant. Je lui ai chantonné des histoires de lapins et de chats, et de nuages qui parlent.

— Voyons. Cela pourrait être intéressant. Chantez-moi donc une chanson de lapins.

— Non.

— Alors une sur les nuages qui parlent.

— Non ! Je ne suis pas là pour vous distraire. La télé est là pour ça !

Encore une fois, Cooper eut l'impression d'être transporté en arrière dans le temps. Comme s'il avait de nouveau dix ans et qu'il entendait son père lui dire : « Va regarder la télé ! » C'était sa réponse habituelle, à lui et à ses frères, pour pouvoir avoir la paix… Ty, Cooper et Seth en profitaient généralement pour aller faire les quatre cents coups dehors.

Mais Zoé n'avait pas eu de frères, ou de sœurs. Quand ses parents lui disaient : « Va regarder la télé ! », elle restait seule.

Comme elle l'était à présent. Si l'on mettait à part son bébé. Il n'était pas étonnant qu'elle tienne tant à le protéger.

— Qu'est-ce qui est arrivé à votre mari ?

Elle leva les yeux, scruta son visage pendant quelques secondes, puis soupira.

— Il est parti quand il a découvert que j'étais enceinte.

— Il ne voulait pas d'enfants ?

— Il voulait réussir d'abord.

Cooper pouvait bien comprendre le désir de réussite. Il n'avait aucune envie d'adresser la parole à ses frères tant qu'il n'avait pas prouvé de quoi il était capable. Et c'était pour cela qu'ils voulaient saisir son ranch, et le jeter à la rue. Autant il était déterminé à leur montrer qu'ils avaient tort, qu'il n'était pas un bon à rien tout juste capable d'attirer les ennuis, autant ils tenaient farouchement à prouver que c'étaient eux qui avaient raison. Mais il gagnerait cette bataille. Il montrerait de quoi il était fait.

Elle soupira.

— D'habitude les gens me témoignent leur sympathie

quand ils apprennent pourquoi il est parti. Mais vous le comprenez, c'est cela ?

Cooper ne put trouver qu'une seule chose à répondre.

— Je ne peux pas trouver d'excuse à quelqu'un qui abandonne son propre enfant, mais je comprends qu'il ait voulu réussir. Je suis désolé.

— Après tout, c'est peut-être normal. Les hommes et les femmes sont tellement différents. Il me suffit de regarder mes parents pour m'en apercevoir. Ma mère est en Californie, où elle boit du thé vert et se gave de vitamines, et mon père est en Floride, où il boit de la bière et porte les mêmes vêtements trois jours de suite.

— Vous n'exagérez pas un peu ?

— C'est pourtant la vérité. Il prétend que les poissons n'ont pas le sens de l'odorat.

— Alors, vous lui parlez de temps en temps au téléphone ?

— Quand je peux me le permettre. Lui ne m'appelle jamais.

Cooper réprima un soupir. Zoé Montgomery était jolie, douce, et faisait la meilleure mère qu'il ait jamais connue, et pourtant elle avait été traitée de manière épouvantable. S'il n'exprimait pas au moins un peu de sympathie, il ne vaudrait pas mieux que le père, la mère et le mari qui l'avaient abandonnée.

— Les hommes ne sont pas très forts pour la conversation.

Elle rit doucement.

— Vous croyez vraiment ?

Il respira profondément et décida que le moment était bien choisi pour quitter la pièce. Mais avant qu'il ne puisse le faire, elle demanda :

— Comment étaient vos parents ?

— Ils étaient très bien, mais ils sont morts dans un accident de voiture.

— Oh ! Je suis désolée. Je n'aurais pas dû…

— Ne vous faites pas de reproches. C'est arrivé il y a des années.

— Et maintenant vos frères veulent vous prendre votre part du ranch familial et vous spolier de votre part d'héritage ?

— Non. Mes frères et moi avons grandi dans une petite ville de l'Arkansas. Mes parents avaient une petite entreprise de construction qui nous est revenue quand ils sont morts. J'ai acheté ce ranch au Texas plusieurs années après être parti. Techniquement, j'ai abandonné ma part d'héritage il y a déjà bien des années. Ils ne me l'ont pas volée.

Elle le fixa, attendant visiblement qu'il continue. Il resta silencieux.

— Vous n'allez pas me dire pourquoi vous avez quitté l'Arkansas, n'est-ce pas ?

— Vous connaissez mon prix.

— Oui.

— De plus, vous m'en avez déjà fait dire plus que la plupart des gens.

Sans faire de pause, il changea de sujet.

— Que voulez-vous pour le dîner ?

— Ne venons-nous pas juste de déjeuner ?

— Il n'y a pas grand-chose à faire ici. De plus, si nous voulons du rôti, par exemple, il faudra du temps pour que la viande dégèle et cuise. Il y a des pommes de terre. Je peux les faire en purée ou cuites au four. Quelque chose vous tente ?

— Non, mais je mangerai. Préparez ce que vous voulez. Je ne suis pas difficile.

Il se tourna pour s'en aller, mais Zoé ajouta :

— Jetez encore un coup d'œil sur la chaîne météo !

Il fit la grimace. Quelles conclusions fallait-il en tirer ?

Sans doute qu'elle désirait s'en aller. Ou amener Daphné chez un médecin. Ou qu'il n'était pas d'une compagnie plus divertissante que la sienne. Pourtant, il devait admettre qu'elle l'intéressait. Elle avait eu une vie bien triste, mais cela ne l'empêchait pas de chanter des chansons au bébé dont son mari n'avait pas voulu.

Il fallait le reconnaître, elle l'intriguait.

Quelques minutes après le départ de Cooper, Zoé décida de bouger elle aussi. Daphné ne s'était pas réveillée, mais à présent, c'était elle qui se sentait fatiguée. C'était sans doute à cause du froid, de l'ennui et de son sommeil agité de la nuit précédente. Elle s'allongea à côté du bébé, et après quelques instants, elle sentit ses paupières se fermer. Elle se rappela qu'une sieste pendant la journée la condamnerait sans doute à rester éveillée la nuit, et à s'ennuyer, mais elle ne put garder les yeux ouverts.

Il lui sembla que des heures s'étaient écoulées lorsqu'un léger coup frappé à la porte la réveilla. Désorientée, elle regarda autour d'elle, et réalisa qu'il devait être plus de 17 heures, car le soleil s'était couché. Elle jeta un coup d'œil à Daphné, qui était réveillée mais tranquille.

Cooper frappa de nouveau à la porte.

— Tout va bien ?

— Oui. Je viens dans une minute.

Elle se leva, trouva une lampe pour éclairer la pièce, prit Daphné et se dirigea vers la porte.

Quand elle l'ouvrit, elle trouva Cooper qui attendait derrière.

— L'enfant va bien ?

— Elle est encore malade. J'ai le sirop sur la commode. Je vais essayer de lui faire manger quelque chose, puis je lui donnerai une autre dose et j'essayerai de la rendormir.

Voudriez-vous m'apporter son siège et le sac dans la cuisine, que je voie si je peux trouver un pot de nourriture pour bébé ?

— Bien sûr.

Zoé se sentit coupable d'avoir eu une si mauvaise opinion de lui au départ. Quoi qu'il puisse dire, il n'était pas si mauvais que cela. Elle avait aussi eu tort d'essayer de mettre le nez dans ses secrets. Cependant, avec Daphné qui était malade, elle n'en aurait peut-être pas le temps. Il n'y aurait alors pas de raison de se sentir coupable.

Il apporta le siège dans la cuisine. Zoé l'installa au centre de la table et y attacha Daphné. Puis elle choisit un petit pot de compote de pommes, qui serait sans doute facile à digérer. Mais Daphné la recracha tout de suite.

Zoé remit le couvercle et tendit le pot à Cooper.

— Voudriez-vous mettre cela dans le réfrigérateur ?

— Sans lui en donner plus ?

— Elle n'a pas faim. Elle est fiévreuse. Elle ne pourra sans doute pas avaler de biberon. Je vais lui redonner un peu de sirop et de l'eau, et la rendormir.

Une heure plus tard, Cooper revint à la chambre et y jeta un coup d'œil. Non seulement Daphné dormait, mais Zoé aussi. Il éteignit la lumière. Autant que Zoé se repose, tant que Daphné ne se réveillait pas.

Lorsque Cooper alla se coucher, à 22 heures, Zoé et Daphné n'avaient pas fait le moindre bruit, mais il les entendit plusieurs fois pendant la nuit. Il eut du mal à trouver le sommeil et, lorsqu'il y parvint, ce fut pour avoir des rêves peu agréables, centrés sur sa famille. Il n'avait pas spécialement envie de se rappeler les bons moments; quant aux mauvais… A 6 heures, il sortit du lit. Zoé avait-elle fait réchauffer le dîner qu'il avait préparé la veille ? En tout cas, après avoir bercé un bébé toute la nuit, elle devait avoir besoin de se nourrir.

Il alla dans la cuisine mettre en route la cafetière et faire griller quelques saucisses, devinant que cela l'attirerait.

Deux minutes plus tard, comme il l'avait prévu, elle arriva dans la cuisine.

— Bonjour.

— Bonjour.

Regardant le bébé, qui paraissait de bonne humeur, il remarqua :

— Daphné a retrouvé son état normal ?

— Oui, elle va bien.

Mais c'était Zoé qui avait à son tour les yeux vitreux et les joues rouges.

— Oh ! Vous n'êtes pas malade, au moins ?

Elle ne répondit pas, mais alla vers la cuisinière.

— Que faites-vous donc, qui ait une odeur aussi épouvantable ?

— Des saucisses.

— Oh, non, dit-elle, avant de lui mettre Daphné dans les bras. Je crois que je vais vomir.

Cooper eut juste le temps de prendre le bébé avant que Zoé ne détale.

— Cela ne prendra qu'une minute, dit-il au bébé, en espérant ne pas se tromper.

Il attendit. Et attendit.

Réalisant finalement que quelque chose n'allait vraiment pas, il emmena Daphné dans la chambre, jusqu'à la salle de bains.

— Vous allez bien ? interrogea-t-il.

Zoé ouvrit la porte.

— Non, je ne vais pas bien.

— Que voulez-vous dire exactement ?

— Que vous allez devoir vous occuper de Daphné

aujourd'hui… au moins pendant quelques heures. Ce n'est qu'un virus passager, j'en suis sûre. J'ai senti que j'étais malade hier soir. Cela ira mieux demain.

— Demain ! s'exclama-t-il en ouvrant de grands yeux. Je ne peux pas m'occuper de Daphné pendant une journée entière !

— Il le faudra bien, dit-elle avant de se laisser tomber sur le lit, sur le ventre, comme si elle n'avait pas le courage de s'allonger.

— Vous ne comprenez pas ! J'en suis incapable ! Je ne sais pas comment faire !

— Je pensais que vous aviez l'expérience des veaux.

— Ils ne portent pas de couches.

— Désolée, Bryant. Mais il faudra le faire. Et vous y arriverez. Personne ne m'a appris à m'occuper d'elle. Ma mère est en Californie, comme je vous l'ai dit. J'ai tout découvert moi-même. Et puis, cela vient naturellement…

— Vous croyez ça, mais…

Il regarda le lit. Zoé s'était endormie. Il baissa les yeux vers Daphné. Elle tapota sa joue, puis agrippa quelques-uns de ses cheveux et tira.

— Aïe !

Le bébé se mit à rire.

Cooper émit un grognement.

— Zoé ?

Elle ne bougea pas. Sous l'effet de la frustration, Cooper faillit se laisser tomber sur le lit. Il ne connaissait rien aux soins à apporter aux bébés, mais apparemment, il allait devoir apprendre.

4

— Qu'est-ce qui m'attend ? songea Cooper en sortant de la chambre pour revenir dans la cuisine.

N'avait-il pas affronté des épreuves plus terribles ?

Certainement !

En quittant l'Arkansas, il n'avait que trois cents dollars en poche. Sa seule expérience professionnelle était dans l'entreprise de construction familiale, avec ses frères qui le détestaient. Il ne pouvait donc pas la mentionner sur un CV. Néanmoins, il avait trouvé du travail dans une société similaire.

Son expérience pratique lui avait permis de gravir rapidement les échelons et de mettre de l'argent de côté. Il s'était aussi fait un ami qui avait accepté d'être son associé à la tête d'un ranch. Une fois celui-ci acheté, il avait passé son permis poids lourds et trouvé une entreprise de transport qui était prête à l'employer lorsqu'il avait besoin d'argent. Il ne pouvait pas encore compter sur le ranch pour gagner sa vie, encore moins pour payer une facture imprévue. Conduire un camion — métier bien payé aux Etats-Unis — n'exigeait pas qu'il soit au travail chaque lundi à 9 heures du matin et cela lui laissait de longues périodes de temps libre. C'était une solution parfaite.

A tel point que Cooper y avait pris goût. Il avait commencé par le faire pour trouver les ressources nécessaires à la réparation des bâtiments du ranch. Puis il avait économisé de l'argent afin d'augmenter son troupeau et se consacrer à plein temps à son ranch. En fait, l'argent destiné à cet usage allait servir à rembourser ses frères, mais il envisageait de conduire encore quelques années pour reconstituer le troupeau. Et le ranch serait enfin à lui. Il ne serait plus à la merci d'aucun banquier, d'aucun *frère*.

Cooper était capable d'être très débrouillard.

Il arriverait sûrement à s'occuper d'un bébé !

— Hier soir, ta mère a ouvert un pot de compote, dit-il à Daphné. Ce sera ton petit déjeuner.

Pour toute réponse, elle lui mit les doigts dans le nez.

— Doucement ! dit-il en prenant sa main pour qu'elle ne touche plus à son visage. Tu vas me défigurer, au train où tu es partie !

Elle rit. Cooper soupira.

Heureusement, le siège était toujours dans la cuisine. Cooper y attacha Daphné et prit le pot de compote. Il se souvint comment Zoé avait glissé la cuiller dans la bouche du bébé. Il arriverait bien à en faire autant.

Il ouvrit le pot, remplit la cuiller et visa la bouche de Daphné.

Celle-ci ouvrit de grands yeux et écarta les lèvres. Elle avait visiblement faim. Tant mieux.

Il fit glisser la cuiller sur sa langue, prenant soin de ne pas aller trop vite. Daphné avala la compote, mais eut un grand sourire et en laissa retomber un peu de sa bouche.

Cooper se dépêcha de la récupérer avec sa cuiller avant qu'elle ne tombe sur le maillot de Daphné. Si cela arrivait, il devrait la changer, et il était certain d'en être incapable.

— Allez. Aide-moi un peu.

Elle rit et se tapa sur les cuisses.

— Je vais t'en donner une autre cuillerée, alors calme-toi.

La leçon était comprise : Cooper en prit juste assez

dans la cuiller pour qu'elle puisse tout avaler. Il la lui mit dans la bouche et fut content de voir que rien ne retombait. Il continua jusqu'à lui avoir donné la moitié du pot. Puis Daphné commença à faire des bulles. Pour Cooper, quand une femme jouait avec la nourriture, elle était au régime, ou mécontente du plat, à moins qu'elle n'ait plus faim. Cela devait être la troisième solution. Il se leva.

— Bien joué, commenta-t-il, avant de se rappeler que c'était là ce qu'il disait à son cheval, quand celui-ci l'avait porté de longues heures.

En fait, s'occuper de Daphné n'était pas sans rappeler les soins à un animal. Elle ne parlait pas. Il n'était jamais certain qu'elle comprenait ce qu'il disait. Et elle ne réalisait pas que ce qui l'amusait pouvait faire mal.

Il rangea la compote dans le réfrigérateur et, lorsqu'il revint, Daphné était toute calme.

Tant mieux.

Il ouvrit de nouveau le réfrigérateur et sortit le dernier biberon. C'était préoccupant, mais il y avait d'autres soucis plus importants. Il ne savait pas avec certitude comment s'y prendre, mais pouvait-il simplement lui donner son lait et lui dire de dormir ? Non, probablement pas. Il la détacha du siège et se dirigea vers le rocking-chair.

« Heureusement que mes collègues routiers ne peuvent pas me voir ! » Il s'assit, le bébé sur les genoux, mit sa tête contre son bras et lui donna le biberon. Elle commença à téter, tandis qu'il se balançait. Il la regarda vider peu à peu son biberon, avec des yeux qui se fermaient progressivement.

Il secoua la tête d'étonnement. C'était si facile, de s'occuper d'un enfant ! Vraiment, pourquoi les parents en faisaient-ils toute une montagne !

Lorsque Daphné eut dormi pendant deux minutes, il se leva pour aller la coucher. Mais il se rappela soudain que Zoé était allongée au milieu du lit dans la chambre au bout du couloir.

Cela excluait donc l'endroit où Daphné dormait d'habitude. Mais ce n'était pas un problème, il y avait de la place dans la maison. Il l'emmènerait à l'étage.

Il monta l'escalier pour l'installer sur l'un des deux lits dans la chambre en face de la sienne, mais ils étaient trop étroits. Si elle se retournait deux fois, elle tomberait.

Il l'emmena donc dans la chambre qu'il avait prise pour lui, mais il y avait un autre inconvénient. Si le lit était plus large que les autres, il était aussi plus haut. Si elle tombait, elle se ferait mal.

Il soupira. Où pouvait-il donc la mettre ?

Daphné remua avec un murmure. Il la berça dans ses bras, heureux qu'il n'y ait personne pour voir cela.

Mais Daphné ne se rendormit pas. Au contraire, elle s'étira, et commença à pleurer.

— Oh non ! Du calme !

Il s'arrêta de parler, sentant l'odeur.

— Daphné ! Je ne sais pas changer une couche ! Je ne peux pas arranger ce que tu viens de faire !

Le bébé se mit à pleurer plus fort.

— Ta mère va avoir une lourde dette envers moi, grogna-t-il en se retournant pour descendre l'escalier, tout en tenant Daphné à soixante centimètres de lui.

Heureusement, il avait amené le sac de couches dans la cuisine, la veille. Il en sortit une couche jetable, mais se rendit soudain compte qu'il n'y avait aucun endroit où changer le bébé, aussi revint-il avec elle dans sa chambre.

Il l'allongea et défit les boutons-pressions sur le devant de son pyjama. Puis il hésita sur la suite des opérations. Hum, oui… il devait enlever les jambes de son pyjama pour changer sa couche.

Il le fit. Puis il examina la couche, remarquant les

attaches de chaque côté. Avec un soupir de résignation, il les ouvrit toutes deux et grogna devant ce qu'il vit.

Il n'avait pas le choix : il fallait faire face à la situation. Il nettoya ses fesses et mit en place une nouvelle couche. Lorsqu'il glissa de nouveau les jambes de Daphné dans son pantalon, elle riait.

— Oh oui, c'était vraiment très amusant !

Enfin, il l'avait fait et il n'en était pas mort. Inutile de se complaire dans un état d'esprit négatif.

— Très bien. Descendons voir la télévision.

Daphné ne protesta pas, aussi Cooper la ramena-t-il en bas. Il trouva la télécommande et choisit un feuilleton que l'on rediffusait. Malheureusement, il ne pouvait pas s'installer sur le divan avec Daphné. Il se rassit donc dans le rocking-chair. Mais elle protesta. Elle se débattit comme si elle voulait descendre.

Après tout, ne pouvait-il pas la poser par terre ? La pièce était grande, il y avait peu d'endroits où elle pouvait se cogner en roulant. Seul problème : le sol était-il suffisamment propre ?

Il alla avec elle dans sa chambre, prit le grand couvre-lit et revint l'étendre par terre dans le salon. Puis il plaça Daphné au centre. Il parvint à trouver quelques jouets dans le sac et les lui donna. Elle fit un grand sourire.

« Bon, songea-t-il, je ne m'en sors pas trop mal ! »

Finalement, Daphné en eut assez de jouer. Sans être remarquée par Cooper, qui s'était enfin remis à regarder la télévision, Daphné s'endormit. Cooper, fatigué par sa matinée, en fit bientôt autant.

Dix minutes plus tard, il entendit un cri et bondit du divan comme si quelqu'un venait de tirer un coup de fusil. Il regarda le couvre-lit. Horreur ! Elle avait disparu !

Par chance, elle cria de nouveau. D'où venait donc ce bruit ?

— Mon Dieu ! Daphné !

Elle s'était coincée entre le meuble du téléviseur et une bibliothèque.

Il la prit dans ses bras.

— Comment as-tu fait cela ?

Elle détourna les yeux.

— Très bien, c'est un de tes secrets. Veux-tu du lait ?

S'il lui donnait de nouveau le biberon, raisonnait-il, elle se rendormirait. Comment avait-elle pu aller si loin de l'endroit où il l'avait mise ? En tout cas, la prochaine fois, il regarderait la télévision en la surveillant du coin de l'œil.

Elle but le reste du biberon, puis s'endormit en effet. Il l'allongea de nouveau au centre du couvre-lit. Mais, après quelques secondes seulement, elle criait de nouveau. Cette fois, il la trouva entre deux fauteuils.

Il la prit de nouveau.

— Très bien. Deux fois, cela veut dire que tu n'as pas encore compris la leçon. Je ne sais pas comment tu arrives à te mettre dans de tels endroits, mais j'espère que tu ne le feras plus, à présent.

Il la reposa sur le couvre-lit. Cette fois, elle prit un hochet, et Cooper reporta son attention sur la télévision.

Au cri suivant, il la trouva à quatre pattes dans un coin. Soudain tout devint clair.

— Tu ne sais que marcher à reculons ! Il faut aller de l'avant, ma petite !

Elle poussa un petit cri de protestation.

Cooper se baissa et déplaça le bras droit de Daphné vers l'avant.

— Comme cela !

Il espérait qu'elle imiterait le mouvement avec son autre bras, mais elle se contenta de remettre son bras dans sa position d'origine.

Peut-être n'apprenait-elle pas vite. Ou lui n'était pas bon professeur. Il la reprit dans ses bras. Malheureusement, il sentit encore une odeur peu agréable.

— Oh non, pas encore !

Elle rit.

Dans la chambre, il répéta tout le rituel de la couche. Propre et heureuse, Daphné s'installa de nouveau sur le couvre-lit et se mit à jouer, mais ne s'endormit plus.

Lorsque le soir arriva, Cooper était épuisé, et Daphné également. Il pouvait la laisser par terre pour jouer, mais pas pour dormir. Seulement, la situation n'avait pas changé, pour ce qui était des lits. Zoé était venue une fois voir comment les choses se passaient, mais elle était si faible et fiévreuse qu'elle s'était presque évanouie, et Cooper l'avait immédiatement renvoyée se coucher.

Pour ne rien arranger, Daphné avait bu ce qui restait du dernier biberon.

Les biberons vides s'accumulaient dans l'évier, et Cooper ne pouvait plus y mettre que de l'eau.

A 21 heures, Cooper berçait Daphné, dont l'humeur devenait grincheuse, tout en se demandant quoi faire. Il n'avait nulle part où la coucher. Mais la garder dans ses bras ne semblait pas non plus être une très bonne idée.

— Très bien, dit-il. Je ne peux rien faire pour le lait, mais nous allons chercher un endroit où tu pourras dormir.

Il porta le bébé à l'étage, sans s'occuper des lits. Il savait qu'ils étaient inutiles. Parcourant sa chambre des yeux, il vit un panier d'osier pour la lessive.

Petit, avec des bords élevés, il ressemblait à un berceau de fortune. Cela semblait parfait. Mais lorsqu'il l'eut garni d'une couverture, il n'y avait plus de place pour Daphné.

Il parcourut de nouveau la pièce du regard. La seule solution qui restait était… une commode. Cela lui rappelait une histoire qu'il avait lue à l'école, sur une famille si pauvre qu'elle devait faire dormir son bébé dans un tiroir de commode.

Il sortit un des tiroirs. Il n'était pas aussi haut que le panier, mais beaucoup plus long et profond. Il y avait de la place pour Daphné *et* une couverture. Il y disposa la couverture en guise de matelas, y allongea Daphné et lui donna le biberon rempli d'eau.

Il la regarda boire, et finalement s'endormir. Puis il posa le biberon sur la commode, ferma la lumière et s'effondra sur le lit.

Quand Daphné se réveilla à 2 heures, Cooper sut qu'elle n'allait pas lui permettre de se rendormir. Après une journée sans sieste, elle avait été trop fatiguée pour protester lorsqu'il ne lui avait donné que de l'eau, mais cette fois, elle avait cinq heures de sommeil derrière elle. Elle aurait la force d'exiger son biberon. La seule chance de Cooper était de l'apaiser en la berçant, mais quelque chose lui disait que cela ne marcherait pas.

Il emporta au rez-de-chaussée le tiroir avec Daphné dedans et alluma le téléviseur.

Zoé se réveilla le lendemain matin, un peu raide et courbaturée, mais sans les nausées ni la faiblesse de la veille. Elle essaya de s'asseoir, y parvint et estima qu'elle était guérie. Puis elle se rappela qu'elle avait laissé Daphné aux bons soins d'un étranger et bondit hors du lit.

Parvenue dans le salon, elle ouvrit de grands yeux. Un couvre-lit était étendu sur le sol. Sur ce couvre-lit se trouvait un tiroir de commode tapissé d'une couverture. Son bébé y dormait avec, au-dessus d'elle, le bras du rancher-camionneur qui dormait sur le sol, juste à côté.

Avait-il mis son bras ainsi en guise de signal d'alarme, ou par affection ? En tout cas, la scène était adorable.

Elle s'assit sur le divan.

Cooper Bryant était sans conteste l'homme le plus compliqué qu'elle ait jamais rencontré. Il n'aimait rien tant qu'être seul, et pourtant il avait trop bon cœur pour laisser tomber Daphné lorsqu'elle avait besoin de lui. Cependant, si gentil qu'il soit, il ne s'entendait pas avec ses frères. Tout cela n'était guère logique.

A moins que ceux-ci ne soient vraiment de tristes imbéciles.

Les éleveurs sont généralement des solitaires. Les routiers aussi. Et les solitaires sont des personnes difficiles.

Néanmoins, Cooper avait expliqué qu'il avait un associé. Et que tous deux avaient une hypothèque à rembourser ; les frères de Cooper l'avaient rachetée pour pouvoir l'expulser. Que lui avait-il confié d'autre ? Que l'héritage familial était entre les mains de ses frères. Il le leur avait laissé.

Est-ce que tous leurs problèmes venaient d'eux ? Elle était tentée de le croire, en le contemplant ainsi, paisiblement endormi.

D'un autre côté, comment pouvait-elle savoir ce qui s'était passé dans sa famille ?

Et pourquoi était-elle si curieuse à son sujet ? Parce qu'il était si beau ?

Elle se figea en se posant cette question. Elle le fixa attentivement, contemplant ses cheveux noirs, son visage aux traits réguliers, ses épaules massives et sa taille mince. Elle soupira. Plus d'homme qui soit *beau* : c'était la règle qu'elle s'était imposée après que Brad l'eut quittée. Et elle l'avait respectée.

Ce n'était pas le physique de Cooper Bryant qui l'attirait.

Si macho qu'il soit, il n'avait pas répugné à donner

un coup de main. Il avait préparé les repas pour deux. Lorsque Daphné avait été malade, il avait proposé son aide, même s'il ignorait quoi faire.

Par ailleurs, cela lui avait fait une étrange impression de passer du temps dans le salon à parler avec lui pendant que le bébé dormait. Pour sa part, elle n'avait pas choisi d'être une solitaire. Elle n'aimait pas cela. Mais elle l'était quand même. Tout comme les frères de Cooper avaient reçu l'héritage familial sans avoir le choix, elle était devenue solitaire sans pouvoir choisir, elle non plus. Elle n'avait pas l'habitude qu'on s'occupe d'elle, mais plutôt qu'on la laisse seule. Ou même qu'on la *repousse* !

— N'aie pas peur de réaliser tes rêves, lui avait conseillé sa mère avant de la serrer contre elle et de partir dans son 4x4 vers la Californie.

— Dans ce monde, il faut être fort, ma petite princesse, et je suis content que ce soit ton cas, avait dit son père avant de claquer la portière de sa camionnette et de disparaître de sa vie.

— Enceinte ? avait dit son mari, stupéfait, avant de s'effondrer sur le divan.

Mais il s'en était vite relevé, pour ajouter :

— Toi, tu peux peut-être faire face à une telle situation, ma chérie, mais pas moi.

Il avait ajouté quelques mots, puis il était parti. Elle avait couru derrière lui, lui assurant qu'il était capable d'être père, mais il avait secoué la tête en signe de dénégation — le pied déjà sur la pédale de l'accélérateur.

Elle avait espéré lui manquer tellement qu'il reviendrait après un jour ou deux, mais elle ne l'avait pas revu. S'il avait été amoureux d'elle, avait-elle raisonné, il aurait su accepter sa grossesse. Donc les choses étaient claires. Il ne l'avait pas aimée.

Encore un qui lui avait assuré qu'elle était pleine de force, et qui l'avait quittée.

Cooper Bryant était le premier qui avait perçu la force qu'elle avait en elle, et qui était quand même resté.

Certes, ils étaient bloqués à cause de la neige, et Cooper ne pouvait pas partir, de toute façon, mais... Même pris au piège avec elle, il n'était pas obligé de lui parler, et il le faisait néanmoins. Il aurait pu faire comme si elle n'était pas là, et il avait choisi de se comporter autrement. Comme il n'était pas d'un naturel très causant, il n'y avait qu'une seule explication : il devait apprécier sa compagnie.

Ou voulait-il coucher avec elle ?

Il en avait envie. Il l'avait dit. Mais même dans ce cas, il aurait pu ignorer Daphné. Or il s'en était occupé.

Dans la cuisine, elle commença à préparer du café et essaya de regarder par la fenêtre, mais la neige s'était accumulée entre celle-ci et l'écran qui protégeait du soleil en été, et que le propriétaire n'avait pas enlevé.

Il restait dix jours avant Noël, songea-t-elle. La fête qu'elle appréciait le plus quand elle était enfant, et qu'elle craignait le plus depuis qu'elle était adulte. Mais au moins, avec Daphné, elle avait une raison de faire un sapin de Noël et d'acheter des cadeaux.

Cette pensée l'égaya. Elle n'avait pas beaucoup d'argent à dépenser, mais il n'en fallait pas tant pour rendre une fête joyeuse. Surtout avec un bébé !

Tandis que le café commençait à couler, elle alla regarder à la porte-fenêtre. Il y avait bien soixante centimètres de neige mais le soleil brillait, et il n'y avait plus de vent. Avec Cooper et Daphné endormis dans le salon, elle ne pouvait pas allumer la télévision pour regarder la chaîne météo, mais était-ce nécessaire ? La tempête de neige était terminée. Ils pourraient sans doute partir le jour même.

Il serait sage de prendre une douche et de commencer à rassembler les affaires de Daphné.

En entrant dans le salon, elle se demanda ce que serait Noël pour Cooper Bryant. Ses parents étaient morts et il était brouillé avec ses frères : il n'aurait donc pas de fête familiale à laquelle participer. Allait-il vivre un Noël comme le dernier qu'avait connu Zoé, toute seule avec son bébé ? Avec son mari parti et ses parents qui avaient oublié de téléphoner, elle avait connu la pire journée de sa vie. Comment pouvait-on, délibérément, laisser quelqu'un dans une telle solitude ?

Serait-ce une mauvaise idée de l'inviter chez elle à Noël ? Elle fronça les sourcils. Lui habitait au Texas, elle dans les collines de Pennsylvanie. Il ne pouvait pas simplement venir en voisin.

Sauf que…

Elle avait une dette envers lui. Il s'était occupé de Daphné lorsqu'elle en avait été incapable. Par ailleurs, elle était persuadée qu'il lui fallait quelqu'un à qui parler de sa famille. Elle voulait organiser le meilleur Noël de sa vie. Ne serait-ce pas une bonne idée de partager cela avec lui ?

Bien sûr que si. Même s'il devait faire la longue route entre les deux Etats, passer ne serait-ce qu'un après-midi avec Daphné et elle en vaudrait certainement la peine !

C'était le moins qu'elle puisse faire pour le remercier de sa gentillesse.

Néanmoins, elle ne voulait pas le lui imposer. Il fallait respecter sa vie privée.

Mais s'il lui montrait, une seule fois, par un signe tangible, qu'il ne voulait pas être seul à Noël, elle le lui proposerait.

C'était à lui de décider. De lui donner ce signe.

5

L'arôme du café réveilla Cooper. Pas tout à fait sorti des brumes du sommeil, il s'assit pour reprendre ses esprits. Son dos était si courbaturé qu'il lui semblait avoir dormi sur une planche à clous. Il regarda autour de lui. Il était encore dans cette affreuse maison au milieu des bois, où il s'était réfugié avec Zoé et le bébé ! Il était sur le couvre-lit qu'il avait mis sur le sol pour Daphné, et qui s'était révélé être le seul endroit où il pouvait dormir tout en gardant un œil sur elle. Pas étonnant que son dos lui fasse mal.

— Oh, vous êtes réveillé !

En entendant la voix de Zoé, Cooper se retourna vers le divan, où elle coiffait ses cheveux blonds.

Elle avait l'air de sortir de la douche : pas de maquillage, des cheveux encore mouillés. Cela ne la rendait que plus belle.

De plus, elle paraissait avoir retrouvé toute son énergie.

— Daphné et moi avons déjà pris une douche. Vous avez eu une bonne idée avec ce tiroir. Je l'y ai remise après lui avoir fait sa toilette. Elle ne peut ramper qu'à reculons et elle se met toujours dans des endroits impossibles. En la mettant dans le tiroir, nous pouvons la garder avec nous sans avoir à surveiller ses moindres mouvements.

Quel soulagement : enfin, elle n'était plus malade ! Il en oublia la longue nuit avec le bébé, qui n'avait pas cessé de pleurer parce qu'il n'avait que de l'eau à lui donner. Il en oublia aussi qu'il n'avait eu que quelques heures de vrai sommeil. Une seule chose comptait : à quel point Zoé était belle ! Et réveillée, en forme, plus malade !

— J'ai fait du café, dit-elle en se dirigeant vers la cuisine.

Il se leva et courut presque pour la suivre.

Comme elle ne l'avait pas vu, elle demanda en haussant la voix :

— Voulez-vous que je vous apporte du café dans le salon ?

Elle prit les tasses, se tourna et s'arrêta en le voyant juste devant elle.

— Etes-vous si pressé de boire du café ?

— Je suis pressé que vous vous occupiez de nouveau de votre bébé. Vous allez vraiment bien ?

Elle rit.

— Je suis en pleine forme. Désolée pour hier. Je...

Elle ne put finir sa phrase : Cooper l'embrassait. Jamais il n'avait été aussi content de voir quelqu'un se rétablir ! Il avait eu un élan vers elle, simplement parce qu'elle allait mieux. Mais lorsque leurs lèvres se rencontrèrent, une chose étrange se produisit. Il devait veiller à faire preuve de retenue, certes, mais comment était-ce possible en présence d'une bouche si tendre ?

Zoé n'était plus, dans sa tête, une femme interdite. Elle évoquait soudain des draps de satin, des huiles parfumées, du bon vin et tous les plaisirs que son corps pouvait anticiper. Le baiser se fit plus intense et il laissa les ondes de bonheur le traverser.

Puis, tout à coup, il se rendit compte de ce qu'il faisait. Il était en train de l'embrasser. Pas d'exprimer son soulagement qu'elle aille mieux. Mais de l'embrasser comme s'ils étaient sur le point de se jeter dans un lit.

Il s'écarta, mais cela n'arrêta pas le flot d'hormones

dans ses veines. Mon Dieu, quelle puissance avait eue ce baiser ! Elle était douce, elle sentait bon, elle se laissait aller contre lui, et son corps répondait naturellement au sien, comme s'il ne pouvait le contrôler !

Mais il le pouvait. En toutes circonstances.

Il observa son visage. Celui-ci ne trahissait aucun embarras. A en juger par son expression, elle avait aimé ce baiser. S'il recommençait, elle ne l'arrêterait pas. Peut-être même accepterait-elle qu'il l'entraîne jusqu'à un lit.

Malgré le désir qui mettait son corps tout entier en émoi, il parvint à réfléchir calmement. Depuis deux jours, il avait essayé de faire l'amour avec elle — mais il ne s'était jamais sérieusement attendu à ce qu'elle dise oui. Et il ne devait pas la diriger vers ce chemin. Jouer avec ses sentiments était la dernière chose à faire. Cette femme n'avait pas besoin d'un amant de passage, mais d'un homme qui reste avec elle. Cooper était bien le dernier à pouvoir faire cela. Il en était conscient — et les femmes pouvaient l'en remercier, estimait-il.

Mais Zoé n'avait pas l'air prête à l'en remercier. Son regard était trop brillant.

Il ôta les mains de ses épaules et s'écarta.

— Je souhaitais simplement montrer à quel point j'étais content que vous alliez mieux. Excusez-moi d'avoir dérapé.

Elle le fixa pendant quelques secondes, comme si elle ne savait pas quoi répondre. Il pouvait le comprendre. Ce baiser lui avait fait l'effet d'une tornade. C'était un miracle qu'il puisse parler. Ou réfléchir. Mais il n'avait pas complètement perdu ses esprits. Et grâce à cela, il allait les sortir tous deux de cette situation, avant que Zoé ne laisse ses idées à elle — quelles qu'elles puissent être — aller trop loin.

Il prit sa tasse de café et se tourna vers la porte d'entrée.

— J'ai des vêtements de rechange dans mon camion. Si

agréable que soit une douche, me changer le sera encore plus. Il est temps aussi que j'aille voir l'état de la route. La neige s'est arrêtée, mais cela ne signifie pas nécessairement que les routes aient été dégagées.

Zoé retrouva sa voix.

— Vous avez la radio à bord.

Ce n'était pas une question, mais il répondit quand même.

— Oui.

Il n'en dit pas plus, et se mit à la recherche de ses bottes. Une fois celles-ci enfilées, il se dirigea simplement vers la porte sans dire un mot. Les mains dans les poches de sa veste en jean, il se fraya un chemin dans l'épaisse couche de neige, jusqu'à la route.

Il ne devait penser à rien d'autre qu'à sa progression vers le camion. En arrivant à la route, il soupira. L'épais manteau neigeux était vierge de toute trace. Aucun homme, aucun animal n'était passé par là depuis vendredi soir.

Il fut donc le premier à laisser des empreintes de pas dans la neige. Il était dommage d'abîmer quelque chose d'aussi magnifique, mais il devait s'éloigner de Zoé.

Ne plus penser à elle était beaucoup plus facile à dire qu'à faire.

La situation était des plus délicate. Zoé éprouvait des sentiments pour lui. Elle s'imaginait qu'il était digne d'être aimé. Pourquoi donc ? Parce qu'elle était d'un naturel rêveur ? Ou parce qu'il s'était occupé de sa fille ? En tout cas, elle se trompait. Oh, il aurait bien aimé profiter de la situation. Et il le pouvait certainement, s'il s'y prenait bien. Il n'avait qu'à faire semblant d'être l'homme qu'elle croyait, et elle baisserait sa garde… Il pourrait lui faire l'amour pendant tout le temps qu'ils avaient encore à passer ensemble, puis, dès que le chasse-neige serait passé, il filerait sans un regard en arrière.

Mais elle ne méritait pas d'être traitée ainsi.

Il abaissa son chapeau pour se protéger du reflet du soleil. Bien sûr, s'il l'avait mal jugée, si elle aussi ne cherchait qu'une relation passagère, alors il passait à côté de quelque chose de formidable.

Non. Il fallait chasser ces illusions. Elle ne désirait pas un amour de vingt-quatre heures — pas plus que lui n'était un preux chevalier.

Il monta lentement la pente, arriva au camion, ouvrit la portière et agrippa le volant. Il en ressentit un grand plaisir — pour lui, ce véhicule était synonyme de liberté. Combien de fois avait-il été heureux de pouvoir s'éloigner de tous ses soucis, de n'avoir que les routes pour horizon, que les stations de musique country pour interlocuteurs, entre le Texas et le Canada ! Grâce à ce travail, son associé et lui n'avaient pas le temps de se disputer ou de se lasser de leur présence mutuelle. Lorsqu'il était sur les routes, son associé pouvait amener une femme au ranch, tandis que lui se laissait la possibilité d'en trouver dans les endroits les plus inattendus !

Et cela lui évitait de devoir s'attacher à quelqu'un.

Cinq ans auparavant, il était sorti avec Bonnie, une jeune femme d'un caractère facile qui paraissait peu exigeante, et avec qui il avait même envisagé de faire sa vie. Il l'avait cru moins sensible, moins sentimentale que les autres femmes. Il s'était trompé. Elle avait fini par le quitter. Elle avait essayé de lui faire comprendre des choses qui, franchement, lui passaient par-dessus la tête. Pourquoi ne réalisaient-elles pas que seul l'intéressait son confort personnel ? C'était pour cela qu'il s'était occupé de Daphné. Non pas par gentillesse, mais par bon sens. S'il ne l'avait pas fait, elle aurait pleuré de plus en plus, hurlé sans plus pouvoir s'arrêter. Il détestait les cris. Alors il avait pris soin d'elle pour s'éviter ce désagrément.

Mais comment l'expliquer à une femme dont le regard brillait ?

Ce n'était pas possible.

Il fallait qu'il s'en aille. Maintenant. Il avait franchi la porte. Il n'y avait pas eu de scène. Il n'avait pas fait de promesse qu'il ne tiendrait pas. Il n'avait même pas menti à Zoé. Elle rêverait de ce baiser pendant une heure ou deux, elle serait vexée qu'il ne revienne pas, mais après ? Dans deux jours, elle aurait tout oublié.

Malheureusement, il ne pouvait pas monter cette côte en camion. Pas avec une neige de cette épaisseur.

Il pouvait essayer de redescendre, mais ce serait trop dangereux. De plus, ce ne serait pas bien d'abandonner Zoé ainsi.

Mais ce n'était pas non plus très correct de retourner à la maison et d'entretenir ses illusions quant à ce baiser.

D'un autre côté, s'il ne rentrait pas, elle ne se perdrait peut-être pas en malédictions sur les hommes irresponsables, elle se demanderait peut-être simplement s'il ne s'était pas blessé. Ce n'était pas non plus une bonne solution.

Sans compter que, s'il ne revenait pas, et si la chaudière tombait en panne, Daphné et elle pourraient bien mourir de froid. Le bébé n'avait déjà plus de biberon. Et si cette route n'était pas dégagée dans les prochains jours…

Il soupira. Pourquoi la vie était-elle si compliquée ?

Il alluma sa radio et parvint à joindre un autre routier. Celui-ci lui apprit de mauvaises nouvelles. Il était tombé jusqu'à un mètre de neige par endroits. Les services de l'équipement avaient commencé leur travail, mais même les routes principales n'étaient pas entièrement rouvertes à la circulation.

Cooper le remercia et coupa la communication, puis fit ce qu'il avait à faire. Il prit un sac de vêtements de rechange dans le compartiment derrière son siège et le posa à côté de lui. Il allait l'emporter avec lui à la maison. Sa conscience ne lui permettrait pas de laisser Zoé et Daphné seules. Il devait aussi mettre son chèque en sécurité. Personne n'allait conduire un véhicule jusqu'à cet endroit, mais il ne pouvait risquer que quelqu'un y monte à pied, entre dans son camion par effraction et vole le seul bien de valeur qu'il avait.

Il ôta le carré de tissu qui couvrait le couvercle du coffre-fort, puis ouvrit la serrure. Il y trouva l'enveloppe blanche contenant le chèque de banque. Il aurait bien voulu ne pas devoir rembourser l'hypothèque si vite, mais il n'avait pas le choix.

Pas plus qu'il ne pouvait éviter de retourner à la maison où se trouvaient Zoé et Daphné. Il ne pouvait les abandonner. Il allait devoir faire l'effort de se contrôler, mais serait-ce insurmontable ? Il était sûr que les routes seraient dégagées dans un jour ou deux. Se maîtriser quarante-huit heures n'était pas impossible. Il avait déjà eu l'occasion de le faire par le passé.

Il rentra donc à la maison, où il trouva Zoé dans le couloir, entre le salon et la cuisine. Elle ouvrit de grands yeux, comme si elle ne s'attendait pas à ce qu'il revienne.

Mais lorsqu'elle se rendit compte qu'elle ne rêvait pas, qu'il était bien là, son visage changea, exprimant un grand soulagement.

Cooper sentit que cette réaction le touchait. Non pas qu'il soit heureux d'être revenu. C'était un sentiment plus instinctif. Peut-être le sens du devoir ? Comme s'il avait une responsabilité envers cette femme. Sans même que cette obligation ne suscite en lui ni peur ni colère. Elle lui semblait naturelle.

Il retint un grognement. Comment pouvait-il se sentir responsable de personnes qu'il connaissait à peine ? Et quel rôle voulait-il jouer auprès de Zoé ? Quelque chose n'allait pas, et il croyait savoir quoi. Il voulait la séduire. Pas se comporter comme un mari… Mon Dieu, surtout pas ! Ses désirs étaient plus primitifs. Son envie de lui faire l'amour était purement physique : il n'y avait là rien de bienveillant ni de respectable.

En ménageant Zoé, comprit-il, il lui donnait des idées fausses. Oui, le problème était là. Pour la débarrasser de ses illusions, il devait cesser d'être gentil avec elle.

Il fallait qu'elle redevienne la femme qu'elle était au début, celle qui ne lui faisait pas confiance. Le moyen le plus simple d'y arriver était sans doute de lui refaire une proposition froidement calculée, comme lorsqu'il lui avait suggéré de faire l'amour en échange du récit de son histoire. S'il se montrait comme quelqu'un qui désirait uniquement des rapports sexuels, leur relation redeviendrait sans doute normale. Plus de baiser ou de « sentiments ».

Oui. Plus question de jouer le rôle du gentil.

Parce qu'il n'en était pas un.

Pour Zoé, le reste de la journée se passa presque comme si elle avait été chez elle. Elle prépara de nouveaux biberons, puis trouva un lave-linge au sous-sol. Même s'il fallut accrocher ses vêtements et ceux de Daphné à une corde dans le salon, au moins, à la fin de la journée, elles avaient des tenues propres à porter.

Cooper regarda des matchs sur les chaînes de sport. Il répondait par des grognements indistincts lorsqu'elle essayait de lancer une conversation. Zoé était perplexe. Etait-il en colère parce qu'il avait dû s'occuper du bébé ? Puis elle se rappela la véritable raison de son départ de la maison. Le baiser qu'il lui avait donné en apprenant qu'elle allait mieux s'était transformé en quelque chose qu'il n'avait pas prévu, ni souhaité. Elle aussi avait réagi de manière imprévue. Lorsqu'il n'avait pas pu résister, et avait intensifié son étreinte, elle en avait fait autant. Comment s'en étonner ? Cet homme était très séduisant. Si elle ne s'en était pas vraiment aperçue avant le baiser, c'était chose faite à présent.

Tout en épluchant des pommes de terre pour accompagner le rôti qu'elle préparait, Zoé fit un effort pour ne pas frissonner. Jamais, en embrassant un homme pour la première fois, elle n'avait senti la tête lui tourner ainsi. Aucun baiser n'avait jamais provoqué en elle autant d'émotions. Mais Cooper Bryant ne ressemblait en rien à celui dont elle rêvait pour refaire sa vie. Elle ne voulait pas d'un homme ayant connu de nombreuses femmes. Ni d'un séducteur. Elle voulait un mari qui désirait une famille.

Et Cooper avait abandonné la sienne.

Elle respira profondément. Il lui avait expliqué que ses frères l'avaient chassé, mais il était clair, d'après son récit et son comportement, qu'il avait été soulagé que les liens soient brisés. Ce n'était vraiment pas l'homme qu'il lui fallait.

Cependant…

Elle avait souhaité un signe qu'il puisse vouloir passer Noël en sa compagnie et, si ce baiser n'en était pas un, que lui fallait-elle ?

Mais elle ne savait pas tout de lui. Ou plus exactement, elle ne savait presque *rien* de lui. Ni de sa famille. Peut-être désirait-il les mêmes choses qu'elle, et souffrait-il en silence d'avoir été rejeté par ses frères…

Comme son imagination s'emballait ! D'autant plus, que, si elle avait cru que son baiser exprimait un message, le comportement qui avait suivi l'avait démenti. Il avait saisi la première excuse pour partir de la maison, et n'avait pas dit un mot depuis qu'il était rentré. Même pas pour l'informer de l'état de la route. Il avait dû avoir de mauvaises nouvelles, puisqu'il était revenu avec son sac, avant de prendre une douche, de se changer et de s'installer sur le divan. Elle n'avait rien demandé de plus — et il était resté silencieux.

Il regrettait visiblement de l'avoir embrassée. Tant mieux, puisqu'il n'était pas fait pour elle. Il était trop âgé, trop compliqué. Aucun des deux n'avait besoin de s'empêtrer dans une relation avec l'autre.

Le mieux était d'oublier ce baiser. C'était la meilleure solution, pour tous les deux.

Après avoir mis les pommes de terre dans le four, elle revint dans le salon. Sûre d'elle. Avec la même attitude qu'avant ce baiser. Certaine que cela rétablirait la relation qui existait avant celui-ci.

— Vous ne m'avez pas dit si vous aviez pu joindre quelqu'un par radio.

— J'ai eu une communication.

— Et qu'a dit cette personne ?

Elle sourit. Il était de nouveau aussi peu bavard que samedi matin. Dieu merci.

— Sur quoi ?

— Sur l'état de la route.

— Certaines parties de la vallée ont reçu un mètre de neige.

Elle en resta bouche bée.

— C'est ce que j'ai pensé, poursuivit-il. Ils n'ont pas encore rouvert les routes principales. A mon avis, il faudra bien deux jours, avant que l'on ne se rappelle qu'il y a une route sur cette colline !

— Oh, mon Dieu !

— Je n'aurais pas pu mieux dire moi-même.

Il reporta son regard vers la télévision et Zoé comprit

que la conversation était terminée. Très bien. Elle l'avait déjà supporté un week-end. Elle pouvait encore tenir deux jours.

Elle jeta un coup d'œil sur Daphné, qui continuait à dormir dans le tiroir posé sur le sol. Puis, en sortant dans le couloir, elle se rendit compte qu'elle n'avait rien à faire. Sauf nettoyer la cuisine. Ils rangeaient après leurs repas, alors il y avait donc peu à faire, mais elle pourrait toujours faire les poussières, mettre de l'ordre dans le réfrigérateur...

Cela ne prit pas longtemps, car tout dans la maison était déjà bien rangé. Puis elle revint dans le salon et commença à faire les cent pas derrière le divan. Cooper ne pouvait pas la voir. Cependant, elle commençait à être agacée de le voir collé à la télévision. Certes, elle l'avait bien compris, il s'en voulait de l'avoir embrassée, d'avoir été gentil avec elle, et sans doute d'avoir insisté le vendredi soir pour qu'elle vienne partager un abri avec lui, mais cela ne lui donnait pas le droit d'être aussi désagréable.

Heureusement, avant qu'elle n'en puisse vraiment plus et qu'elle ne dise quelque chose, Daphné se réveilla. Zoé la changea dans la chambre et joua avec elle. Quand la minuterie du four retentit, elle alla l'arrêter, donna à manger à Daphné, puis mit la table pour Cooper et pour elle. Mais plutôt que de manger avec elle à la table, il prit son assiette et alla continuer à regarder la télévision dans le salon. Après avoir installé Daphné sur son siège, Zoé rangea la cuisine. Puis elle donna un bain à son bébé, lui passa un pyjama propre, lui donna un biberon et l'endormit.

Elle fut tentée de s'allonger, mais elle n'était pas fatiguée. Et puis, cela commençait à bien faire ! Elle s'ennuyait et cet idiot de Cooper monopolisait la seule source de distraction disponible !

Elle fit irruption dans le salon.

— Donnez-moi la télécommande !

Un peu somnolent, Cooper leva les yeux vers Zoé. Il savait qu'elle s'ennuyait. Il avait fait exprès de rester devant la télévision et de refuser la conversation, pour qu'elle sache qu'il était un homme qui ne pensait qu'à lui, et qui ne changerait jamais.

S'il l'embrassait maintenant, elle lui donnerait probablement une bonne gifle !

— Désolé, dit-il avec une pointe d'arrogance, comme s'il ne se rendait pas compte de son attitude pénible.

Il lui lança la télécommande, puis donna une petite tape sur le coussin à côté de lui.

Comme surprise de le voir agir ainsi, Zoé prit la télécommande sans faire de difficultés, et s'assit sur le divan.

Elle passa de chaîne en chaîne, zappant du journal du soir à un film en passant par deux séries B, pour fixer son choix sur un épisode d'un feuilleton plein de rebondissements, qui, estimait-elle, pouvait leur plaire à tous deux.

Même en colère, elle ne pouvait pas s'empêcher d'être gentille.

A tel point que Cooper se sentit un peu coupable de ce qu'il faisait — mais pas trop quand même. Il voulait détruire l'attirance qu'il exerçait sur elle. Elle ne devait pas le voir tel qu'il n'était pas. Il ne recherchait ni sa compassion, ni son affection. Si elle était capable de faire l'amour en laissant de côté tous ses sentiments, il était son homme. Sinon, il fallait que la situation soit claire, et qu'elle n'entretienne pas de folles illusions.

Tandis qu'elle s'absorbait dans le feuilleton, il passa lentement le bras derrière elle. Elle ne parut pas s'en rendre compte.

Il rapprocha sa main. Cette fois, elle s'écarta un peu,

visiblement gênée, et lui jeta un coup d'œil en coin. Il fit semblant de ne pas le voir. Quand elle se mit de nouveau à regarder le feuilleton, il posa doucement la main sur son épaule.

Cette fois, elle se tourna vers lui. Il fronça les sourcils comme si un personnage du feuilleton avait fait quelque chose de bizarre. Lorsqu'elle détourna le regard, il eut du mal à ne pas sourire. Il n'aurait pas cru que cela puisse être aussi amusant.

Il y eut une pause publicitaire, et aucun d'eux ne bougea. Il fit semblant d'être hypnotisé par l'écran. Zoé paraissait retenir son souffle. Lorsque le feuilleton reprit, Cooper se mit à jouer avec ses cheveux.

Qu'ils étaient doux… et prompts à reprendre leur forme ! Il glissa son doigt le long d'une boucle et, lorsqu'il la lâcha, elle se remit aussitôt en place. Cela le fit sourire. Il en oublia même la télévision.

— Tes cheveux sont magnifiques.

— Ils bouclent naturellement, dit-elle avec circonspection.

— Les miens sont raides.

— C'est un avantage.

Il perçut le léger frémissement de sa voix et réalisa qu'elle ne s'était pas opposée à ce qu'il joue avec ses cheveux. Cela fit sonner un rappel à l'ordre dans son esprit. Son but n'était pas de réussir à la séduire. Plutôt de la dégoûter. Il se rapprocha un peu plus, et laissa la main tomber sur son bras.

— Que fais-tu ?

Il aurait dû savoir qu'elle cherchait toujours à obtenir des explications, qu'elle ne se mettrait pas en colère pour lui ordonner d'arrêter.

— Une opération de séduction. Est-ce assez clair ou faut-il que je te précise les détails ?

Elle le fixa avec de grands yeux.

— Es-tu…

« Fou ? » C'était sans doute ce qu'elle allait dire, mais il l'en empêcha en l'embrassant avant qu'elle ne puisse continuer.

Ses lèvres étaient aussi douces que la première fois — et elle était toujours aussi consentante. Une fois de plus, Cooper se sentit perdre la raison, mais cette fois, il se retint pour ne pas tomber dans le précipice. Il pouvait goûter au plaisir de ce baiser, mais il refusait absolument de perdre le contrôle de lui-même.

Ce fut sa dernière pensée cohérente avant que la raison ne l'abandonne complètement. Emporté par le plaisir de ce baiser, il devint incapable de penser à autre chose. Ce fut Zoé qui y mit fin en s'écartant et en se levant du divan.

— Tu n'es *pas* en train d'essayer de me séduire !

— Pourquoi ? Parce que je t'ai ignorée cet après-midi ? Chérie, ce qui se passe entre nous n'a absolument rien à voir avec le fait que nous nous entendions bien ou pas. Ton corps me montre que tu éprouves la même chose que moi. Veux-tu aller plus loin ou pas ?

— Tu es vraiment un grossier personnage !

— Je ne suis sûrement pas un homme sentimental, si c'est ce que tu veux dire.

Voilà. C'était dit. C'était ce qu'il voulait lui faire comprendre.

— Eh bien, les sentiments comptent pour moi !

— Je n'ai pas dit que tu ne m'intéressais pas.

— Ce n'est pas la même chose que l'amour !

Sur ces mots, elle quitta la pièce. Cooper prit la télécommande avec satisfaction. Si elle avait eu des illusions romantiques, il n'en restait plus rien.

Mais soudain, il se rendit compte qu'il n'était pas fier

de lui. Toutefois, fallait-il qu'il se sente coupable ? Ce qu'il avait fait là était nécessaire.

Puis il entendit un étrange son métallique.

Il se leva du divan pour en déterminer l'origine, et se rendit compte qu'il venait de la chambre de Zoé. Plus exactement, de la porte de celle-ci. Il entendit de nouveau ce son. C'était celui d'une clé.

Dans cette vieille maison, il y avait des clés pour fermer les chambres. Cooper n'avait même pas cherché celle de sa chambre, mais apparemment, Zoé avait trouvé la sienne.

Et s'était enfermée à clé.

Elle venait de lui dire qu'elle ne pouvait pas lui faire confiance.

Et elle ne le devait pas. Cela ne devait pas le perturber. Il s'était donné du mal pour qu'elle comprenne clairement qui il était.

Alors, pourquoi était-il troublé ? Pourquoi avait-il l'impression d'être un sale type ?

6

Zoé se raidit lorsque Cooper entra dans la cuisine, le lendemain matin. Elle était encore sous le coup de la colère, après sa tentative de la veille, alors que lui semblait parfaitement heureux et insouciant.

Elle fronça les sourcils. Il l'avait fait exprès ! Il n'avait pas seulement été animé du désir de coucher avec elle, il s'était livré à cette tentative grossière pour qu'elle ne lui fasse plus confiance, pour qu'elle redevienne méfiante comme au début, avant qu'il ne prouve, en s'occupant de Daphné, qu'il n'était pas si mauvais que cela. Et avant qu'il ne l'embrasse d'une manière qui la faisait frémir.

Il tenait à ce qu'elle le considère comme un homme à éviter absolument. C'était pour cela qu'il s'était comporté ainsi, comme un goujat, avant de lui dire qu'il souhaitait seulement des relations physiques.

Et, comme il s'y était attendu, elle avait fui.

Elle eut envie de lui donner une bonne paire de gifles. Mais elle ne le ferait pas. Elle n'était pas ce genre de femme.

Et il comptait aussi là-dessus.

Elle respira l'odeur de son après-rasage. Mais pourquoi ne pouvait-elle donc pas s'empêcher d'être attirée par lui ? Pourquoi ses hormones ne comprenaient-elles pas le message ?

Certes, il était très bel homme…

Mais il fallait revenir sur terre. Un autre contraste

frappa Zoé. Il était propre, impeccablement vêtu. Elle ne pouvait en dire autant. Elle avait bien fait une lessive la veille, mais Daphné avait renvoyé sa nourriture sur elle — et elle n'avait que deux tenues à alterner.

Cooper, lui, en tant que routier, était habitué à emmener partout avec lui un sac qui contenait tout ce dont il avait besoin. Il était parfaitement organisé pour une vie nomade. Avait-il même une maison ?

Zoé en avait une, mais il n'y avait pas grand-chose dedans — ses parents l'avaient largement vidée en partant.

Pire encore, on allait bientôt la lui prendre. Cela faisait des années que ses parents ne payaient plus les impôts locaux. Et sans le lui avoir dit ! S'ils l'avaient prévenue dès le départ, elle aurait peut-être réussi à trouver l'argent, en serrant son maigre budget… Mais plusieurs années d'arriérés, c'était trop pour elle, à présent. L'année prochaine, elle aussi devrait peut-être emmener partout un sac, avec tout le nécessaire.

Cooper se servit une tasse de café sans dire bonjour. Il devait estimer cela inutile. Il avait suffisamment fait comprendre son message. Il ne désirait qu'une chose d'elle : des rapports sexuels. C'était le prix à payer si elle souhaitait obtenir quoi que ce soit de lui. Au fond, cet homme réduisait l'existence à peu de chose. Juste la satisfaction de quelques besoins essentiels. Peut-être avait-il raison ? Zoé attendait plus de l'existence, et n'en avait retiré que des manques et de la frustration.

Il se fit un autre sandwich. C'était le deuxième pain qu'ils utilisaient. Cela aussi troubla Zoé. Le coût de ce week-end commençait à monter. Au début, elle avait pensé laisser l'argent qu'elle avait destiné à ces quelques jours, de toute façon. Quelques dollars pour le supermarché. Quelques dollars pour l'essence. Maintenant, elle allait devoir puiser dans ce qu'elle avait économisé pour les cadeaux de Noël de Daphné.

Et ce n'était pas de gaieté de cœur ! Elle avait à peine vingt dollars pour son bébé ! Elle avait pensé se contenter de hochets et de babioles, mais au moins Daphné aurait des cadeaux sous le sapin ! A présent, Cooper et elle avaient consommé plus de bacon qu'il ne lui en fallait pour un an, plus de café qu'il ne lui en fallait pour un mois, et Daphné n'aurait rien !

Elle sentit sa poitrine se serrer. Elle en avait assez, de cette vie. Mais elle n'était pas du genre à s'apitoyer sur son sort. Elle avait l'habitude de se battre pour s'en sortir.

Mais pas d'être heureuse…

Elle considéra Cooper qui, assis sur le divan du salon, regardait le journal du matin d'un air absent. Lui non plus n'avait pas eu une vie facile. Ses parents étaient morts quand il était petit. Ses frères l'avaient chassé. Mais il avait survécu. Plus encore, il était heureux.

Pourquoi ? Parce qu'il avait construit une vie où il ne pouvait pas être blessé. Certes, il n'y avait personne dans sa vie, mais il s'en accommodait parfaitement. Elle souhaitait une vie pleine de monde, et ne faisait qu'en souffrir.

Elle s'essuya les mains et s'accouda au comptoir. Un Noël sans cadeaux, sans cartes, sans appels de sa famille ! Peut-être était-il temps de faire face à la réalité. Le destin lui avait-il fait rencontrer Cooper Bryant pour lui montrer que certaines personnes sont faites pour rester seules ?

Toujours accoudée au comptoir, elle y songea. Cela paraissait logique. Mais avant d'abandonner son vieux rêve, celui d'avoir une famille, d'être vraiment important pour quelqu'un, elle voulait savoir s'il était vraiment heureux. Ou s'il était juste un bon acteur. Et la seule manière de savoir était d'entendre toute son histoire.

Et pour cela, la seule solution était… Elle connaissait le prix à payer.

Avant d'en arriver là, elle souhaitait d'abord savoir si sa théorie était correcte. Et elle avait une bonne idée pour la mettre à l'épreuve.

Elle entra dans le salon et donna un petit coup dans sa jambe allongée.

— N'avez-vous pas songé que je n'ai peut-être pas l'argent pour payer tout ce que nous consommons ?

Il ne leva même pas les yeux.

— Je ne comptais pas vous laisser tout payer. Daphné a sa propre nourriture, et vous et moi ne mangeons pas tout à fait autant. J'allais laisser trente dollars à côté des vingt que vous avez déjà mis.

— Cela va faire plus que cinquante dollars en tout.

— Combien, alors, à votre avis ?

— Quatre-vingts.

— Plus ce que nous allons encore utiliser jusqu'à ce que le chasse-neige arrive.

Elle se détendit quelque peu.

— Oui.

— Très bien. Vous payez trente dollars et j'en paie cinquante.

Eh bien, le test était probant. Il avait réagi sans énervement, juste avec logique. Il était vraiment calme. Il ne se laissait pas stresser. A côté de lui, elle avait l'impression d'être presque folle. C'était elle qui se mettait dans cet état, à force de courir après ce qui était hors de sa portée.

— Très bien. J'ai réfléchi depuis hier, et j'ai décidé que j'avais envie de savoir l'histoire de votre famille.

Il se tourna lentement vers elle, comme s'il n'arrivait pas à croire ce qu'il venait d'entendre.

— Vous connaissez mon prix.

— Oui, mais vous savez, je n'ai jamais payé le prix fort pour quoi que ce soit.

— Que pensez-vous donc négocier ?

— Eh bien, racontez votre histoire si elle en vaut vraiment la peine. J'ai plusieurs raisons pour désirer la connaître. Et celles-ci n'ont rien à voir avec vous. Je pourrais apprendre des choses de vous. Le problème, c'est que vous pourriez en rajouter, exagérer.

— Pas vraiment. Ce n'est pas une histoire banale.

— Ou que votre histoire pourrait m'être inutile.

— Qu'espérez-vous donc apprendre de moi ? Je ne suis pas Gandhi.

— Non, mais vous êtes calme. Vous prenez la vie comme elle vient. La seule fois où je vous ai vu crier, c'est quand vous vouliez me convaincre de trouver un refuge avec vous. Cela montre que vous avez le sens des responsabilités. Mais quand d'autres problèmes se sont présentés, vous avez fait face. En vous occupant de Daphné.

— Ce serait trop pénible de mener sa vie avec une attitude différente.

— Précisément. Je veux voir comment vous êtes devenu ainsi, pour savoir s'il serait bon pour moi de copier votre façon d'aborder la vie.

— Et lorsque je vous aurai raconté mon histoire, nous couchons ensemble ?

— Eh bien, cela nous ramène à la négociation. Comme je le disais, votre histoire pourrait contenir des éléments qui ne m'aideront pas.

Il secoua la tête.

— C'est à prendre ou à laisser, Zoé. Je vous raconte mon histoire. Nous faisons l'amour. Ou nous procédons dans l'autre sens. Je ne vois pas d'autre manière de faire les choses.

— Le strip-poker.

Il éclata de rire.

— Vous plaisantez ?

— Non.

Elle alla s'asseoir à la petite table qui servait aux jeux de cartes. Six ans après avoir été abandonnée par ses parents, un an après le départ d'un mari qui ne méritait pas son affection, elle se sentait soudain très calme.

— Voici ma proposition. Si j'ai la meilleure donne, vous me dites une partie de votre histoire. Si c'est vous qui l'avez, j'enlève un de mes vêtements. Si je suis nue avant que vous n'ayez fini votre histoire, nous ferons l'amour.

Mais lorsqu'elle pivota pour prendre les cartes, et qu'elle le trouva derrière elle, son calme disparut. Elle se rendit brusquement compte de ce qu'elle avait suggéré. Il était grand, fort, beau, et il avait visiblement une grande expérience des femmes. Il l'avait attirée dès le début, et elle risquait de succomber à la tentation de donner une suite à cette aventure. Elle en frissonnait d'avance.

— Et si mon histoire est finie avant que vous soyez nue ?

— Alors vous aurez perdu.

Si son récit était narcissique, sans intérêt, ou qu'il ne l'aidait pas à comprendre la vie, elle n'hésiterait pas à le lui dire. Mais ce ne serait probablement pas le cas. Son passé semblait avoir été aussi désespérant que le sien, et son histoire lui apprendrait probablement comment il avait su ne pas se laisser abattre. Elle avait besoin d'entendre cela.

— C'est pourquoi vous êtes si pleine de confiance. Vous êtes certaine de gagner.

Elle sourit.

— Les cousins qui m'ont appris à tirer au fusil m'ont aussi enseigné le poker.

— Et où sont-ils ? Dois-je me soucier que vous les appeliez et qu'ils viennent me corriger ?

— Non. Au cas où vous n'auriez pas remarqué, il n'y a pas de relais de téléphonie mobile dans ces collines. Je ne peux appeler personne. De plus, l'un d'eux est parti à Washington.

— Pour faire campagne en faveur de la liberté du port d'armes, sans aucun doute !

— Et l'autre est marié. Il a une famille.

— Vous m'avez dit que vos parents vous ont abandonnée. Mais vos oncles, et vos tantes ? Ils n'ont pas pris la place de vos parents ?

— Non.

— Non ?

— Vous savez, je ne suis pas très bavarde quand je joue aux cartes. Si vous espérez me distraire par votre conversation, n'y songez plus.

— Auriez-vous quelque chose à cacher ?

Elle soupira de nouveau.

— Mes oncles et tantes en ont déjà assez avec leur propre famille. Après le départ de mes parents, j'ai essayé de me rapprocher d'eux, mais il n'y avait pas beaucoup de place pour m'intégrer. Quatre enfants dans une famille, six dans l'autre… Alors je suis restée une étrangère. Mais ce n'était pas une si mauvaise chose. En les voyant si proches les uns des autres, j'ai compris ce qu'une famille idéale devait être. Seulement, malheureusement, cela n'a pas marché pour moi. Si je n'avais pas visé trop haut, si j'étais restée célibataire, si j'avais continué mes études ou, peut-être, si j'avais cherché l'homme qu'il me fallait *vraiment*, au lieu d'en épouser un qui m'avait éblouie, ma vie serait différente à présent.

— Mais vous n'auriez pas Daphné.

— C'est la seule chose positive qui soit sortie de ce mariage. Mais pour le reste, ça a été une grosse erreur. Des erreurs, je n'ai fait que cela depuis le départ de mes parents. Vous, d'un autre côté, vous ne le montrez pas trop, mais vous semblez heureux. C'est pourquoi je veux entendre votre histoire.

Sur ce, elle commença à distribuer les cartes.

— Trois cartes par donne.

— Vous voulez les faire toutes ?

— Nous pouvons les faire à tour de rôle, si vous préférez.

— Oui, je ferai la prochaine.

Cooper regarda ses cartes et dut se forcer à ne pas sourire lorsqu'il vit deux as. Au poker, il faut cacher ce que l'on pense… Surtout quand on joue pour une telle mise.

— Nous continuons ?

— Donnez-m'en trois.

Elle distribua les cartes, et il reçut un autre as. Si sa chance continuait ainsi, il suffirait d'abattre les cartes quatre fois pour qu'il ait gagné. Pull, blue-jean, soutien-gorge et slip. Son estomac se serra.

— Montrez-moi vos cartes, dit Zoé.

En gardant une expression aussi solennelle que possible, Cooper posa trois as.

— Cela bat mes deux rois.

— Et je pense que vous me devez un pull-over.

— Pas encore, cow-boy. Pour la première fois, c'est une chaussette.

Il resta bouche bée.

— Une *chaussette* ? Trois as pour une chaussette ?

— Eh bien, je devine que vous avez probablement une histoire assez longue. Inutile de se presser.

Il l'observa un instant.

— Bon. Très bien. Si vous n'avez pas trop confiance en vos talents de joueuse de poker, nous suivrons vos règles.

— Nous les suivrons parce que c'est mon jeu. Et j'ai confiance en moi.

Elle le prouva en le battant la fois suivante.

— J'aimerais que vous me parliez de vos parents.

— Je n'ai pas pu décider, pour la chaussette. C'est moi qui choisis de quoi je parle. Ce n'est que justice. Je n'ai pas eu seulement des parents, j'ai aussi deux frères.

— Je le sais déjà.

— Et j'ai déjà vu votre pied droit.

Elle soupira.

— Donnez-moi les cartes.

Elle le battit de nouveau et, cette fois, il lui parla de la société familiale de construction. Quand il la battit de nouveau, elle lui donna sa seconde chaussette, puis, à la défaite suivante, le bracelet qui était à son poignet.

— Quoi ? Allez-vous me donner votre vernis à ongles, un doigt à la fois ?

Elle ne répondit pas, mais ne perdit plus la fois suivante. Elle était plus rusée qu'il ne l'avait pensé, et quelque chose devait lui échapper dans la manière dont elle menait le jeu. Néanmoins, il lui expliqua comment Ty, qui était quinze ans plus âgé que lui, était devenu le tuteur de Seth à la mort de ses parents.

A la défaite suivante, il admit que c'était Ty qui l'avait fait entrer à l'université.

A celle qui suivit, il raconta comment Seth était devenu le chéri de ces dames.

Elle rit.

— Alors votre jeune frère est un sex-symbol !

— Nous aimons tous avoir du succès avec les femmes.

Il vit qu'elle déglutissait. Au moins, ce qu'il disait ne restait pas sans effet sur elle. Mais cela n'aurait guère d'importance, s'il ne découvrait pas comment elle faisait pour gagner.

Elle le battit encore une fois. Décidément, ou bien elle trichait très habilement, ou bien elle avait une chance incroyable.

— J'aimerais savoir ce qu'il en est de vos succès avec les femmes.

— Je ne pense pas que cela fasse partie du sujet.

— Parlez-m'en quand même.

— Très bien, vous avez gagné la donne et je n'ai plus rien à vous dire qui ait la valeur d'une chaussette, alors je vais vous donner quelque chose qui soit l'équivalent de ma chemise. Je suis sorti avec la même femme pendant cinq ans.

Elle ouvrit de grands yeux incrédules.

— Vous plaisantez ?

— Non. Cinq ans avec la même femme. Nous n'étions pas amoureux. En tout cas, pas l'amour passionné que l'on imagine à dix-huit ans.

Elle hocha la tête.

— Eh bien, je crois qu'il va vous falloir gagner de nouveau pour entendre le reste.

— Mais cela ne vaut pas une chemise !

— Eh bien, disons ma montre. Donnez-moi de nouvelles cartes.

Visiblement déçue, elle distribua. Cooper ne pensait pas être très bien servi, mais, à sa grande surprise, il avait de meilleures cartes qu'elle.

Elle posa sa montre sur la table.

— Très amusant.

— Donnez-moi quelque chose de substantiel lors de votre prochaine défaite, et je vous promets d'en faire autant lors de la mienne.

Ces paroles rappelèrent à Cooper que tout ce qu'il avait à faire était de la mettre nue, et ce jeu stupide prendrait fin. Il avait deux solutions : soit la battre plus souvent, soit progresser plus profondément dans son histoire pour qu'elle enlève ses vêtements les plus importants.

Il fut presque content de perdre : cela lui donnait

l'occasion de confier quelque chose qui vaudrait bien, en retour, qu'elle ôte son pull.

— Eh bien, ma petite amie m'a quitté en disant que je ne pensais pas assez à elle. Mais je préfère croire que je contrôle bien ma vie. Il se peut que je perde une femme ici et là, mais je n'ai jamais fait le genre d'erreur que l'on regrette longtemps.

— Soyons clairs. Votre amie vous supporte pendant cinq ans, puis tout à coup, elle dit que vous ne pensez pas à elle ?

— J'ai oublié beaucoup d'anniversaires. Elle m'a donné beaucoup de secondes chances.

— Cela n'a pas l'air de vous avoir beaucoup marqué.

— Zoé, l'essentiel est là. Je ne m'investis jamais au point de pouvoir être blessé. La vie m'a appris cette leçon très tôt. J'ai perdu mes parents, je me suis battu constamment avec mes frères jusqu'à ce qu'ils m'ordonnent de disparaître de leur vie. La perte de mes parents m'a fait mal parce que je les aimais. Quitter mes frères a été pénible parce que je leur faisais confiance. Ce qui n'était pas réciproque. En fait, ils avaient si peu confiance en moi qu'il leur a été plus facile de me perdre que de continuer à me supporter.

Zoé resta silencieuse. Cooper fut content de ne pas devoir en dire plus, au moins pour le moment. Quand il revivait cela, son estomac se serrait.

Sans dire un mot, il distribua les cartes. Trois rois associés à ses trois sept. Cela tombait bien. Il était temps. Il fallait qu'il commence à gagner, pour changer le cours des choses. Et prendre la direction de la chambre à coucher.

— Seuls les plus forts survivent, dit-il. J'ai bien l'intention de survivre, et de vous faire ôter votre pull.

Elle abattit quatre neuf.

Il la fixa avec de grands yeux.

— Comment faites-vous cela ?

— Une fois échauffée, je suis bonne aux cartes. Heureuse au jeu, malheureuse en amour.

Soudain, il comprit pourquoi elle voulait qu'il lui parle de sa vie.

— Ce que vous désirez, ce n'est pas l'histoire de ma vie. C'est pouvoir vivre comme moi.

— Je croyais vous l'avoir expliqué.

— Non, vous donniez l'impression de vouloir connaître ma philosophie de vie, mais pas les faits. En fait, vous souhaitez connaître les décisions que j'ai prises. Pour copier ma vie.

Elle ne dit rien.

— Zoé, je vis sur les routes, je n'ai pas d'enfant, j'ai un associé qui peut me remplacer au ranch... Vous ne *pouvez pas* prendre les mêmes décisions que moi.

— Prétendez-vous qu'une femme ne peut pas faire cela ? Si c'est le cas, il faut que vous sachiez que je bats mes cousins aux cartes. Je tire mieux au fusil. Et j'ai eu mon bac avec une meilleure mention.

Mais elle n'était pas allée à la fac, sans doute parce qu'elle n'avait plus ses parents derrière elle. Zoé et lui comparaient ce qui ne pouvait pas l'être. Certes, ils avaient des points communs : tous deux avaient perdu leurs parents, et avaient ensuite mené une vie à laquelle personne ne s'était intégré. Mais les similitudes s'arrêtaient là. Il n'était pas quelqu'un à qui l'on puisse se fier. Elle était la personne la plus digne de confiance qu'il ait jamais rencontrée. La pire erreur qu'elle puisse commettre serait de prendre modèle sur lui.

— De quoi vivez-vous ?

Elle secoua la tête.

— Vous avez perdu. C'est vous qui êtes censé parler.

Il soupira. Elle avait un bébé. Elle devait rester douce,

tendre, conserver toutes ses qualités. Ce jeu était malsain. L'idée même de faire l'amour avec elle méritait d'être oubliée.

Il fallait mettre fin à tout cela, tout de suite.

— Ma brouille avec mes frères a commencé à cause d'une femme.

— Vraiment ?

— Mon frère Ty, le plus âgé, était fiancé. Sa fiancée tournait sans cesse autour de moi, mais je ne lui en ai jamais parlé, jusqu'au moment où elle a essayé de me draguer.

— Mon Dieu !

— Mon frère avait bien fait progresser la société familiale. Anita aimait l'argent. Ty en avait, et c'était tout ce qui l'intéressait.

Elle le fixa avec des yeux écarquillés.

— Votre famille avait de l'argent ?

— Ty avait bien développé la société Bryant. Elle doit valoir un milliard de dollars, à présent.

— Vous avez laissé tomber un *milliard de dollars* ?

— Non, quand je suis parti, nous étions seulement millionnaires.

— Vous êtes millionnaire ?

— Non. J'ai tourné le dos à tout cela.

— Vous êtes fou ? Chaque mois, je me demande si je vais avoir assez d'argent pour payer l'eau et l'électricité. Cet automne, on m'a informée que mes parents n'avaient pas réglé les impôts locaux depuis des années. A cause de cela, je vais bientôt perdre ma maison !

— L'argent n'est pas tout.

Cette affirmation tranquille la ramena sur terre. Il s'attendait à ce qu'elle sorte de la pièce, furieuse, mais elle reprit les cartes. Le jeu continuait.

Cooper sentit la colère le gagner. Pendant longtemps,

il avait considéré qu'une personne mise à la porte de chez lui l'avait bien mérité. Mais c'était avant que ses frères ne le trahissent en rachetant l'hypothèque de son ranch et en en exigeant le remboursement anticipé. A présent, il savait que les gens peuvent parfois être d'innocentes victimes.

Personne n'était plus innocent que cette femme, et ce ne serait pas lui qui la ferait souffrir.

— Pourquoi ne payiez-vous pas les impôts ?

— Je ne savais pas qu'il fallait le faire. J'avais dix-huit ans quand mes parents sont partis. Cela fait donc six ans. Quand on m'a prévenue qu'il y avait un tel arriéré, j'ai appelé mon père, et découvert qu'il s'en était acquitté pendant quelques années, et qu'il avait considéré que c'était au tour de ma mère.

— Et votre mère ?

— Elle avait la tête ailleurs. Elle a été stupéfaite quand je l'ai appelée. Elle m'a dit que comme elle n'habitait plus dans la maison, il n'y avait aucune raison pour que ce soit elle qui mette la main à sa poche, et elle a raccroché.

— Oh.

— Ne soyez pas désolé. Après ce coup de téléphone, j'ai compris qu'elle avait raison. J'ai vingt-quatre ans ; ce n'est plus à mes parents de me sortir d'affaire, financièrement. C'est moi qui vis là-bas, c'est à moi de payer les impôts locaux. Malheureusement, avec plusieurs années d'impayés, les pénalités et les intérêts, cela fait une somme trop élevée. Je ne peux pas obtenir de prêt de ce montant, et même si je pouvais, où trouverais-je l'argent pour rembourser ? J'ai un petit salaire, je suis employée dans une épicerie. Si j'ai pu m'en sortir et faire vivre mon bébé, c'est parce que je n'avais pas de loyer à payer. Mais assez parlé de moi.

— Je vous ai dit quelque chose d'une valeur égale à

celle de votre victoire. Si vous voulez en entendre plus, il faudra me battre de nouveau.

Elle le fit. Il commençait à se demander d'où lui venait sa chance.

— Franchement, Zoé, je n'ai plus rien à dire.

— Dites-moi comment faire. Comment ne pas devenir folle, comment apprendre à ne vivre que pour moi, comment résister à la tentation d'avoir de nouveau quelqu'un qui m'aime.

— Est-ce ainsi que vous me voyez ? Comme quelqu'un qui ne pense qu'à lui ?

— Vous-même, vous ne vous voyez pas ainsi ?

Oui et non. Il était fort, indépendant. Il évitait la douleur et ne l'infligeait pas aux autres. Il n'était pas égoïste, mais elle le considérait comme tel.

— Non. Ce n'est pas l'image que j'ai de moi. Et vous avez gagné. Mon histoire est terminée et vous êtes encore habillée. Vous ne devez pas coucher avec moi.

7

Cooper ne trouva pas le sommeil cette nuit-là. Egoïsme ? Manque d'attention aux autres ? Où était la frontière ?

Il ne pouvait s'empêcher de penser que, même s'il ne se souciait guère des autres, il n'était pas pour autant égoïste.

Entre manquer de considération pour les autres, et être égoïste, il y avait une différence. Et elle n'était pas mince. C'était un fossé. Une piscine olympique. Les gens qui manquent de considération ne voient pas les choses, n'y pensent pas. Les égoïstes *voient* les besoins des autres et les ignorent délibérément.

Il fit les cent pas, essayant de se rappeler quand il avait bien pu percevoir un besoin chez Bonnie et l'ignorer délibérément, mais il ne pouvait pas se souvenir d'un cas où cela s'était produit, parce qu'il n'y en avait pas eu. Sincèrement, il n'avait jamais perçu ce dont elle avait besoin.

Il n'estimait pas que cela fasse de lui quelqu'un de mauvais. Il était simplement incapable de relations intimes avec d'autres. Il l'acceptait. Il l'avait déjà bien compris, quand Seth l'avait mis dehors. Après tout, il était comme il était ! Il ne pouvait pas changer, et il devait garder ses distances avec les gens qui ne l'acceptaient pas ainsi.

Seulement, Zoé ne le jugeait pas comme un solitaire, mais comme un égoïste.

Pourquoi donc cela le troublait-il ?

Parce qu'elle était intelligente. Elle avait une telle expérience de la vie qu'elle savait juger les caractères. Elle n'était pas seulement belle. Elle avait du cœur. Et si elle jugeait qu'il réussissait à se préserver en étant égoïste, et qu'elle décidait de l'imiter, elle allait perdre cette admirable qualité.

Mais il n'était *pas* égoïste ! Il manquait juste de perspicacité, de finesse peut-être… et il était trop occupé par ses propres soucis.

Il passa la main dans ses cheveux. En fait, le problème était là. Lorsqu'il vivait encore avec ses frères, il avait sa part de responsabilités dans le bon fonctionnement et la croissance de la société Bryant. Ty était un organisateur fabuleux, Seth un remarquable négociateur. Cooper s'occupait des aspects pratiques. Ses frères concluaient des affaires, tandis que lui veillait à leur mise en œuvre. Représenter la société sur le terrain n'était pas une tâche facile. Et c'était une responsabilité qu'il avait prise au sérieux. Cela lui avait fait mal que ses frères n'aient pas eu conscience de sa valeur, et n'aient vu en lui qu'un fauteur de troubles.

Puis Seth lui avait demandé de partir. Il avait échangé un fardeau contre un autre, celui de repartir à zéro, de parvenir à quelque chose seul. Sans argent. Sans relations. Sans aide. Et il l'avait fait. Jusqu'à ce que ses frères rachètent cette hypothèque.

Maintenant, il lui incombait de garder le ranch — pas seulement pour lui, mais aussi pour son associé, Dave. S'il ne remettait pas à temps la somme voulue à l'avocat de ses frères, Dave perdrait, lui aussi, l'argent qu'il avait investi.

Cooper ne laisserait pas cela se produire. Donc, Zoé Montgomery avait tort. Il n'était pas égoïste.

Il était… comme il était.

Mais il fallait qu'il lui fasse comprendre la différence entre porter un lourd fardeau et être égoïste. Sinon, elle allait commettre une erreur et changer en pire.

C'était là une chose qui le mettait en colère : s'il se tenait hors de la vie des autres, ce n'était pas par manque de considération, mais parce qu'il gâchait toujours tout quand il ne se cantonnait pas à ses propres affaires. A présent, il fallait qu'il corrige l'impression fausse qu'il avait donnée à Zoé.

La seule méthode pour y arriver était de lui parler de nouveau, et il le ferait. Seulement, il y avait un risque qu'en agissant ainsi, il ne fasse que compliquer encore la situation. Pire, il risquait d'éprouver encore plus d'affection pour elle. Il s'était efforcé de repousser ce sentiment, mais cette femme était si belle, et d'une compagnie si agréable ! Pourtant, il devait s'en tenir à distance. Avoir un homme comme lui dans sa vie était la dernière chose dont elle avait besoin.

Le lendemain matin, Zoé se réveilla déprimée. A partir du moment où Cooper Bryant l'avait mieux connue, il n'avait plus eu envie de coucher avec elle. Une femme pouvait-elle tomber plus bas ? Certes, il avait essayé de montrer du dépit à avoir perdu son pari, mais pour Zoé il était très clair qu'il avait surtout perdu tout intérêt envers elle. En apprenant ce que sa vie avait été, il s'était détourné d'elle.

Elle changea Daphné, puis l'emmena dans la cuisine pour manger des céréales et lui donner son biberon. Elle fit du café, mais Cooper ne descendit pas. Avec un soupir, Zoé mit Daphné sur le couvre-lit, sur le sol du salon, alluma le téléviseur et s'assit sur le divan.

Au bout d'une heure, Daphné s'était endormie. Elle

n'entendait toujours pas Cooper. Elle regarda vers l'escalier. Très certainement, il évitait tout contact avec elle. En revanche, il était étrange qu'il ne soit pas venu au moins prendre un café. Elle alla à la porte-fenêtre et s'aperçut soudain que le temps s'était amélioré. Le soleil brillait.

Une horrible pensée la paralysa. Le chasse-neige était peut-être passé, et Cooper déjà parti !

Pouvait-elle l'en blâmer ? Le récit de sa vie avait dû le mettre mal à l'aise. S'il avait entendu le chasse-neige pendant la nuit, il était concevable qu'il ait saisi l'occasion pour filer discrètement.

Soudain, elle ne put en supporter davantage. Après quatre jours ensemble, il n'avait même pas dit au revoir ! Est-ce que tout le monde allait toujours l'abandonner ainsi ?

Il fallait qu'elle ait la confirmation de ses craintes, pour pouvoir se mettre en colère et prendre enfin la bonne résolution, celle de ne pas attendre des autres ce qui ne viendrait jamais. Elle se précipita dans l'escalier. Arrivée en haut, elle alla à la chambre que Cooper utilisait et se figea sur le seuil de la porte.

Il n'était pas parti. Il était toujours endormi.

Elle avança de quelques pas. Le soulagement l'envahit, mais aussi la confusion. Il n'avait jamais dormi aussi tard depuis qu'ils étaient là. De plus, si le chasse-neige n'était pas déjà passé, ce serait pour la journée. Cooper aurait déjà dû être en train de préparer son sac.

Elle s'approcha et observa son visage. Mon Dieu ! Ses joues étaient toutes rouges. Sa fille et elle l'avaient exposé à leur virus. L'avait-il attrapé, lui aussi ? Elle se sentit coupable. Elle n'avait apporté que des problèmes à cet homme.

— Cooper ?

Il émit un murmure incompréhensible.

— Cooper, descendez dormir dans la chambre avec la salle de bains.

Il murmura de nouveau.

— Venez, je vais vous aider.

En hésitant, elle commença à retirer le drap, mais il l'arrêta.

— Je vais bien. J'ai ce que Daphné et vous avez eu… Je comprends qu'il vaut mieux être dans la chambre avec la salle de bains… Mais hum… je suis… nu sous les draps.

Elle recula. Il rit.

— N'ayez crainte, je ne vous ferai rien. Mais j'ai ma fierté. Je vais descendre. Partez, s'il vous plaît.

Zoé alla dans la chambre du rez-de-chaussée et rassembla les affaires de Daphné. Lorsqu'elle eut terminé, Cooper arriva à la porte. Il était vêtu d'un blue-jean et d'un T-shirt, et enveloppé de la couverture de son lit.

— Installez-vous pour dormir ici. Daphné et moi ferons le moins de bruit possible.

— Merci, dit-il avant de faire quelques pas en titubant.

Il ferma la porte, et Zoé soupira de soulagement.

Trois heures plus tard, alors qu'il n'avait pas émis le moindre son, elle décida de vérifier s'il allait bien. Elle se glissa dans la pièce et posa la main sur son front. Celui-ci était chaud, mais il dormait paisiblement, et elle ne pouvait rien faire de plus pour lui. Elle sortit.

Dans le salon, elle marcha de long en large, regarda la télévision, puis donna son déjeuner à Daphné et joua avec elle. Lorsque Daphné s'endormit dans son tiroir, Zoé se glissa de nouveau dans la chambre pour aller voir Cooper. Il dormait tranquillement et il n'y avait aucune raison de rester dans la pièce, mais Zoé ne put s'empêcher de le contempler, comme hypnotisée.

Son visage était brillant de fièvre, et la nuit sans sommeil avait ébouriffé ses cheveux, mais il n'en était pas moins le plus bel homme que Zoé ait jamais vu. Elle s'était presque évanouie quand il l'avait embrassée. Certes, il vivait pour lui-même et pas pour les autres, mais il avait bon cœur. Elle avait de l'affection pour lui, que ce soit une bonne idée ou pas.

Et même beaucoup d'affection. C'était pour cela qu'elle s'était troublée à ce point lorsqu'elle avait craint qu'il soit parti sans dire au revoir. C'était quelqu'un de bien, même s'il cherchait à le cacher. Dans l'histoire de sa vie, elle avait vu un homme qui avait fait face à l'adversité et qui en avait triomphé. Un homme qui respectait encore ses frères, alors qu'ils ne voulaient plus de lui. Un homme franc et sincère. La manière dont il avait arrêté la partie de poker, la veille, montrait son intégrité. Malheureusement, elle prouvait aussi qu'il ne la percevait pas comme elle le voyait.

En proie à une certaine confusion, en songeant aux sentiments qu'elle avait pour un homme si différent d'elle, elle s'assit sur le bord du lit. Il ouvrit les yeux et elle sourit.

— Vous êtes réveillé.

— Oui, si l'on peut dire.

— Vous devez avoir un peu plus de température que je n'en ai eue.

— Oh, je ne vais pas si mal.

— J'en suis sûre, mais cela me préoccupe quand même un peu.

Il rit.

— Vous trouvez cela amusant, que je me fasse du souci ?

— Non, je ne trouve pas cela amusant. Je me demandais seulement quelle était la dernière personne qui s'était fait du souci pour moi. Vous voulez vous inspirer de ma vie, Zoé, mais il faut être consciente du revers de la médaille : le vide. Ce n'est certainement pas ce qu'il vous faut. J'ai l'habitude d'être seul. Je sais prendre soin de moi, et me distraire dans les soirées solitaires. Je n'ai pas besoin de partager mon petit déjeuner avec quelqu'un. Je ne pense pas que ce serait bon pour vous.

En observant la main de Cooper qui tenait la sienne, une étrange idée lui vint. Elle avait cru qu'il avait arrêté la partie de poker parce qu'il ne s'intéressait plus à elle. Et si la conversation lui avait permis de porter sur elle le même regard qu'elle avait sur lui ? Il avait paru en colère : était-ce parce qu'il s'était rendu compte qu'il avait, lui aussi, des sentiments pour elle, et que cela le gênait ?

Il avait toute son attention et il aurait pu lâcher sa main, mais il n'en faisait rien. Il semblait étrange qu'il se permette un tel geste d'affection. Il était peut-être trop malade pour cacher ce qu'il éprouvait. Peut-être même pour comprendre que quelque chose d'aussi simple que tenir sa main avait cent fois plus de signification que son merveilleux baiser.

— Je voulais aussi vous dire... ajouta-t-il en reprenant son souffle, comme si cette conversation le fatiguait, ne vous imaginez pas qu'il serait bon pour vous d'être égoïste. Cela détruirait votre vie.

Les yeux de Zoé se remplirent de larmes. Elle *comptait* pour lui. Assez pour qu'il combatte son besoin de dormir afin de l'empêcher de se tromper. Cependant, elle ne devait pas se bercer d'illusions. Cooper était un solitaire, et les solitaires ne restent pas auprès des autres pour les aider à résoudre leurs problèmes. Il ne voulait pas qu'elle fasse fausse route, mais ce n'était pas le genre d'homme qui travaillerait avec elle à réparer ce qui n'allait pas.

Toutefois, elle avait atteint la limite de ce qu'elle pouvait supporter. Quelle vie était-ce, de toujours espérer ce qui ne venait jamais ?

— Il faut que je fasse quelque chose, Cooper. Je n'en

peux plus. Je suis à bout. Chaque personne a un point à partir duquel elle ne peut plus continuer, vous savez.

— Il faut que vous trouviez un moyen pour ne pas abandonner.

— Je n'en ai plus.

— Quand j'irai mieux, nous y réfléchirons.

Sa réponse était venue lentement; Zoé savait qu'il allait retomber dans le sommeil. Mais il lui tenait toujours la main.

Les larmes débordèrent de ses yeux. Qu'il le sache ou non, Cooper Bryant avait vraiment des sentiments pour elle. Et elle était en train de tomber amoureuse de lui.

— Pourquoi ne restez-vous pas dans ma vie pour m'aider à trouver quoi faire ? suggéra-t-elle.

En disant cela, elle espérait vaguement qu'il s'était déjà rendormi. La réponse risquait fort d'être non. Quels que soient les sentiments qu'il ait pour elle, il ne voudrait pas les reconnaître. Il aimait sa vie, libre de toute responsabilité. Les femmes, en général, exigent que les hommes prennent leurs responsabilités. Et une femme avec un bébé et un passé est plus que cela : un fardeau.

— Je ne suis pas la meilleure personne pour vous aider. De plus, je n'ai pas le temps.

— Avez-vous déjà essayé d'en trouver ?

— Vous ai-je dit comment j'ai négligé Bonnie ?

— Les choses seraient différentes entre nous. J'aurais assez d'intelligence pour vous laisser beaucoup de liberté. Je saurais comment vivre avec vous, Cooper. Je ne vous gênerais pas.

Il ne répondit pas. Etait-ce à cause du sommeil, ou parce qu'il réfléchissait ?

— Vous savez... Nous avons l'occasion d'essayer, parce que l'on va saisir la maison de mes parents. Je pourrais aller avec vous au Texas et y rester jusqu'à ce que je puisse rétablir ma situation.

Tout en prononçant ces mots, Zoé se rendait compte qu'ils étaient faux. Elle ne saurait pas le quitter. Elle était déjà à moitié amoureuse de lui. Elle le serait complètement après quelques semaines passées avec lui. Et elle savait qu'il passerait ces semaines à essayer de lui faire l'amour.

De plus, il serait chez lui. Il se pourrait qu'il retrouve sa routine habituelle et qu'il l'ignore. Pire, il risquait de se demander ce qui avait bien pu le pousser à accepter qu'elle vienne chez lui. S'il disait oui au départ.

Sa suggestion d'aller habiter chez lui au Texas ne pourrait marcher qu'à une condition : elle devait lui faire comprendre, tant qu'ils étaient encore coincés ensemble en Pennsylvanie, qu'il désirait autre chose d'elle que des relations sexuelles sans lendemain.

D'après sa respiration profonde, il s'était bel et bien rendormi. Zoé se leva et sortit.

En se sentant mieux.

C'était comme si l'espoir était revenu dans sa vie.

Dans le salon, elle jeta un coup d'œil dans le tiroir pour vérifier que Daphné ne s'était pas réveillée, puis s'assit sur le divan pour analyser ce qui s'était passé. Que pouvait-elle espérer comme réponse de la part de Cooper ? Il s'était sans doute endormi avant qu'elle ne fasse sa suggestion; sinon, il l'avait ignorée. Quand il irait mieux, il se mettrait peut-être en colère contre elle. Non, ce n'était pas grâce à lui qu'elle se sentait mieux.

Lentement, elle réalisa la vraie raison : dans cette courte discussion, elle avait dit adieu à sa maison.

Elle ferma les yeux. Cette maison lui fournissait un logement sans loyer à payer, mais ce n'était pas forcément une bonne affaire, financièrement. Elle coûtait trop cher à chauffer. Le toit avait besoin de réparations. Les robinets fuyaient. La chaudière devrait bientôt être remplacée. Peut-être n'était-ce pas si difficile de lui dire adieu.

Même si Cooper ne voulait pas d'elle, elle s'en sortirait. Daphné et elle trouveraient bien un appartement, sans doute en colocation avec quelqu'un d'autre. Avec un peu de chance, cette personne pourrait devenir une amie.

Elle avait cessé de tout voir en noir ! Bien sûr, à choisir elle préférait largement partir au Texas. Mais ce ne serait pas elle qui en reparlerait. Elle s'était déjà assez exprimée sur le sujet. Elle ne pouvait risquer, en insistant trop, qu'il s'enferme dans un refus. Il lui restait peut-être une journée avant que Cooper ne s'en aille, et il ne fallait pas détruire la possibilité qu'il se rende compte par lui-même de ce qui crevait les yeux.

Cooper se réveilla à 4 heures du matin. Réalisant que l'infection était passée, il sortit du lit. Il était encore un peu courbaturé, mais n'avait plus de nausées, et ses forces étaient revenues. Heureusement.

Il passa son blue-jean et son T-shirt, puis se mit à la recherche de ses bottes. Il les trouva et les mit, enfila sa veste et sortit de la maison.

Dans le calme du dehors, il prit le rythme de la marche dans la neige, et se dirigea vers la route.

Il se souvenait vaguement avoir parlé d'égoïsme à Zoé. Qu'avait-il dit exactement ? Il n'était plus très sûr, mais il avait dû affirmer que l'égoïsme n'était pas une solution. Zoé avait parlé de la nécessité de changer certaines choses dans sa vie, mais elle ne choisirait pas l'égoïsme. Elle était trop intelligente.

Arrivant à la route, il soupira en voyant qu'elle était toujours couverte de neige. Les services de l'équipement devaient déjà être à l'œuvre pour dégager les voies principales. Ils s'occuperaient forcément de cette route dans les prochaines vingt-quatre heures. Zoé et lui pourraient reprendre leurs chemins séparés.

Encore seize heures à tenir, à peu près, et il n'aurait plus à craindre d'avoir gâché la vie d'une femme si pleine de qualités.

Il revint à la maison et consulta sa montre. Il était 5 heures, et Zoé se levait habituellement à 6. Il prépara du café, le but lentement et, à 5 h 30, commença à faire frire du bacon.

A 5 h 55, Zoé descendit avec Daphné.

— Bonjour.

Il était face à un dilemme. S'il n'était pas au moins poli, elle reviendrait à cette théorie sur l'égoïsme, qu'il avait espéré dissiper la veille. Mais s'il était trop gentil, elle replongerait dans ses illusions... Non, il était inutile de poursuivre ce raisonnement. Zoé avait peut-être autant d'affection pour lui qu'il craignait d'en avoir pour elle. Toutefois, dès qu'ils auraient quitté cette maison, peu importerait qu'elle soit folle de lui. Ils ne se reverraient plus jamais. Mieux valait choisir la prudence.

— Bonjour.

— Je vois que vous vous sentez mieux.

— A cent pour cent. Mais j'imagine que vous savez aussi bien que moi ce que c'est, puisque vous l'avez eu.

— Oui.

— Ecoutez, pourquoi ne me laissez-vous pas nourrir Daphné pendant que vous allez prendre une douche ? Je sais ce que c'est de s'occuper d'elle vingt-quatre heures sur vingt-quatre, et je suis sûr qu'une pause vous ferait du bien.

— Vraiment ?

— Oui.

Il s'attendait à ce qu'elle soit plus joyeuse, mais elle prit un air pensif. Il n'avait pas dû bien s'expliquer la veille. Il fallait revenir sur le sujet, pour qu'elle ne quitte pas la maison avec des idées fausses.

— Je vous ai parlé d'égoïsme hier…

— Vous vous souvenez de notre conversation ?

— Oui, et je veux être certain de m'être bien fait comprendre. Ne croyez pas qu'en devenant plus égoïste, vous pouvez rendre votre vie meilleure. Ce n'est pas possible.

Elle fronça les sourcils, puis demanda lentement :

— C'est tout ce dont vous vous rappelez ?

— Oui.

Il scruta ses yeux. Leur expression lui fit comprendre que leur discussion avait dû aller bien plus loin. Et porter sur quelque chose d'important.

— Qu'ai-je dit d'autre ?

— Rien.

— Alors qu'avez-vous dit de plus ?

Elle respira profondément.

— Zoé ?

Elle soupira.

— Ce n'est pas important.

Il l'observa quelques instants.

— Je crois que si. J'ai dû vous donner une autre idée fausse de moi, et je veux la corriger.

Elle soupira de nouveau.

— Très bien. Vous ne m'avez donné aucune idée fausse.

— Je crois que si. Ce n'est pas seulement votre comportement. Je *sens* quelque chose…

— Vous n'allez vraiment pas abandonner ?

— Non.

— Comme vous voudrez. Nous avons eu une conversation très agréable, parce que vous étiez trop malade pour discuter. Vous m'avez même tenu la main. Alors j'ai trouvé le courage de vous demander si je pouvais venir habiter avec vous quand ma maison aura été vendue.

Il fronça les sourcils, en réalisant ce qu'elle venait d'avouer. A présent, il se souvenait de lui avoir tenu la main. D'être retombé dans les brumes du sommeil en l'imaginant dans son ranch. Avec les chevaux. Et dans son lit.

Une bouffée de désir le parcourut, mais il l'ignora. Il valait mieux dire la vérité.

— Vous avez demandé à vivre avec moi…

Il ferma les yeux et comprit ce qui avait dû se passer. Il avait été trop faible pour cacher ses sentiments, et elle les avait vus.

Il ne fallait pas la laisser rêver de ce qui lui était inaccessible.

— Zoé, ne venez pas chez moi.

Elle leva le menton.

— Pourquoi pas ? C'est ma vie et…

— Justement. C'est votre vie, et vous n'êtes pas du genre à la mener dans de telles conditions !

— Comment savez-vous cela, alors que moi-même je n'en suis pas sûre ?

— Je sais !

Cela commençait à l'énerver. Elle n'était certes pas vierge lorsqu'il l'avait rencontrée, mais il y avait en elle une pureté qui n'était pas commune — pas la sorte de vague pureté que les gens associent souvent à la sexualité, mais la pureté face à la vie. Zoé Montgomery voulait ce que l'existence avait de meilleur. En moins d'une semaine, il avait failli la corrompre.

Il se dirigea vers la porte.

— Je vais voir si le chasse-neige est arrivé.

Il connaissait la réponse, mais elle ne le savait pas.

— Quand je reviendrai, il ne sera plus question de vie ensemble ! Vous méritez mieux que cela, Zoé ! conclut-il en claquant la porte derrière lui.

8

Au milieu de la matinée, une autre tempête de neige se déchaîna. Zoé prit Daphné pour aller regarder à la fenêtre. Elle pensa que, même si Cooper Bryant la repoussait, elle pouvait toujours trouver un appartement en colocation, avec une autre personne dont elle partagerait la compagnie. Elle se répéta aussi qu'une fois débarrassée du gouffre d'argent qu'était sa maison, elle pourrait reprendre ses études avec des bourses et des prêts, et finir par trouver un emploi mieux payé. L'avenir n'était pas si sombre. Alors, si Cooper Bryant refusait qu'elle vive avec lui, était-ce si important ? Elle connaissait à peine cet homme.

Daphné fit un petit bruit, que Zoé interpréta aussitôt. Elle se leva, fit réchauffer le biberon, nourrit son bébé et la coucha dans le tiroir. Comme les parois du tiroir étaient assez hautes, elle pouvait la laisser dormir sans crainte qu'elle ne tombe, et songea que Cooper pouvait être assez ingénieux quand il le voulait.

Elle ferma les yeux. Il fallait arrêter de lui attribuer des qualités qu'il n'avait pas. Oui, il avait trouvé un endroit où Daphné pouvait dormir, mais il l'avait fait pour assurer sa propre tranquillité. Il n'agissait qu'en fonction de lui-même. Il ne pensait pas aux autres, seulement à son confort. Ce n'était pas le genre d'homme dont elle voulait tomber amoureuse. Si l'admettre était difficile, elle devait quand même y parvenir.

Daphné s'endormit. Zoé quitta la pièce et retourna à la fenêtre. Ce n'était pas un spectacle qui l'égayait. Elle ne souhaitait pas rester un jour de plus avec Cooper. Toutefois, pour une raison inconnue, le destin avait choisi de la mettre à l'épreuve.

Finalement, elle décida d'aller prendre une douche — son seul vrai plaisir depuis qu'elle était là. Elle se détourna de la fenêtre et vit Cooper affalé sur le divan.

Inutile de lui dire qu'elle allait prendre une douche. Elle savait qu'il s'en moquait. Comme de tout. C'était pour cette raison qu'il n'était pas consterné, comme elle, de voir cette nouvelle chute de neige, et qu'il pouvait regarder tranquillement un film. Il n'éprouvait jamais la moindre émotion — surtout envers elle. Non, en fait, cela concernait les gens en général. Il n'attendait rien et ne donnait pas trop, et elle devait apprendre à faire la même chose.

Elle quitta le salon, jeta un coup d'œil sur Daphné et se dirigea vers la douche. Elle était sûre que la boule d'angoisse dans sa poitrine finirait par se calmer, mais ce n'était pas encore le cas, pour le moment.

Elle se doucha donc, longuement, puis sortit et essuya ses cheveux jusqu'à ce qu'ils soient assez secs pour qu'elle puisse mettre son pull. Enfin, elle passa un blue-jean et se brossa les dents, avant de revenir dans la chambre.

Lorsqu'elle regarda de nouveau dans le tiroir, Daphné n'y était plus. Zoé sentit son cœur bondir. Son bébé avait disparu ! Paniquée, elle regarda sous le lit, en vain, puis se précipita dans le couloir, puis dans la cuisine, où elle vit Daphné, souriante, assise dans son siège, sur la table.

— Que fait-elle ici ?

— J'avais promis de la prendre ce matin, mais je suis sorti. Alors je me suis occupé d'elle quand je l'ai entendue pleurer.

La réponse de Cooper était simple et directe. Il prenait des boîtes de conserve dans le placard comme s'il allait préparer le déjeuner.

Elle se dirigea vers la table.

— Viens, Daph...

— Laissez-la ici. Elle est bien.

Elle sentit l'indignation monter en elle. Elle n'allait plus accepter ce comportement. S'il n'aimait personne, alors tout ce qu'il faisait était motivé par sa compassion.

— Je n'ai pas besoin de votre charité.

— Mais je ne vous fais pas la charité !

— Très bien, alors comment appelez-vous cela ?

— Faites preuve d'un minimum de compréhension envers Daphné. Elle n'a pas besoin d'une mère grincheuse.

Zoé respira profondément. Il pouvait la traiter de beaucoup de choses, mais pas de mauvaise mère ! Il le savait. Il avait trouvé la corde sensible.

— Désolé, dit Cooper. Je n'aurais pas dû dire cela.

Zoé ne fut pas convaincue par ses excuses. Si Cooper savait si bien rester impassible, c'était parce qu'il prenait les choses telles qu'elles venaient. Il n'analysait pas ce qu'il y avait derrière. Seuls lui importaient les faits, la logique et la raison. Et le fait était qu'il ne l'avait pas traitée de mauvaise mère, mais de grincheuse. Ce en quoi il avait raison.

Un grand calme lui vint soudain. Il fallait utiliser la logique et la raison.

— Vous avez raison, je suis de mauvaise humeur. Peut-être ai-je besoin de quelques minutes seule. Je ne sais pas si cela me fera du bien. Je voudrais arrêter le monde assez longtemps pour trouver une solution à quelques-uns de mes problèmes. Mais je ne peux pas.

— Pourquoi ne pas mettre votre manteau et aller marcher un peu ?

Elle rit et secoua la tête. Dans la neige ? Elle lui montra ses chaussures de tennis.

— Si je marche dans la neige, il n'en restera plus rien.

— Asseyez-vous sur les marches de la terrasse. Parfois je le fais, cela m'aide à me rendre compte à quel point le monde est grand, comparé à mes problèmes, et je me sens mieux.

Elle hocha la tête, et alla mettre sa veste de cuir rouge dans sa chambre. Sachant que cela ne suffirait pas à la protéger du froid, elle prit une couverture et s'enveloppa dedans, puis elle sortit.

Soudain, elle comprit ce qui la bouleversait ainsi. Elle se moquait pas mal de la maison. Ou de l'argent. Ou de trouver un appartement et d'aller à l'université. Elle en avait tout simplement assez d'être seule. Et elle pensait que quelqu'un comme Cooper Bryant, que sa famille avait écarté, que la vie avait plus ou moins contraint à vivre seul, comprendrait cela et se verrait comme la réponse à sa solitude. Mais ce n'était pas le cas.

Cooper regarda par la fenêtre. Il vit Zoé pleurer, ce qui lui coupa presque la respiration.

Un cri de Daphné le ramena dans la cuisine. Elle frappait énergiquement la table avec ses jambes. Il la détacha et la prit dans ses bras. Elle se serra contre lui.

Il ferma les yeux. Il semblait que si l'une des deux Montgomery n'arrivait pas à toucher son cœur, l'autre le faisait. Daphné était douce et agréable. Zoé était sexy et déterminée. Et la vie ne cessait de leur infliger des difficultés. D'abord, le père de Daphné était parti. Puis les parents de Zoé avaient laissé les impôts locaux impayés.

Daphné se blottit contre lui et soupira profondément. Il n'allait certainement pas laisser ces deux femmes souffrir. Il ne pouvait changer le fait que les parents de Zoé étaient partis ou que son ex-mari était un imbécile.

Pourtant, il voulait faire quelque chose. Il *devait* faire quelque chose ! Il ne pouvait laisser la vie continuer à les traiter ainsi. Il avait perdu ses parents à dix-huit ans, comme elle, mais il n'était pas resté seul. Ty avait veillé à ce qu'il aille à l'université. Puis, après qu'il êut quitté ses frères, il réussit à trouver un associé. Personne n'avait jamais rien fait pour Zoé.

Mais faire quoi ? La réponse lui apparut soudain. C'était si simple, si clair. Il pouvait payer les impôts de sa maison. En fait, s'il lui remettait le chèque certifié qu'il avait préparé pour ses frères, il pourrait faire plus que cela. Il lui paierait ses quatre années d'université, pour qu'elle puisse passer de la pauvreté à une vie normale.

Cela impliquait de faire face à ses frères.

Et de passer pour un raté. Pas de chèque. Pas d'explication. Il lui faudrait simplement admettre qu'il ne pouvait pas payer, alors ils saisiraient son ranch. D'ailleurs, était-ce si sûr ? Ce qu'ils voulaient avant tout, c'était l'humilier. Ils n'avaient nul besoin de son ranch. Ils avaient tellement d'argent et de biens qu'ils ne savaient plus qu'en faire.

La lettre de l'avocat de ses frères disait que s'il ne pouvait rembourser le reste de l'hypothèque avant le 24 décembre, il devait l'annoncer en personne à Ty. S'il avait été le seul à devoir renoncer au ranch, il aurait pu ignorer cette injonction. Mais il avait un associé qui risquait de perdre tout ce qu'il avait investi, et il devait songer à lui. Très bien, il irait voir son frère Ty. Mais pas pour ramper à ses pieds comme celui-ci l'espérait sûrement. En cas de vente du ranch, il exigerait un chèque du montant de ce qu'il avait déjà remboursé. Ainsi, son associé ne perdrait pas tout.

Puis, il continuerait à conduire un camion et à économiser, et dans quelques années, il aurait de quoi négocier l'achat d'un autre ranch.

Il allait donc donner le chèque à Zoé. Non parce qu'il était un saint. Ni parce qu'il était égoïste. Mais parce que pour lui, tout recommencer n'était pas si difficile. Il l'avait déjà fait. Il savait comment s'y prendre. Zoé, elle, ne savait pas comment s'en sortir, et il ne pouvait pas la laisser ainsi.

Cependant, il était très possible qu'elle refuse sa « charité » et qu'elle ne veuille pas de son argent. La nouvelle tempête de neige lui avait apporté une journée de répit avant que Zoé et lui ne se séparent. Mais ce ne serait qu'une journée, et il devait faire vite. Trouver un moyen pour qu'elle ne résiste pas. Malheureusement, la seule chose à laquelle elle ne savait pas résister, c'était… lui.

Il ne voulait pas la laisser se faire des idées, mais le lendemain, elle serait dans sa maison de l'autre côté de la montagne, et lui serait en route pour le Texas. Il ne pouvait pas aller jusqu'à la séduire — mais à part cela, il devait tout essayer.

Quand Zoé rentra, ses yeux étaient secs. Elle prétendit que le froid lui avait donné le nez rouge, et prit Daphné des bras de Cooper en déclarant que ce petit moment passé dehors était précisément ce dont elle avait besoin.

Il soupira de soulagement.

— Je lui ai donné son biberon. Pourquoi ne pas la mettre dans son tiroir, et faire une sieste vous-même ?

Elle le fixa avec une expression confuse.

— J'ai fait un ragoût pour le dîner, et je pensais que cela serait bien… Zoé, écoutez-moi. Cette tempête n'est pas comme la précédente. Elle va passer vite. Ce soir ou demain, les routes seront dégagées, et nous allons partir. Il y a des choses dont nous devons discuter. Je crois que j'ai trouvé un moyen de régler vos problèmes.

— Vraiment ?

— Oui, mais je ne veux pas en parler maintenant. Ce matin, nous avons tous les deux dit des choses que nous ne pensions pas. Cela m'a fait réfléchir à vous et à votre vie, et j'ai une proposition à vous faire. Alors faites une sieste pour reprendre des forces et j'irai voir l'état de la route avant de finir le dîner. Nous pourrons en parler pendant le repas.

— Vous ne voulez rien dire maintenant ?

— Non. Daphné a besoin d'une sieste et je veux voir où en est le déneigement, pour être sûr que le chasse-neige parviendra jusqu'à nous ce soir ou demain. Je ne veux pas aller trop vite. C'est quelque chose d'assez particulier.

Il s'éloigna. Zoé le regarda sans bouger.

« Particulier ? »

Il était impensable qu'il lui propose de l'épouser, mais peut-être pas qu'il ne veuille pas l'abandonner... Aurait-il décidé de la laisser venir au Texas avec lui ?

Zoé n'avait jamais senti une telle joie l'envahir. Depuis leur conversation de ce matin, elle avait compris qu'il ne voulait pas qu'elle « vive avec lui », mais aussi qu'il avait des sentiments pour elle. Si elle pouvait l'accompagner au Texas, ce ne serait qu'une question de temps avant qu'il ne tombe amoureux d'elle.

Elle coucha Daphné et monta l'escalier vers le grenier. Cooper portait des vêtements fraîchement lavés. Elle alternait deux pulls et deux blue-jeans depuis plusieurs jours. Certes, elle les avait lavés, mais elle commençait à en avoir assez. Il fallait trouver quelque chose de joli. Et le seul endroit possible pour cela était le grenier.

Mais celui-ci était rempli de vestes de chasse, de gilets et de bottes. Elle allait abandonner lorsqu'elle vit, au fond du grenier, une dernière malle. C'étaient bien des vêtements féminins, mais tout ce qui était beau, ou avait de la classe, était en laine. A cause de l'odeur qui sortait de la malle, tout ce qu'elle porterait devrait être lavé d'abord, et elle ne voulait pas risquer d'abîmer les vêtements de laine.

Puis, soudain, elle vit une robe de coton blanc, avec des violettes pourpres. Elle était très jolie et pouvait être lavée facilement. Elle la prit et courut au sous-sol où elle la mit dans la machine. Lorsque le cycle s'acheva, plutôt que de la faire sécher dans le salon, où Cooper pourrait la voir, elle l'accrocha sur un cintre à la barre de rideau de sa chambre, juste au-dessus du chauffage. En deux heures, elle était sèche. Puis elle prit une douche, se maquilla et mit la robe.

Lorsqu'elle sortit de sa chambre, l'éclairage avait été tamisé, et la télévision était sur une chaîne musicale. Un rock léger remplissait l'atmosphère, à la grande joie de Daphné.

A la table de la cuisine, Cooper, qui découpait un poulet, leva les yeux.

— Eh bien… vous êtes très belle.

— Merci.

L'estomac noué, elle avança dans la cuisine. Comme elle n'avait pas trouvé de chaussures qui aillent avec sa robe, elle n'en portait pas. Les pieds nus dans cette robe, elle avait sans doute plus l'air d'une femme partant en pique-nique avec un amoureux que de la rescapée d'une tempête de neige isolée dans une maison au milieu des bois.

Cooper déglutit de nouveau.

— Vous êtes *vraiment* belle.

Il retrouva soudain ses manières de gentleman et lui tira sa chaise.

— Merci.

Zoé lança la conversation de manière très détendue. Elle parlait à voix basse, faisait preuve de retenue et de mesure dans ses commentaires. Cooper se détendit, jugeant qu'il parviendrait à la persuader d'accepter l'argent. Elle n'était visiblement pas d'humeur à faire des difficultés. Elle avait du bon sens. Le chèque était presque déjà sur son compte.

Mais à mesure qu'il s'en rendait compte, la tristesse l'envahissait. Il allait réussir à mettre cet argent dans ses mains, mais ils n'allaient plus se revoir. Il avait envie d'un baiser. Un de plus. Un dont il se souviendrait...

Il remarqua à quel point elle était belle, pure, innocente. Il ne fallait pas détruire cela d'un nouveau baiser.

Néanmoins, il avait envie que cette soirée soit mémorable.

— Voulez-vous danser ?

Elle sourit timidement. Le cœur de Cooper bondit. Il avait cru qu'elle voudrait savoir immédiatement ce qu'il proposait. Au contraire, elle semblait désirer autant que lui que cette soirée soit inoubliable.

En la prenant dans ses bras, il remarqua combien son corps épousait la forme du sien. Il ne put s'empêcher de songer que, même s'ils n'étaient pas des partenaires idéaux, quelque chose les rapprochait. Et il devina qu'elle désirait sans doute un baiser autant que lui.

Incapable de résister, il baissa la tête et l'embrassa. Mais cette fois, il ne perdit pas la tête. C'était le dernier baiser qu'il obtiendrait d'elle. C'était fini. Il ne lui restait qu'à lui donner le chèque.

Il mit fin au baiser. Il n'y aurait jamais de meilleur moment. Il lâcha sa taille pour prendre ses mains entre les siennes.

— Zoé, je sais que cela ne fait pas très longtemps que nous nous connaissons, mais il faut admettre que pendant ces derniers jours, nous sommes devenus très proches l'un de l'autre.

Elle hocha la tête.

— Nous avons partagé l'un avec l'autre des choses que nous n'avions jamais confiées à personne d'autre, j'en suis sûre.

— Par conséquent, je veux te donner mon chèque.

— Ton chèque ?

— Oui.

Il sortit l'enveloppe blanche de sa poche.

— C'est le chèque certifié que j'ai fait établir pour rembourser mes frères. C'est plus qu'il n'en faut pour payer les arriérés d'impôts locaux de ta maison, et probablement pour te permettre de faire quatre années d'université. Je veux que tu le prennes.

— C'est de cela que tu voulais parler ce soir ?

— Oui.

Il mit l'enveloppe dans sa main.

Elle croisa son regard, les larmes aux yeux.

— C'est vraiment tout ? Tout ce que tu voulais me dire ?

Cooper sentit la panique monter en lui. Il ne savait pas faire face aux incertitudes, ni au trouble.

— Oui.

Le fixant droit dans les yeux, elle demanda :

— Alors, que signifiait ce baiser ?

— Zoé, il y a quelque chose d'irrésistible en toi, et nous sommes amis…

— Ce baiser veut dire que nous sommes amis ?

Il l'étudia pendant quelques secondes, puis dit :

— Nous sommes plus que des amis. Et tu le sais. Je ne te donnerais pas toutes mes économies dans le cas contraire.

— Mais nous n'avons pas d'avenir ensemble.

— Nous en avons déjà parlé. Je ne peux pas m'engager. Si tu me connaissais mieux…

— Nous nous connaissons assez bien pour que tu me

donnes jusqu'à ton dernier sou, mais tu estimes que nous ne nous connaissons pas ?

Il secoua la tête d'un air dubitatif.

— Qu'espères-tu que nous soyons, après six jours ?

— J'espérais que tu aurais assez d'affection pour moi pour désirer que je vive avec toi.

Il ouvrit de grands yeux.

— Vivre avec moi ?

— Je ne veux pas de ton chèque. Je veux ton amour.

— Mon amour ? En six jours ?

— Tu me donnes tout ton argent après quelques jours. Ce n'est pas une plus grande chose que de tomber amoureux !

— Tu as plus besoin que moi de cet argent. Moi, je peux recommencer à zéro, mais toi...

— Moi ?

— Tu as un bébé.

Cooper vit que Zoé s'efforçait de se calmer.

— Je sais que nous n'avons pas passé beaucoup de temps ensemble, mais tu devrais quand même faire preuve de plus de discernement.

Elle remit le chèque dans sa poche.

— Je te l'ai dit. Je ne veux pas de ta charité.

Sur ce, elle sortit de la pièce, laissant Cooper stupéfait. Elle n'avait pas perçu l'importance de ce qu'il faisait. Il n'avait pas fait que lui offrir jusqu'à son dernier sou. Il était prêt à sacrifier des années de sa vie pour elle. Mais elle ne voulait pas de ce qu'il lui offrait.

Elle voulait qu'il l'*aime*.

Même s'il était le genre d'homme à tomber follement amoureux, cela n'arriverait pas en six jours.

C'était vraiment la fin.

9

Le lendemain matin, une humeur sombre régnait dans la maison. Cooper ne savait plus que penser. Devait-il être sidéré que Zoé croie qu'il puisse être amoureux d'elle après quelques jours ? Ou en colère qu'elle lui ait renvoyé sa générosité en pleine figure ?

Lorsqu'elle vint dans la cuisine pour rassembler les biberons de Daphné et ses pots de nourriture pour bébé, avec ses magnifiques cheveux blonds retombant sur ses épaules, il ne put s'empêcher de… Non, il ne devait pas laisser son esprit s'égarer dans cette direction. Alors il choisit la colère. Elle avait besoin de cet argent ! Lui aussi, mais Zoé en avait plus besoin encore. C'était ce qu'il lui fallait pour rebondir dans la vie.

Elle le refusait à cause d'une idée stupide qui s'était glissée dans sa tête, elle croyait qu'il pouvait l'aimer. Oui, elle était belle. Oui, il aurait terriblement aimé lui faire l'amour. Et, en fin de compte, oui, dans des circonstances différentes — par exemple, s'ils avaient habité tout près l'un de l'autre — ils auraient pu être amis. Pour lui, admettre ne serait-ce que cela nécessitait un effort. Mais ils vivaient trop loin l'un de l'autre pour pouvoir simplement rester amis. Que pouvaient-ils faire ? Se parler au téléphone ? Comme s'il était du genre à y passer des heures !

Mais elle ne voulait même pas qu'ils soient amis. Elle désirait qu'ils s'aiment. Qu'ils aient une vraie relation.

Et elle estimait qu'ils étaient déjà partis sur ce chemin. Parce que la veille, la chose qu'il n'avait pas dite, qui était restée en suspens, était qu'il l'aimait... Du moins, c'était ce qu'elle croyait.

Il n'en revenait pas. Même s'il croyait à l'amour, même s'il acceptait l'idée qu'une femme puisse l'aimer un jour, il lui était totalement impossible de concevoir que l'on puisse tomber amoureux de *qui que ce soit* en moins d'une semaine. Point, à la ligne. Donc, elle ne l'aimait pas, et lui ne l'aimait certainement pas non plus.

Elle quitta la pièce aussi silencieusement qu'elle y était entrée, et Cooper sentit sa colère fondre. Il n'avait pas d'amour pour elle, mais elle comptait pour lui. Ainsi que Daphné. Et il avait assez d'expérience de la vie pour savoir que Zoé n'avait jamais eu de chance. Il savait aussi que dans la vie, les choses n'arrivent pas par accident. Le destin l'avait-il mis sur le chemin de Zoé au moment où il avait un chèque en poche, justement pour qu'il le lui donne ? Il l'avait rencontrée, s'était pris d'affection pour elle, pour pouvoir lui apporter l'aide dont elle avait besoin : lui, il avait déjà prouvé qu'il savait s'en sortir dans les moments difficiles.

Il fronça les sourcils. Cela signifiait-il qu'il la croyait, elle, *incapable* de s'en sortir ? Etait-ce pour cela qu'il éprouvait une telle colère ?

Il faillit se gifler, en songeant à quel point il avait été stupide. Non, il ne croyait pas qu'elle soit incapable de s'en sortir. Elle était intelligente et pleine de capacités, mais elle portait un fardeau trop lourd. L'argent qu'il désirait lui donner lui permettrait de faire les études dont elle avait besoin pour obtenir la vie qu'elle méritait. Il était également sûr que si elle avait été seule, sans bébé, sans couches à changer ou biberons à préparer, elle aurait vite fait de transformer sa vie.

Seulement, elle avait un bébé, des difficultés financières, et il lui fallait de l'aide.

Néanmoins, si elle estimait qu'il lui avait offert ses économies parce qu'il la croyait incapable de s'en sortir *par elle-même*… cela devait expliquer sa colère. Il fallait lui expliquer qu'elle l'avait mal compris. Et alors, elle accepterait son argent.

Le soulagement l'envahit. Il entra dans la chambre où elle passait son manteau à Daphné.

— Puis-je te parler ?

— Il me semble que nous nous sommes déjà tout dit.

— Non, tu te trompes. Dans la cuisine, après avoir réfléchi un peu, j'ai réalisé pourquoi tu avais réagi ainsi. Si nous avions parlé quelques minutes de plus hier, tout ceci ne serait pas nécessaire, dit-il en désignant les bagages qu'elle préparait.

Elle s'écarta du lit, tenant Daphné qui souriait, et le poussa vers la porte.

— Je dois rentrer chez moi.

— Et je dois aussi reprendre la route, répondit-il en la suivant. Je sais pourquoi tu es en colère contre moi. Tu crois que je veux te donner cet argent en pensant que tu ne peux pas t'en sortir toute seule. Mais je ne t'en estime pas incapable, loin de là. Tu as simplement trop de fardeaux à porter. La vie a été dure avec toi, et c'est ce qui te tue, même avec tes talents au poker.

Elle mit Daphné sur le porte-bébé, qu'elle posa sur le sol du couloir, avant de se tourner vers Cooper.

— J'ai besoin de passer !

— Est-ce que je peux au moins prendre le sac de couches ?

— Non ! Je peux le faire moi-même !

Son ton était cinglant. Cela ne fit que renforcer sa

certitude d'avoir touché la corde sensible, et donc d'avoir raison. Alors il insista.

— Oui. Tu *peux* faire face toi-même. C'est à cela que je voulais en venir.

Elle passa devant lui pour revenir dans la chambre. Il la suivit.

— Je ne te donne pas mon argent parce que je te crois incapable de te débrouiller dans la vie. Je te donne mon argent parce que je sais que tu le peux. Avec cette somme, tu pourras décrocher une licence — tu auras de quoi payer tes études et vivre pendant les années que cela prendra. Ensuite, tu pourras trouver un emploi et subvenir à tes besoins. Pour moi, tu es un bon investissement.

— Je suis un investissement ?

D'après le ton de sa voix, il ne pouvait dire si elle prenait cela comme une bonne ou une mauvaise chose.

— Oui.

— Alors, tu veux que je te rembourse ensuite ?

— Non ! Ce n'est pas un prêt !

— Non, en effet, parce que si c'en était un, il faudrait que tu me donnes ton adresse, pour que je puisse t'envoyer les remboursements, et tu ne veux surtout pas que je l'aie !

Elle avait raison. Il n'aimait pas que les gens sachent où il habitait. Il ne désirait avoir de comptes à rendre à personne. Il voulait juste qu'elle accepte ce chèque !

— Pourquoi est-ce si dur de croire que quelqu'un veut t'offrir quelque chose ?

— Parce que personne ne m'a jamais rien donné ! Ou alors, il y a toujours une contrepartie !

— Ce chèque n'en a pas !

— Sauf qu'ainsi, tu te débarrasses de moi ! Cela te permet de me quitter sans regret. Tu ne veux pas m'aimer. Tu dis que tu ne peux pas, mais la vérité est que tu ne *veux* pas ! Alors tu me donnes ton argent, tu es celui qui fait le sacrifice, tu n'as plus à penser à moi… sauf pour te réchauffer le cœur en songeant que je te dois tout ce que j'ai ! Mais en réalité, tu ne me donnes pas tout ce que tu as. C'est *toi* que je veux. Tu cherches à t'en sortir facilement. En achetant la tranquillité de ta conscience. Eh bien, je ne te le permettrai pas ! Je veux que tu penses à moi ! Que tu te souviennes de moi ! Que tu saches que sans toi je suis seule, et que je me débats dans la vie !

L'idée qu'elle soit seule, sans le sou, affamée, dans le froid… il ne pouvait pas la supporter. Jusqu'à ce qu'il réalise que c'était exactement ce qu'elle voulait. Elle souhaitait qu'il se sente coupable. Comme Seth l'avait désigné comme le coupable de la mésentente entre frères. Comme Bonnie l'avait rendu coupable de l'effondrement de leur relation. Il étouffa un juron.

— Prends cet argent !

Elle prit le sac de couches et le mit sur son épaule.

— Non. Si tu me crois vraiment capable de faire face, tu sais que je n'en ai pas besoin.

Elle se précipita, avec le sac, dans le couloir où Daphné attendait sur le porte-bébé. Elle prit la sangle et cala le tout sur son dos, mais elle l'avait mal équilibré, et faillit tomber.

Cooper soupira.

— Je vais prendre le sac de couches.

Elle lui tourna le dos et repartit. Il savait qu'elle était en proie à un débat intérieur. Il savait qu'elle détestait paraître faible. Car elle ne l'était pas. Mais elle avait besoin d'aide. Il sentit soudain sa douleur, ce qui lui pesait tant. Qu'est-ce que cela devait faire, d'être une personne forte, qui savait se prendre en charge, et qui avait brusquement besoin d'aide ? Il ne pouvait l'imaginer : il n'avait jamais eu besoin d'aide. La vie lui avait toujours donné les ressources dont il avait besoin pour s'en sortir.

Il se dirigea lentement vers la porte, le sac sur l'épaule.

— Pas de contrepartie, murmura-t-il, avant d'ouvrir la porte et de lui faire signe d'avancer.

Elle hocha la tête. Il ferma la porte derrière eux et la suivit, le dos droit, la tête haute, vers la route. Son cœur se serra. Elle était tellement fière. Il pouvait percevoir sa douleur. Il savait qu'elle n'accepterait jamais son chèque. Mais, maintenant qu'il tenait son sac de couches, il n'avait pas besoin de la persuader. Il suffisait de le lui donner.

Il s'arrêta.

— Hé, Zoé ! Ce n'est pas la peine que je fasse le chemin deux fois ! Je vais retourner à l'intérieur chercher mon sac. Je vous rattraperai.

Elle hocha la tête. Il soupira de soulagement et revint dans la maison. Il prit son grand sac et son sac à dos. Ouvrant celui-ci, il en sortit le chèque et le fourra dans le sac de couches. Zoé le trouverait quand elle viderait le sac pour faire la lessive.

Elle le maudirait probablement.

Elle passerait une semaine à le contempler, hésitant plus d'une fois à le déchirer.

Mais il était prêt à parier jusqu'à son dernier sou qu'elle l'encaisserait. Et parier son dernier sou était bien ce qu'il faisait. C'était un chèque certifié. Si elle ne l'encaissait pas, l'argent était perdu pour tous les deux.

Zoé remonta la pente vers sa voiture. Elle se souvenait avoir suggéré à Cooper, ce jour-là, de descendre pour trouver un abri plutôt que de monter. Elle ne s'était pas rendu compte à quel point il serait pénible de refaire le chemin en sens inverse.

— Tout va très bien, Daphné, dit-elle à sa petite fille, qui était contente d'être finalement dehors, même si c'était par une température inférieure à zéro. Nous avons survécu quand ton père est parti. Nous survivrons cette fois-ci.

Daphné émit un petit gazouillis et Zoé leva le porte-bébé assez haut pour pouvoir blottir le visage de Daphné contre elle. Elle avait survécu sans Brad parce que celui-ci n'était pas un battant. Jamais il ne l'aurait aidée à surmonter les difficultés de la vie. Il ne savait que s'occuper de son nombril. Chaque fois que Zoé éprouvait une pointe de regret, elle se rappelait qu'il y avait d'autres hommes bien mieux que lui. Mais elle ne tirerait pas si facilement un trait sur Cooper, qui était bien différent. Même la manière dont il lui avait donné ce chèque montrait qu'il n'était pas égoïste. Il se souciait des autres. Mais il ne s'en rendait pas compte. Ce n'était pas comme Brad, qui ne voyait que ses qualités et considérait comme impossible qu'il puisse avoir des défauts. Ou commettre des erreurs. Cooper ne voyait que ce qu'il y avait en lui de négatif. Et ne croyait pas qu'il puisse un jour faire quelque chose de bien. Ou d'attentionné.

Il pensait qu'elle était écrasée par les difficultés, mais en réalité, c'était lui qui était prisonnier de sa propre vie. Il serait toujours seul, parce qu'il refusait de se faire confiance. Cette pensée était plus douloureuse pour elle que l'idée qu'elle-même resterait seule, parce qu'elle ne trouverait personne qui puisse se comparer à lui.

Elle entendit le crissement de la neige derrière elle et réalisa qu'il la rattrapait. Elle se força à sourire. Il ne devait pas se souvenir d'elle en colère. Après tout, il avait peut-être décidé de vivre sans elle, mais elle hanterait sans doute ses rêves.

Il s'arrêta derrière elle.

— Tu vois, je t'avais dit que je te rattraperais.

— Oui, j'en étais sûre.

Il rajusta le sac de couches et son sac à dos sur son épaule, et se remit à marcher.

— Je ne voudrais pas que nous finissions sur une

mauvaise note, dit-elle lentement, avec hésitation, parce qu'elle ne savait pas comment il allait prendre ses paroles.

Mais il ne restait que trois mètres avant la voiture. Trois mètres à être ensemble. Trois mètres pour lui dire ce qu'elle voulait lui dire. Il n'y avait pas de temps à perdre.

— Je ne voulais pas non plus que nous nous quittions en colère, ajouta-t-il.

— Tant mieux, parce que je n'ai pas eu la possibilité de te dire ce que je voulais hier soir. Je pense que tu es quelqu'un de vraiment très, très bien.

— Cela te fait briller les yeux.

— Et que tu es trop dur envers toi-même.

De manière inattendue, il rit.

— Tu ne vas pas abandonner, n'est-ce pas ?

Elle secoua la tête.

— J'ai encore à peu près cinq secondes.

Elle ouvrit la porte et installa le porte-bébé sur le siège du passager avant. Puis elle leva Daphné et l'attacha sur son siège de voiture. Daphné gazouilla avec joie.

— Elle est contente de partir, remarqua Cooper.

— Tu veux dire au revoir ?

Il avala sa salive. Zoé sentit son cœur se briser. Il ne se rendait pas compte qu'éviter l'amour était plus douloureux que de prendre le risque d'aimer.

— Vas-y, insista-t-elle. Passe la tête à l'intérieur et dis-lui au revoir.

Il hocha la tête et se pencha.

— Au revoir, ma petite. Sois sage.

Elle poussa un petit cri et frappa son nez avec le hochet.

— Elle a encore de l'affection pour moi.

Elle savait qu'il ne fallait pas prendre ces paroles littéralement, aussi sourit-elle pour commenter :

— Un coup de hochet sur le nez est son plus grand compliment.

Il recula de quelques pas.

— Prends bien soin de toi, d'accord ?

Elle hocha la tête, et détourna les yeux, en sentant la tristesse l'envahir. Elle ne pouvait croire que cela allait se terminer ainsi. Non, ce n'était pas possible ! Avant qu'il ne se rende compte de ce qu'elle voulait faire, elle fit un pas en avant, prit le revers de sa veste et l'attira vers elle. Sur la pointe des pieds, elle l'embrassa. Au début, il ne réagit pas, et puis, comme s'il ne pouvait se retenir, il l'entoura de ses bras et l'embrassa passionnément.

Mais il se dégagea rapidement, et ils se fixèrent dans les yeux.

« S'il te plaît, pensa-t-elle. Ne me laisse pas partir. Au moins, demande-moi mon numéro de téléphone, mon adresse… n'importe quoi ! »

Mais Cooper recula.

— Fais attention en descendant la pente.

— Je monte, tu te souviens ? J'habite de l'autre côté de cette colline, précisa-t-elle, espérant qu'il allait lui demander : « Où, exactement ? »

Mais il ne dit rien. Il la fixa pendant quelques secondes.

Zoé eut un éclair d'inspiration.

— Je peux te conduire en haut de la pente, jusqu'à ton camion.

— Non, marcher me fera du bien, après avoir été enfermé si longtemps.

Elle hocha la tête.

— Monte dans la voiture, Zoé.

Sa poitrine se contracta.

Il se détourna.

Elle s'assit sur le siège du conducteur. La voiture patina un peu, mais finalement les roues adhérèrent à la surface de la route, et elle put repartir. Vers le haut. Et sa maison.

Elle dépassa Cooper. Il ne la regarda pas. Ne lui fit pas signe. Il était tout seul. Parce que c'était ce qu'il aimait.

Elle jeta plusieurs coups d'œil dans le rétroviseur pour mémoriser la manière dont il marchait, la détermination qu'on lisait dans son attitude.

Elle ne pourrait jamais l'oublier.

10

Cooper fut surpris de l'adresse que l'avocat de la société Bryant lui avait donnée. Il se serait attendu à ce que son frère Ty ait acheté une superbe demeure pour faire étalage de sa réussite et de sa richesse. Au contraire, celui-ci habitait toujours dans la maison familiale où les trois frères avaient vécu leur enfance.

Les rues de la ville de Porter lui étaient familières, et il remarqua qu'elles n'avaient guère changé en huit ans. Il retrouva facilement la maison et se gara devant. De vieux souvenirs lui revinrent, et il resta quelques instants assis dans son 4x4, à se remémorer les Noëls passés.

C'était comme s'il entendait de nouveau le rire de ses parents. Comme s'il revoyait leurs yeux briller, en songeant aux surprises préparées pour Noël. La tristesse l'envahit. Leurs parents auraient été très déçus de savoir dans quel climat d'amertume ils s'étaient séparés. Ils auraient été bouleversés que Cooper, Ty et Seth ne se parlent plus. S'il n'y avait pas eu l'hypothèque à rembourser, Cooper ne serait certainement pas là, à présent. S'il n'y avait pas eu Zoé, il n'aurait même pas pris la résolution d'être poli. Mais Zoé l'avait fait changer. Il devait le reconnaître.

Il descendit sur le trottoir et, retrouvant une ancienne habitude, il prit le chemin qui menait non pas à l'entrée principale, mais à la porte de la cuisine.

Il frappa. Une superbe jeune femme rousse lui ouvrit.

— Joyeux Noël ! s'écria-t-elle.

— Joyeux Noël, répondit-il, par simple courtoisie.

Il avait l'impression d'être un imbécile. Ce n'était pas malin d'avoir attendu jusqu'au dernier jour du délai qui lui avait été fixé, mais il n'avait guère eu le choix, après avoir été bloqué par la neige. Il faudrait que ses frères acceptent l'explication qu'il donnerait, sinon... est-ce que cela avait vraiment de l'importance ? Ils détenaient son hypothèque, ce qui voulait dire qu'ils avaient son ranch. Il n'y avait pas grand-chose de plus à dire.

— Je suis désolé. Je crois que je suis venu au mauvais moment. Expliquez à mes frères que je reviendrai après-demain parler de l'hypothèque...

— Expliquer à vos *frères ?* Vous êtes Cooper ?

— Oui. Mais le moment paraît mal choisi, alors je...

Elle prit son bras et le fit entrer.

— Oh non !

Elle ferma rapidement la porte derrière lui.

— Ty !

Embarrassé, Cooper regarda autour de lui. La cuisine était bien plus propre que dans ses souvenirs, mais pour le reste, il n'y avait guère de changements. A croire que Ty avait décidé de préserver la maison dans son état d'autrefois...

— Je suis Madelyn, la fiancée de Ty, expliqua-t-elle avec un sourire. Je ne sais pas ce qui retient Ty là maintenant, mais je sais qu'il veut vous voir.

Cooper eut un demi-sourire, plutôt dubitatif.

— Si vous le dites...

— Non, je parle sérieusement, croyez-moi.

Une autre minute s'écoula, et Cooper baissa les yeux.

— Il n'a pas dû m'entendre. Voulez-vous veiller un instant sur Sabrina ? demanda-t-elle en désignant une petite fille d'environ un an, assise sur une chaise de bébé. Je vais voir ce qu'il en est.

Deux semaines plus tôt, se voir proposer cela l'aurait rempli de peur. Cela l'aurait même fait fuir. Mais après avoir passé presque une semaine avec Daphné, il répondit :

— Pas de problème.

Une fois Madelyn partie, la petite fille émit un appel aigu, tout en frappant la tablette de sa chaise.

Cooper s'approcha.

— Que se passe-t-il, ma chérie ? On ne t'a pas donné à manger ?

Elle poussa un grand cri, la bouche ouverte, révélant deux dents en haut et une en bas.

Cooper rit.

— Tu es vraiment mignonne !

— C'est la fille de Scotty. Il a été tué avec sa femme, Misty, dans un accident de voiture cet été. J'ai obtenu la garde de l'enfant.

Cooper se retourna pour découvrir son frère Ty. Habillé d'un pull vert, dont le col laissait entrevoir une chemise blanche, et d'un pantalon noir, le frère de Cooper était l'image même de l'opulence.

Comme Cooper aurait préféré ne pas lui faire face ! Mais il devait se battre pour préserver la part de Dave.

— Bonjour, Ty.

— Seth vient nous rejoindre. Je l'ai appelé quand je t'ai vu descendre de voiture.

Cooper fronça les sourcils.

— Je t'ai entendu te garer. Plus rien ne m'échappe.

Il devait avoir retenu certaines leçons, après avoir connu Anita, sa fiancée infidèle…

— Allons dans mon bureau, dit-il alors que Madelyn revenait. Maddy, voudrais-tu nous faire du café ? A moins que tu ne préfères autre chose, ajouta-t-il en regardant Cooper.

— Je repars au Texas ce soir, le café sera une très bonne idée.

Cooper vit Ty et Madelyn échanger un regard. Ty semblait perdu. Madelyn paraissait l'encourager. *Vas-y,* disait l'expression de son visage.

Ils entrèrent dans le vaste bureau. Ty fit signe à Cooper de s'asseoir sur le grand divan de cuir brun. Il s'assit également, mais l'on sonna et il se releva.

— Cela doit être Seth.

Cooper ne dit rien. Ty quitta la pièce et y revint quelques instants plus tard, suivi par Seth. Habillé d'une manière comparable à celle de Ty, avec un pull et un pantalon impeccables, Seth donnait également une image d'aisance financière. Cooper baissa les yeux vers son blue-jean usé et ses bottes élimées. Il n'avait pas choisi ses vêtements pour souligner sa pauvreté. Il ne l'avait pas fait exprès pour montrer à ses frères leur différence de classes sociales. Cooper s'était habillé comme tous les jours. Il élevait du bétail. Il réparait des clôtures. Il nettoyait des étables. Heureusement, rien de tout cela ne se voyait sur ses bottes.

Et il se rappelait aussi ce que Zoé lui avait dit. Qu'intérieurement, il était quelqu'un de bon. Ce qui voulait dire qu'il n'avait pas à s'excuser de ce qu'il était, envers qui que ce soit.

Il se leva du divan et tendit la main à Seth. Au diable tout cela, après tout ! S'ils voulaient son ranch, ils pouvaient l'avoir. Mais il n'allait pas mendier l'argent de Dave. Il allait l'exiger. Il quitterait cette maison sans s'être départi de sa dignité.

— Bonjour, Seth.

— Bonjour, Cooper.

— Asseyons-nous, dit Ty, avec son autorité naturelle.

Cooper se prépara à un affrontement, mais quoi que puissent dire ses frères, il n'oublierait pas ce que Zoé lui avait dit. Il serait fort. Il garderait sa dignité. Sa fierté.

— Cooper, nous sommes désolés d'avoir dû prendre la mesure extrême de racheter ton hypothèque pour t'amener ici.

— En fait, intervint Seth, ce n'était même pas notre idée. C'est mon beau-frère qui l'a eue. Il… eh bien, il a l'habitude de se faire obéir et il connaît plus de méthodes que nous pour y arriver.

Cooper regarda son frère cadet.

— De quoi parlez-vous ?

— Cooper, expliqua Ty, ton frère s'est marié à une princesse. Son beau-frère est roi d'un petit pays qui s'appelle l'île Xavier, au large des côtes espagnoles.

Cooper ne put s'empêcher de rire.

— Vous plaisantez ?

Seth secoua la tête.

— Non. J'ai épousé Lucy en sachant qu'elle était princesse, mais je n'y avais pas attaché trop d'importance… jusqu'à ce que je l'ai vue accomplir ses devoirs royaux.

— A présent, commenta Ty avec un sourire, il doit assister aux cérémonies protocolaires… rouler dans un carrosse… faire signe à ses sujets.

— Arrête, Ty. Je ne suis allé à Xavier que trois fois et je n'ai jamais fait signe à personne depuis un carrosse.

— Mais cela fait partie de ta fonction, rappela celui-ci.

Cooper promena les yeux de l'un à l'autre et eut soudain l'impression d'avoir de nouveau dix-huit ans. Le besoin de participer au jeu fut si fort qu'il ne put y résister.

— Est-ce qu'ils vont lui faire porter des collants violets ?

Seth fronça les sourcils.

— Plus personne ne porte cela de nos jours. Tu dois confondre avec une histoire sortie des livres de maman.

— Oui, dit Ty.

— Oui, fit Cooper à son tour.

Ty respira profondément.

— Bon. Nous pourrons toujours nous moquer de Seth plus tard. Il faut discuter affaires.

Cooper sentit sa poitrine se contracter. « Veille à garder ta dignité », se rappela-t-il.

Ty prit une enveloppe de couleur brune et la tendit à Cooper.

— Voici ton hypothèque. Brûle-la. Encadre-la. Déchire-la. Peu nous importe. Elle est à toi. Je ne suis pas sûr à cent pour cent de ce qui nous a séparés, mais je veux que nous soyons de nouveau réunis.

— Et je voudrais ajouter que je suis désolé, dit Seth. Je n'étais pas encore un adulte. J'ai dit des choses que je n'aurais pas dû, et je l'ai regretté deux heures après, mais tu étais déjà parti.

Cooper fixa l'enveloppe avec de grands yeux.

— Tu possèdes aussi un tiers de la société, continua Ty. Seth et moi prenons tous deux un salaire pour le travail que nous faisons, mais nous séparons cela de la possession des parts et du partage des bénéfices. Ceux-ci ne sont pas toujours élevés, parce que nous réinvestissons beaucoup d'argent dans la société. Nous l'avons largement développée, et tes parts d'actions valent considérablement plus que les bénéfices, mais tu as, selon les années, entre plusieurs centaines de milliers de dollars et un million de dollars par an.

Cooper en resta bouche bée.

— Un *million* de dollars ?

— Tu es riche, dit simplement Seth. Tu ne devrais pas avoir d'hypothèque à rembourser. Quand le roi Alfredo s'est renseigné sur moi, il a découvert ton existence et ta situation. Puis il t'a oublié jusqu'à ce que Lucy lui apprenne que nous voulions te parler. Il a racheté l'hypothèque et me l'a offerte en cadeau de mariage, en suggérant que nous l'utilisions pour te faire venir ici, afin de t'informer de ta situation financière. Tu as l'argent dont tu as besoin pour remettre ton ranch en état.

— A moins que tu ne veuilles revenir travailler avec nous, dit Ty.

Cooper le regarda avec stupéfaction.

— Travailler avec vous ?

— Tu es tout à fait libre d'accepter ou de refuser, précisa Seth.

— Mais tu as une maîtrise de gestion, lui rappela Ty. Tu t'intégrerais bien à la société, qui te revient par héritage autant qu'à nous.

— Alors c'est pour cela que vous m'avez fait venir ici ?

— Oui.

— Vous ne m'expulsez pas de mon ranch ?

— Non, expliqua Seth. Si le roi Alfredo venait à décéder, Lucy et moi aurions la responsabilité du pays jusqu'à ce que notre fils Owen soit assez grand pour régner. Nous n'avons pas besoin de terres supplémentaires !

— Et j'ai déjà plus qu'assez de travail pour gérer la société, reprit Ty. Il y en a bien pour deux.

— Tout simplement ?

— Comment cela ?

— Vous me reprendriez dans la société, avec un emploi de direction, sans même me connaître ?

— Nous te connaissons, répondit Ty. Tu es l'un d'entre nous. Tu fais partie de la famille. Il y a eu des différends, mais c'est du passé maintenant. A partir d'aujourd'hui, nous nous acceptons mutuellement tels que nous sommes et nous formons une équipe.

Telle était la situation. Ty informa Cooper qu'il pouvait prendre autant de temps qu'il le désirait pour réfléchir. Il y aurait toujours un emploi qui l'attendrait dans la société Bryant. Toutefois, s'il décidait de prendre son poste rapidement, Ty lui en serait reconnaissant, car il souhaitait prendre de longues vacances l'été suivant pour passer sa lune de miel avec Madelyn.

Seth expliqua ensuite que son épouse et son fils étaient venus avec lui et qu'ils étaient dans la cuisine, où ils attendaient de rencontrer Cooper. Et Ty fit remarquer que Cooper et Madelyn n'avaient pas été présentés dans les règles.

La suite se passa dans la cuisine, où Cooper entra au moment où arrivaient les parents de Madelyn, avec un jambon fumé et des pâtisseries de Noël. Il rencontra le prince Owen, bébé de Seth et futur roi de l'île Xavier, ainsi que la princesse Lucy. Il fit aussi la connaissance du frère et de la sœur de Madelyn. Puis de nombreux voisins arrivèrent, et il fallut passer dans le grand salon.

Pour la première fois depuis huit ans, Cooper était dans une maison avec un arbre de Noël. Un jambon. Des pâtisseries. Des cadeaux. Pour la première fois depuis huit ans, il entendit des chants de Noël, chantés simplement en famille. Adossé au chambranle, à l'entrée du salon, il prit le temps de savourer tout cela.

Il avait à présent tout ce que Zoé désirait. Cette pensée lui serra le cœur.

11

Cooper s'approcha de la porte de la maison de Zoé. Etait-il sûr de ce qu'il faisait là, dans le froid glacial de la Pennsylvanie ?

Il fallait se lancer, il était temps. Il frappa à la porte et remit les mains dans ses poches.

Zoé ouvrit la porte, tenant Daphné dans ses bras. Ses cheveux blonds étaient ébouriffés. Son blue-jean était usé jusqu'à la corde. Son sweat-shirt avait dû voir plus de lessives, à lui tout seul, que tous les vêtements de Cooper réunis.

Elle était simplement magnifique.

— J'espère que tu es venu chercher ton chèque. Je ne l'ai pas encaissé.

— En fait, non.

Il baissa les yeux. Ce qu'il faisait n'était pas beau : il se servait d'elle... Mais il n'avait pas le choix. Il n'avait personne d'autre à qui il puisse se confier.

— Zoé, j'ai besoin de quelqu'un à qui parler.

En relevant la tête, il put lire la compassion dans son visage.

— Que s'est-il passé ?

— Mes frères avaient mis une clause dans leur lettre, selon laquelle, si je ne pouvais pas rembourser l'hypothèque, je devais le leur dire en personne. Ce n'était pas une mauvaise idée, puisque je voulais sauvegarder l'investissement de mon associé, mais…

Zoé le prit par le bras et le tira vers l'intérieur.

— Ne reste pas là dans ce froid !

Il sourit.

— J'ai cru que tu n'allais jamais me proposer d'entrer !

— Ne fais pas attention au désordre, répondit-elle, en poussant du papier cadeau du bout des pieds.

Cooper se rendit compte qu'il venait d'interrompre la fête.

— Je suis désolé. J'aurais dû me rappeler quel jour nous sommes.

— Oh, la fête est finie. Ma mère vient d'appeler. Mon père et sa nouvelle épouse m'ont fait parvenir une plante. Je ne savais pas qu'il allait se remarier — ni même qu'il fréquentait une femme. En tout cas, Daphné a ouvert ses cadeaux. Pour moi, Noël est terminé.

Cooper sentit son cœur se contracter. Ce tableau lui faisait mal. La veille au soir, il avait été accueilli dans sa famille à bras ouverts. Il avait mangé des gâteaux faits maison, rencontré des parents, reçu des invitations. Un avion privé l'avait ramené en Pennsylvanie.

— J'ai rencontré un prince.

Elle se tourna et sourit.

— Pardon ?

— Un prince. Mon frère cadet est marié à une princesse.

Le visage de Zoé exprima à la fois amusement et confusion.

— Une princesse ?

— Son père est le roi d'un pays, dont le territoire couvre une petite île.

— Eh bien !

— Zoé, ce n'est que la partie émergée de l'iceberg. Le petit Owen sera peut-être roi un jour, mais Ty est déjà à la tête d'un empire. Mes deux frères ont développé la société familiale à un point que je n'aurais jamais pu imaginer.

— Tu savais qu'ils étaient riches, puisqu'ils avaient racheté ton hypothèque.

— En fait, c'est le roi qui l'a achetée pour Seth, afin de la lui offrir en cadeau de mariage.

— Quelle situation inattendue !

— Ty va épouser la directrice des relations publiques de sa société. J'ai rencontré ses parents, et un bon nombre de voisins, en lui rendant visite. Ils sont souvent chez lui.

— Eh bien, cela fait une grande famille !

— Oui.

— Cela t'effraie ?

— Non. Ty et Seth se sont tous les deux excusés. Puis ils m'ont rendu mon hypothèque, pour que je puisse la brûler. C'est moi qui ai créé les problèmes et ce sont eux qui ont présenté leurs regrets.

— Et…

— Je voulais leur dire que c'était aussi de ma faute, mais je n'ai pas pu. Je n'ai pas eu le temps de dire un mot qu'ils me présentaient déjà au reste de la famille, et que j'avais un verre de bière à la main. Je n'avais jamais réalisé que j'étais si seul.

— Oh.

— Ni à quel point ma vie était vide.

— Tu as rempli ton temps avec du travail. La direction d'un ranch ou la conduite d'un camion. Deux emplois. Cela ne te laissait pas beaucoup de temps libre.

— Non.

— Cooper, il te faudra plusieurs mois pour t'adapter.

— Tu penses que c'est aussi simple que cela ?

Malheureusement oui, songea-t-elle. Comme elle aurait voulu croire que Cooper était revenu chez elle parce qu'il avait finalement compris qu'il l'aimait ! Mais cela ne devait pas être le cas — il se passait trop de choses dans sa vie. Lorsqu'elle l'avait rencontré, il était rongé par la peur de perdre ce pour quoi il avait travaillé toute sa vie : son ranch. Et voilà que ses frères lui avaient fait cadeau de son hypothèque. L'avaient accueilli à bras ouverts. Lui avaient donné une famille.

A présent, il n'avait aucune raison de vouloir d'elle dans sa vie. Sa gorge se serra, mais elle s'efforça de ne pas pleurer.

— Et ils m'ont proposé un emploi.

— Vraiment ?

— Je crois que je peux faire ce que je veux dans la société Bryant, puisque j'en possède un tiers. Ils ont mis de côté ma part des bénéfices depuis mon départ.

« Et maintenant il est riche. Super. » Désormais, il appartenait à un autre monde.

— C'est merveilleux. Mais qu'est-ce que tu viens faire ici ?

— Je me suis rendu compte, hier soir, que j'ai tout ce que tu peux désirer.

— Tu es malheureux pour moi ?

— Non, ce n'est pas cela !

En fait, qu'éprouvait-il réellement ? Il n'en avait aucune idée. Mais savoir qu'elle souffrait, qu'elle se débattait dans les difficultés de la vie, lui était insupportable. Alors qu'elle s'intégrerait si bien à sa famille !

— Je veux que ma famille soit la tienne. Elle représente tout ce que tu mérites d'obtenir.

— Tu es venu ici parce que tu veux me donner une famille ?

— Tu ne comprends pas ? Je n'ai rien à t'offrir ! Il te faut un homme responsable et courageux, qui reste à tes côtés en toutes circonstances. Quelqu'un qui ne t'aime pas seulement quand les choses vont bien.

Zoé le fixa dans les yeux.

— Tu ne crois pas qu'il fallait une grande force de caractère pour me donner ton chèque certifié ?

— C'était juste une question de bon sens !

— Et tu n'estimes pas non plus qu'il fallait du courage pour aller dans l'Arkansas et faire face à tes frères, afin d'exiger la part de ton associé ?

— Je pourrais être d'accord avec toi, si je ne m'étais pas trompé du tout au tout.

— Mais tu l'ignorais ! Tu es allé là-bas la tête haute, prêt à te battre pour défendre les intérêts de ton associé, et à recommencer ensuite à zéro parce que tu es quelqu'un de fort. Je n'ai connu personne qui le soit plus que toi, Cooper Bryant. Pourquoi ne t'en rends-tu pas compte ? C'est ce qui m'échappe complètement.

Cooper réfléchit. Assis dans la cuisine de Zoé, réconcilié avec ses frères, il avait plus de possibilités ouvertes devant lui qu'il n'en avait jamais eues de sa vie. Mais il réalisa que rien de tout cela n'avait de signification sans Zoé. La réalité lui apparut soudain : s'il voulait lui offrir une famille, ce n'était pas parce qu'elle en avait besoin, mais parce que *lui* avait besoin… non, parce qu'il *désirait*, tout simplement, être avec elle.

Elle rendait ses journées lumineuses.

Elle lui faisait voir la vérité.

Elle croyait en lui.

Elle le faisait rire.

Elle le mettait en colère.

Elle avait accompli ce que personne d'autre n'avait réussi à faire en huit ans. Elle lui inspirait des *sentiments*. Pour Cooper, c'étaient des années de vide qui prenaient fin. Et aussi des années passées à douter de lui-même.

Il sourit.

— Zoé Montgomery, tu es la femme la plus remarquable

qui soit sur cette terre. Tu sais comment me pousser à aller de l'avant.

— Tu as besoin qu'on te pousse.

Il lui prit sa main, la fit lever de sa chaise et l'entoura de ses bras.

— Bien évidemment.

— De temps en temps, tu as besoin de quelqu'un qui te dise quoi faire.

— De temps en temps. Mais ce que je viens de comprendre, c'est qu'il me faut quelqu'un qui m'apprenne à éprouver des sentiments.

Elle recula et le fixa dans les yeux.

— Quand mes frères m'ont mis dehors, j'ai appris à faire taire mes émotions. Mais toi, avec ton strip-poker, ta maladie, ton insistance à vouloir laver tes vêtements, ton bébé omniprésent... tu ne m'as pas laissé deux minutes pour les contenir. J'en ai éprouvé plus avec toi dans ces quelques jours d'isolement qu'en huit ans, et si je ne t'avais pas rencontrée, je ne me serais pas réconcilié avec mes frères. Je n'aurais jamais accepté leurs excuses, encore moins leur générosité. Je te dois tout ce que j'ai aujourd'hui.

— Tu étais complètement replié sur toi-même.

— Et désagréable.

— En effet.

— Et je crois que c'est pour cela que je suis ici.

— Pour me dire que tu ne vas plus te comporter ainsi.

— Non.

— Eh bien, j'espère que ce n'est pas pour m'offrir plus d'argent, parce que je n'en veux pas !

— Il serait étrange que ma femme refuse mon argent.

Elle ouvrit de grands yeux.

— Que dis-tu ?

— Que nous devrions nous marier.

— Nous marier ?

— Et aller nous installer dans l'Arkansas, où il fait plus chaud qu'ici.

Elle le fixa sans mot dire.

— Et où tu pourras rencontrer mes frères, Madelyn et Lucy… le prince Owen et le capitaine Bunny…

— Le capitaine Bunny ?

— La future belle-mère de Ty. C'est une longue histoire.

— Votre frère appelle sa future belle-mère capitaine Bunny ?

— Parce qu'il fait partie de sa famille et que celle-ci est aussi devenue la mienne. Dis oui et toi aussi, tu auras aussitôt une famille.

— Je désire une famille, mais je veux aussi qu'il soit bien clair que si je t'épouse, ce ne sera pas pour cela. Ce sera parce que je t'aime.

Cooper comprit soudain où il se trompait. Pourquoi elle ne bondissait pas de joie pour accepter sa proposition.

— Je t'aime aussi.

Il s'accorda plusieurs secondes pour réaliser ce qu'il venait de dire, et à quel point il le pensait vraiment.

Il avait maintenant plus que lui-même à offrir à Zoé : une famille. Deux frères. Deux belles-sœurs. Deux enfants. Un héritage.

Mais plus que cela, il offrait son amour.

— Alors, tu veux m'épouser ?

Elle se précipita dans ses bras.

— Oui !

Épilogue

Au mois de juin suivant, Zoé entrait dans la petite église de campagne, un bouquet de fleurs à la main, en souriant à l'assistance. Cooper et elle avaient précédé Ty et Madelyn devant l'autel, parce qu'aucun des deux ne souhaitait un mariage fastueux. Ils vivaient seuls depuis si longtemps qu'ils n'avaient pas voulu attendre : planifier un mariage complexe aurait demandé trop longtemps. Ils avaient surpris Ty, Madelyn, Seth et Lucy en préférant simplement un voyage à Las Vegas.

De retour de celui-ci, Cooper avait dû s'occuper d'un problème imprévu : un retard de livraison de matériaux de construction. Depuis lors, il travaillait avec ses frères à la gestion de la société. Son associé dirigeait à présent le ranch, où il avait un troupeau entier et employait dix cow-boys. Zoé avait payé les impôts locaux en retard, puis avait appelé ses parents pour leur dire qu'il leur incombait désormais de vendre la maison ou de la louer. Ils avaient accepté de se concerter sur cette question. Cooper et Zoé avaient acheté une vaste demeure à Porter, et Daphné avait fait la connaissance de Sabrina et d'Owen.

En avançant vers l'autel, Zoé sourit à Cooper, puis à Seth, puis à Ty, qui attendait Madelyn avec impatience. Les trois hommes étaient splendides dans leur smoking, et l'on n'aurait jamais pu deviner qu'ils avaient vécu comme des étrangers pendant de longues années. Ils étaient heureux... Plus que cela, ils étaient réunis par des liens très forts. Comme des frères devaient l'être, estimait Zoé.

Elle jeta un coup d'œil rapide à Daphné, qui était dans les bras de Mildred Jenkins, la voisine de Seth. Daphné tapotait le visage de Mildred, mais celle-ci ne s'en rendait guère compte, si occupée qu'elle était à regarder la mariée. Devant elle, le roi Alfredo ne semblait pas davantage prêter attention au gazouillis d'Owen, car lui aussi levait la tête pour bien voir la mariée. Et devant lui, Audrey Olsen, la meilleure amie de Lucy, tenait Sabrina dans ses bras et cherchait si Madelyn était arrivée.

Zoé avait découvert qu'elle pouvait se faire aider par toute une équipe de nounous, des amies de la mère de Madelyn, qui ne se contentaient pas de faire du baby-sitting et qui donnaient des leçons sur tous les sujets : cuisine, jardinage, soins aux bébés... tant que vous acceptiez de faire partie de leur club de bridge.

Elle atteignit sa place devant l'autel, à côté de la princesse Lucy, qui était magnifique dans sa simple robe verte.

Zoé se tourna. L'orgue se mit à jouer un air différent, tandis que Madelyn et son père, un homme aux cheveux grisonnants, apparaissaient à l'entrée de l'église. Même si Zoé avait vu Madelyn plus d'une fois ce matin-là, elle eut presque la larme à l'œil. Madelyn était l'image de la mariée parfaite avec ses cheveux roux coiffés en une multitude de boucles, et un voile de tulle qui retombait sur ses épaules et sur sa longue robe. Sa robe bruissait à mesure qu'elle avançait, et son sourire aurait charmé les anges.

Zoé remarqua à quel point Ty était sous le charme. Puis elle vit Seth qui regardait Lucy, et celle-ci qui répondait par un sourire. Lorsqu'elle se tourna vers Cooper, son cœur bondit dans sa poitrine.

Ils étaient, sans aucun doute, les six personnes les plus

heureuses du monde... les neuf plus heureuses si l'on comptait les trois bébés qui les avaient réunis. Les vingt-cinq personnes les plus chanceuses, si l'on comptait la famille de Madelyn, que les Bryant considéraient comme la leur. Et l'on pouvait élever le chiffre à cinq cents, en comptant les employés de la société Bryant, ou à mille cinq cents, si l'on incluait toute la population de la petite ville de Porter.

Ce que Zoé ne manquait pas de faire. Porter n'était certes qu'une petite ville, mais on y trouvait beaucoup d'amour et de gens sympathiques qui étaient comme une famille.

Ils étaient tous une grande famille, si l'on considérait que l'amour était plus important que les liens du sang.

Ce qui était l'avis de Zoé.

Nora Roberts

Plongez dans la collection Nora Roberts et découvrez des histoires d'amour intemporelles, vibrantes et uniques.

À découvrir tous les deux mois.